U0940312

卤煮研究生院

耿于天 著

经济日报出版社

图书在版编目（CIP）数据

卤煮研究生院/耿于天著．—北京：经济日报出版社，2011.9

ISBN 978－7－80257－329－1

Ⅰ．①卤…　Ⅱ．①耿…　Ⅲ．①长篇小说－中国－当代　Ⅳ．①I247.5

中国版本图书馆 CIP 数据核字（2011）第 103151 号

卤煮研究生院

著　　者	耿于天
责任编辑	陈漫兮
责任校对	程　芳
出版发行	经济日报出版社
地　　址	北京市宣武区右安门内大街 65 号（邮政编码：100054）
电　　话	010－63567960（编辑部）　63588445（发行部）
网　　址	www.edpbook.com
E－mail	jjrb58@sina.com
经　　销	全国新华书店
印　　刷	三河市世纪兴源印刷有限公司
开　　本	710×1000mm　1/16
印　　张	17
字　　数	280 千字
版　　次	2011 年 9 月第一版
印　　次	2011 年 9 月第一次印刷
书　　号	ISBN 978－7－80257－329－1
定　　价	30.00 元

前言

很久没有看到这样有味道的书了，很久没有看到这种让人安静下来慢慢琢磨的书了，因为在转型的社会形态当中，由于信仰的缺失，由于价值观的混乱，不少人的生活与情感都陷于迷茫和混沌之中。而本书作者就是这种混沌的发现者，于是他试图用自己孤独的文字展现这个迷茫的灵魂世界，他希望人们能够从迷失的道路上找到方向。

可是有谁能够想到，这样一本老辣之作居然出自八零后之手，这样深刻的思考居然来自一个自闭症患者，这就是经济日报出版社韩文高社长为什么在研读之后一边叫好、一边立即决定出版的原因。韩文高社长认为，本书兼具了米兰·昆德拉《不能承受的生命之轻》般的批判、卢梭《忏悔录》般的思考、曹雪芹《红楼梦》般的构思以及钱钟书《围城》般的冷幽默，是一本难得的好作品。

这不是一部轻松的书，这位八零后作者抛弃了当下青春文学惯用的表现手法，采用著名捷克作家米兰·昆德拉用思想讲故事的方式，在一个小小的研究生院里，如曹雪芹笔下的大观园般围绕主人公前前后后出场了四十多个人物，令人吃惊的是一个身患自闭症的作者居然将这些人物驾驭的游刃有余，明的、暗的、侧面的、几笔带过的，每个人物都活灵活现，每个人物都在表达着自己独特的思想，这就是这部书的魅力所在。

作者选取一所研究生院作为场景，展开其对全社会各个层面、各种现象的深刻思考，使得研究生院这个小场景变成了社会的缩影。以主人公徐枕流为中心纷纷登场的各色人物成为作者展现社会各层面行为逻辑的形象载体，写尽他们的情感纠葛、生活方式与思维方式。徐枕流将对吴雨恋母式的暗恋和对易欣青梅竹马般恋情的眷恋搅在一起，最终将爱情抛入混沌之中。其中徐枕流和吴雨的关系始终是贯穿小说的一条暗线，同样作为靠山的奶奶（王澜）也在暗线之列。明线出场的陆远航、苏韵文、易欣、黎夕茜、程毅、冯业、赵冉……他们来自五湖四海，各自代表了社会的一个层面，在他们身上发生的种种冲突与撞击，反映了这个时代的全部现实。年轻的学生们以及由年轻变老的老师们都轰轰烈烈地陷入到爱情或调情之中，不管是校花黎夕茜、富二代程毅还是与周围一切格格不入的冯业都在转型期的社会中迷失了自己。书中唯一的一场婚礼，却是来自安徽凤阳的副班长程晓枫和北京人胡高的喜结连理……

“如今的中国，隔上两三年便有‘代沟’，出了四环路就都被统称为‘外地人’，半个月不上网便几乎听不懂人话，七八天没上街就可能找不着北；您别以为这是什么好事，古往今来，有哪个文明经得起如此东拉西扯，价值观的混杂与割裂，往往会成为一些社会问题出现的前兆。”这是小说中的一段话，也是这部小说所要表达的中心思想。这是一个前所未有的快时代，“灵魂跟不上脚步”，这是作者的感受，同时也是这个时代的特征。作者发现了这个问题，但他困惑，他找不到解决的方案。于是，读者可在这部作品中满篇看到法国作家卢梭在《忏悔录》中所表现的矛盾思考。

一辈子，就连无聊的时光，都只是限量版。歌德说：读一本好书，是和很多高尚的人谈话。是否高尚，将由时间来裁决。但，我们可以做的，就是热爱阅读。阿兰德波顿说，阅读是通向精神生活的一扇门，它可引导我们进入精神的世界，却不构成精神生活本身。

每次重读《卤煮研究生院》，都有种常读常新的感觉，他那平静调侃的腔调和智慧幽默的语言，如果你读过钱钟书的《围城》，你一定会觉得这部作品非常完美地继承和发扬了钱钟书的冷幽默，这样的语言不多见，这样的文字难驾驭，用这样的风格表达思想，到目前只有两个人——钱钟书和耿于天。

静夜掩卷，作者的孤独，只因为年少时那一种叫做爱的血液在沙尘中风干卷走了，待到来年春意昭昭，万物都要复苏。他只是暂时呆在自己方寸狭窄的空间，孤独着天马行空的精神王国。我们相信，有一天他会重新走出房间，拥抱这个让他热爱过的世界。

许多寂寞与孤单，可以在我们血液中那一种叫做文化基因的东西里面找到救赎，因为那是我们人人都可以接近的一种生活方式。只有退潮的时候，才知道，谁在真正的裸游。当我们回答问题时，我们从常识出发。当我们解释事情时，我们不仅依靠常识而且依靠系统化的知识。青春还没搁浅，却有很多人早已沉船，一去不回，来不及道别。一个人可以独处，但独处的人未必都觉得凄凉。更多的时候，更为可怜的是需要混迹群体，无法面对自己的人。

最后，是两个消息，一个坏消息，一个好消息。坏消息是，耿于天目前是否仍然还在自闭尚无定论；好消息是，他依然继续在进行新的思考，就让《卤煮研究生院》代他与世界相诉相惜吧。

编者写于2011年8月

自 序

自从走进社科院大门的那天起，我便萌生出想把个中看似“神秘”的种种“为外人道”的冲动。

记得几年前，希拉克总统在将大仲马移厝先贤祠时的演讲中将这位文学巨匠的功绩“盖棺定论”为——“以他独一无二的才华和激情书写了法兰西历史”。

“才华”、“激情”。换成通俗些的话来说，也就是“会写”与“想写”。该怎样把当代研究生的“群像”呈现给读者呢？

十几年前，小平同志“南巡讲话”中的“个别内容”在正式发表时被有意无意地删除了，其中一句就是告诫“当权者”们不要劳民伤财地“大搞形式主义”。的确，当拿不出适当“内涵”来支撑局面时，找些“外延式”的形式化手段凑数倒也不失为一种选择。

乍翻之下，大家便不难发现，这部小说不仅穿插了较多议论性、知识性内容，甚至还像学术论文那样援引了相当数量的脚注，其初衷，无非是想构造出某种“文化氛围”。而这样做的最终效果如何，是否有画蛇添足的“副作用”，尚待读者批评指正。

再说几句“题外话”。去年，一位常年从事华语文学研究的“国际友人”来社科院做学术交流，闲谈中，他不止一次问我：“大陆的年轻人是不是有很多性伙伴？”

我回答不是。

“那么堕胎、自杀的比例是不是很高？”

我回答不是。

“他们是否对未来很绝望、整天及时行乐？”

我回答不是。

“那么你们的年轻作家为什么总写这种颓废的‘黑色情节’？”

……

“如果一个脏字不用，你们还能不能写出畅销作品？”

我说我可以试试，但恐怕戏不大。

耿于天

2011 年 6 月 10 日

目　录

初　见

1968年初，台湾《中华日报》刊登了如下一则漫画：

> 大力水手波普艾（也译为卜派）父子流落到了一个荒岛上，二人决定要建立属于自己的国家，由爸爸担任总统。可儿子小甜豆不干，他哭闹着说："我也要当总统！"波普艾大怒，抬手扇了儿子一个嘴巴："当个屁，老子还没死呢！"

这则作品被"顺理成章"地理解为"暗讽蒋氏父子"，不久，翻译此漫画的著名作家柏杨被当局以"间谍及打击领导中心"之罪名逮捕，判处有期徒刑十二年。

这是真事儿。

其实，在信奉"父债子还"的中国人看来，由耳濡目染的儿女们就近接过老一辈手中的"革命火种"并不值得大惊小怪，只要他们别摇身一变，成为不学无术且鱼肉乡里的劣绅就行；比如，现任国家语言研究院常务副院长王澜女士的宝贝孙子、刚刚以状元身份考入院研究生部的徐枕流同学就很有些深孚众望的味道。尽管如此，看着被吐沫星子淹死的阮玲玉长大的王澜副院长还是深谙人言之可畏，于是，就在徐枕流即将入学的节骨眼上，老骥伏柄的她便主动承担了去香港筹备语研院分院的“光荣任务”，借此远离口舌。要知道，枕流可是老人家亲手带大的“三代单传”，没成想，好不容易熬到“山花烂漫时”，却又要“俏也不争春”了。看到了吧，这就是人言可畏的可悲之处，若换成法制健全的欧美国家，根本用不着无谓的“回避”；而在这样一个人与人之间缺乏基本信任与尊重的社会中，连心怀坦荡的真君子都不得不“入乡随俗”了。

事实上，比起心事重重地走上舷梯的奶奶，徐枕流自己才更加七上八下，这位生性懒散的小胖子显然不适合宿舍里的集体生活，可天生胆小的他又不敢独自在家，从记事起就已经远在大洋彼岸的父母自然更是指望不上的……没办法，王副院长只好托付多年的老部下——同样德高望重的吴泓教授夫妇（其实该叫研究员才对，但这个头衔常被误读为研究生的代名词）代为“保管”。这不，郁闷的男孩儿正在家翻箱倒柜、收拾东西准备“寄人篱下”去呢。

那本可恶的《GRE 词汇》也跟自己过不去，肥大到常让人如切肤之痛般地体味出国不易的书身，居然灵巧地滑落到写字台抽屉的后面去了。

“去死——死——死——”，正愁无处发泄的枕流同学呐喊着把四个承载着厚重书香的老式抽屉一个个都掀了底。

等等，好像还有意外收获。他发现这一掀之下居然还“买一赠一”，手中多了本儿不知是何年的小册子。难怪傅斯年①先生鼓励史学家们要“上穷碧落下黄泉，动手动脚找东西”呢，看来考古中有所收获的快感大概和捡钱包有异曲同工之妙。

眼前这张柴木写字台，正处在被时尚与传统双重抛弃的尴尬境地中，就好比那些抛弃了纯真却没有本钱去堕落的女人们。不过陈旧比新鲜却少了些包袱，倒腾了十五手和二十七手的区别远比原装和七成新的差异要小得多，比如写字台，再比如女人。台湾一位靠限制级演出成名的艺人说她无论如何也无法复制十六岁在那株丁香树下的表情，看来心灵确实要比肉体高保真得许多。但事物总是有它的两面性，事实上，这正成为学者们可以有说服力地、源源不断地从国家那里骗来永远也不可能转化为生产力的科研经费的常用说辞。物比人

① 傅斯年（1896－1950），字孟真，祖籍江西永丰，出生于山东聊城，历任中央研究院历史语言所所长、北京大学校长、台湾大学校长等职，著作汇编为《傅孟真先生集》。

的重要优势之一就是它可以使流转带来的厚重超越磨损的折旧，不过当人成为物之后也便堂而皇之地把这个“属性”拿来了，那些已经快记不清自己经历的男人有几位数的女人不正在叫嚣懂得成熟美的才是纯爷们么？真希望自然科学家们能早日向从高中以后所有学历都是交易得来的“知性美女”解释清楚果实在树上熟透和半青就摘下来揉烂的区别，外观上的以及内涵上的。

看来徐枕流大概不太能算上是懂得女人的货色，那本意外之喜的小册子就已经让他实在有些不知所云，这似乎是个陈年的记事本，上面的用笔很不统一，语言也颇似达芬奇密码，总之是让人摸不着头脑。然而，有一点倒是可以肯定的，乍翻之下所有进入眼底的字迹都属于枕流的父亲，徐氏一门信史中“柳体”书法的第五代传人，据说也是迄今为止的顶峰。这，就是枕流决定把眼前的“考古发现”带在身边慢慢破译的原因。

其实，这本不是他第一次寄人篱下，这男孩高中毕业后就曾经有过到异国他乡留学、看人眉眼高低的经历，也正是那一年多的水深火热让枕流更愿意“躲进小楼成一统”。原本已经“鸟倦飞而知还”，想不到居然在自己的地盘上又要四海为家了。好在这个未来的“寄主”吴爷爷夫妇确实不能算外人，尤其在北京这样一个自来熟的亚文化中。

近年来，总听到有人不厌其烦地抱怨京城如何如何排外，其实，这里远比他们要宽容得多。从学理上讲，任何社团的内部凝聚力与一定程度上对外的斥力本就是一个问题的不同角度，至少没有北京人搞什么“外来者不得入内”的组织或者活动，比如在语研院研究生部中被严令禁止却仍然司空见惯的某某同乡会。常言道：人心中是魔就看谁都是魔，谨以此同那些向土著投去戒备目光的自认为是“外来”的人士共勉。

既然如此，枕流没有必要把这次“换庄”看得过为安土重迁。更何况，去投奔的这家人除了离即将入学的研究生部只一箭之遥以外，还有仅供在被窝里偷着乐的“深层优越性”，也就是吴泓教授那正在院附中教语文的独生女——吴雨。

说起来，这位小吴老师（这个“小”字可确乎有些凶险，一旦被扣上这个字，往往一辈子都要生活在黎明前的最黑暗中，绝非戏言。）大约年长枕流十岁，当初男孩儿读高中时就在她手下混过，但并非直接领导。不过吴雨倒的的确确是枕流奶奶的“高足”，正牌语研院硕士，根红苗正。言而总之，萝卜长在背上，一声阿姨是定了案的。

佛洛伊德认为无意识的童年期决定了我们一生的性取向，其实，那充其量是个半成品，不然血统论怕是又要甚嚣尘上了。“从娃娃抓起”是一刻也不能懈怠的，人生观的“严打活动”至少得持续到青春期。但现如今在我们这个江海不辞小流是以成其大的“中央之国”中，家长若想带领被可口可乐催熟的新新人类从“众神狂欢”① 中突围绝非易事。比如，枕流他们上中学时正是《神雕侠侣》风行的年代，当中的悱恻缠绵给整整一代人做了悲剧和姐弟恋的启蒙。“八零后”们口中“姑姑”、“师父”之类的词汇已经发生了意义引申，只不过尚未引起语研院足够的重视罢了。也许学究们是等着这些糟粕和八零后作家手中灵活的词性一起堕入历史的泔水桶之后再踏上一脚吧。总之，徐枕流是很情愿腻腻地管吴雨叫一声“吴老师”的，而可怜的她却不知其中的玄机，人们总是在苦海已难回头之后才猛然意识到最开始的那个笑脸才是罪魁祸首。

我们常常喜欢把人分成幸与不幸，比如和当年的同窗、现如今的院研究生部学生处“新秀”副处长喜结连理的吴雨就属于前者。不过话又说回来了，殊不知最不堪的内容恰恰需要最光鲜的外表来掩盖。又不过话还得说回去，定理存在逆定理不一定存在，仍比如这个高挑秀气的小吴老师就的确没有什么值得审判的叵测居心。

慧中的她显然得益于书香门第的润泽，吴教授家的“浅闺”想堕落还真得多扑腾一会儿。为了培养德才兼备的新一代学人，前来投宿的枕流被特地安排到吴雨未嫁时的“绣楼”（其实就是一间撑死有十五平米的小屋），得知此事的男孩差点儿当时就美得原形毕露，勉强捱到睡下才细细打量起眼前的“美人故处”，好在“晚汇报”看来还要稍后才正式开始，或者是为了让明天的开学典礼来得更猛烈些，总之，吴爷爷倒没有在晚饭后过多地“弟子规、圣人训”。

卢梭在《忏悔录》当中详尽描摹了自己如何在心仪的贵夫人走后一遍遍的吻着她留下的每一个脚印，枕流不想唐突古人，而且也还没有进化到那个瓜熟蒂落的级别。不过，在躺下之前，他把这间未来可能要战斗于兹的斗室推敲了一小番：衣橱被分出了泾渭，右边属于枕流这个鹊巢之鸠，而另一侧

① 借孟繁华所著《众神狂欢——当代中国的文化冲突》一书之标题。

挂着的那些、以及抽屉里叠着的那些显然无时无刻不在透露出看着枕流长大的女主人对他无微不至的信任。男孩儿也着实没有“辜负”这难得的礼遇，睡觉前抓紧时间里里外外地“研究”了一遍。

第二天在开学典礼开始前几分钟才“滑垒未出局”的徐枕流的确有些后悔昨晚该留一些“精华”以待日后再慢慢分析。而吴教授夫妇显然是早起早睡，临出门前还特地在餐桌上留下字条——告诉男孩儿别起晚了，遗憾的是这工整的台阁体并没有定时闹铃功能，所以枕流是在下午回家之后才看到的。

还好，同学见面的兴奋倒是很快就冲淡了枕流的狼狈，人们刚结识不知自己底细的新同伴时往往会有类似“敌在明、我在暗”般的窃喜，你可以在继续吹嘘全部优点的同时借鉴以往的教训来掩盖“瑕疵”，而且还不用像换男朋友一样有关于“纯洁”的左支右绌。当然，现如今日渐发达的医学和脸皮已经让后者的尴尬大大地“人性化”了。

像换个环境“重新做人”的在逃犯一样，枕流用不着担心被看穿心思，他以攻代守，一眼就认出了复试和报到时都见过的陆远航，这个姑娘人如其名，并不算是很传统的那种美女。她和吴雨同属语言教学专业，虽然导师各异，但至少也该算作“表师妹”。枕流不禁又想到了昨晚的那张床，于是清了清嗓子，从后面包抄过去。

“闺中望月呐?”两人的关系显然还不能悄悄地蒙上她的眼睛。

“啊?”陆远航一惊，这倒吓了枕流一跳。

“发什么呆呢?”眼前的女孩儿似乎还没有睡醒，“您这‘美目盼兮’好像有点儿微肿，”枕流凑上前去“考据”了一下，趁机故作潇洒地套着近乎:“是‘云髻半偏新睡’还是‘梨花一支春雨’啊?”

“你又来了”，未谙世态的远航似乎有些中计，一个“又”字严格讲不该是只见过两三面的异性间该用的副词:“没事儿……我……新宿舍不太习惯。”

“这理由不充分，”枕流乘胜追击，“肯定是有什么不可告人的秘密吧。”

“得了，”女孩儿似乎显得急于草草收场。好在老天爷饿不死瞎家雀，陆远航在已经熙熙攘攘的人群中找到了救星：“苏韵文，这儿呢……”显然，同系另一个湖北女孩儿也被揪出来了。这位云梦泽畔的九头鸳鸯确实是

“波”撼岳阳城，身材很有些强买强卖式的性感。“羊之大者谓之美①”，看来老祖宗果然有先见之明。韵文所从事的专业是连她自己也是头一回听说的“社会语言学”，总之，徐枕流他们系净是些你闻所未闻的“前沿学科”。

“你瞧瞧人家远航”，不速之客一边汹涌着“波”涛一边挑枕流的理儿：“你里外四只眼睛都看不见我。”

“只是当时已惘然，”系里唯一的男生自然不会轻易就范：“一见着您就欲辩忘言、得鱼忘筌了。”

“大虚伪”，这是今后会反复出现的口头禅，带着韵文那刚刚从京九线上走下来的新鲜乡音：“你眼不错地盯着远航……”

“那你要是没眼不错地盯着我，又怎么知道我在眼不错地盯着别人呢？如果你真的眼不错地盯着我，又怎么会注意到我在眼不错地盯着别人呢？”枕流还在负隅顽抗。

“得得，知道你是学语言哲学的，”苏韵文像当年金厦炮战那样“单打双停、点到为止”：“人家远航可都已经‘名花有主’了。”说完，她冲身边的女伴儿夸张地眨着眼睛。

枕流还准备再伺机“反攻”，但陆姑娘却似乎有些莫明其妙的紧张：“啊？没……没有啊……”

“没有十足的证据我是不会乱说的，”这个时段大概是承包给韵文了，总之枕流同学完全没有话语权，“前天晚上我刚来的时候到华联买洗衣粉，路上看见你挽着‘他’正往车站走呢。”一个人得意时的笑容是最真实的，看来这个苏韵文同学还算一望见底，枕流后来常常这样想。

杀手锏一出，远航的脸有些发白：“当时你怎么也没叫我啊，”她的底气显然不足，“你看见谁了？”此话倒蹊跷得很，似乎有不止一个人“他”可以或者可能被看见。

“这有什么不好意思的？我想要还没有呢。”韵文脸上有些蓬勃的青春痘不知算不算是饱汉所不知的饿汉饥色：“那天没见着正脸，改日把他叫来吧，”女孩儿瞥了枕流一眼，旧仇难忘的样子，“到时候咱可不带着这个死胖子啊。”知识果然就是力量，连徐枕流自己都不记得话题是从他这里引起的，看来苏韵文

---

① 汉字中的“美”，就是由上“羊”下“大”两部分所构成的。

多年的学术训练没“付诸流水”，论文结尾处总是忘不了要“鸣谢”一下。

也许是这个“抠底”稍稍让人安心，也许是班主任的招呼使然，总之，当大家鱼贯而入走进显得有些人满为患的“学术报告厅”时，陆远航的情绪似乎松弛了一些。枕流生性不喜欢太热闹，看到眼前这秋老虎饺子乱炖，他朝身边的韵文挤了挤眼睛：“知道为什么武功第一的王重阳门下的‘全真七子’都是二流角色么?”

女孩儿带着湖蓝色“隐形鱼鳞”的大眼睛忽闪了一下，枕流立时忘了抖包袱的技巧、直接和盘托出：“这就是他盲目扩招的恶果!”

还没来得及得意，对面一个明显是“批量生产”的新科博士瞪了这个不知深浅的学弟一眼。徐枕流真是后悔不该报考一个只有研究生阶段的学校，没成想混到硕士居然还在食物链的最底层。

开学典礼最重要的目的就是让大家见识一下日常工作时找不到人的众位领导是如此具体而鲜活地存在着，那个传说中主管教务的郑副院长的简历上居然说他是国内外四十七所大学的兼职教授，看着老人家听到这个数字时脸上谦虚的笑容，枕流开始有些明白这个学校为什么连垃圾都是学生自己清理了。

接着，是新生代表发言，韵文他们三个面面相觑，想不到辛苦考研的结果是刚开学就让一个不认识的仁兄给代了表。且稍安毋躁，听上几句，大家就明白了其中的九九儿，原来，这个西服里裹着的新生是从本校刚“续弦”考上的博士哥哥，学的好像是语言规划，难怪一副官腔。他正在感激涕零老师们的“再造”之恩，可能是正式拍时难免有些紧张，原本计划用来挥舞的右手被话筒线绊住，只得临时改成了左手，看上去有点一顺儿。维特根斯坦①认为，理想的语言该是令使用者无法作恶的那种，换句话说，如果你言不由衷，语法本身就会自动出现错误并将说谎者的不堪用心大白于天下。遗憾的是，这种“君子国普通话”至今都没能被发明。

今天的开学“典礼”大概是“典型学院派见面礼”之缩写形式，就如同当前的很多饭局，坐着吃的比站着“伺候”的还累。而接下来的内容更离谱，居然是上个年度各种教师奖项的颁发，实在不知道这究竟算搭车还是凑

---

① 路德维希·维特根斯坦，Ludwig Wittgenstein，（1889－1951），奥地利哲学家、数理逻辑学家，20 世纪语言哲学奠基人。

数，若非听到名单中有吴泓教授，枕流早就想揭竿而起了。他百无聊赖地看了看身旁还是魂不守舍的陆远航，想起刚才关于那个神秘男子的谈话：“哎，”小胖子动了动胳膊：“怎么觉得你和‘他’的事情有些怪怪的啊？”枕流深知，越是说得直接，就越能显得近乎。

远航这次显得镇定了不少：“没有，韵文嘴真快。”她往男孩儿的另一侧看看，确定没被别人听到，“回头再跟你说。”不经意间，点炮的苏韵文倒成了炮架子，成就了在后的黄雀。

枕流似乎有些得意忘形：“你这个事儿啊……不顺！”他故弄着玄虚，可人家就是不上钩，于是只好自己打圆场：“你知道为什么不顺么？”其实全是瞎子算命两头堵。

“为什么？”远航看着前排的椅子背，像是在对付，又像是很认真的样子。

“你这个名字不好，”枕流等着女孩儿主动垂询，至少也该有附和，遗憾的是他还得自己继续“单口”下去：“陆—远—航，在陆地上怎么能远航呢？这是……”他勉强卖了一下关子：“缘木求鱼啊。”

沉默。

“缘木求鱼……”枕流似乎隐约听到身边这个身材瘦削的女孩儿在喃喃自语着……幸福的家庭总是相似的，而不幸的家庭则各有各的不幸；但会议却正相反，无价值的那些总是相似的，而有价值的才可能各具特色。当《歌唱祖国》的旋律响起，众位领导互相寒暄着“辛苦”，并在事先已经被精心录好、而疑似歌曲一部分的掌声中退场时，枕流他们才意识到，这半个宝贵的“故都秋日”已经像郁达夫所说的那样“格外清、格外静、格外悲凉”地被双手奉上了。

“你们中午打算干什么？”走到大门口的枕流看看另外两位，明知故问中当然是隐含着别样的内涵。

“你干嘛我们就干嘛呗。”远航冲他扬扬头，很明显，刚才的绯闻遭遇还在持续发酵，至少她这样说时并没有征询身边那位同性的意见，便一并给“代表”了。

“这附近有没有什么比较大的商场？”枕流虽然对吴教授家还算熟悉，但却对这一带新开发住宅区的柴米油盐还没有展开过深入调研：“你刚才好像说前天晚上是去华联买的洗衣粉？”他看着依然一脸灿烂的韵文，很快便有些后悔这个话题是否会演变成为对远航的误击。

“是啊，从宿舍院前一个路口往右。”还好，苏韵文不是搞媒体语言学的，并没有借着话茬儿再对刚才的“男友门”进行后续报道。她挥手朝空中比划着，似乎在告诉路人她们学校“阔气”得可以在校外另置“别业”。当年王重阳扩招时不知全真派的宿舍够不够，总之现在被安排到两站地之外“单过”的大部分一年级硕士新生们心中很有一种刚进门就成了“偏房”般的隐隐作痛。

“想买什么？给我的见面礼？”这回，连“们”字也给一并瘦了身。看来，有男朋友可以挽着的那位就是不一样，陆远航显然很快意识到去商场（还是大的）和午饭档次的高低恐怕并没有直接联系。

“这个……”他有些深意地笑笑：“也以后再说吧。”逻辑重音所在自然是“也”字。枕流朝华联那边望望，眼前浮现出另一个女孩儿的轮廓。易欣，可能算得上徐枕流最接近女朋友传统外延的“那朵花”。说起来，二人倒颇有些渊源，因为小易的父亲老易曾经是语研院院报副刊主编的缘故，她和枕流从“郎骑竹马”到“狗骑兔子”的各个历史时期始终有所纠葛。虽然两人小学同班时易主编就“半下海”到一家大型国企、并晋升为易总，但这无心插柳在油墨和纸张发潮所构成的混合型书香中却似乎有要破茧成蝶的趋势，到现在为止，也许说这仅仅是一种可能会确切些。

其实他们更像是在温柔地被包办着。事实上，从小学起易欣的各项指标都比枕流优秀，且不说当这个从小连两级台阶都不敢往下跳的胖子还在为体育课考单杠不让搬梯子烦恼时，人家易欣就已经一身短打扮参加区运会了。即使是他基本可以为之自豪的文化课也始终生活在这位才女的阴影之下。但易欣那后来也官至院报副主笔的妈妈却偏偏看好徐枕流这个基本上连架都不敢打的怂小子；当然，这也完全有可能是因为往上看实在空空如也之后才拿他这个“等而下之”来充数。毕竟，为了家庭的未来，就算是女皇也得结婚啊。

其实，这种现象的产生绝非偶然：一个多世纪以来的女权运动使得两性在能力与气质上的差异越来越小，可择偶中的所谓“阳刚阴柔”尺度却并未随之改变；于是乎，日益力不从心的老爷们儿只好退而求其次：处长找科长、县长找乡长……如此“田忌赛马”的结果可想而知，最强势的女中豪杰和最弱势的“秀才遇见兵”都配不上对儿，“花木兰”也就只好下嫁给“武大郎”了。

这下可苦了枕流同学，虽然现如今已经一米八还能挂点儿零，但也是长到初中毕业才勉强和偏偏什么都能全面发展的易姑娘平起平坐，弄得他至今梦见两人的“好事儿”时还基本是仰着头、踮着脚、一通紧够。甭管是不是装的，总之别的女孩儿大都能像陆远航那类小鸟般“作依人状”，可易欣当年头一次“含羞带臊”地牵着枕流衣角时怎么看怎么像是在溜狗。

想到这儿，男孩儿叹了口气：“华联有周大福么？”他还是像当年“仰望”易欣那样下意识地仰头找眼前的两位姑娘，却发现再回首已是百年身：“就是那个金店。”他自嘲地笑笑，在和两个跨世纪女性的谈话中无谓地补充着。

“你要买啥呀？订婚戒指？”苏韵文终于意识到这跟见面礼大概是扯不上什么关系了。

枕流不知怎么忽然想起张爱玲的《金锁记》，他摇摇头，倒像是要把什么念头甩出去，因为韵文的反问句显然并不需要回答：“给……给同学买个小礼物。”

“啥同学啊？至于去周大福！”苏韵文刚才独家揭密“桃色事件”时的表情又回来了，一种伪话剧般的夸张，说来倒显出几分亲近；而陆远航却在正午依然涂炭的日光下凝视着眼前这个忽然变得些许不自然的大男孩儿。

“就是个手机链。”他本想按常规说某非常要好的“总角之交”生日临近一类的理由，但却怎么也找不出什么过关的小前提，就像上周易欣暗示枕流她身边很多同伴都已经有了金行这个别出心裁的卖点时不需要任何像样的借口一样。几个回合下来，枕流倒是觉得和陆远航之间有些默契。比如当她沉默良久后主动拉上韵文去反向的韩国料理吃石锅拌饭而让脸色越发晴见多云的小胖子能感受到的理解万岁。

这种体会在那家老字号首饰行中被再一次推向了高潮，一位大概也是让女人与贵金属的关系搞得七荤八素的店员道出了枕流同学的心声：“手机链也用金的？为这再让人家把手机给抢了！还是买别的实惠。”不为歌声悲，但为知音稀；没想到一桃杀三士，小小的手机链能换来两个红尘知己已属难得。也罢也罢，相逢何必曾相识：“我……帮别人买的。”这是他每次当冤大头时的说辞，但从来也没理直气壮过。枕流看着那用克计算的小东西，开始明白为什么科学家们会醉心于纳米技术，原来是为了让爱情变得更精确些。

当男孩儿再回到还留着余味的校园、抬头看看研究生部大理石门楣上那一串还算遒劲的黄体“死蛇挂树”时，总觉得有什么不大对劲。枕流也曾经坚信：此时路人向他这位闯过考研独木桥的“天之娇子”投来的目光定会充满艳羡，可“修成正果”之后的徐枕流同学反倒开始怀疑整件事情本身的意义。其实，比起枕流自己，易欣更有资格读研，近来他常常这样想。说起来，人家可是北大的高材生，从小就被认为是铁定的女博士，可当她选择就业而对象牙塔不屑一顾时，似乎也能算是顺理成章：毕竟，一份不菲的收入以及那背后的林林总总，远比把花样或者草样的年华交待给这小到鸡犬相闻的校园来得合理。

“你是徐枕流，对么?”正在发呆，身后温柔而陌生地响起一个声音。

“啊?”男孩儿回过头，是成熟女性特有的微笑面孔，虽然“清秀型”相对而言不大容易被岁月所洗礼，但无须经过“碳12”测年便不难判断，眼前这张颇具气质的瓜子脸至少也有四十上下了，任由素净的面孔在秋阳下自然且生动地皎洁着。

枕流不知道该如何开始对话，还是这位一袭长裙的姐姐或者阿姨先开了口：“我叫袁扉，是你们班的班主任。”左手自然地按在徐同学的右臂上，轻着力处，示意他走向通往教学楼的小径。说来，这所学校也自有匠心独运之处，比如那座可能见证过中苏友谊的老楼却偏偏有同样厚重的长青藤不离不弃，其韵味远非如今那些张扬的现代派建筑可比。

“你挺厉害的。”又是微笑，袁老师的语调总是那样不疾不徐。枕流知道，她指的是自己那四百多分的考研成绩，于是也只是笑笑。

转眼到了教室门口，袁扉老师站定，枕流望见远航她们坐在靠窗的后排，韵文同学还是抿着嘴用她那“Q版”大头在环顾什么。别人念书，知识都是“内涵型增长”，而苏韵文的才学似乎采用了“外延型扩张”——知识越多，脑袋越大。枕流笑了笑，朝班主任金丝眼镜后闪亮的明眸点点头，向同系的两个女孩儿走去。本想热身后和“小别”的远航来个四目相对，却发现陆远航脸上陡现出了些许惊讶状、并站起身朝这边走过来。受易欣训练多年，枕流当然没有傻到要伸出双手或张开双臂的程度，因为人家女孩儿奔向的目标显然不是自己、而是正在“斗鸭栏杆独倚”着的袁扉。

枕流有点儿莫明其妙地在远航空出的位置旁边坐下，回头望望灯火阑珊处一对师生的交谈，忽然觉得这二人竟很有几分神似。远航显出几分想当然的局促，而袁老师还是半靠在门边，眼神娴定，似乎还有些莫测的什么。

“啊?”韵文不轻不重地拍了拍枕流身前的桌子。

“什么?”

“什么什么？我说你那手机链呢？”语气中的戏谑倒是掩盖住了不快。

枕流意识到自己显然是没有听见人家的前一次问话，因为韵文的手似乎始终向这边伸着。于是“哦”了一声，从书包里翻出那个明显和这里的气氛很不搭调的小东西，按到女孩儿掌中。徐枕流忽然发觉，易欣从他这里得到什么时从来没有这个“伸手”的动作，而总是等他把东西在桌子上搁定之后再自然地拿过去，就像古董行里从不“手递手”的规矩一样。

“挺有分量的，”韵文在发觉这个包装很复杂之后便没有打开，只是夸张地掂了掂又交还给枕流：“有钱人！”这句一锤定音中实在听不出确切的弦外之旨。

“得了，得半个月饭钱。”这俗套的抱怨在这里倒不是谎话，只是恩格尔系数[①]较高的徐枕流的支出中伙食费所占的比例并不算大而已。但他依然对这个礼物很有些不情愿，人们常说“女戴金、男佩玉”，原来老爷们儿是因为把钱都花在不比手机便宜的链子上才赋予几块顽石以文化内涵来哄自己玩儿的。

“你也认识袁老师？”不知不觉间，陆远航已经坐了回来，不过她没有再让男孩儿温习一遍周大福的尴尬。

枕流摇摇头，像是在否认，又像是在让今天不止一次走神的头脑清醒一点：“不认识，刚才在校门口碰上的。”男孩儿意识到远航的提问中有一个“也”字，正待开口，人家却自己做了解释：“她是院办的，那会儿介绍我考这儿的时候见过几次。”远航的声音很低，头也似不经意地朝枕流这边偏着，看来不避讳的仅限于他。其实，谁都明白个中的原委，只是陆远航当初两门全国统考科目的分数的确不比自己差，所以枕流很愿意相信那仅仅是“见过几次”。

今天这种碰头更多的也只是让大家知道自己是2006级硕一班的成员，以便将来上课时不至于走错门。班主任看来都是学校各职能（很多是有职无能）部门的人员们来兼任，不知谁小声咕哝了一句，说这像是“君主立宪”体制下名义上的国王。既然百废待兴而“王室孱弱”，自然得“政出大夫之家”，推举一男一女两位班长是必不可少的。枕流也是在未来一系列的沧海桑田之后才明白，这个头衔远远不是“为大家服务、发发信件、收收作业”那么简单，倒是大学时代那假戏真唱的竞选更孩子气般地实在。

---

① 恩格尔系数，(Engel's Coefficient)，指食品支出占个人消费总额的比重。19世纪德国统计学家恩格尔发现消费结构的变化有如下规律：一个家庭收入越少，其支出中用来购买食物的比例就越大，随着家庭收入的增加，这个比例会呈下降趋势。

枕流早已经被同窗们那些不是欲说还休就是倒背如流的自我介绍弄得晕头转向，只觉得是五湖四海院校大巡礼。轮到自己时也只好老实交待地说是北京人，在澳大利亚念过几天大学，不是名校（那儿就没有名校，别信广告），所以你们记不住也用不着知道校名，回国混了一阵儿，再后来就在这儿了。

最终，一对儿“自助”的班长好像是叫石立和程晓枫。政客们更习惯背后活动，所以当你真让他站出来毛遂自荐时的确有好戏可看，瞧着那些如坐针毡们的狼狈模样，枕流差点儿没替他们把心里话说出来。高足捷步者得之，当真有人敲锣打鼓开道时，那些恨自己脸皮关键时刻不够厚的众生相更绝非语言足以形容。

君子如水，小人如油。究竟是因为近朱者赤所以挨金随金，还是由于物以类聚所以党同伐异，枕流这个初学者自然难以一下子参悟得透。但很明显，远航也绝非权欲漩涡中的人物。当“牛鬼蛇神”们你唱罢我登场、苏韵文也看得此起彼伏时，陆远航却拿出手机在不停地按着什么，而神色则不那么搭调，并没有意料中的厌恶，反倒似乎有些不安，比如眼睛总是不自觉地望向门口和窗外，尽管，那里除了偶尔路过的匆匆背影外并没有什么更多的风景。枕流可能是觉得两人的关系还没有热络到无话不谈的地步，抑或不打算把眼前的大餐一口吞掉；总之，他并未询问那短信里“信则有”的玄机，只是在偶尔接住远航似有几分焦虑的目光时送上一个“会心”，虽然他自己也弄不明白究竟从中理解到了些什么。

最长的一日也自然有它结束的时候，徐枕流终于走出教室时已经听不清韵文的评论员文章了，内容想必就是对新同学们的第一印象云云。他有点儿先入为主地觉得这个小他两岁的女孩儿确实单薄些，不像同年的远航那样更有进退的纵深。

按照通常的俗套，中饭既然错过到傍晚也该“收之桑榆”，可枕流已经觉得自己有点儿像这个秋日里渐渐慵懒的太阳，打算早些西栖若木了。当三人来到街旁正不得不决择的当口，“好雨知时节”的理由也如约赶到，远航妈妈正等在那里，也许这就是陆姑娘刚才魂不守舍的原因吧。虽然大家都知道“伯母”的称谓更暧昧些，又尽管这位看来已经懒得和步步进逼的岁月抗争的中年女性在外观和内涵上都要长自己父母几岁，但还是习惯的力量更大些，枕流开口叫了声“阿姨”。

远航偏于单薄的身材显然并非母系血统所赐，看上去同样柔软的性格似乎也如此。当报到那天头一次遭遇时，陆妈妈就竹筒倒豆似的告诉徐枕流，她们夫妇都来自西安市郊一所有着军工背景的空间技术研究所，远航爸爸是技术骨干，而她则搞些行政工作。显然，都是在那个不记后果的年代里背井离乡到“大三线”抛洒青春。若不是小平同志提出和平与发展的时代主题，枕流真有些怀疑这位微胖的陆妈妈之所以会提前退休是不是和单位的保密奖惩制度有关，同时也痛感中国传销界的有眼无珠。

从惯例来讲，在这类“饭口儿”的寒暄往往会和吃有关，反过来说，如果人家不主动提出要约，往往就是示意你赶紧哪儿凉快哪儿待着去。正如官场上的端茶送客，礼仪之邦最讲究的就是别撕破脸。果然，陆妈妈并没有显出足够的热情，而且还总是紧闭双唇盯上女儿的眼睛几秒。枕流和韵文就像是漂在半开水中的茶叶，上不得下不得，着实难受。

正在踌躇间，又是远航解了围：“我跟我妈有点儿事儿，先走一步，回头晚上给你们发短信吧。”她说得很干脆，但往往越是直接就越意味着天外有天，远航望向枕流的样子更像是在说服他别扔下自己，语气也楚楚地无奈着。枕流同学连支吾的机会还没来得及有，陆妈妈就补充了一句：“那咱们回头见。”若不是在天津长大的亲切乡音未改，这话还真有些噎人，而且临走时甚至都忘了该礼节性地问问人家打算回哪儿。徐枕流虽然嘴上还和韵文对付着，但目光却顺理成章地跟着母女二人过了马路。远航的头微微低着，走路的节奏似乎倒比矮了半头的妈妈慢上一拍，也许是她们都知道要走向不远处那间招待所的缘故，总之是看不出有任何交谈的迹像。陆妈妈穿了件暗红色的运动外套，却配着条压住脚面的长裙，上了年纪的人往往会有些奇怪的审美，想来果然不错。

韵文似乎明白剩下的两个大概不会独处，尤其是当枕流说他不准备去食堂体验生活之后，于是便也“短信联系”，把手中那个稍微超前于自己年龄的挎包背上肩，挺拔地回头走进校门。

从记忆中有史可考直到今天，枕流每当看到别人母子或母女在一起时总会有种奇怪的感觉。事实上，同比衡量，徐枕流的妈妈绝对能让每个同学的母亲都黯然失色。这的确不是夸张或者笑谈，且不论那“高保真”的美丽，就拿眼前来说，当同龄女性大都已经去构建和谐家庭、最多也就在从来不过那么回事儿的事业中站倒数第几班岗的时候，枕流的母亲正在澳洲最大的电信企业中牢牢地占据着即使在那个多元文化国度内都足以让所有华人啧啧称羡的职位。举个近在咫尺的实例，今天徐枕流对那个晃眼的手机链不满之所以完全和钱无关，很大程度上就是妈妈的功劳。但这并不意味着枕流曾经甚至正在产生过、产生了以及产生着多么清晰的自豪乃至优越感，因为从育儿室“进修期满”后就始终在奶奶身边长大的他确实不大了解别人家亲子之间到底是个什么深浅。所以这种有些关公战秦琼的比较就变成了无解的谜，不过他倒是也从未烦恼过，毕竟，命运的答案有时已经在拐角处露出莫测的笑容。尽管脑海中不止一个念头在挤眉弄眼，但我们的徐枕流同学并没有在街上多耽搁便回到了住处。因为吴爷爷家、当然也是语研院的这幢家属楼，就在研究生部隔壁，而且他也不打算让没什么相干的同学看出其中的奥妙，尤其是今天在推举班长时领教了个中的推推搡搡之后。

导师

客厅里老式沙发上早已有些褪色的椅套让人很容易产生一种去依靠的冲动。此刻的枕流正赖赖地半躺在其中，可能是不认生的性格，再可能是从小和吴爷爷一家并不见外，再再可能是拜吴雨那张早就让他几度梦回的闺床所赐。言而总之，开学没有几天之后，枕流似乎已经习惯，或者开始喜欢这种“寄生”生活了，甚而有些乐不思蜀起来。电视里的一帮老爷们儿球迷正在展示他们对姚明那种在很多美国人看来有些性别认同障碍般的崇拜，枕流已经连心里都懒得笑了，他常以为中国还不是强国，甚至都不能算真正的大国。

“王澜姐，”熟悉的称呼正从里屋隐约而来，这是老朋友们对枕流奶奶的称呼，可能也只有在这些五十年代的大学生之间，职位的荣辱才没有使官称发生些许进化中的退化。这显然是吴爷爷老伴儿打电话的声音，故意压低的语气完全不是素来以讲课别开生面著称的彭咏教授平日里的作派，这就愈发可疑地引诱着闯入者的好奇心。徐枕流猛然意识到是不是“闺橱门”（“水门”事件）事发，可按说又不至于……

“挺好的？……啊……好……是么？”

枕流有点怀疑窃听的企图或者阴谋暴露了，而自己坐在原地一动没动的事实又单调地验证着做贼心虚的古训。他把电视音量慢慢调高，缓缓走到距离里屋门很近的冰箱边上并轻轻打开做未雨绸缪之备，最后让电视里球迷的“叫嚣”恢复成原状。

“今天他们确定导师，我也去了……”

原来是这事儿，枕流继续嘲笑着自己，或许，对被揭穿的担忧本就是诱人犯罪的动因之一吧。

“原本我都安排好让顾老师带他，结果赵冉突然主动提出她要枕流，小顾不知道怎么回事也就没坚持，其他人又都是定好的，我……”显然，香港那边把话接了过去，彭教授陷入了沉默，连“啊……对……是……没错……可不……敢情”之类的捧哏都免了，气氛有些异样。

不就导师这点儿破事儿么，谁带不都一样？人家赵老师还是留美的博士呢！枕流倒觉得比那个在食堂里用大勺从免费粥桶底下抄干的喝、还四处传授经验的“顾小胖”强。枕流甚至撞见过这位未来的“士林领袖”拎着一兜儿美式机械化装备、踌躇满志地从某成人保健商店里走出来。不光文人相轻，好像胖子们心也不宽。

但电话这头的彭咏教授却似乎并不这么认为：“咳，这反正……其实倒也没什么……也只能这样了。”看来，枕流奶奶那边并没有采取进一步行动的打算。

不过，若是说起今天下午徐枕流他们三个去系里和几位导师见面时的情景，倒还真有几分蹊跷。按道理讲，这种事情大都鼓掌通过了事，即便导师真的心仪谁，通常也都事先给予暗示甚至明示，虽然“为尊者”一般都会有意无意地把个中的倾向矜持掉。枕流他们这次“选秀”其实也不算例外，因为彭奶奶的确是在考研时就已经为他确定了未来的“老板”。虽然那位语法出身的顾岩搞哲学完全是半路出家，甚至可以说是学糊涂之后的将错就错，但人家博士阶段的导师（也就是徐枕流的“准师爷”）可是现而今语言学界的巨擘，更何况“顾小胖”晋升副所长的传闻早就已经众人皆知。反正枕流这个专业本就是修行在个人，能有棵大树靠靠完全顺理成章，事实上，两人也早就“见过几面”了。换句话说，下午的碰头会完全该是过场才对，甚至远航的导师魏一诚压根儿就没来，后来陆远航心神不宁地支吾说好像是去哪个中学调研了。韵文虽然嘴上说“哪有学生选老师的道理”，但眼睛却瞄着早就一脸微笑的社会语言学研究室叶楠主任。所以呢，枕流也就东张西望着等待最后宣判，没想到，就在这时，居然生枝于节外。

“哦？赵老师，”对着门坐的顾岩首先发现了“敌情”：“来来，坐坐。”这位研究室主任之所以能不学而有术，很大程度上是见人三分笑之力：“小徐你们几个好像还没见过吧，这是赵博士，原先就是咱们院里的，去年刚从美国回来，纽约大学毕业又在那儿工作了一段时间，现在是咱们的所长助理，出口又引进的。”胖子的笑声总是容易感染听众，但这回跟着咧嘴的只有苏韵文，看来别人早就对顾小胖那几招有了足够的抗体。

赵老师大约是刚从外面回来，半长的薄风衣从微张的双肩妥贴地垂下。她很自然地顺着顾岩拉开的椅子坐上前三分之一，环顾间仅仅冲绝对老资格的彭咏教授点了点头，最后目光落向枕流：“我过来看看咱们所的新鲜血液。”她的到来似乎给午后懒散的红茶里加了些许薄荷，大家脸上好像也有了微笑。

事实上，枕流复试那天就在墙报上见过所里主要领导的照片和简历，并且对这位留美博士很有几分印象。“赵助理”并没像其他几位那样把头衔罗列得让人昏昏欲睡，而且照片上略施淡妆、直立在文件柜前的得体模样的确让人有些怀疑她四张有零的年纪。当时苏韵文就说能把岁月的沉积如此和谐地引导为从容实在引人入胜，而远航在展板前那含笑的注视也足以让旁观者相信两位女生的恭维确实不是客套。然而，一向在成熟风韵面前流连忘返的徐枕流却始终歪着头不语，最多不过附和上几个象声词了事，因为他总感觉似乎在哪儿见过这张照片里的人。虽然此类印象几乎每个引起他关注的人都会有上些许，又虽然是因为“赵冉”这个名字不够特立独行，但那好像在欲说还休着什么的笑容却的确让男孩儿感到一种出奇地熟悉和温暖，却怎么也回忆不起来。

“前两天，我间接了解了一下小徐的‘科研设想’，觉得这个主题挺有意思，你能具体说说么？”赵老师的声音在沉着中带有一种摸不透的味道，却绝非拒人千里。比如她在这间会议室中的出现就让原本平静的气氛多了几分涟漪，虽然好像也有了点儿类似尴尬的不确定色彩。说实话，那种所谓的“科研设想”不过是培养计划中的一个形式而已，从来就不是大家注意的焦点，或者说中国的硕士生培养本来就没有什么焦点。枕流都有些忘了具体写的是什么，只记得好像有关语言习惯和民族心理。不过他倒是一向不怕这类狭路相逢，反正那个很可能南辕北辙的草案的最终解释权在作者本人："我主要是有感于现在中西文化对比中深层次的开掘相对少，仅仅是就事论事、知其然而不知其所以然……"其实，徐枕流也不知道自己准备说什么、准备说到哪儿，就像在场的其他人一样，因为他主要的心思完全被用来揣摩忽然出现的这个似乎和整个研究所的气候不很协调的女博士究竟是个什么路数。

所谓"褒贬是买主、喝彩是看客"，上来就拿这个只是摆设的"学术问题"一本正经，几个人都感到恐怕只是个发语词，耗子拉木掀——大头还在后面呢。比如深谙"会场秩序"的顾岩和叶楠的表情都有些不自然，他们嘴边依然含笑，但眼睛却早就跑到了墙角甚至门外，似乎在寻找着问题的答案。也许是洋墨水没有白喝，美国务实的风格很快显现出来，当枕流被盯得有些心虚，平日里的口若悬河也开始"季节性断流"时，赵冉老师自己揭晓了谜底："看来你还是有不少自己的思考，正好我最近也在撰写一些相关的东西，不知道小徐有没有兴趣跟着我?"她大概知道顾岩才是人家的"原配"，所以询问时望向了身边似乎有些不知所措的另一个小胖子。

"那，那好啊，"如蒙大赦的顾岩脱口而出，但猛然间又觉出这是不是辜负了老前辈的"重托"，于是，他近乎惶恐地瞟着彭教授："您看……"之后又意识到这种口气无异于顺水推舟，双手便不自觉地按在眼前宽大的圆形会议桌上，像是极力平抑着陡然紧张的空气。

"啊……好……好啊，"彭咏教授的口气和后来向老大姐交差时如出一辙："你们定，你们定。"姜还是老的辣。最后，这位前辈终于想起自己其实根本就不是人家"语用所"的正式成员。事实上，无论从任何一个已知的角度讲，赵冉都是导师的极佳人选，尤其是相对于顾岩。即便是从最现实也最不相干的仕途经济看来，"二进宫"的留美博士在未来新一代领导的卡位战中也一直处于有利位置，比起顾主任专心于行政，赵冉若能顺理成章地当上主管科研工作的副所长当然"在廉颇之右"。所以枕流对此结果很是乐观其成，只不过从"程序合理"这个很时髦的层面上看来似乎有些拦路抢劫的嫌疑。

"管它呢，庸人自扰。"徐枕流又躺回了尚温的沙发，很快就把下午的事扔到了脑后。当然，如此改变之所以来得如此之快，和那位不期而至的"风雪夜归人”有很大关系。

其实，吴雨自己的小巢也在这个不大的家属院里，所以“生女尤得嫁比邻”的她还是“常回家看看”。当钥匙声传来时，客厅里的枕流并未觉得奇怪，反倒生出一种温暖和期待。虽然今天的时间已经不早，但“马上看壮士、月下观美人”，说不定等会儿自己还能以下楼散步为由顺理成章地“双双飞”一下，这便又多了分窃喜浮上嘴角。

“这么晚还过来，”彭教授闻声从里屋出来，顺手关上门，好像在本能地掩盖着什么：“吃饭了么？”她发现女儿手里还拎着一摞大概是刚从学校拿回来的作业本。

“没呢，别提了，一会儿再跟你们说。”她转身进了已经被分享的小屋，显然，这个“们”当中似乎还包含有正在盘算屋里那两张“不足为外人道”的限制级光盘是否已经藏好的枕流。

食色性也。现而今的女人，胃口正在和身高严重地成反比例萎缩着。比起万恶的封建时代，终于可以在餐桌上和男性平起平坐之后的她们倒是连吃饭的欲望都丧失了。看起来，文化对人性的摧残远比强权来得狡猾许多。其实，她们吃饭香的样子更可爱，生动而且平易。比如眼前的吴雨就是极好的注脚，显然，母亲的手艺永远是童心最好的催化剂，不论你是否已经另立山头。

“您猜怎么着，”呷了口刚刚回过锅的鸡蛋汤，她说话的样子还是枕流记忆中那样慢条斯理：“我们班魏丹居然和一个三十多的博士生好上了，说是在网上认识的，今天还给带到学校来了。”

“咳，现在这些孩子……估计也是闹着玩儿的吧。”彭老师给女儿挑去菜里的花椒：“你去她家了？”

“没有，哪儿能啊，我刚给魏一诚打了个电话。”吴雨天生微卷的长发散散地垂下，又被她扬手随意地别到耳后。

“魏一诚？陆远航的导师不是也叫魏一诚么？”枕流本来在专注地凝视眼前的居家美景，忽然被这个下午才刚刚谈论过的名字打断。

“对”，彭奶奶回过头来：“就是魏老师他闺女。”

饭量确实不大的吴雨好像已经临近收官，抑或是本来就对蛋汤更感兴趣，总之是从碗边不情愿地抬起漫画少女般的大眼睛：“你可别乱说去啊。”

语气似乎还是在叮嘱自己当初的学生，只是比起那时平添了几分沉稳。

“小尚哪天回来?”彭教授看来倒不觉得有什么值得避讳枕流，这次她指的就是自己得意的金龟婿——研究生部学生处项处长。

“前两天打电话说还得有一段时间。”电视里那场大洋彼岸的篮球赛显然提不起吴雨太多兴趣，她似有似无地看着金鱼缸里那些悠闲的鱼儿。枕流清楚地记得，这些小家伙曾是自己儿时最钟情的玩具，其中很多“种子选手”都在被他“培养”成两栖动物的“实验”中壮烈牺牲了。

“研究生部跟加州大学合作搞了一个培训基地，回头你们可能有机会到那边进修。”彭奶奶兼顾着一旁插不上话的男孩儿：“不过你大概是不会去的。”出身革命家庭的老教授带着几分不易察觉的赞许笑了笑。

“前几天听韵文说来着，那帮人已经开始伺机而动了。”枕流发现这个女孩儿消息满灵通的，虽然看起来并不怎么上蹿下跳。

老人大概是懒得过问现在这帮心思活泛的八零后、九零后们，她拿过女儿收拾起的碗筷：“小尚干嘛非得去那个筹备处啊，这种事儿最得罪人了，回头让他跟院里说说，甭去了，出去看看新鲜不就得了。”谈话伴着橱下的水声传来……

说起这位现如今研究生部最年轻的正处级干部，那可是位传奇人物，能算得上半个草根崛起。父亲是县城里的一名小会计，母亲早年间当过乡间剧团的演员，虽然供独子大学毕业并没有伤筋动骨，但项尚后来得到的一切更多的要归功于自己的打拼。年近不惑的他望望身边的同龄人，实在是没有更多值得羡慕的，当然，也包括抱得美人归的那场战役。其实项处长跟吴雨差不多可以说是同门师兄妹，那一段情也属语研院研究生部当年罗曼传说的华彩乐章之一，至少在现而今的掌故当中是如此演绎的。能有这样的东床来“继承大统”，彭教授也算是今生愿足矣，就等着外孙出世，自己好做个“十全老人”。这也就是为什么她从一开始就对姑爷跑到天涯海角去掏资本主义老窝态度消极的原因，毕竟，很懂得惜福的彭老师总觉得没有必要节外生枝。

枕流并不是那种清高到对当官发财嗤之以鼻的“化外谪仙”，但却明白自己的性格怕是注定和此路无缘。他当然清楚万里迢迢到洛杉矶去当筹备主任恐怕不是为了就近给科比捧场，既然那么多龙的传人削尖脑袋往出挤，这就是市场，占住桥头堡不愁没有愿者上钩。他甚至有些埋怨彭奶奶的贪心，哪有偷鸡连米都舍不得的道理。可是项尚的运气或者说是风光的确让人有些耳根发热，抑或这也是人家选择出国“屯兵避祸”的来由之一，想想确实机关算尽。比如徐枕流从高中那会儿对他就多少有些敌视，当年得知“小吴初嫁了”时可是着实“为赋新词强说愁”过一把，其实不仅是他，从听说项尚和吴雨二人关系升温到最终收到婚宴请柬的过程似乎很是经济，多少贼心不死的“洛阳公子”都还没来得及组织预备队就被告知游戏已经结束。

偷东西能不能构成犯罪得看案值数额的大小，可抢劫就完全不同，即便未遂也往往难逃严肃处理的命运。究其原因，恐怕是受害者心态的不同，遭遇扒手还能得着个“下回加小心”，吃一堑长一智，可让劫匪把包翻个底儿朝天则会在劫难逃地感到自己确实是弱势群体，这额外的精神刺激便在“翻身农奴把歌唱”之后发酵成为“你也有今天”的快感，还能有抢劫从业者的好果子吃？所以还是学门“手艺”，干点儿那技术含量高的是正经。事实上，谈恋爱的道理也一样：听说梦中情人跟了不如自己的，非但尊严毫发未伤，心态好的还能对将来的平添几分抖擞；而“溜溜的她”如果是让白马接走的，那可就不同了，人家洗洗睡了，您这边儿的面子却一并被随了礼。显然，当年项处长定鼎中原时的情形就属于后者，那可是吴教授的掌上千金，昨夜明烛不知染红了多少书呆子的美梦。

哪里有压迫哪里就有反抗，“精神胜利法”的产生绝对有着其唯物主义的基础。比如，人们之所以常说某件事情“完美得像个骗局”，恐怕就与酸葡萄心理有关。然而，饮食男女这把刮骨钢刀可不是随随便便就能化为绕指柔的，枕流同学听了吴雨母女的谈话确实感到有点儿胃动力不足，甚至几乎在夜夜缠绵的枕头上辨别出了另一个男人的味道。

伴随着秋日里的连江寒雨，直到第二天上午马列课时，枕流依然有些怏怏。讲台那边的宫子叶老师正在用一口大约辽河流域的东北官话不怎么熟练地朗读着手中的讲稿，她已经连续三次把“季诺维也夫”[①] 说成“季米特

---

① 季诺维也夫，（1883－1936），Zinoviev Grigori Evseevich，苏共早期领导人之一；列宁去世后，作为党内“新反对派”主要成员，始终与斯大林不和；1936 年，被以“投靠法西斯间谍机关”等罪名处决；1988 年得到平反。

洛夫"[①]。前者的死魂灵恐怕当得知自己不仅在"第三国际"让另一个"姓季的"换了牌位、现在居然连署名权都给剥夺掉之后很难忍住不"巡天遥看一千河"地赶往此处讨回公道。徐枕流想到这里，不自觉地抬头往窗外昏沉沉的云间看了看，露出今天头一遭的微笑。

坐在后排的女生们在播发刚刚收到校园掌故，说这位身高将近一米八的女教授原本是打什么球的（这个细节各个不同版本有所出入），后来嫁了个好老公，现在鸡犬升天，也摇身一变到这里滥竽充数。之后便是见仁见智的评论时段，看来女人们天生的新闻敏感并没有随着学历的增加而有丝毫褪色。

"你听谁说的？要真是什么大领导，能看上运动员？"好像是一旁的副班长程晓枫出来"宏观调控"了："她又不是伏明霞！"还是这个主持正义的声音在补充着。

"嘿，怎么不可能啊，那时候没有模特，身材美女都去当运动员了。"经过刚才一番玄想，枕流精神了很多，他向后微微偏着头："这就叫历史唯物主义。"

一锤定音之后，离讲台不远的这个局部有些骚动，低低的笑声似乎在挑战着"女篮五号"的神经。于是，宫老师便从那自己似乎也不胜其扰的小号字打印稿中抬起头："又是你，徐……"她努力搜索着记忆："流枕！"自从第一节课时的杀鸡儆猴之后，宫教授已经认识了这个从小就习惯于挨说的胖子，只不过对具体的名姓还有点儿纠缠不清。

徐枕流转回头，在同学们今年花胜去年红的笑声中冲老师吐了吐舌头。那个"流枕"经她的东北官话演绎之后，发音确实有点类似"落（lào）枕"，男孩儿本能地摸摸自己的脖子，又想起了昨晚的味道。

传说中受领导"贴身"教育多年的宫老师并没有"剩勇追穷寇"，只是嗔了枕流一眼，看看墙上的挂钟、继续低下头去和那让大家都难受的讲稿不依不饶。于是，徐枕流的思维愈发荡漾开来，从项尚想到魏丹，又从魏一诚想到正坐在身边的远航。今天，这个女孩儿的"大盘指数"似乎还是持续走低，即使在刚才的"巅峰对决"时也只是不明就里地抬起头四下看了看，又

---

① 季米特洛夫，（1882－1949），Dimitrov Georgi；保加利亚共产党中央总书记，保加利亚人民共和国总埋。

回去摆弄着手机，发出翻盖时“啪、啪”的作响。

“对了，”枕流总觉得有什么事儿忘了说：“你见过魏一诚的女儿么？”实际上，现如今导师的真名实姓早就不仅仅在论文中被直接呼来唤去了。

“见过啊，”这次远航的回答倒来得很快，只是语气中带着游移：“怎么了？”

“说她找了个三十多岁的男朋友，”徐枕流和盘托出：“你可别乱说去啊。”世上之所以没有秘密，就是因为人与人之间总是普遍联系着的。有的学者曾经做过统计，你想在地球上找到任何同类，只需要不超过十五个“熟人”依次作为中介，所以，一切内部消息都会在这“一般人儿我不告诉他”中被广而告之。

陆远航猛抬起头，倒吓了告密者一跳：“你听谁说的？你确定么？”这确实有些为难，枕流尴尬地支吾着：“她……她们学校的人，说她把那个男的带到……”小胖子以为可以对付过去。

“我知道了，”远航抬起左手食指：“你听那个吴雨说的。”

面对着陆远航坚定的目光，枕流似乎觉得有一种被当年同学们戳穿他和易欣密切往来时带着惬意的紧张。他心里很清楚自己和这个研究院复杂的渊源很难彻底隐瞒，不过还是本能般地在寻找着什么可以推搪的遁词。远航显然是觉察出了男孩儿的窘态，刚要说什么，又随即变得有些犹豫起来：“你那点儿来头其实好多人都知道。”

这倒踏实了，就像很多流窜犯东躲西藏时内心反而会产生希望人民警察现在就神兵天将的隐隐渴望：“你连吴雨都知道，看来你对魏一诚他们家‘地形’够熟悉的，”既然远航不忌讳，枕流也就顺杆爬了。

“啊……”陆远航似乎一瞬间回归了原本的神游天外，但又好像是在艰难地决定着什么：“也……没有。”听到枕流的解嘲，她慢慢抬起头，迅速瞥了一下男孩儿的眼睛。

“这姑娘可真对得起书香门第。”枕流原本以为魏丹的事情能成为打发时间的谈资，可远航却没有他想象中那么八卦：“对了，魏一诚他爱人是干什么的？”最后，总算找出个不是问题的问题。

“说是……是……大学老师，”陆远航的目光暂时离开那闪着蓝色幽光的手机，把面前长条桌面上一个大约来自某种超市食品的价签认真地撕了下来，端详一会儿后又原样贴了回去。

“琴瑟友好啊。”枕流听到第二排苏韵文她们在谈论一个师姐毕业后嫁给什么市市长的“风闻言事”，大概是刚才“宫教授家史”的相关链接。这就是坐在前面的好处，表面看起来容易遭背后黑手暗算，其实却不动声色的把那些小动作尽收眼底，而且能保持一种让别人自己吓唬自己的神秘感：“那，她是教什么的？也是语言教学？”枕流选择继续刚才关于魏一诚家世的话题。

“不是！”远航的否定性回答倒很果决，似乎要割断什么：“好像……好像是文学理论……之类的吧……我也不知道，”一旦牵扯到自己并不了然的实际问题，女孩儿的语气便渐趋缓和，她又摸了摸眼前那个贴膜价签，不过这次好像没有再下毒手的意思。

“嗯，那丫头有可能是随了她妈，现如今的文人都挺离谱的，”枕流原本打算举几个例子，佛洛依德那一套早就臭街了，而德里达的亚伯拉罕燔子故事[①]或许还可以拿来聊佐。

徐枕流换了个姿势，欠欠身，一来给老师造成他在辛苦恭听的假象，二来也是自己准备开讲的先兆。可这芹意却哪个也没打动，老师如释重负地宣布课间休息，而远航则在示意枕流帮她签到后起身。她下意识打开背包瞟了一眼，但什么都没有拿就攥着手机从少有人用的旁门离开。枕流隐约看见那包劫后余生的纸巾是叫嚣“把海水吸干，台湾的小朋友就能过来玩”的“心相印”牌。

盖儒者之争，大凡名与实也。人类之所以要有语言，除了“至圣先师”所说的“劳动需要”外，大约也是因为用行动证明自己远没有上下嘴皮碰一碰来得那么酣畅淋漓。但物极必反，当人们滥用这个“新技术”开始尔虞我诈时，大家便又不得不重新启用肢体表达。文革时的忠字舞想来可能就是这种“言之不足，故足蹈之”的产物。

不仅如此，从小学时点名到现如今的签到，大概也有这种考虑，可语言那可以脱离实际而独立存在的“劣根性”却成为它永远抹杀不掉的胎记。不

① 上帝耶和华想考验亚伯拉罕对他是否忠诚，要他把爱子以撒献为燔（焚烧）祭，即作为火祭的供品；德里达曾引用此故事说明读者与文本的关系。

过，如同婚礼上那些感人下水（该字此处念成轻声，指内脏——作者注）的真情告白并不会成为阻挡两位“心系全球一片红”、“墙里开花墙外香”的拦路虎一样，签到簿上密密麻麻的各类手写体也多少可以弥补门可罗雀的尴尬，而且还有助于培养同学间互助的美德以及托付和被托付的信任与使命感。但这样做有时也会产生副作用，如今的人们不但干了好事不留名，而且已经习惯于接受别人悄悄替你“克服困难”，比如有不少后一种情形就在新婚之夜时被发现。

“那位艾大小姐的到是谁给签的？不像你的字啊。”枕流回到座位，看见后排的韵文正趴在桌子上翻着一本《家庭、私有制与国家起源》①。

徐枕流说的就是他们语用系这届至今还没有露面的同窗——艾枚，也是今年唯一的一位保送生，她好像来自云贵那边的某神秘部落，专门定向研究少数民族语言，难怪如此扑朔迷离。这还不算完，艾同学没等开学就告诉所里，人家跟着当地的什么考察队去“田野调查”，头两三周就先不来研究生部和大家握手言欢了。事实上，对于“不见长安见尘雾”的枕流几个，这么点儿仅有的信息还都只是“据说”。据他们系那个连午饭吃什么都讳莫如深的教学秘书说，如此二位碰到一起，难怪苏韵文都要大摇其头。

“对了。”原本懒懒地趴着的韵文忽然激动起来：“昨天艾枚她男朋友来了，好帅好帅的哦……”说罢，夸张地花痴着。

“她啥时候‘接见’咱们啊？”提起这千呼万唤都没出来的“贵人”，枕流的确有点儿阴阳怪气。也难怪，任何九九八十一难的考研亲历者提起那些兵不血刃的幸运儿，总会对这“宁有种乎”的现象颇多妒忌。保送比起走后门来，不但理直气壮，进而甚至接近荣光了，制度缺陷早晚会演变成体面的作威作福，想来果然不错。

韵文做仰天长叹状，好像在努力平复着自己的情绪：“说是下周，她男朋友把宿舍给收拾了，大概是她们屋那个女生给帮签的到。”恋爱中的贫富不均似乎并没有使苏韵文同仇敌忾，看来最原始的本能一旦升华就难免带有

---

① 恩格斯关于古代社会发展规律的著作，副标题为《就路易斯·亨·摩尔根的研究成果而作》。写于1884年春，同年10月在苏黎世出版，该书有人民出版社中译本，或见《马克思恩格斯全集》第21卷。

虚伪性。

分清敌我是一切革命的首要问题，枕流也没有停止争取统一战线中同盟军的努力。但从这个裙带链条中，他并未再得知什么有价值的线索，因为来自韵文的诉说以抒情为主，而没有什么“干货”。女孩儿一边小心地把自己火爆的“前脸儿”隐藏在徐枕流那魁梧的双肩后躲避着已经开讲的宫老师偶尔巡行的目光，一边低声但抑扬顿挫地羡慕艾枚的男友如何为了爱情把工作转移到北京，并夹叙夹议着自己的不幸。

可怜的徐枕流一面用尽量轻微而到位的肢体动作来对付着身后的脉脉此情谁诉，一面还得不时和讲台那边来个茅塞顿开式的颔首微笑，几乎欲哭无泪。他一直等着身边的远航回来后能换个战略重心，至少也可以摆脱两线作战的捉襟见肘，但往常基本还算守时的陆远航却总是云深不知处。

好在随着临近午间饥饿的来袭，韵文的“人生漫谈”开始有些倦怠，然而那自怨自艾的衷肠却渐渐演变为埋怨老师这经怎么总也念不完的肝火。其实如果你稍微用心听一下就不难发现现行的教育体制已经接近终点，但人们往往会在生理与情绪的双重刺激中失去最简单的运算能力，这次也不例外。

事实上，如果有人指责至今也没有发福的宫子叶教授对备课不认真负责的话，那纯属猜测，而且基本可以肯定是瞎掰，比如枕流就相信那份总感觉有些来路不明的讲稿绝对梅花香自苦寒。严于律己的人往往也能恩泽四海，临近下课时布置的读书笔记作业对于多数研究生实在是“道之不存亦久矣”，可深谙“三从一大”的老师却在怨声载道中依然执着。

“远航哪儿去了？”刚刚从“今日之事多烦忧”中的余波中“梦醒是下课”的苏韵文倒没有更多地为课业负担发愁，其实这点儿玩意对于久经沙场的她们都是小菜一碟，而且那位运动型美女教授体力再好也不大可能从上百份相似作业的紧逼中突破，任何雷同甚至抄袭也都更容易被解释为“乱花渐欲迷人眼”。关键是这帮习惯大学中悠闲时光的善男信女们已经淡忘了一切有关作业的记忆，就像热恋中的殷勤到七年之痒后早已不是必须，甚至被当作负担而成为“婚姻是爱情坟墓”的得力口实。

不过这群刚结识不久的“同学为朋”当然还处在蜜月阶段，彼此磨合的生涩中带着敏感和新鲜，一切麻烦都会被初秋的酸甜所淹没。比如枕流其实在刚才距离下课还约有半小时那会儿就听到书包中手机隐约而深沉地几声振动，料想多半是远航发来的短信，不过却没有当时打开。这倒还真不是师道尊严的余晖，而是历来的习惯使然。

在他们这一代人小的时候，幼儿园正处于求大于供的热络当中，比不得当今对台叫阵的尴尬。这可苦了围城中祖国的花朵，抢手的阿姨们把原本的母慈子孝搞成了半军事化，比如午饭的配给就不得有丁点儿浪费。记得当初别的孩子都是先拣爱吃的招呼，最后难免剩下半个碗底相对两无言；而枕流则先难后易，最终才是渐入佳境的冲刺。心理学家们说，前者属于乐观的悲观主义，而后者则更接近于悲观的乐观主义。

这次也不例外，直到背起书包准备离开时，徐枕流才“顺便”拿出手机，不出意料：“让帮她把东西拿着，远航一会儿直接到所里跟咱们回合。”这是相对忙碌的一天，下午有本系的专业课。

吃过中饭，枕流懒懒地从家属院踱回学校，看来苏韵文去那个遥远的宿舍还得过会儿才能回来。其实他知道韵文这等精细人决不会把下午要用的书落在二十分钟步行之外，这个理由绝对是此地无银三百两。马列课课间她舍近求远地跑到教学楼去上厕所时就十分可疑，而且在起身之前还在挎包里鬼鬼祟祟地摸索过一阵。

如此推理让徐枕流有些犯困，于是便决定往羽毛球场那边呼吸一下健康的空气。他远远看到来自岳阳楼畔的那个在首师大浸染了四年后很接近北京男孩儿的程毅在一本正经地挥汗如雨，而场边大概刚刚鸣金收兵的就是顾爽，正用双手成淑女状、很不效率地扇着。

说起她，确实是班上比较引人注目的一个姑娘。不知是不是故乡的妈祖在冥冥之中导航的缘故，这位福建湄洲的女孩儿很擅长让自己的外貌愈发扬长避短。且不说在本就有些昏昏欲睡的研究生部中，即便是花瓶般的庸脂俗粉都难免万箭穿心，更何况人家顾爽的出手不凡。上周外语听说课 Personal Introduction① 时，一口漂亮的美音技惊四座，那半路出家的中国老师后半节课明显有些心虚，若不是这位本院土特产的男博士雄性特征明显，大家真有点儿担心魔镜会提供不利于白雪公主的证词。枕流对美女一向宽容：“怪不得那么厉害，原来是厦（吓）大的，”看着这位易中天的校友，他多次向同

---

① 自我介绍。

学们感叹。

“你就穿着这个打球？真是宁愿累死也不怕美死，”徐枕流望见女孩儿脚上的矮鞠皮靴，找到可资利用的突破口，他顺势坐到顾爽身边的长椅上，同时不忘冲场上那个自己第一印象很不错的程毅点点头。

“哇，你太抬举我了。”顾同学似乎并不讨厌这个四处搭讪的小胖子，她转向枕流，微微翘起的双唇在香汗的烘托下很有些言有尽而意无穷的味道：“你不给我们一展身手？”

徐枕流摇摇头，他的兴趣当然不是在这个石砖场地上要狗熊，而更喜欢在雨后金毯般铺下来的曛阳中和眼前似乎吹着海风气息的女孩儿若有若无地来言去语。这光景，搞得因生理周期本就心潮起伏的苏韵文，在满院子找枕流找了个遍之后十分光火，去所里的一路上最多的发语词就是：“太虚伪！”

才　女

国家语言研究院西面一条不很起眼的小街上有一片更不起眼的小院，在如今那气派的准现代化办公楼平地崛起之前，这里曾经是语研院院部所在地。据说，它灰色的砖墙和大理石地面都源自当年建设人民大会堂时余下的边角料，而略施粉黛的拜占庭风格圆顶则与苏联专家有关。也许是我们的文明古国见证过太多沧海桑田的缘故，这曾经留下过不知多少开国元勋足迹的革命旧址如今早已看不出往日的辉煌。若单单如此也罢了，偶尔还能有黍离幽歌响起，倒不啻为个怀旧的所在。但要命的是此地距市中心繁华区很近，走出不远便可见豁然开朗的中华第一长街，就好比美丽的女人想守节也难。不少小公司、各类办事处纷纷租赁入住，你来我往、搞得很不严肃。

对于枕流他们这些院里的子弟来说，面前的小街当然不陌生，儿时的学校就在不远处，六年里曾经有过多少清晨和傍晚的朝晖夕荫从这里撒过。脚下深深嵌进柏油路面的啤酒瓶盖见证着当年自由市场的热闹和辉煌。感谢上帝，不是出于什么原因，近年来日趋凶猛的市政基础建设投资并没有让斑斑驳驳的小路旧貌换新颜。

徐枕流同学轻车熟路地走向小楼，不知哪个公司的保安在和老乡的闲谈中抽空瞟了他一眼，可能是兴致正浓，倒没有“笑问客从何处来”。男孩儿无意识地朝大厅环视一下，右转拐进一扇敞开的木门，眼前长长的台阶通往小楼的地下室。别误会，这不是一部反特小说，枕流来此也并没有什么神秘的动机或者使命。

事实上，他们童年时，小楼已经让给院里几个附属机构使用，比如当年的院报就占据着这里的两层。八十年代中期，当那位老人的指尖从农村划向城市时，天子脚下的“铁杆高粱”们也确实为之疯狂过。那是一段连北大教授都在校园里卖馅饼的岁月，蛋糕最初的膨胀着实让冲出魔盒的人性来不及也顾不上去寻找任何含情脉脉的面纱。虽然现如今钵满盆满的淘金者们早已“仓廪实而知礼节”，但“洗底”之前的疯狂仍然让曾经的同好们唏嘘扼腕。覆巢之下岂有完卵，学术界在大气候浸染之下也很难免俗，不过谨慎的文人们最初还是习惯从自己相对熟悉的水域渐行渐远，当初风起云涌的各种小型报刊杂志就是明证，若细数革命家世，它们往往都能找出些显赫的“血统”。

面对着眼前自由市场中日益嚣张的叫卖，语研院学报也终于下决心要搭上这班快要晚点的“南巡列车”，后来那份在京城叱诧风云的副刊就是此时发端。顺理成章，易欣的父亲从一个编辑室的二把手摇身成为这《风华时报》的主笔，当时还让易妈妈有些揪心的任命在今天看来简直抱上了一块有成批兔子为之前仆后继的聚宝木桩。虽然在正式发行后两三年间就已经让它的母体、也就是院学报显得不值一提，但最初的筚路蓝缕仍然可想而知。

尽管创刊时仅仅分得一又二分之一（另外那二分之一是印厂）间办公室的“本钱”，但踌躇满志的易主编仍然浇铸上了自己全部的心血，为了能够就近督战，他把家从几公里之外的小两居直接搬到了单位。但这样一来，女儿的日常起居就成了问题，于是乎，也才有了眼下枕流同学正在走向的这间地下室。

此处原本是各种陈年家什的仓库，市场搞活，难得的阳光从窄小的窗口照进了这个快被遗忘的角落，一批大炼钢铁残留的等外品被处理给了回收站。顺理成章，空出的小屋也就借给了创收有功的主编，后来的沧海桑田间也再没有人想起要把它重新收归国有，所以，从理论上来说，已经远离文墨瀚海的易总至今仍然拥有其使用权。醉生梦死谁成器，破马长枪定乾坤；枕流常常觉得，易欣之所以会养成坚韧而倔强的性格，与她当年在阴湿的地下室中的记忆不无关系。

现在，这里早已重新沦为旧年记忆的堆积场所，但曾经的印象依稀可辨。那会儿，有时要参加田径队训练的易欣并不是女孩子喧闹嬉戏中的常客，下学后更多地径直回到小屋里熟悉将陪伴她一生的独往独来。

女娲补天剩得的顽石在千年之后成就了红楼一梦，但却没听过她老人家泥塑先民时富余过什么边角料，这可能就是人性匮乏的原因。既然如此，当所谓的成功者得到更多命运垂青时，就意味着另一个甚至几个倒霉蛋在某个无人问津的角落里贫瘠着，尽管前者往往会有意无意地去遗忘这种万物的稀缺性。显然，从相当多的角度上来看，易欣就是那些得到女娲娘娘手里更多胶泥的幸运儿当中的一个，她不仅拥有女孩子所向往的摄人心魄，连在小伙子当中都还没有普及的高挑和坚强也被一并分享了去。种种迹象表明，或许不远处的枕流同学就是当初清风山无极崖下被偷工减料的那个。如果你知道他那曾经做过专业篮球运动员的父亲拥有一米九以上身高的话，恐怕就更没有理由怀疑也较典型蒙古利亚人种魁梧不少的枕流其实本可以更上一层楼。

小学时，徐枕流凌绝顶的爸爸已经去了南半球那块让柏拉图在公元前就魂牵梦绕的神秘大陆，而母亲在国内邮电部门的事业也正处在弄潮的关键阶段。换句话说，降生那天起就在奶奶身边寸步不离、而从没熟悉过父母那个一室一厅的枕流也就更别有向其它小朋友看齐的指望了。可事实上，当年的王澜教授比儿子、儿媳加起来还要忙上几倍，能者多劳总也有个限度，大孙子下学后没地儿可去是摆在眼前的现实，而这个活宝偏偏不敢一个人在空荡的三间大屋里待到月上柳梢头。如此棘手的问题，在枕流奶奶荣升副院长之后就已经到了必须要拿出个办法的时候了。

这一筹莫展的局面，最后倒是让当事人自己无意中给解决掉了。说起来，那时的枕流也是老师们眼中的红人，基本上除了体育之外，各种活动都少不了他胖墩墩的身影。举个例子来说，在学校里那个横向比较起来已经很是了得的广播站里，四年级的徐枕流就成为仅次于辅导员的二号人物。先天浑厚以至于后来青春期时都没怎么用得着变声的好嗓子，再加上耳濡目染的写作才能，使得在这个局部当中连易欣都只好屈居人下。偏偏这个报业奇才的独生女从娘胎里就对传媒感兴趣，在当时的她看来，那些田径、合唱、钢琴之类的林林总总都没有每天中午响彻校园的十分钟更有吸引力。于是乎，反倒是“易副站长”不时鞭策枕流这位办事和走路都无精打采地晃晃悠悠着的“正主儿”。

按道理来讲，下午上课前播出的节目本该在中饭过后就到大队部去抓紧策划，但那个天天在女生堆儿里泡着的徐枕流根本就舍不得午间休息时的“千金春宵”，而且这位幼儿园那会儿便录过盒带的“徐站长”偏有纵然什么材料都没准备也敢在话筒前脸不红、心不跳地天南海北、东拉西扯、一通胡说的本事，播出质量自然可想而知。可老师们倒觉得这本就是学生自己的课余活动，用不着小题大做，但却把那个打算用电波编织梦想的易大才女急得团团转。

别看枕流中午忙，散学之后却只恨时间过得太慢，尽管身上带着钥匙，但几乎从不敢在奶奶下班之前踏进似乎每个书架背后都藏着哈里波特的家门；而女同学们大都被警惕性很高的父母规定了回家的最后期限，不到五点便花飞花谢。男孩子那些游戏又的确不是枕流的特长，往往第一个被十分客气地请到旁边参观的就是他，因为那些更笨的实在不好意思腆着脸去凑这个热闹。但人民群众都是在战争中学会战争，小胖子很快就发现田径队的训练场上有不少高年级的身材学姐，于是便拎着书包、像只大熊猫一样盘腿坐在跑道旁边，飞扬的美腿伴随着他愉快地做完功课。

但好景不长，本以为无边的风月却没过几天就被早早叫醒：“我看你是没事儿干，对么？”训练结束的易欣叉着腰站在枕流身后。

“没……没……”徐枕流猛然意识到该理直气壮一些：“我，我看他们练铅球挺好玩儿的。”他朝远处几个敦实的猛男努努嘴。

“哼！”事实上，这个感叹词的深意直到两人上高中时才最终被解密，其内涵和枕流当年担心的一样。易欣盯着小胖子的眼睛：“我找你有事儿。”

徐枕流本想编个什么理由溜之大吉，但随即目测了一下那两条近在咫尺的长腿，估计踢到自己脸上的眼镜大概没什么问题，所以还是识时务地跟着走出了校门。枕流虽然胆儿小，但并不那么容易被唬住，猜想这次被劫持到那间小地下室决不是去写认罪材料，“文革”时那包打天下的《婚姻法》在八十年代初就早修改过了。果然，可怜的他被勒令做出明天中午播音的书面计划，等易欣写好作业并审查通过后才得以解脱。

“从明天开始，你下了学到操场等我训练完。”看来人家已经熟知了自己的生活习性。

枕流到现在也不明白当初为什么要听她的，因为那实在与心虚无关。

地下室里的变化在两三天后很快被易妈妈发现，又顺藤摸瓜地得知小胖子四处闲逛着不敢回家的隐情。于是，在王院长的欣然首肯之下，只要当天枕流奶奶有事儿，男孩儿就待在这里吃完晚饭，然后由易欣负责送到路口，形成了惯例。

当然，这一切在今天看来都已经成为遥远的回忆，虽然老旧的家俱依然在它们原来的角落里提醒人们那曾经的往事。随着《风华时报》销售量飙长，主编的宝座也就日益成为"有识之士"们觊觎的目标，不少当年情愿稳坐钓鱼台并官运亨通的同僚开始意识到还是广阔天地才好更有作为。于是乎，倒是这些"刘郎去后栽"的新贵们为京城几家倍感压力的老牌报纸解了围，一批批的钦差大臣、一次次的人事更迭，本就是高阁中产物的副刊难逃潜规则的同化。

想当初吴越争霸，范蠡深知勾践绝非可以与之同甘的角色，便在宏图已成之时带上美人去搏击商海、终老江湖，偏偏那个颇有识人之明的文种不停苦劝、决意留下来摘桃子，落得个兔死狗烹的结局。殷鉴虽远，但仍可知兴替。易主编在黑云压城的紧要关头决定效法陶朱公，脱离越国宫廷那已经渐趋僵化的旧体制，彻底重新做人。正好某蒸蒸日上的地产企业伸出橄榄枝，于是一切都变得顺理成章，新人旧人各得其所，《风华时报》改朝换代。

既然已经近水楼台，小学升上初中之后，易欣也就没有理由再流连那阴暗的地堡，而是羡煞众人地搬进了京城最早出现的复式板楼之中。或许，这曾经让可以不再满大街乱转的枕流颇感温暖的斗室并没有给倔强的女孩儿留下太多的愉快回忆，自然课拿回家做发芽试验的豌豆因为不见阳光而迟迟不肯发芽以至于让自己破天荒蒙冤的往事可能早已淡忘，但那几年后每逢阴雨仍隐隐作痛的关节却长时间地提醒着当初的艰难岁月。于是乎，绕床弄青梅的革命遗址成了不堪之回首，即便不得不去取什么东西时，易欣也尽量让枕流代劳。久而久之，他反倒成了这里的主人。

或许是苏联体系的余波未平，中国的年轻人在学习条件反射现象时最先接触的都是俄国生物学家巴甫洛夫那狗听见摇铃就流口水的著名实验，以至于后来谈起这个严谨的科学术语时难免产生些许很不严肃的念头，当然，这也是条件反射使然。不错，让人学会改变需要外力，而维持现状靠惯性就足够了。事实上，牛顿在四百年前的伟大发现通过内心的自省也一样可以得出，不见得非得去麻烦苹果。比如今天，枕流并不需要到这件冬暖夏凉的地下工事里“淘宝”，但在和易欣“约会”之前还是下意识地走向了这个闹市中安静的角落。其实在他寄居到吴教授家之后，两个人已经没有理由把见面的地点仍然留在院部附近，但易欣也并不勉强枕流这唯一的固执，只是无奈地摇头笑笑，就像十几年来无数次发生过的那样。

眼看时间快到，徐枕流掏出钱和钥匙并揣进衣兜，而把拎在手中的书包留在了床上，似乎宁愿用事毕再绕远取一趟的代价换来那缥缈的归属感。他走出小屋，环顾左右，这可能是仍然没有安装铁门的唯一例外。也难怪，在多数人看来，这里面并没有太多值得或者能够被拿出来分享的什么。

已经是九月底的光景，空气中开始传来菊花那有些苦涩的清香，燕赵遗风，皇城根儿到底不那么容易被脂粉气淹没。枕流的目光一一掠过那些熟悉的白杨，但耳畔显得有些尖利的汽车鸣笛声却打破了这午后的幽静。

“唉，”徐枕流一向不大喜欢这种在很多发达国家被严格限制的叫嚣，而且它在我们这样一个仍然初级阶段着的社会中更像是有车一族目空一切的宣言书。他叹口气，往本就不宽的小路边上靠了靠。

但那个声音好像并没有满足于如此战果，而是不厌其烦地高唱着。枕流站住，并下意识地往司机位置上瞥了一眼，尽管隔着今年流行的复古大墨镜，他还是一眼认出那后面易欣的含笑。

女孩儿穿着一身合体的淡黄色职业套装，这在受日本AV启蒙很深的都市八零后看来有着丰富的引申含义。于是，枕流在副驾驶的座位上换了个座姿，并顺便活动一下那牛仔裤里感觉有些紧绷的大腿：“你不冷么?”其实，这个全球变暖的时代中，北纬四十度的孟秋完全还是短裙的舞台。

“切。”拿到驾照并不算久的易欣用踩着高跟鞋的双脚熟练地摆弄着那三个连贴膜都没来得及揭去的踏板，似乎一点儿也不惊讶于枕流为什么没有问她什么时候开上的新车：“跟我到高速跑跑，得磨合一下。”她脸上从来也不祭出女孩子们所惯用的那种廉价的假顽皮。

和易欣这样的同伴一起出门是十分“省心”的，她总是在已经安排好一切之后才会“虚心”地征求你的意见。这一点，枕流当然早就视若无睹。好在他确实不是那种决断型的性格，更喜欢随遇而安地去习惯着。比如，男孩儿原本很有些怕辣，但在易姑娘反复的熏陶之下也逐渐变得来之能战，区别只是他从来也没有任何主观上想吃的冲动。“从神经学角度讲，辣其实只是一种痛感，根本就不属于味觉”，枕流常常这样说。

今天这顿水煮鱼之所以要跑到几十公里之外的良乡①来吃，当然和那辆枕流说不上名字的新车有关。但从易欣点菜时基本没怎么看菜单的架势来分析，她恐怕并不是头一回光临此处。其实，算起来，两人出门的开销基本都是女孩儿承担，在她供职于现在这家威名赫赫的跨国企业之前就是如此，枕流早就已经在若干次挨瞪之后没有了任何抢着掏钱的欲望。事实上，他到底买过多少单基本都能直接从易欣的衣着或者佩戴上体现出来，比如她现在身上的这套正装；易姑娘似乎只有在逛商场时才会偶尔默许导购小姐熟练地带着男士去开票，抑或像上次那个手机链一样去加以适当的引导。

有趣的是，这个学金融出身的才女好像并没有把市场效益最大化那一套运用到私生活的实践当中。她更多的业余时间还是在自己家里布置精当的套间内发奋图强，或许也正因为此，易欣根本就没有必要像枕流一样到校园里专职地搭上大好时光。有别于那些习惯盛装到商业街走秀的“红粉军团”，她每次购物时的出击都似乎早有准备、目标明确。不仅如此，和枕流见面的安排好像也都是经过计量经济学模型反复推演过，一向浅尝辄止，决不从早到晚去搞疲劳战术。

可惜，并不是任何人都这样精通距离与美的关系。当年刮共产风、大搞集体食堂的岁月中，有过不少肆意浪费、比赛吃饭之类的闹剧甚至悲剧，但却极少听说谁执着到在自己家都每顿吃十六分饱；这说明，当收入与支出或者权利与义务不匹配时，杠杆的两极往往很难达成稳定的平衡。其实，以上逻辑也完全可以拿来宽慰那些辛苦备课而门前冷落车马稀的人民教师，既然您讲授的东西难以直接转化为经济效益，就别怪学生们不来捧场。

“避席畏闻文字狱，著书都为稻粱谋”，看来夫唱妇随的宫老师很是懂得其中的玄机。教政治理论最大的原则就是动什么也别动感情，意气用事的覆辙早就赭衣塞路。但我们这位教授显然在此基础上更进一步，不但教案的内容四平八稳、专治失眠，而且面对日渐稀薄的人丁也不以为意、视若无睹。毕竟，大家敢不来正说明没拿你当外人。每当宫老师从厚厚的五号字打印稿中抬起头来与同学们目光交流时，她总会习惯性地摘掉眼镜，在散光的人看

---

① 北京西南郊某卫星城。

来，眼前的“七十二贤”至少在瞬间翻了一番，尽管，这种增长显然是不可持续的。

在捧场还是翘课这个问题上，徐枕流是语用系那四位中最不实事求是的一个。尽管身边的红颜们都已经散落在天涯，但他仍然执着地准时出现在每次的催眠现场，头一排上那个宽厚的身形和笔记本上飞动的墨迹近乎倔强地维护着这门课程那式微的尊严。其实不仅是他，由于人去楼空而递补到第二排的程毅也同样“不开眼”，徐枕流终于腾出机会和他难得一晤：“你是学什么专业的?”尽管这个眉目疏朗的小伙子报到时就给他留下了蛮好的直观感受，但在脂粉堆中刚刚理出头绪的枕流还真没来得及和结识。

“大哥，”如此称呼显然是拜在首师大和北京孩子们四年的厮混所赐：“你已经问我三遍了。”程毅微笑，抬起头毫无恶意地看着徐枕流。

“是，”这当然并非枕流第一次碰上这种情况，四处套磁的他经常会遇到驴唇没对上马嘴的情况，所以毫不慌乱：“我知道你是什么系的，”显然，事实上他根本就不清楚：“我是问你具体搞什么专业。”请注意，所谓的“具体”，学问可就大了，即便人家真的已经告诉过自己，也可以说这次是打算进一步切磋，非但没露马脚，反而更显亲近。剑桥要求研究生的学习领域“一寸宽、一里深”[①]，这才哪儿到哪儿啊。此外，任何专业的细分都可以向下兼容，一旦知道人家“具体”搞什么，便自然可以逆推出其所属系别，前面的谎也就兵不血刃地圆上了。

“现代汉语词汇学。”湖南小伙子的笑容有些莫测，但依然暂停了同样草上飞的签字笔，把肘部支在桌面上，右手托起半偏的脑袋。

两个男生之间目光相接了一下，但这个过程很是短暂，倒不是枕流被客气地揭穿面纱后不够老练，纯粹是激素使然。正如同性这个语素可以构成的词组只有“同性相斥”和“同性恋”一样，两个老爷们儿超过三秒钟对视的结果除了肌肤相亲就是老拳相向。

好在这一胖一瘦、一高一矮两个时代青年的身材典型地体现了我国广袤国土上南北地域之差异，不论以那种形式肢体接触起来口径和吨位都不大兼容，也便没有碰撞出什么激情的火花。还是年长一岁的枕流同学先找到了出

---

① “One inch wide, one mile deep.”

口："你们系都有谁啊？"他自以为这个承上启下很是高妙，言外之意是通知程毅他已经"荣幸"地成为现代汉语研究所诸君中最被青眼有加的那个。这位研究新词发展的后起之秀讲起话来也是惜墨如金，程毅很有些"吟安一个字，捻断数茎须"般的严谨学风，只是简之又简地念出几组音节。除了在外语课上很有些惊艳过的四川女孩儿刁咏嘉之外，对于其他那些名字，枕流都毫无印象；尽管已经不止一次在不同场合自我叫卖过，而且大抵也都身怀某种绝技乃至异能，但都已经被研究生院这波澜不惊的深灰底色晕染得充耳不闻，基本等价于"阿猫"、"阿狗"云云。徐枕流下意识地点点头，似乎在回味着如马恩列斯的头像般飘过的尊容，他朝讲台那边几乎未带任何不安地望了望，顺理成章地给自己找到暂时脱离话题的借口。

说起来，这个程毅确是研院里大都"出身寒微"的同窗中很有些来路的一位，当然，如今二十多岁年轻人的所谓背景无非是家里长辈的根基而已，比如这位岳阳小伙儿就很有些"啃老"的资本。据不愿透露姓名的消息灵通人士称，程同学的父亲原为某大型国企的高层管理人员（或者称为干部更加妥当一些），主要负责一些利润丰厚的副业。前两年进行国有资产的核算与重组，为了巩固连续亏损的主业从而保证国有资产对命脉产业的"控制力"，决定对肥得流油的三产"清晰产权"。所谓清晰产权，简单说就是弄明白归谁，如果还像原来那样"全民所有"当然就不够"清晰"，所以还是卖给个人好些。卖给谁呢？当然是近水楼台先得月喽。价钱嘛，意思意思就行。于是乎，我们这位"程副书记"就摇身七十二变，坐拥洞庭湖畔某个生意红火的大型度假村，当年先烈们用性命换来的国有资产就这样在个人手中实现了"保值"、"增值"。

程毅似乎没有从枕流的表情中读出什么异样，相反，却露出些类似赞许的笑容；原来，宫子叶老师正讲到列宁的新经济政策，盛赞革命导师当年把苏维埃政权无力运作的一部分企业和产业交给老外或本国资本家是明智之举，这显然引起了程少爷的强烈共鸣。看来真是什么阶级说什么话，徐枕流甚至开始有些感到当年红色风暴中的"血统论"也不完全是子虚乌有的痴人说梦了。正如从武装割据的广大农村"进城赶考"的革命干部们往往难逃小布尔乔娅的秋波顾盼一样，枕流倒是不讨厌这位先富起来的公子哥儿。实事求是地说，程毅同学待人和气还很有几分乐善好施，好评远远多于诋毁。不禁让人想起当初丁玲女士那为她带来一生荣辱沉浮的力作《太阳照在桑干河上》在荣获斯大林文学奖时所得的评语："这部小说真实地展现了中国大地上阶级斗争的复杂性。"

下午没课，且吴教授夫妇都去参加在郊区某个山清水秀的所在召开的什么研讨会，所以徐枕流并不急于回去吃饭，而是和程毅一起踱向食堂。照例，二人在门口的布告栏前流连了一下，今天，这里的气氛似乎较以往活跃些，陆续有人好奇地站住端详着什么并含笑走开。他们俩也不免俗，细看处，原来是一份某女生写的声讨信：

> "最近，我们学校出了一个BT（即变态，大约是淑女怕这个污秽的词语沾染自己纯洁的口舌——作者注），我们晾在楼道和院子里的连裤袜都被他偷去了。姐妹们，我们一定要团结起来，抓住这个BT，救回我们可爱的袜袜哦。
>
> ——失去了袜袜的可怜的小女生"

枕流的眼神有些恍惚，不过弄懂这篇檄文倒是没有大碍，更何况身后还有个抑扬顿挫的调子在现场解说，真是声情并茂。他和程毅相视无言，面颊的爆笑显然已在喷薄而出的边缘。枕流想起，前些天曾看到某博士姐姐将一面大概用来照妖的镜子高悬在宿舍大门之上，可见研究生院敌情之险恶，难保这份声讨函就是女巫聚会那引蛇出洞的邀请信，徐枕流忽感身边无数双眼都像是机警的哨探，尽管心中坦荡，仍然脊背发凉。料想众多书中颜如玉多年青灯手卷的饥渴，一旦被女才子盯上多半得屈打成招，所以还是尽早远离这是非之地为妙。于是乎，二人也若无其事地随吃饭的大部队鱼贯而入。

顺便介绍一下，因为研究生部中每个系其实都对口归语言研究院的相关各所管理，所以大家平日里各自为政，不夸张地说，眼下的饭堂是全校难得的定期聚会地点。虽然开学已有不短时间，但枕流倒还真没怎么光临过这食色场所。尽管如此，花花世界还是自顾自地熙熙攘攘着，比如说，从每天用餐时的聚散就已经不难看出新近结识的同学们之间初具规模的离合好恶了。徐枕流没有餐卡，何况早上彭奶奶已经给留了午饭，但程毅还是先斩后奏地塞给他两个炸鸡腿儿。于是，男孩儿也就没再多说什么，随程毅走到最里面的一张桌前。

“哎呦，真是稀客啊，”外文系的顾爽向后甩了甩一袭长发：“平时没怎么见你在这儿吃过。”其实人家的意思就是说跟你的交往很有限，但情种却有充分理由解读为美女始终在关注着自己，于是，枕流顺杆就爬：“是啊，人家这不都是为了和你偶遇么？”

“哇……你们所那两位呢？”显然，当过老师的顾姑娘很有分寸，灿烂的笑容既给足了别人面子，及时转移的话题又不动声色地让你浅尝即止。

“今儿上午没来，”程毅在把餐盒中的豆腐和米饭泾渭分明后接过了话题，然后又是耐人寻味地笑着：“你们看门口那个告示了么？”这显然是个设问句，不需回答，因为这条新闻俨然已经成为了此间的头版。

或许是出于同胞之谊，抑或是碍于脸面不好撕破，在座几个女生只是抿嘴微笑，并未置褒贬可否。所以还是枕流先打破僵局：“话说啊，有那么一个老处女……”这句定场白效果不错，大家的注目成为他讲下去的最好鼓舞：“她二十年来上班从不迟到，但有一天忽然晚到了两个小时。同事就问怎么回事，结果她很不好意思地说被一个男人跟踪了。”徐枕流瞟了瞟顾爽微微翕动的双唇：“大家很不解，被人跟踪该加快脚步才对，怎么反而晚了呢，就问她为什么。”

做好铺垫，枕流环视了在座的几位：“老处女两颊绯红，说：‘那个 BT 走得太慢了。’”他故意拉长声调，夸张地模拟着那忸怩之态。哄笑声引得临桌频频投来异样的目光，看到顾爽为之开怀，枕流更加得意：“那位姐姐都把连裤袜挂到院子里了，就差提供电话定购服务了。”

饭　局

心理学研究表明，人对事物的评价往往来自自身从中所得到的满足感，而满足感则源于理想与实际的比例关系。反过来讲，如果你不想让别人失望，就最好别让他有太高期待，尤其是某些不现实的泡沫，所以圣贤训导大家要谦虚。

可就有人敢冒天下之大不韪，偏偏喜欢让旁观者调足胃口，结果却往往是“见光死”。07、08 两年中国股市的大起大落就印证了这个真理，被套得连楼都懒得跳的投资者可算逮着奥运的难得商机，于是一哄而上、狂飙突进，但真等事到临头，却发现根本就没有想象中那些钱多得没处花的洋大款跑到皇城根来撒美钞，才大呼上当，其实都是自己骗自己。

中国这个民族还算好客，所以不喜欢有太多神秘感的人，并将后者斥为“假深沉”。比如枕流对同系那个尚未谋面的艾枚就有些先入为主的不悦，尽管艾姑娘的名讳很有点儿让人想入非非的气质，但这开学一个月才千呼万唤始出来却难免让总要极不情愿地从春梦中爬起来聆听一堂堂无聊安魂曲的徐枕流感到愤懑。

或许，来自西南大山深处的女孩儿多少都带有些原生态的灵气，艾枚似乎预感到这不短的时间差怕是凶多吉少，于是便先发制人地邀请大家到附近的韩国烤肉馆畅叙幽情。说是男朋友做东，拜托诸位多多关照，倒也在情理之中。可奇怪的是这个聚会竟由不同系的程毅代为组织，据说是因为他那天“碰巧”赶上帮忙搬送行李所致，但之所以没有选择同样忙上忙下的苏韵文，怕是可能和已经待价而沽很久的韵文那天对人家帅哥男友表现出的过分欣赏有关，至少枕流这么想。

不管怎么说，六个人依然如期坐到了一起。近来行踪诡秘的陆远航尽管始终神龙见首不见尾，但最终还是来了，她显得有些疲惫，当然也一如既往地心不在焉。远航很自然地选择了紧挨枕流的那个位置，低声道：“我一会儿可能找你有事。”说着，把不时振动的手机摆到了餐桌上。

徐枕流点点头，发现大家都在看自己，于是转向今天的“主人”，一个比较典型的忧郁型美少年：“是……杜晓钟，对么？”这当然只是搭话的技巧，几乎没等人家点头，枕流便接了下去：“你是工作了？还是在上学？”他故意把事业摆在前面。

“啊，工作了。”晓钟声调不高，但还算热情：“我在……”

“他是搞网络的，IT 业。”一旁的艾枚把话头接过去：“我们可早听说过你了，大才子啊，”看罢枕流，女孩儿向其他几位同学环顾着。

徐枕流笑笑，刚要借题发挥，坐在右手边的韵文一边认真地用生菜叶包裹着几片刚烤好的牛肉，一边不识时务地朝他开了腔：“那天我不都告诉过你了么，你还问人家是干什么的，一看当时就走神儿了。”苏姑娘撇撇嘴，把垂下的额发打点好，开始津津有味地品尝起那一衣带水的临国风情。枕流无可奈何地看看她，又瞥了一眼那边明显有些怏怏不乐的艾枚。

男主角倒是挺自然，他朝枕流举起酒杯：“小枚这回到语研院，大家多照顾。”比女友年长一岁的杜晓钟似乎并不很擅长交际，说起这番客套话时显得有点儿生涩。

“哎，”久未开口的陆远航不知道是冲谁点了点头：“能有这么个男朋友多幸福啊。”她喝了几口饮料，望向艾枚的目光很是诚恳。

在我们看来，欧美国家通常采取的 AA 制很有些不可理喻，觉得食色性也之事完全犯不上搞得这么楚河汉界。其实这只是问题的一个侧面，多数情况下，权利和义务总是毫厘不爽地相对着，也就是说，从饭局分出东道和食客的那一刻起，餐桌上便没有了平等可言。所以，聪明的中国人便常常等到酒足饭饱后再真真假假地抢着付账，至少落得大快朵颐时片刻的心无旁骛，着实狡猾。北京城里最常见的一家韩式料理连锁店恐怕就要算是大名鼎鼎的“三千里”了。其实这个名字体现的是朝鲜半岛南北东西的疆域纵横，正所谓“三千里江山”。当然，人家指的是韩里，比起欧亚大陆的度量衡多少要袖珍一点儿。但不少中国人却将这个字号想当然地理解成了“三千里路云和月”的缩写，烤起肉来也便平添了几分“风餐饥食”、“笑谈渴饮”的豪迈。尽管李戴张冠，倒也入乡随俗。所以说民族气派和民族风格的同化能力在任何时候都不可小觑。

既然国人早已习惯了老祖宗留下的礼尚往来，大伙儿在行将罢席时也就没再忸怩作态。既然吃了人家的嘴短，对于艾枚迟到一个月的大摇大摆也就不好意思再没完没了地理论了。从这个意义上来说，艾姑娘的闪亮登场还算成功。尽管负责掏钱的杜晓钟似乎显得不够自然，至少有些沉默，但有枕流同学参与的饭局从来不用担心冷场，这次也是毫不例外地尽欢而散。

我们常说某个人“懂事儿”，也就是比较世故，现在有个新词儿，叫“情商高”。其实领导也不是不知道那些最会溜须拍马的下属往往都是靠不住的墙头草，看起来的死心塌地都是表面现象，但最终却往往难逃糖衣炮弹的死缠烂打，久而久之，就成了近来常常被人提起的“潜规则”。显然，艾枚同学就比较精于此道，从她发出聚餐邀请的那一刻起，就已经注定了最后的化险为夷，因为恐怕没有人会傻到把自己置于“不近人情”的窘境。这位身材迷你的云贵姑娘轻而易举地便将几位同窗“两头堵”在了“好收吾骨瘴江边”，看来人家能被保送绝不是偶然的。

其实察言观色并不是什么藏之深山的秘笈绝学，只是见风使舵的专业程度因人而异罢了。既然开饭前就已经知道枕流和远航一会儿有个“分组审议”的小会，大家就没再统一安排结束后的夜生活。程毅要去不远处的一家俱乐部健身，艾枚他们到超市采购些日常用品，而韵文则各取所需地如愿拿到“吃不了兜着走”的几个打包餐盒，这两天便省去了食堂的排队之苦，恐怕也就更没有跑到离宿舍两站地的学校去上课的理由了。

“你妈妈还没回西安么？”徐枕流发现远航出门后很自然地走上一条不起眼的小路，通向刚开学那会儿母女二人暂住过的招待所。“可能打算在北京待一段儿时间，”远航的回答并没有犹豫，语气中带着些无奈：“她前两天去过中介，也许要找一个长住的地儿。”这倒多少出乎枕流的意料，毕竟，陪伴已有在外地独自工作经历的女儿念书总显得有些不寻常。但既然是人家主动找自己有事儿，徐枕流也便没有再继续追问，只是点点头，可以理解为示意远航接着说。

“她盯我盯得很紧，挺烦的。”陆姑娘有些天上一句地上一句，更像是在说给她自己听，让不明就里的枕流一头雾水；“刚才吃饭那么一会儿工夫还紧着发短信，问我在哪儿呢，我说跟你在一块儿。”

徐枕流原本还以为人家有什么心事要同自己分享，结果只是个挡箭牌而已，他已经习惯了这种自作多情，但又感觉事情似乎并不简单。刚想把种种前因后果理出个头绪，却见远航朝前面招了招手，原来是陆妈妈在屋里等得不耐烦，“出郭相扶将”了。

“小徐，”这位不远千里来“护驾”的母亲紧走几步，客居他乡也多年未改的天津话让人永远也不会觉出丝毫的紧张：“听说是你们有个新同学刚过来。”这种告白多少让人感到有欲盖弥彰之嫌。

“啊，是。”一向能言的枕流反倒不知所措，可能是昏暗的路灯下看不清彼此面孔的缘故。那边的陆妈妈还在絮叨着些什么，好像还是在讲同学间要彼此关照之类的老生常谈，他也只好支吾着对付招架。奥运临近，离首都机场高速公路不远的这一带也借故大兴土木，本来就不宽的街道变得更加深一脚、浅一脚起来。枕流边摇摇晃晃地躲避东倒西歪的各种路障，边不住盘算脱身之策，但一旁的远航却始终怪怪地沉默着，弄得徐枕流也心神不宁。一直到了招待所门口，才找了急着上厕所这么个最不堪的借口逃之夭夭。

实事求是地说，枕流从烤肉馆出来后这么不紧不慢地逛游一阵后确乎有些内急，他是那种喝酒“走肾”的典型，斯文一点儿说就是代谢系统对酒精比较敏感，这类人往往比较有量，喝多少都就地解决了。其实世界上很多事情都有着相似的道理，拿得起搁得下的人一般都比较能经得住变故，他们没有太多包袱，通常不会在意那些枝枝蔓蔓。当然，反过来讲，谁在这种人心中也都只能是“流水的兵”。还好，在心事很重的徐枕流体内“走肾”的仅仅限于酒精。

枕流急匆匆地赶回家，正准备冲进厕所痛痛快快地大干一场，却发现吴雨不知何时大驾光临，母女二人正在饭桌旁谈论着什么。虽然徐枕流一向不大重礼数，但开闸泄洪时的畅快淋漓也难免收敛了不少，他略带意犹未尽地草草洗漱完毕，很自然地踱到沙发那边翻起当天的晚报。

也许是事先知道枕流今天有聚会所以没必要招呼他吃饭，抑或是当下的议题有足够吸引力而不忍打断，总之，男孩儿的到来并没有更多改变母女之间的交谈。虽然这部“连续剧”不能根据观众的需要而随时重播，但半路杀出来的徐枕流还是很快进入角色、弄明白了其中的主要情节和人物关系。显然，话题还是有关那个叫魏丹的女孩儿，好像是吴雨和她谈过几次之后，小姑娘禁不住强大的“政策攻势”，交待出之所以谈这种“畸形”恋爱是与近一段时间以来家里常常闹得很不愉快有关，而究竟魏老师两口子出了何许问题似乎还有待于进一步侦破。

看起来，吴雨大约是对自己大力工作的阶段性成果很是满意，闪动着欣喜的大眼睛在台灯侧光的衬托下显得格外迷人：“今天没来得及，回头我还得去找一趟老魏，这个家伙，搞的什么鬼。”

俗话说，什么人玩儿什么鸟。陆远航向来行踪诡谲，让人很费思量，而她的导师，更是带有些神秘色彩。魏一诚，语言教学研究室主任，正高级职称，早年间从北大考过来的博士，主攻语言心理过程研究并卓有成果，历来被认为是典型的实力派代表。此君言语不多，更善于同别人用目光和神情进行微妙的交流。徐枕流他们几个平日去所里上课，很难碰到这位传说中很有些来去无痕味道的“高人”，就连上次导师见面会都借故缺席，魏一诚似乎比所长还忙。

看来不同凡响的气度也可以遗传。有其父必有其女，虽然素未谋面，但枕流已经想当然地在心中按照“雅皮士”的路数给魏丹进行了初步的素描。贵族身份有个形象的说法叫做blue blood，换算成中文就是蓝色血统，而blue又含有忧郁、神秘的义项，所以说，人家正宗书香门第的掌上明珠总有些俗人不易解码的独特基因。

正这么东一榔头、西一棒子地胡思乱想，枕流忽然发现身后母女座谈的声音似乎被压低了很多，甚至夹杂着不少难以辨别的气声，几近耳语：“他跟小赵本来就……是吧……”不用回头看，彭奶奶大概是引入了某些肢体语言，使得本来就带有岁月痕迹的嗓音更加不足为外人道：“所以……要不然我去问问他。”与刚才的光天化日大相径庭。

“别别别，也没弄清楚怎么回事，”吴雨的腔调也受到了感染：“我觉得别太……”可能是因为改变了当初宜将剩勇追穷寇的打算，这位首战告捷的班主任显然有些意犹未尽。

从其实质而言，学术研究和家长里短或许本就没有什么太大区别，都是源于好奇之心而诉诸集体讨论的某种无所谓谁对谁错的是是非非，只是在其“规范性”和难易程度上有点儿高下之分而已。所以说，学术机构内部往往滋长着舌头底下压死人的土壤，只不过是来得隐晦与狡诈许多罢了。比如刚才那母女之间的你来我往就是证明，而且家庭内部显然没有用面纱甚至面具层层掩饰的必要。枕流觉得或许也正因为如此，二人不便让他这个初出茅庐的学界“第三梯队”太早地领教其中过于深奥的真假虚实，于是乎心照不宣地早早鸣金收兵。

转过天来，是语用系的06级新生到所里上专业课的日子，开学几周，这还真是四个人头一次满宫满调地全员出席，古色古香的《汉字学》课程也显得热闹了许多。很明显，后来者居上的艾枚对研究所里的一切并不陌生，她很熟稔而自然地同见到的所有老师打着招呼，其中有些人连枕流都叫不出名字。真是“秀才不出门、便知天下事”，新世纪的时空关系果然如爱因斯坦预言的那样始料未及。

有了前一日的感情培养，尚未退去余温的热络让徐枕流并没有对艾枚的八面玲珑有太多反感和忌惮，倒是韵文显得有点儿不自然，尤其是当她听到人家和自己的导师叶楠貌似热烈地谈起中央民族大学某个连苏韵文本人都从未听说过的热门研究项目之后。但枕流暂时没有心思去揣摩这当中的勾肩搭背，心里盘算着是不是该把昨晚从吴雨那里趸来的“最新动态”拿出来和远航分享，但想来想去似乎又不知该从何说起，而且也始终没有独处的机会，就这样一直犹豫到下课时分。

因为是在研究所里，自然没有人给他们准备那久违的散学铃声，仅容一张椭圆形长桌的会议室更像是柏拉图学园或者逍遥派①柱廊，老师开始预报下期的精彩内容就是告诉大家可以收拾行装准备回转的信号。

---

① 古希腊思想家亚里士多德及其弟子所构成的学派。

“哦，对，”头发已经有些花白的陈教授忽然抬起右手，显然是刚刚想到什么关键事项：“小徐，赵老师中午过来了，你正好不在，她让我转告你下课去找她一趟，她在办公室，现在大概还没走呢。”这位五十年代北京师范大学古代汉语专业的老毕业生叙述准确、清晰、完整，且多用短句。“我差点儿给忘了。”她补充着，把有效信息含量最少的内容安排在了一段话的最后。

“啊，好，”徐枕流略感意外，毕竟是在一个通讯技术空前发达的时代，采取这种带话的手段进行联络总觉得有些异样：“谢谢您。”枕流倒是没忘记眼前的“传道之恩”。简单的几样文具早就收拾停当，但他只是空手站起身走出会议室而把书包留在了桌上。几位女生显然清楚这类的师生谈话时间往往很有限，所以不用招呼便心领神会地等枕流完事儿后一起回学校，韵文似乎正发着短信，而艾枚则见缝插针地在楼道里打起了手机。

相比较而言，徐枕流和导师的确很少联系，自从开学时那个有些突兀的见面会之后，二人只是在所里几次偶尔碰到时随便谈上过几句，这虽然与第一学年课程较多有关，但更主要地是因为枕流实在不大善于此类人情世故。事实上，研究生院的同窗们往往有点儿什么风吹草动、柴米油盐就往“一日为师终生为父”那儿跑，若不是此时已经下班的语用所里基本人去楼空，苏韵文她们恐怕也决然不会那么无所事事地打发着时间。赵冉博士因为是出口引进的新品种，所以拥有一间独立的办公室，但面积不大且有些孤独地位于走廊尽头。屋门虚掩着，因此枕流只是象征性地轻轻敲了敲。

“来。”声音不大，但在这个空旷的傍晚却显得很温暖。

“您好，”男孩儿进来后依然把门按照原样微微带上，微笑着点了点头，算是打招呼：“刚下课。”他到哪儿都不见外、自来熟，于是很理所当然地坐在那张人造革小沙发上。

赵老师身着米色的职业装，是在大洋彼岸养成的习惯，或许由于这一日冷似一日的仲秋节气，她的脸色较平日更显青白，笑容中带着女性长辈独特的慈善，大概是有感于徐枕流不等招呼便自顾落座的孩子气，总之比小胖子刚才礼节性质的颔首要显得真诚许多。

可能是不习惯冷场的气氛，枕流同学倒是先开了口："您最近挺忙的？"他在屋里粗略地环视了一下，可能是专门等待自己到来的缘故，办公桌上整齐而空荡，并没有工作中的喧闹。

"你也知道，研究所里就是那样，说不上忙，也说不上不忙。"的确，对于在油墨味中长大的枕流来讲，这再熟悉不过，但赵博士后面的寒暄却让他有些出乎意料："你爸爸最近怎么样？"

事实上，徐枕流的父亲早先也曾经在语研院的行政管理部门工作过，但十几年前就已经离开这里去了太平洋中那块在大航海时代末期才最终被发现的陆地。尽管院里也有很多老同事相识、相熟，但平日里打招呼时却很少问起，远没有当副院长的奶奶那么妇孺皆知。

而今天，这两年才刚刚从美国回来的赵冉倒忽然问起万里之外的父亲，实在让人有些意外："啊，挺好的，"枕流不过脑子地机械回答着，才发现自己也有日子没跟爸爸联系过了："还在澳洲呢。"

"他现在在做什么？"看来，这位赵老师不仅是随口问问，或许他们以前就认识吧，毕竟，她当年也是从院里出去的。

"还是在教书呢。"众所周知，国外高等学府的教职并不是铁饭碗，而且在那个白人的世界里，讲授中文也只是大潮流中的一个陪衬而已，绝不像国内媒体宣传的那样。总而言之，远没有枕流妈妈的工作那么体面而值得自豪，所以，每当徐枕流提起来时往往会做淡化处理。好在多数中国人并不清楚着其中的来龙去脉，只是听说外面的知识分子比我们的"臭老九"阔绰，可人家长年留美的赵博士自然深谙其中深浅，却不知道能否像克莱登大学①的校友那样心照不宣。

其实，枕流刚一开口，赵老师便点了点头，像是并不感到意外。她垂下眼皮沉默了几秒，然后很淑女地把交叉着的双腿换了个位置："这学期课挺多的吧？我本来想中午过去找你，怕下午晚了回去的车不好坐。"

"也还行，"徐枕流知道，自己该更主动地和老师"多接触"。但他对很多同学那种功利的处世哲学实在有些看不惯，这次可算逮着机会不吐不

---

① 小说《围城》中提到的一所爱尔兰骗子以其为校名出售假文凭、而事实上并不存在的美国大学。

快："您平时肯定事儿挺多的，我也就没总特意往这儿跑，"说到这里，枕流停顿了一下，既是转折，又像是在提醒听者注意："其实，导师对于学生，该是 mentor[①]，而不是 boss[②]。"

人类社会当中，不同的团体往往拥有自己独特的行为模式和规则，比如隐语，也即通常所讲的"黑话"，就是一种集中体现。在多数情况下，使用同样的隐语便标志着相似身份之间的认同，也就相对地构成了之于他人的某种优越感。比如现在，徐枕流选择这样两个带有双关色彩的词汇来说明师生间不该有过多彼此利用的势利，就是要不动声色地告诉这位赵老师，自己已经足以和她进行平起平坐的对话了，至少在潜意识过程中大致如此。

于是乎，尚未脱黄口稚气的枕流顺理成章地油然出某种隐隐的自鸣得意，并想当然地期待着初次交手后的赞许，至少也该有个会心的微笑才对。然而，事情并没有如他设想中那样单纯地发展。喝饱了美国墨水的赵老师，当然不会不懂得自己这位大弟子小儿科般的弦外之音，但当她听到那精心设计的典故时，似乎被什么力量微微震撼了一下，目光中好像流露出某种感动，又好像叫人看穿心思时的局促。事实上，很长一段时间之后，徐枕流才知道，此刻的自作聪明，无意之中触动了他与赵冉之间一缕"草蛇灰线"般的渊源。

此情可待成追忆，只是当时已惘然。赵老师的意味深长并未持续太久，她很快便想起了自己召见门生的初衷："我最近事情确实也不少，等忙完这阵咱们找机会多聊聊，原来就总听顾主任提起你，说小徐很有思想。"后面的两句赞赏更像是谈话中的过渡，因为她并没有太多肢体语言作为旁证，而是半转身从桌边的两本期刊上拿起一个薄薄的信封："最近啊，南京大学和港台那边搞了一个有关两岸三地用语差异问题的论坛。"赵冉从信封里抽出一张公文纸，大约是邀请函之类，似有似无地自顾自看着："筹委会主任是我原先读研时的一个同学，让我过去帮帮忙。"她很快又把那封叠得很整齐

① 原指《荷马史诗——奥得塞》中主人公奥得塞的好朋友孟托，奥得塞出征后托他代为管家，智慧女神雅典娜曾化身为他，引导奥得塞的儿子忒里马科斯去寻找多年未归的父亲。后来，这个名字（mentor，即孟托）引申为良师益友，其字面本身也含有"思想者"的意义。具体来说，这个词可以指学生的导师。

② 既有"导师"的意思，又可以指"老板"。

的信重新装好并拿在手上，而没有要递给枕流参阅的意思："咱们院是协办单位，所以也算公差。会是下个月初开，我可能得一直在那边盯着。"

徐枕流始终也没弄明白导师是什么意思，通常情况下，这往往是要给学生派活儿的征兆，当然，对于多数人来说正求之不得，可是看此时此刻赵冉那幽幽的神情又不大对劲儿，更像是在诉说这一件并非自己马上要参与其间的事情。所以，枕流也只好一边不住点头，一边等待着下文。

"啊，"赵老师似乎有片刻的走神："所以，"她把信封摆回原处："咱们最近可能不大见得到，你们这段儿时间恐怕也没工夫，本想开会时利用这个机会一起过去听听的。"

"哦，"枕流愣了一下，见导师大约没有继续讲下去的迹象，于是没话找话地说："对，筹备肯定挺累的，您多注意身体。"

赵老师笑笑，很淡。

沉默表示没有别的事情，所以徐枕流便站起身："不早了，"看看窗外川流不息的街道："那就不多耽误您时间了，我……"他朝大门伸了伸手，示意那边还有同学在等。

"好，"赵冉的目光又回归了最初的慈祥："路上注意安全。"对于这个年龄的孩子来讲，显然没有必要再多嘱咐什么，所以那更像是一种形式化的默契。

实事求是地说，徐枕流对参加这类学术活动没有太多兴趣，忙前忙后的充实往往只不过是竹篮打水般地瞎折腾，弄不好还得落埋怨，好像自己多积极似的。所以，走出办公室的他，非但没有丝毫的失落，反而有一种类似劫后余生的喜悦。

修远兮的楼道尽头，韵文正在漫无目的地浏览着墙上那些通知和公告，见徐枕流晃晃悠悠地走来，她将平日里清亮的嗓音压低了一半儿："啥事儿？"一双大眼睛在昏暗的灯光下显得有些闪烁。

"嗨，就是说老没见我，问最近干什么呢。"枕流故意隐去了论坛一节，免得被问来问去，又不动声色地告诉别人，自己没兴趣整天围着导师转。

"啧啧，"苏韵文故意作出一副愤愤不平状："瞧瞧赵老师，多关心你！"当着韵文自己的导师叶楠时，恐怕按揭给她十个胆儿也不敢这么说。

"那是！"枕流理直气壮，他知道，有时候，就坡下驴要比针锋相对划算很多:“她们俩呢?”透过开着的半扇门,发现会议室里空无一人。

“艾枚刚才还在楼道里,这会儿又不知道去哪儿了。”韵文努努嘴:“远航下课就走了,让我告诉你一声,说是去原来的同事那儿拿什么东西。”大概是那双穿着高跟鞋、还得支撑火爆身材的双脚站累了,韵文坐下并翻起艾枚留在桌上的笔记本:“感觉远航好忙啊,今天来的时候就没跟我们俩一道儿,发短信说她正好在院里这边。”

话音未落,艾枚风风火火地从外面进来,朝枕流闪动着深褐色的双眼:“一听楼道里的脚步声就知道是你,重量级的。”她三下五除二地把桌上的书本收拾干净:“刚才正好碰见一个熟人,就到楼上出版社聊了一会儿。”

“怎么着,咱们撤,”徐枕流看见把笔记本递还给艾枚的韵文没有要动的意思:“我背着您?”

“回高老庄啊?”苏韵文好像刚刚缓过神儿来。

走出语研院宽大的旋转门时,天色已经微微发沉,下班时节街道上此起彼伏的鸣笛声早已取代了十年前那整齐划一的清脆车铃,低级工业化的狰狞毫不留情地吞噬着这个城市中本来就日渐萧瑟的温暖。路边的各种饭店进入了生意最兴隆的时段,而秋冬季节特有的烤白薯甜香也开始粉墨登场。

“好想吃啊。”挽着艾枚的韵文食欲一向不错。

“有人曾经说过,”枕流忽然想起了什么:“这个偷情啊,”他故意将重音排比得高低错落:“就像烤白薯,吃起来远没有闻着香。”

“嗯,有道理,”苏韵文感慨良深的样子:“那我还是不吃了。”

寒气袭来,两个女孩儿开心地笑着抱在一处。枕流很满意于自己的借题发挥,伸了个懒腰,却停在半空中。他无意中发现马路对面那家熟悉的陕西面馆门前有个熟悉的消瘦面孔晃动了一下,隐约间很像是传说中本该早就去了同事家的陆远航。徐枕流没来得及细想,只是本能地假装若无其事般紧走几步,再回头张望时,那里已经被红男绿女的来来往往淹没、渐渐索然难辨。

“哇,”韵文忽然间的感慨吓了枕流一跳,倒像是被抓了什么现行:“好青春啊。”原来,她是看到了几个大约刚刚下学、正结伴回家的初中女生。是啊,虽然自己还没有走出象牙塔,但面对眼前这些体态尚未最终长成的孩子时，新科研究生们显然已经不幸沦为了万劫不复的成年人。

“哎，”徐枕流瞟了一眼韵文手里的公交 IC 卡：“你这张照片是什么时候的？”上面有点儿羞赧的苏韵文正含着即将破茧而出的笑容，穿着制服模样的浅蓝色衬衫。

“高中毕业，”一旁的艾枚也凑上前来，赞美着那两个深深的酒窝，见到有观众捧场，韵文温馨地回忆着：“当时同学老逗我，都快绷不住了。”

“你可得保存好了，”徐枕流故意郑重地说：“这是绝版青春。”

“那现在呢？”苏韵文模拟着照片上的样子，摆出一个 pose①。

“这是……”枕流预先朝身后看看有没有老弱病残，找好准备战略转移的路线：“盗版青春。”

“你太坏了，”韵文作势要追，但笑容倒还轻松。毕竟，她只是被时间战胜，而非另一个美丽。

身旁那群初中小姑娘显然并不知道，自己的出现引发了“叔叔、阿姨们”这许多的感慨。也许是荷尔蒙的威力，也许是厌倦了整齐划一的呆板，尽管秋风徐徐，她们还是迫不及待地将校服外衣扎在腰间、秀出各式姹紫嫣红的鲜亮 T 恤。殊不知，真正的青春是必须要加以掩饰才能显示出它无法复制的价值，就像新飞的雏燕，似乎没有苍穹的束缚便要惊魂天外一样。或许正是因为实在想不出能有什么色彩够得上和她们相配，无可奈何的师长才挖空心思地设计了那暗淡无光的校服来收拢这四溢的年华。辩证法告诉我们，只有缺陷才需要去被修饰。

小学生都是一队一队的，中学生都是一堆一堆的，而大学生则是一对一对的，记得某位教育专家曾经这样总结过。当孩子开始从“一堆”进化成“一对”时，最初的藩篱便在人与人之间慢慢建起，不幸的是，我们都是在这个过程中懂得了什么叫做“成长”。当中国人还在坚信“天似穹庐，笼盖四野”时，欧洲的先贤已经开始想象最初的“地球”，因为他们相信，真正的广大只能用没有边界的球体来解释，这恐怕也是为什么“殖民”这个词在中文里富含贬义而在印欧语系中意味着“天下为公”的原因。已经摩肩接踵的贫瘠土地上关于两亩薄田的梦想，足以让上亿中国人拿起刀枪，但林肯在

---

① 姿势。

万里无人烟的中西部许诺给美国人只存在在理论当中的家园[①]时，却让不过百年的新兴民族横跨了整个大陆。

不过，在这群刚刚开始花季的初中姑娘队伍里，似乎还没到男孩子该出现的时令，于是乎，她们的打闹嬉戏中尚且找不出分清彼此的原动力。即使在华夏民族的心脏北京，事情也还是这样。

真是谢天谢地。

① 1862年颁布的《宅地法》（Homestead Act）吹响了美国“西进运动”的号角。该法律规定：“凡一家之长或年满21岁、从未参加叛乱之合众国公民，在宣誓获得土地是为了垦殖目的并缴纳10美元费用后，均可登记领取西部总数不超过160亩宅地，登记人在该宅地上居住并耕种满5年，就可获得土地执照而成为法定的所有者。”

谈　判

风一天比一天紧了。

可能很多人都不知道，北京有两种“市花”——月季和菊花，二者显然具备不少共同点，比如她们都属于秋天。老舍先生曾说，即使有朝一日他能拥有自己的飞机从而可以随意变换住处，每年那黄叶满地的季节还是要留在故乡度过。所以，紫禁城的琉璃瓦才是金色的。

暖风熏得游人醉，直把杭州做汴州。其实，即便是在睡眼惺松的梦转三刻，这种南橘北枳的感受也只能蜷缩在诗人笔下，因为，每一分水土都有她独一无二的性格。

人们总是津津乐道于几朝几代定都于自家门前，有哪些圣君贤臣曾在古老的石阶上留下不朽之足迹。当然，这都有据可查，然而，他们似乎有意无意地忽略了一个不争的事实，一段城墙经历了多少雄主的勃兴，她也必然目睹过同样霸业的末路。君不见曾八水相绕的长安故都，剩下的不过是几捛黄土，以及遗民眼中那依稀的淡然。多少次“萧瑟秋风今又是，换了人间”之后，留给北京的，也只有每年的红叶和隐隐的叹息。所以说，这座城市的底色是悲凉的。

“又悲秋呐?”易欣走到枕流身边，打趣着他在金风中的痴痴发呆：“说过多少回了，忧生之嗟不适合你，好人才短命，坏人且活呢。”她故意正色道：“你的生命将与时间同在。”

“但还总是觉得不踏实。”徐枕流回过头，尽管他有约会早到的习惯，但易欣也从未让不善久立的小胖子在写字楼前多站过，尤其是自己约他来等自己下班的日子，比如今天。

枕流的多愁善感由来已久：记得，那是四五年级时国庆节前后的一个傍晚，下学后又到大队辅导员那里开完会的易欣刚走出教学楼，隐约间发现枕流正站在后院累累的梧桐树下木然地凝望着一片片黄叶的飘然而逝。

“你怎么了?”尽管这个偶尔对自己一统江山的功课构成威胁的徐枕流常成为针锋相对的目标，但当看到他脸上不绝如缕的泪线时，易欣这位年长半岁的“三道杠儿”还是不由自主地表现出了超越上下级的关心。

“没事儿，”枕流对身边的声音已经足够熟悉，所以也不用冒险去尝试那尴尬的对视：“忽然觉得，”不知怎么，此时此刻，他似乎忘记了在这个很有几分畏惧的女孩儿面前保持司空见惯的矜持：“只是觉得，既然我们都会离开这个世界，那么活着的意义究竟在哪里呢?”

当没有旁人在场的时候，这件小事不知多少次成为易欣拿枕流开心的确凿口实。但她也同样记得，那天的梦里，自己第一次抱紧了一个在寒风中发抖的男孩儿……

“过些天我们公司有个答谢冷餐会，你要是没事儿的话也过来玩儿吧。”两个人约会的通常程序是先遛大街然后吃饭再接其它“文体”活动，如今开上私家车也不过是升级了远距离投送手段而已。所以，易欣一如往常地并没有跟徐枕流探讨活动安排：“你可别像上回似的。”

这显然指的是今年春天她们公司主办的那一次音乐会，想起来枕流也不禁哑然失笑。当时易欣反复告诫他活动规格很高，到时候别乱说乱动，弄得枕流同学一身西装笔挺地“隆重登场”。其实，老外的这类场合往往都很轻松，只有服务生才穿得和枕流一样。结果，不少来宾都纷纷向这个两脚开立、双手交叉于身前又一言不发的大块头询问“哪里存包”、“洗手间怎么走”，搞得徐枕流一夜之间名声大噪。

“得了吧，”小胖子懒懒地半躺在后座上，想不到秋风更容易让人犯困：“到时候吃多了也不是，吃少了也不是。”

"没关系，"易欣向后视镜里瞥了一眼，换上快车道："反正您已经妇孺皆知了。"

"虱子多了不咬，债多了不愁，"枕流拿起身旁一叠有关融资的材料，他在澳洲也是商科出身，乍看上去，好像这家跨国公司打算在某滨海开发区新建几条加工生产线："你倒挺看得开的。"

"嗨，"易欣大概是想起了什么趣闻轶事，虽然职业地收敛着，但笑容仍旧使她显得很开心："李彬他们都说好久没见到你了，约了好几次，您老人家比谁都忙。"易欣提到的这位是她中学时的同窗，如今又刚好在同一座办公楼里供职的新鲜"海归"。

"你要搞'同情兄'① 联谊会啊？"其实，人家两个本来就是纯洁的男女关系，纯洁到连点儿可资解闷的绯闻都显得不胜勉强，有的只是几年间班长和支书的你搭我档。实事求是地说，枕流在下意识地开这类玩笑时并没有什么特殊感觉，更甭提对某种扭曲心理的满足了。

"你可别到处胡说去啊，"易欣显然并不反感如此的调侃，"他现如今可是大众情人，多少女孩惦记着呢。"

"没关系，"枕流带着鼓励的口吻："我相信你的实力。"

"那托您吉言了，等着我胜利的消息吧。"不管怎么说，女生讲起这一类话时就是没有男孩儿那么自然。究竟是因为不具备所需天分而自然选择了被追求的角色，还是因为常年取守势而消磨了"狭路相逢勇者胜"的基因呢？连私生活不幸的社会学创始人孔德②自己都没弄明白，就更不用说咱们这些凡夫俗子了。

最近总听别人说，爱一个人要学会撒手，尤其是他（她）找到了更大的幸福时。其实这是种再典型不过的男性视角，即便不是始乱终弃那冠冕堂皇的借口，也是设身处地之后希望别人在同等情况下不要纠缠自己的疫苗，之于女人，则绝对是陷阱。现在有首流行歌曲叫嚣"找个好人就嫁了吧"，这好像不大妥当，你玩儿够了，让人家上哪儿找好人去？再说了，这位"好

---

① 取自小说《围城》中赵辛楣语，一同上学为"同学"，一同共事为"同事"，而喜欢同一个人则为"同情"。

② 孔德，十九世纪中叶法国人，其原配妻子曾做过妓女，在她抛弃孔德之后，这位思想巨人终生未娶。

人”又招谁惹谁了，凭什么吃你的“瓜落儿”。稍有头脑的人都明白这样一个浅显的道理，为了使已经摇摇欲坠的人类社会不至于倒退回原始群婚状态，总是难免至少向某个性别提出贞节要求，而道德，从来就是为了拯救人而存在的。

易欣小小年纪就能取得今天的位置，显然不是那种“做大事而惜身、见小利而忘命”之辈，所以每次都是她巧妙地收束话题：“对了，你回头得帮我写个东西。”

“又是可行性报告吧，”枕流重新拿起那份被他随手撂在旁边的资料，这已经不是他头一回客串类似角色。小胖子换个姿势，坤车随之轻微地摇晃了一下，毕竟，相对于他的体重，这个一吨左右的底盘也并不那么稳如磐石。

“人尽其才嘛，你比较善于说服别人，”在枕流听来，易欣的口气还是和当年向他这个“两道杠儿”分派任务的大队委员一脉相承：“你真挺适合搞市场开发的。”似乎整个世界都可以纳入那个全玻璃外墙内的跨国连锁赚钱机器中。

想到这里，枕流实在没有心思再继续谈这个话题，但又不好把弯儿转得太急：“你不是财务部的么，怎么还管这种新项目开发?”

“我是谁呀，这就叫一专多能。”女孩儿略施淡彩的脸上现出不加掩饰的得意，想当年，人家在校乒乓球队就是以“技术全面、特长突出、无明显漏洞”稳坐主力位置的。那时候，可怜的枕流就经常被哀其不幸、怒其不争的体育老师抓到训练馆专司捡球。“听说，前些天项目部去招标时的报告好像就是请首师大的一个老师给润色的。”

没错，几十年寒窗的圣人之言就是这样被他们换了银子的。如此低级而直接地“转化为生产力”，与流行“科学研究和工农业生产相结合”那会儿华罗庚抛弃在全世界范围内都俨然处于领先地位的数论专长而去搞什么“等着水烧开时可以切菜”的所谓“统筹学”之类的没什么本质区别。

这个世界之所以混乱，很大程度上就是源于因果关系的非对应性。通俗点儿说，就是“骑白马的不一定是王子，他也有可能是唐僧；长翅膀的不一定是天使，她也有可能是鸟人”。那些表面上看起来志同道合的绝配姻缘，搞不好就是同床异梦，之所以能碰撞出激情的火花，恰恰是因为它们本就是不同轨道上的两颗行星。

但客观地说，徐枕流并不反感到易欣那里客串一下文案策划的角色，不仅因为没有直接和经济效益挂钩，和那些诗礼发冢之徒[1]划清了界限，对于读研后不得不埋头在故纸堆里的枕流来说，能偶尔得到“友情出演”的机会倒不失为一张一弛的“文武之道”。

对于这一点，易欣当然也有着清醒的认识，她从来就没有指望枕流真的去为五斗米折腰。所以每次都能熟能生巧的试探出徐枕流兴趣的边界，尽管小胖子早就习惯于在女孩儿的股掌间被呼来唤去，懒得去费心分辨其中谁对谁错。

也正因为如此，片刻的沉默并没有在车厢那密闭的空气中间制造出丝毫紧张的漩涡，反倒有了某种隐隐可见的默契。这恐怕在很大程度上就是拜两人二十年的漫长交往所赐。极端点儿说，吵过最多架的情侣往往是天长日久的那一对儿，既然这么多风风雨雨都经过了，未来那几十年的是非曲折又何足惧哉。事实证明，不是所有磨合都适合在举案齐眉之后，很多事情就得未雨绸缪；否则也犯不上把各式疫苗都让刚坠地不久的祖国花朵们去逐个消受。不要忙着卿卿我我，是你的想跑也跑不了，多知根知底没什么坏处，这可能就是中华民族那亲缘结婚的“传统美德”尽管人人喊打却仍然能够在你察觉不到的角落里固执地负隅顽抗的原因之一吧。

“对了，我给你买了条厚裤子，天再冷点儿正好可以穿，”解铃还须系铃人，易欣很快就想起了话题近在咫尺的出口：“就在椅背后面。”抢在红灯之前，她利索地把车开上西三环主路，全然没有新手的拖泥带水。

说起来，也许是身上那点儿本就微乎其微的斯拉夫血统并不愿意悄无声息地退出历史舞台，初中那会儿还算练过几天标枪的徐枕流本就身材魁梧，在澳洲的西式高热量饮食中更是变本加厉。据说刘翔之所以跑得快就是因为屁股大，同样身高的人能穿的裤子他根本就提不上去。可是屁股更大的枕流从小就让细腰长腿的易欣一逮一个准，断无逃脱的案例，所以说定理存在逆定理未见得就存在。偷鸡不成反蚀一把米，徐枕流这欧亚混血

---

① 原指一边子曰诗云一边偷坟掘墓的伪君子，引申为一切道貌岸然的势利小人。

身材没捞上什么好处，多年来光跟卖衣服的着急了，不是臀围不够就是立裆太短，全合适的又都出口给老外穿了，过于特立独行的结果就是自绝于裤子。

其实，刚才上车时枕流就已经看见了后挡风玻璃旁的那个购物袋，此时便轻车熟路地手到擒来。被减震性能良好的液压系统一路上妥贴地摇荡得陶陶然的他原本懒得动弹、和易欣也从来就没有客套过，但此时此刻枕流也的确是找不到别的事情可以填补女孩儿的期待所隔绝出的冷场。这是一条浅棕色的直筒裤，大约是棉麻材质，看上去挺括有型，徐枕流自然是说不出它究竟系出何许品牌，但这种既能穿又显瘦的两全其美即使是建立在易欣对他有足够了解的基础上也实属难能可贵："挺好的，辛苦了。"他只是拿出来在眼前晃动一下就塞了回去，连包装都没打开。长期以来，枕流一向不修边幅，倒不是破罐破摔，父母均形象颇佳的他，客观讲，底子实在不错，之所以随波逐流，实在是不愿花这份心思。农民兄弟常说城里"男人像女人、女人像妖精"，这样下去如何了得。

"你知道我费了多大劲么？连句暖人心的话都没有。"

人们在被感激时总会程式化地回答"不用谢"，也就是说"光谢谢没用，还是来点儿看得见摸得着的回报更实在"。枕流就不是一个善于讨好别人的孩子，他一向觉得只有不打算将心比心的货色才会用满口的甜言蜜语去填兑别人，嘴上擦蜜和脚底抹油往往总是相生相伴着。其实，帮了别人再追债似的跑去挑理儿是最不划算的买卖，忙活了半天反而倒落下个斤斤计较的骂名，岂不是鸡飞蛋打。官渡之战时帮了曹操大忙的许攸不就是因为总把这段"学雷锋事迹"挂在嘴边上才被 KO 的么？佛祖教导众菩萨要"不住色布施"①，显然要比我们凡人高明许多，正所谓好人做到底嘛。

可惜，易欣这种类型的女孩儿往往就是猜不透其中的玄机。也难怪，好较真儿是强势人物的通病，不分性别。她们倒不是不明白生活与职场的泾渭殊途，但正如演艺明星的情感世界往往也波澜壮阔一样，人们难免会在五点

① 典出《金刚经》（鸠摩罗什原译本），简单来说就是指普渡众生时不能抱着"我这是在行善"的念头。

下班后延续八小时中那机械化了的程序。牛顿爵士在三百年前就发现了惯性与质量之间的正比关系，事业成功就更容易把自己的伴侣当成下属看待，美国管大人物叫“big wig”①，爬得越高，面具越厚。马克思说到共产主义实现那会儿，大家可以同时从事若干种工作，老人家果然深谋远虑，这或许倒真是解除“职业病”的灵丹妙药。

“光拿话暖人心有什么用，我这不正琢磨着找个闲人免进的地儿让你从里到外地激情燃烧呢么?”枕流历来没在嘴上吃过亏，其实易欣刚才那句抱怨一点儿也不含质问的意思，可遗憾的是，撒娇的口吻实在和她们风马牛不相及。

“切。”总体说来，情人之间的斗嘴是姑娘们胜少负多，尤其在授受不亲的亚洲古国，因为小伙子总能在关键时刻祭出她们没法针锋相对的“杀手锏”，剩下的事情往往便会退回到语言诞生之前的肢体交流时代。实在施展不开时也只好用历史最为悠久的拟声词回敬，比如此间的易欣。

这次的沉默虽然更加短暂，但显然要愉快许多，温馨得有些烦躁。

“呦，”女孩儿似乎发现了什么，后视镜里炯炯的双眸从柔软中苏醒过来：“你是不是有电话来了?”

枕流下意识地低头，果然，同样不安分的手机隔着浅色裤兜不停地闪烁。这才想起，下午上课时把它调成“无声”状态后一直没有动过。屏幕上显示着陆远航的号码，看起来这恐怕已经是第若干个来电或者短信了。枕流清清嗓子，依然保持着半倚的姿态：“喂?”

“哎，”那边的声音显得有些嘈杂，像是下班时分的车水马龙：“你在哪儿呢?”

“啊，”枕流没有丝毫的犹豫，对于心中坦荡的人来说，这个显示自己光明磊落的机会着实难得，“和易欣准备吃饭呢。”他不禁得意地笑笑：“刚才一直没看手机，打了好几个了吧?”话一出口才发现是乐极生悲，大好形势被白白断送成了平局。

“是，你……你们有事儿吧?”很明显，远航的话里有话。

“没关系，你说。”枕流朝窗外看看，好像是北大西门附近，或许今天是

---

① 直译过来就是“大假发”。

易欣的“怀旧之旅”。

“我……我有点儿急事儿找你,”虽然已经空欢喜了几次，但是听得出来，陆远航这回恐怕是下了很大决心。虽然刚刚认识个把月，但枕流的直觉表明，她并不是那种喜欢看着傻小子们围着自己团团转的女孩：“你……你现在能过来一趟么?”

“啊,”如此一来，徐枕流倒真是有点儿为难。坦白地讲，他更想知道远航那儿究竟怎么回事，但这边似乎又说不大过去。其实啊，当“另一半”好像总是把你的事情摆在次要位置时，恰恰说明两个人之间已经用不着分出彼此。我们都记得刚刚长大时把和家里人待在一起当作负担的那个阶段。可遗憾的是，多少任性狭隘的傻妹妹就是这样失去成为亲人的机会的。

“没事儿，你去吧。”易欣自然没那么幼稚，她的口气很诚恳，而一点点的失落感让这一切来得更加真实。那诺基亚“砖头”信号强大、话质清晰，没有打开扩音器就已经实现了全车范围内的“语音共享”。

“啊……”枕流本能地前思后想着，尽管聪明的女朋友从来不在这种时候和他玩真真假假的语言游戏。据枕流妈妈后来回忆，这个男孩儿不到一岁那会儿就习惯进食前先用舌尖去反复试探，刚刚认识几个字便要反复阅读说明书之后才肯吃药。所以说，狡猾是一种天性：“成，你在哪儿呢?”最后，枕流还是下定决心，因为直觉告诉他再犹豫下去的结果可能会更糟。

“你知道学校西边的建行么？我正往那儿走呢,”远航像是得到了期待已久的答案，语调很急促，但随即又意识到还是该客气一下：“你要有事儿的话……”她似乎很不情愿做下面的假设。

“行，我知道了。”枕流尽量让自己显得平静，就像这次决定只是在机械地执行别人的安排一样。他挂断电话，正在盘算该怎么圆场，却发现车不知什么时候开上了北四环，很明显，已经是通往研究生院的必经之路。

“这女孩儿的声音还真挺好听的。”易欣朝前面那辆突然并线的QQ毫不客气地晃了一下大灯。

看来，这该死的手机再不换是真的不行了。

"嗯，"徐枕流打了个哈欠，但没有重新躺下："她原先曾经打算考音乐学院，初试好像还过了。"男孩儿淡然的口吻绝对无懈可击，这是长时间修炼的成果。他忽然想起了什么，把手伸进裤兜并熟练地打开铃声，然后拿出张面巾擦了擦额头上根本不存在的汗水。听说当人紧张而出汗时皮肤表面的电阻会发生很明显的瞬间改变，所以曾经有一种早期测谎仪的工作原理便是追踪这个数据。

"车里有纸。"

枕流这才想起易欣在北大时就曾经随蜚声海内的校合唱队多次出洋交流，尽管司职女中音，但对付枕流这路游击队已然绰绰有余。①

眼看车已行过那座全世界恐怕空前绝后昂贵的"鸟巢"和旁边可以供上万人同时打水漂儿的"巨型澡堂子"。枕流向前微微欠身、准备给"的姐"指路，却发现易欣在望京桥下便果断地掉头向北。枕流刚想提醒女孩儿拐早了，但很快就意识到：人家选择的是一条连自己都不认识的捷径，他一直还以为易欣对这片新开发的城乡结合部并不甚熟悉呢。

"建行是吧？"女孩儿从不做无谓的掩饰，尤其是面对徐枕流这样一个勉强还能挨上三拳两脚的对手。

"啊，好像是。"徐枕流边沙盘推演着该如何脱身，边继续保持着一如既往的"低调"。

"路口不好停车，你从前面那个车站下、往前走两步吧。"这显然不是商量，因为她说话间已经并上了辅路。

"行，"枕流猛然想起是不是该表示一下遗憾："那个，是吧……"他凑向女孩儿修长的后颈准备"此时无声胜有声"。

"得啦……别忘了拿裤子。"易欣把目光瞄着左侧反光镜，笑容倒还让男孩儿安心。

走上人行道，才发现这次以手加额的提前下车原来是如此凶险，当她不在身边时，你会更容易感受到那注视正变得无处不在。枕流看看手里那个花

---

① 粗略来说（事实上，各个声部当中还可以进行更加细致的分解），男高音叫做 alto，alt 这个词根源自拉丁语 altus，即为"高"的意思，而女低音也称做 alto，因为女低音的音域基本上与男高音相当，这是两性声带的生理差距决定的，所以帕瓦罗蒂闻名世界的 high – C 对于女声来讲根本没有什么难度可言。

花绿绿的购物袋，庆幸当初易欣没有深谋远虑地将裤子装在一个透明的容器中让他带在身旁，好让所有“敢于来犯之敌”仅凭嗅觉便能知道这是谁的地盘。

“哎，”尽管徐枕流尽量走得漫不经心，但扑面而来的远航显然已经等得更加着急了：“她呢?”

“啊，这边不好停车，先走了。”尽管很好奇，可枕流还是克制住让自己不要四下张望。

“真不好意思，她是不是生气了?”陆远航大概已经顾不上这么许多，因为根本就没给枕流的客气留下空档：“嗨，我……咱们得赶紧过去。”她朝那幽蓝的手机瞟了一眼。

“去哪儿啊?”从熙熙攘攘的车流中穿过，徐枕流粗粗打量了一下远航。她穿着条枕流从没见过的筒裙，下缘直垂脚面，一件深咖啡色的半长外套让匆匆中更显单薄的女孩儿平添上了几分成熟。

“嗨，”这已经是陆远航今天第二次使用同样的感叹词，“怎么跟你说呢?”她的脚步并没有慢下来：“我约了个人谈点儿事儿……可能……”左右搜索的目光远不像语调中那样的欲说还休。

这正是一天当中人们私生活刚刚开始的时间，稍加分析便能轻而易举地估算出街上一对对男女的关系。

在彼此陌生的井然有序中，枕流和远航这二位显然有些让人摸不着头脑。下班时分盛装走向麦当劳一类西式快餐店的女性，从理论上来讲，以待字闺中的中层收入者为主，可她们大都不会像此间的陆远航这样步履匆忙，而身后那个紧赶慢赶的小胖子则把这幅画面变得更富戏剧色彩。好在一心追逐世界潮流的中国人，已经没有工夫把眼前掠过的一切去端详个仔仔细细了。

“我约了个人……”远航的车轱辘话又转了回来，心不在焉是可以肯定的：“这事儿一时半会儿也说不清楚，回头你就明白了……”女孩儿显得有些无奈：“对了，”她突然站定，一直追在身后、低头莫明其妙地洗耳恭听着的枕流收脚不及，险些把远航直接撞进餐厅大门：“咱俩别一块儿进去，回头你找个离我们近点儿的桌子坐。”

“啊，行。”枕流实在不知道还能回答什么。

“我主要是怕……”陆远航似乎也明白至少该做个简单的解释：“哎，我得进去了，你快点儿啊。”她头也不回，显然是在餐厅里发现了什么。

枕流知道这会儿是不便追上去问个究竟的，他在左近的小摊上买了份晚报，下意识地四处张望着，虽然自己也不明白要看些什么。估算着有三、四分钟光景，便踱进餐厅，目不斜视地点了两份最符合身份的巨无霸套餐并把薯条和饮料加大，这样似乎可以更合情合理地多撑些时候。

远航和另一个女孩儿坐在靠窗那边，其实刚进门时徐枕流就早已锁定了目标。人类视觉在纷繁的图景中自然而然地分清主次的机制至今都是个未解之谜。枕流本想找个不远不近的“哨位”，无奈在这个用餐高峰期并不是那么随心所欲。正巧远航她们临桌的两个学生模样正待起身，看来没有再犹豫下去的时间，徐枕流尽量自然地走上前，在那窄小的空间中安顿下来。

原本以为有什么龙潭虎穴需要单骑救主，来的路上枕流还真揣着几分担心。别看他这副块头十足唬人，其实是如假包换的银样蜡枪头，真遇上横碴儿的话只有溜之大吉。没想到，竟是桩温香怀玉的美差。

远航对面这个隐约有点儿眼熟的姑娘大约也就是十四五岁光景，展开的双肩虽然柔弱却透着一种挺拔。虽然坐着，但不难看出高挑的模样，现在的孩子们真是今年花胜去年红。

女孩修长的双腿呈九十度，正襟危坐着，很明显，这是常年在课桌椅间塑造出的下意识。然而，那条藏蓝色的短裙却更加夺人眼球，与她眉宇间一目了然的书卷气很不搭调，毕竟这里既不是日本、韩国，也不是我国领土不可分割的台湾、香港。

八十年代中期，半露香肩就足以让某个刚刚洗去出水才见两腿泥的女明星一夜之间成为街头巷尾的热点，可现如今你就算到天安门广场裸奔也无非是在已经人满为患的精神病院里多加个床位而已。人家早就说过，潮流是永远追不上的。同样是半截大腿，三伏天露在外面只能说明你热，与性感无关。俗话说春捂秋冻，比较而言，十月的迷你裙比四月要紧俏一些，因为上半年大家都比较浮躁，吃海鲜得配着解腻的红酒才开胃。总结起来就是，慢脱慢穿更有情调。

枕流自己都不记得什么时候巨无霸已经下肚，真庆幸斜对面坐着的不是林志玲，不然薯条大概已经在鼻孔里了。他定了定神，想起来还有份报纸可以抵挡一阵。

国际版头条说朝鲜某高官称开发核技术是该国内政、不容别人置喙。其实，这种主权观念是极为落后的农业社会残留，现如今的世界本就是你中有我、我中有你，谁也不可能关起门来说“少管我们家事儿”。可惜，很多人依然把那些陈芝麻烂谷子当成天经地义。

“请你自重些，不要破坏别人的家庭!”远航对面那位“短裙美眉”还有些稚嫩的声音固执地穿过餐厅里嘈杂的人来人往：“他是我爸爸，所以我觉得，我有权利过问这件事情。”看来国人真是觉醒了，权利，这永远是个让政治家们疯狂与不安的字眼。

“是，魏丹，”远航似乎一直很被动，因为那精通《红梅花儿开》的女次高音始终如在十里雾中：“有些事情并不像你想的那样。”

魏丹？徐枕流的思绪从朝鲜半岛上的恩恩怨怨中赶了回来，顾不上旅途劳顿，他似乎从女孩儿那还未最终长成的眉眼间读出了更多的什么。魏姑娘饱满的额头带着几分倔强，紧盯远航的明眸和她父亲那对一样深澈，双唇紧锁，鼻翼和嘴角似乎都在微微翕动着。这就是魏一诚那个传说中的女儿？远不如想象中那么“朋克”。

“没有证据我是不会来找你的，”显然，尽管魏丹故作镇定状，但那洗不去的孩子气只能随着青春慢慢消散：“道理用不着多讲，希望这是我们最后一次谈话。”看来人家是有备而来，一切都像是彩排过的。陆远航垂眼看着桌面，手中那个可怜的冷饮杯表面泛起一道道饱受摧残后的蜡痕，但她依然尽量保持着良好的座姿，既没有塌肩，也没有低头。

“好了，我该回家了，”魏丹站起来得很果断，显然，她已经控制谈话了节奏：“还有，你没有我想象中那么自信。”女孩儿朝枕流瞥去唯一的一眼，冷艳扑面：“还带了个人来，至于么?”

当年桂系军阀白崇禧被老蒋软禁在台湾时，有一回和几个朋友去喝咖啡，临走却把店里远处两桌的账一并结了。大伙不解，问他是否与那几位相熟，白老将军说不认识，但那些人是保密局派来的特务，十分辛苦，理当他来买单。后来的事实证明，“小诸葛”[①] 的确神算，至少这回如此。看来枕流这辈子还是老老实实当良民算了，一个小姑娘便轻而易举地揪出他别无分号的色眼，真是颜面扫地。

他尴尬地摆弄着餐盘中那几张十元发票。

---

① 白崇禧素以机智过人闻名，故得此诨号。

猎 人

我们当中的很多人，在第二性征出现前后，都经历过所谓的叛逆期，那个阶段中的孩子，会不假思索地对一切规则和惯例说不，为的只是在反抗中定义出自身独立的价值。但当这些少男少女真正长大后，除去少数无知者无畏外，都会意识到自己其实永远只是最初那个受精卵不断分裂的产物，哲学家们管这叫做宿命。

梵蒂冈天主教廷在达尔文进化学说的步步进逼下，承认人的肉体是猴子变的，但精神或者说灵魂的专利权仍然属于上帝，就像米开朗琪罗用名画《创造亚当》中那个强壮男人面对耶和华时柔弱而依赖的目光所要告诉我们的一样。其实，神学界如此且战且退大可不必，因为猴子也不是从石头缝里蹦将出来的，即便它们真的是人类祖先，这也不能成为论证无神的确凿依据。事实上，不仅肉体如此，世界上恐怕也没有一个人敢说自己的精神世界完全出自原创，甚至，每一粒思想的碎片都凝结了无数外来的基因；谁也不可能生活在真空当中，我们无时无刻不在被他人所改变，当然，也同时在改变着别人。

既然这样，我们就没有理由去拒绝别人的看法和观点，自身的独立恰恰体现为能动地吸收那一切可资借鉴的，而绝非故步自封。在此问题上，女人的得分普遍要高一些，这也许源于她们在两性生活中天然的角色，只有懂得接受的身体才有资格孕育乃至创造新的生命，或许上帝当初没有把人设计成单性生殖就是想告诉我们这个并不深奥的道理。

相对而言，陆远航还基本可以算是个虚怀若谷的年轻人，尤其在自以为是的研究生队伍中。后来，她多次痛心疾首地感叹，如果早些认识像枕流这样的巧舌如簧之徒，自己也不至于落到如此田地。这不，尽管“犹抱琵琶半遮面”，但在人家魏丹已然兵临城下的危急关头，她还是把徐枕流弄来亡羊补牢，尽管最终被有准备之敌一并给围点打了援①，但也不失为以人为镜的良好开端。哲学中有一个流派叫做“目的论”，认为任何事物的存在都是为了满足他者的某种需要；比如，成语中的“狈”，就是因为前腿太短跑不快，所以才要架在狼身上合伙“为奸”②。按照这个逻辑，或许，枕流也是为了能成为远航的“智囊”而存在的吧。

说起来，陆远航能和这昏昏昭昭的语言学科结缘实在是偶然得很：人家原本是在广院（现在已经改叫“中国传媒大学”了，其实，university③ 和 institute④ 的区别并不像很多国人想得那样高下有序，MIT⑤ 不是至今还在保持传统么。抗战初期那会儿，日本人一个师团常常把咱们的几个军打得七荤八素，“是什么”远比“叫什么”重要得多。把几十年积累起来的无形资产弃之如蔽履难道不可惜么，曹操说：“岂能慕虚名而处实祸哉？”后来，又听说广院这次改名好像与什么行政级别有关，对此，我更加外行，也便不好妄加评论了。）学新闻的，要知道，一个西安考生能入主这种热门专业可是很见功力的，也算是没有辜负父母的殷切期望。据说，四年本科快毕业那阵儿，远航还曾经盘算过要再接再厉、“三级跳”到美利坚合众国去“杀它个干干净净”，心气之高可见一斑。那边的大学倒是对这位 GRE 高分才女青眼有加，可是签证处却有某种不知所云的不同看法，总而言之，折腾半天的结

---

① 围点打援，军事术语，大意是指包围某孤立之敌，并吸引和调动其他敌人赶来援救进而以逸待劳地歼灭之。

② 关于这个问题，古书上的记载有所出入。如《康熙字典》云：“狈，兽名，狼属也，生子或欠一足二足者，相附而行，离则颠”；而《本草纲目》引《食物本草》则说：“狈足前短，能知食所在，狼足后短，负之而行，故曰狼狈”。这里不便多做考证，仅取通常说法，泛泛而言。

③ 大学。

④ 学院。

⑤ Massachusetts Institute of Technology，即麻萨诸塞州理工学院，或简称为麻省理工学院。

果是自取其辱。后来发生的一切证明，正是在计划落空那个瞬间，云端的上帝眨了一眨眼，远航从小就顺风顺水的命运悄然发生了转折。

既然还得无可奈何地滞留在这片生她养她的土地上，又白白耽误了当年在国内考研，也只能找份好工作继续混下去了。其实，这也是个不错的选择，毕竟，书对于绝大多数人来说是不准备读一辈子的。平心而论，能在国家电视台有个稳定的位置，即便对于广院（我还是一以贯之地祭出这个很有几分深不可测味道的名讳吧）的毕业生来讲，也是值得羡慕的，如今的就业行情并不那么理想，但这对于已经退而求其次的陆远航来说，却从一开始就像个临时歇脚的客栈。

然而，人生本就如羁旅，客栈的生活不见得就一定不精彩。尽管在中国不太可能真的获得准确的数据，但现今大城市中“那件事”发生在宾馆饭店一类场所的比率恐怕用任何模型进行估计都会相当可观。当代的年轻白领管下班后的吃喝玩乐叫“腐败”，但是反过来，一起推杯换盏的你来我往们却不仅限于单身贵族，比如远航和如今的导师魏一诚就是在这样的氛围中“初次见面请多关照”的。

情节发展到这里已经不消再多费笔墨，十八世纪末期的保守主义之父埃德蒙德·伯克曾经说过：“传统并不是因为它古老所以正确，恰恰相反，是因为它正确所以古老。”道理都一样，故事也不是因为它俗套而变得常见，而是因为它常见才会显得俗套。

就像“合法同居”需要“领证”一样，在婚外恋的潜规则中，似乎只有发生过“那件事”才能“正式”取得“第三者”之资格；而且作为“侧室”的倒霉蛋还必须为那吃着碗里看着锅里的“登徒子”守身如玉，否则的话，这位傻姑娘恐怕连“小三”的“身份”都得不到，充其量算个生活作风问题。在现今这样一个“墙里开花墙外香”的“新时代”中，连婚姻“枷锁”都无能为力的贞洁难题，反倒让三角恋给兵不血刃地解决了，这大概是那些“女权主义者”始料未及的吧。沈从文先生曾在《月下小景》中虚构出过一个“少数民族”，那里的少女必须把初夜交给陌生人之后才能和心上人结婚；现在看起来，果然是“礼失，求之于野”啊。

欧洲人把小说称为“novel”，其词根“nov”源自拉丁语中的“novus”，本意是“新鲜的”、“新奇的”。简单说来，文学就是靠它那“高于生活”的属性来吸引视听，因此，抄袭他人的作品自然就不能作数了。退一步讲，所有陈词滥调的大路货色，也都没有更多拿出来分享的必要，可能也正因为如此，陆远航是经过反复的思想斗争后才决定“拉枕流下水”，毕竟，拾人牙慧并不是什么光彩的勾当。

远航不失察纳雅言的虚心，但却往往让这个真理一路小跑地变成谬误。比如在刚刚吃了魏丹那计埋伏好的闷棍后，还没找着东西南北，就又摆弄起手机吵吵着要跟人家爸爸接头来商量对策，这不明摆着要把魏一诚家里的第二战场都拱手相让么？要不是枕流及时晓明利害，那个晚上恐怕将会好戏连台。便利的通讯剥夺了人们原本就缺乏的深思熟虑，韩老师之所以常常语出惊人，就是因为舌头比脑子转得快。所以说，绕口令的训练和科技的发展一样，不仅要与时俱进，更该以人为本。

自打开学以来，陆远航就难得在学校露面，“百日翘课无事故”，绝对不是吹，弄得那帮饥不择食的博士哥哥们冷不丁地惊呼：“这妹妹是哪庙的?”可问题是，正如你如果敢不交作业那逃学的事儿一准儿曝光一样，校园里发生的一切都从不以任何伤心人的意志为转移。洞中才一日，世上已千年。

至少到现在为止，人类似乎还造不出比地球公转速度快的飞行器，你说，当初搞什么“日心说”，弄得大家现在多被动。没办法，计划赶不上变化，女人的衣服永远挂在商店里。不光股市跳水之后钱更加难赚，如今连教书匠的饭碗也变得越来越不结实，现在讲课是众口难调，说深了学生不听，说浅了大伙不屑，说“左”了嘴巴不爽，说“右”了政府不干，急得人家副教授直脱衣服①。对付研究生，那就更棘手了，光靠牌子是谁也吓唬不住的。比如枕流他们今年的那门选修课——《文化人类学》，请到社科院一位“学部委员”担纲，这位“大师”不光官至全国政协委员，据说还常到什么“反恐领导小组”去顾问一下。还别说，开始那会儿，勉强算是高朋满座，但蜜月阶段刚过，这位去中南海喝过茶的何教授连白开水都被迫改成自斟自饮了。

不过别急，姜还是老的辣。人家老先生一贯主张对付“东突”等三股势力②不能“露头就打”，要懂得从文化视角来“求同存异”。将心比心，面对

---

① 事出江苏某大学，裸体授课一度成为舆论焦点。

② 指恐怖主义、分裂主义和（宗教）极端主义。

一日空似一日的课堂，何老决定顺水推舟，每次都弄个不知道从哪个古玩市场上淘换来的少数民族记录片来让大家看看西洋景、借此拉拢人心，正所谓“总大纲、宽小过”[①]。毕竟，研究生院这帮自以为是的小知识分子们能派个代表来签到就已经算给你面子了。

“你说，如果地球上就剩下我们两个，咱怎么过?”大概是受今天这部《赫哲族原始生活》的启发，某西服哥哥借机挑逗身边的眼镜师妹：“咱是采集？渔猎？还是农耕?”

“恩……”眼镜师妹一本正经地思索着：“还是按照历史发展顺序——先采集，再渔猎——最后农耕!”

真没想到，就算只剩下两个人，笑到最后的居然还是教条主义。

如此“寓教于乐”的结果，这门选修课的“上座率”倒是稳中回升，可教室里的气氛却越发不对劲了。喝茶聊天自然是家常便饭，每次课后一地的瓜子皮儿、包装纸琳琅满目，后来据说那昏暗中的黑白胶片还成全了两对见光死的“露水夫妻”。可人家主讲老师却满不在乎，发展到最后，日渐气血不交的何教授干脆到旁边的休息室颐养天年。所以说，这年头还真得留一半清醒留一半醉。

“哎，”坐在枕流右手边的苏韵文用肘部轻轻推了推他：“睡着啦?”

眼睛小的往往很反感被这么问，正如斜视之人最怕大家不知道自己在跟谁说话，好在枕流并没那么精细：“哪能啊？有你相伴的分分秒秒多宝贵。”他若有若无地哼起“无印良品”的经典旋律：“坐在你的身边是种满足的体验，看你看的画面，过你过的时间……”[②] 这对黄金搭档虽然早已解散，但曲调却还常常能被人悠扬。其实与很多朝夕相处一样，分开后才发现还是原来那样好些。

“你还不报名去，”韵文把身旁已经收拾停当的手提包揽到腿上：“到时候我找人给你献花。”她指的是研究生院一年一度的卡拉OK大奖赛，名曰大奖，其实难副。第一名也就是两屉包子的价值，还是小笼蒸的那种，经过初赛、复赛，功底差点儿的都不够金嗓子喉宝钱。枕流虽然住得比同年级多数人都要近水楼台，但对这些坛坛罐罐从不关心。要不是学生会那帮人来疯

---

① 东汉班超治理西域之心得，原文见《资治通鉴》：“水清无大鱼，察政不得下和，宜荡佚简易，宽小过，总大纲而已。”

② 无印良品组合：《身边》。

把五尺多高的海报帖得满院子花红柳绿，他还真不知道如此清静的所在居然还有这种下三滥传统。

“我倒是没问题，可是……”徐枕流故意显得很感兴趣：“钱钟书 1933 年从清华外文系毕业时，校长梅贻琦亲自特批他留校读研，但却被婉言谢绝了，理由是偌大清华研究生院找不出一个配得上自己的导师。”枕流把目光从冰天雪地中的赫哲族猎人那里收了回来：“钱老师高古，值得我们学习呀。”

“我们这回可都是大众评委，现场观众集体投票。”韵文不去干安利真是屈才了，尤其在这样一个各种传销改头换面、蠢蠢欲动的时期。

现在可是二十一世纪，我们都不以财产多少作为判断一个人政治上进步与落后以及能否充当无产阶级先锋队员的标志了，拿群众运动那一套吓唬谁呢？还集体投票，语研院这帮人能买你的账？台底下除了托儿就是准备捡乐儿的。枕流自然不会白白去要这种活宝：“那我就更不能参加了，回头各路‘真丝’[①] 再打起来，这不是增加咱们高学历女性中的不稳定因素么？”

韵文摇了摇那一头刚刚修剪好的短发，当年荆楚圣地[②]上的水土果然养人，缕缕乌亮的青丝在黑暗中显得错落有致：“晕，我们还都等着你技惊四座呢。”说起来，徐枕流同学倒是不乏艺术细胞，虽然没有投名师、会高友，但在校园里这一亩三分地上混个文艺骨干还是不成问题的。想当年，小学那堪称京城劲旅的合唱队中就有他雷打不动的位置。可惜那“台上一分钟、台下十年功”的“三从一大”[③] 实在有些毒杀孩子们烂漫的天性，要不是被易欣整天押着，小胖子真想“挂印封金”。那时，这二位同属中声部，易姑娘就站在他身后的那级台阶上。记得有一次着装彩排时，徐枕流有了个重大发现，只要稍稍将背着的双手向后面靠一靠，刚好和女生们裙下小腿的高度相当，混水摸鱼的话也分不清是谁的“咸猪手”，而且那会儿的小姑娘还不太

---

① 即枕流的粉丝。

② 苏韵文的故乡——湖北省孝感市云梦县，此地得名于周代楚国的云梦泽（此泽范围极广，今日洞庭湖只是其残留的一部分而已）。云梦为楚国社祭场所，高媒神庙即建于此，同时又是情人幽会之所在。《墨子·明鬼》载：“燕之有祖，当齐之有社稷，宋立有桑林，楚之有云梦也，此男女之所属而观也。”早春二月时节，异性青年来到云梦泽畔游玩，结识朋友，私定（上三代礼法并未完全确立，“野合”不能视为不道德的两性关系，何况楚地远离中原，风俗亦有所异）终生，即所谓“云梦会”。故文中有此说。

③ 即训练中的“从难、从严、从实战出发，大运动量”。

懂得世事险恶。其实，真正让枕流挠头的就是登台演出，他倒并不怯阵，从小就人越多越来精神，主要因为那统一尺寸的服装从来没合适过，不是扣子崩出去，就是背带抽自己脸上。这次香艳的发现，让他有了把“演唱事业”坚持下去的支柱，运气好的时候还能赶上“海浪你轻轻地摇”之类的集体动作。当然，如此的小伎俩，自然是瞒不过易欣的法眼，从小就在知识分子堆儿里长大的她，也是从这儿才明白为什么“男人没一个好东西”的。耐人寻味的是，一向乐于让枕流下不来台的易姑娘，始终也没有揭穿这丝袜上的秘密。直到两人有了更深的身体接触之后，她才明白，可能自己当时也不希望那痒痒的感觉半途而废。

事过境迁，面对着如今这帮同学为朋，徐枕流已经没了少年时的“恋恋风尘”。当然，有这种感觉的恐怕并不仅限他一个：“远航同样很专业呀，人家也不参加，这表明像我们这样的高手从来不欺负……”其实，枕流也是今天才知道有比赛这么回事儿的，自然也没来得及去和谁串供，不过他讲这个话的时候还是底气十足。

“得了吧，远航和顾爽组合参加。”韵文可算逮着枕流的软肋了，毕竟，和这位铁齿铜牙斗嘴难得有“女上位”的机会，于是，她摆出一副苦大仇深的样子：“你不知道啊？”

这还真是出乎意料。“她还有这份儿心思？”枕流差点儿就脱口而出。自打上回会见魏丹时结成“统一战线”之后，陆远航见着他就是没完没了的倾诉，内容自然都是意料之中，如何如何不知所措啊，如何如何进退维谷啊。她整天忙着对位盯人，连要点名的必修课都经常要忍痛割爱，倒有功夫搞这无事忙。技痒难耐？穷极无聊？也许吧。

“人家两个人手风琴联奏，自弹自唱。”韵文自然不知道枕流那三寸不烂之舌没有接茬的原因，依然陶醉于自己难能可贵的乘胜追击中。

徐枕流倒是记得这二位的确都有那一手儿，原先外语课做自我介绍时也包括才艺这个项目，顾爽好像还专门跑来和陆远航共同语言过。客观地说，在他们这帮八零后开蒙那会儿，即使是在唱着春天故事的大城市或者被那个老人划过圈的东南沿海，学钢琴也并不是每个家庭都能有的白日梦，无论是那不菲的一次性投资还是细水长流的，多数人都没有被套牢的勇气和实力。所以，聪明的中国人便选择了手风琴作为替代品来退而求其次，老外往往很不理解为什么中华民族会对这种在它的故乡都并不普及的市井乐器如此情有独钟，其实和电子琴风靡的道理一样，都源于对那黑白键盘的恋恋不舍。顺便说一句，人家远航可是钢琴的科班出身，拉风箱纯属向下兼容，虽不是豪门巨贾，可像陆远航父亲那种坚信“艺不压身”的臭老九还就是敢把吃酱豆腐省下的仨瓜俩枣往手艺上掷。

魏晋那阵儿的你唱罢我登场中，枭雄司马懿有个耗子生儿会打洞的九子司马伦，没等组织部门考察完毕，人家自己直接篡位当了赵王。当然那帮跟着捧臭脚的也都被加官晋爵，这样乱封一气的结果，居然连那官帽上代表正部级的貂皮都不够用了，只好用看着差不多的狗尾顶替。于是民间编出歌谣讽刺说“貂不足，狗尾续”①，可真是够凑合的。据说，全世界也只有中国人热衷生产和销售“假名牌”，个别胆大还跑到大洋彼岸连老毛子一块儿蒙，让人家罚得连裤子都当了时还理直气壮地说：“我们村儿都是这么干的，你们丫这是种族歧视，小样儿等着，我回国找人抵制洋货去!”

“走不走啊?”

枕流这才意识到那哭笑不得的“夜场”记录片已经落下大幕，怪不得韵文敢举着手包做起她这大头娃娃那标志性的陶醉状。抬头看看日光灯，并没有想象中那么刺眼。

“嗨，美女。”苏韵文一贯是下课后精神更好，她朝教室门口的隐约中跑去，大概是发现了什么。

徐枕流被那咯死人的折叠椅虐待了两个半小时，他真费解自己怎么只长了两瓣儿屁股。好不容易捱到下课，这会儿连路都走不利落，只能一步分作两步地朝外挪着。

“哎，”一个甜得恰到好处的声音响起：“你腿怎么了?”

枕流这才腾出工夫定睛凝神，只见楼梯旁一双明眸正朝自己美目盼兮，绝无隐形镜片那种欲盖弥彰。韵文刚才发现的那个绝代佳人，原来是黎夕茜。

“没事儿，”枕流尽量让双脚保持同样的节律：“坐累了。”

无论从怎样严格的意义上来说，这个从本科阶段的外文专业转修比较语言学的黎姑娘，都绝对称得上是个执宫执令的美女，而且在这座幽暗的研究生院

---

① 这便是成语“狗尾续貂”的由来。

中只此一家。很多年轻女孩儿都喜欢拿镜子中的自己，去和电视上的某位红得发紫抑或初出茅庐的明星来个“关公战秦琼”，忠言逆耳，您还是趁早歇了、洗洗睡吧。不论那位女演员有多么演技派，在屏幕上显得如何泯然群氓，搁到你们班都会惊为天人。如果不相信又自忖有足够抗击打能力的话，可以每年春天到中戏表演专业的面试现场去受受刺激，那帮头一轮就被 PK 的“恐龙”，也至少有半个加强连的傻小子头天夜里就拎着铺盖卷等着拿号儿呢。

黎夕茜趁枕流挪动下楼时又偷眼打量了一番他那故意控制之下更不自然的步态，显然看出了其中的究竟，倒也并不明言，只是朝小胖子善意地抛去了一个你知我知的狡黠。二位虽不同班，但均有让自己的名气超越一切人为障碍的神通。徐枕流似乎记得程毅曾经提起过她，据说是来自陕西汉中。这便难怪了，如果说南京古城是江南的中原，那么汉中盆地则堪称中原的江南。① 朱自清先生描绘梅雨潭绿得恰到好处时曾挑剔地说：“北京什刹海的绿杨太淡了、杭州虎跑寺的绿壁太浓了、西湖的波太明了、秦淮河的又太暗了……”即便用如此苛刻的镜片来审视上弦月下的夕茜，甚至都很难找出哪怕任何的瑕玼，至少在外形上是这样的。她不乏水乡小妹的丝丝流淌，却不那样吹弹即破；她拥有大河上下的婷婷飒爽，又褪去了粗枝、揉平了底色。当这样的“万千宠爱”流连在沉闷的故纸堆旁时，你难免会毫不犹豫地同时相信世界的荒诞和上帝的慈祥。

“伯仲之间耳”的傅毅尚且令班固“小之”②，黎夕茜在研究生院这帮“涩女郎”中的生存状态可想而知。可人家却有足够理由超越这个“初级阶段”，且不说博士哥哥们越发廉价的媚眼照路、口水铺地，校外那传说中三五天就要搞一次班子大换血的护花使者队伍更足以让她把所有聒噪都当作成功时的掌声。所以说，别理睬那些众口烁金，能成为千夫所指，这本身就是一种成功。

常听说某人被斥之为“胸大无脑”，出于同情或者嫉妒，总之都好理解，

---

① 南京虽然地处长江下游，但由于几代王朝定都于此的缘故，这里的人相对周边地区便要显得更富霸气。而汉中地处汉水中上游，汉江是长江支流，故而汉中从理论上属于长江流域范围，但出于历史原因（这与“华族”起源有关，这里不作展开）又归辖陕西省，从而成为西北地区的一分子。

② 出自曹丕《典论·论文》，原文为：“文人相轻，自古而然。傅毅之于班固，伯仲之间耳，而固小之……”大意是：文人之间彼此轻视，自古就是这样。（同为东汉初年文学家的）傅毅对于班固（来说），（其实水平）差不多，但班固却很看不起他……

但依此类推，像苏韵文这种胸和脑同样卓有分量的“尤物”，往往就很使旁人颇费思量了。连从来和这座校园尽量保持一定距离的枕流，都已经不止一次看到她和夕茜出双入对，二人本该站在冷战铁幕的两侧才对，如此的认贼作父或者化敌为友居然是这样的天衣无缝，着实不简单。

“我还没准儿呢，就怕到时候有别的事儿。”黎夕茜驾轻就熟地使用外交辞令，这是美女特权的口气，当然，其他人也有东施效颦的权利。

“别让大家失望啊，”韵文又在推销那个“鸡肋”大奖赛：“多少人等着看呢。”她挽着夕茜，或许是分享过吹气如兰的缘故，满眼偷摘了别人家嫩黄瓜般掩饰不住的窃喜和惶恐。

黎夕茜听完这番恭维后的笑容简直已经成为了一种条件反射，从耳根直接溜达到嘴角，根本用不找麻烦同样金贵的中枢神经：“对了，我刚听说，祝贺你呀，当上研会部长了。”“首席美女”这才算关注了一下左臂上那个忠实的“公仔”，带着稀释了的真诚：“是哪个部来着？”

“生活。”韵文似乎在谈论一只围在她身边怎么赶也不走的飞蛾：“就是个打杂的。”

“哎，你什么时候也弄到学生会去了。”枕流刚刚回过神来，不情愿地从独怜幽草涧边生的审美中如梦初醒：“我怎么不知道？”

“凭啥都得你知道呀？”吸收了半天能量的苏韵文明显底气见长：“上次开大会时你不也没去么。”

的确，徐枕流对这种未来官场的热身赛一向没有兴趣，最多只是在岸上指指点点罢了。可即使如此，他也明白第一学期就能在多半是博士生的研究生院里混上个“打杂的”，绝不是“开开会”那么简单。据说，每年那所谓的“人事纠纷”都得一直沸沸扬扬到下次改选：“人才啊，真没看出你还有这手儿。”可能是刚才那句话实在有点儿噎人，枕流也毫不客气，选择了锋芒直露的“春秋笔法”。

“都好几个礼拜前的事儿了，你才知道。”韵文决定见好就收。

刚刚黎夕茜不也是“才知道”么，可苏韵文就没有把她处理成“人民内部矛盾”。半个学期以来，枕流愈加发现这里的水远比想象中要深得多，周围那些“与世无争”的谦谦君子，关键时刻出手比在老家收麦子还快。时间，看来时间真是个解决问题的好办法。当时过境迁之后，一切现存便堂而皇之成了理所当然，跟不上节奏本身都可以作为剥夺你发言权的一票否决，更不用说那绝对与相对的“真理”了。

路边的景色已经从校园换成了街道，当然，对于打算在沙家浜扎下去的人们来说，这一切都是同样的司空见惯。

“我上‘好邻居[①]’买点儿东西。”臀部的隐隐作痛不知不觉中已经消散殆尽，但枕流反倒感觉有些累了，于是故意指向了两个女孩儿不大可能在人定[②]时分走过的陌路。

“行，”韵文的回答很是直截了当，似乎完全洞悉了这个借口的用意，而且毫不回避：“那我们俩到前面坐车先回去了。”她好像在喋喋不休地逐个点评那些即将参赛的老老少少，大致意思是劝说美女出来“表率群伦”，进而显示二人之间的无话不谈。枕流当然对这路八卦兴致索然，也没有听出个姓字名谁。

倒是黎夕茜在面对淋漓鲜血时显示出了老练：“要不要我们目送你呀?”亲切又不失得体。尽管素来交往平平，但该有的礼节却是足斤足两、毫不差池。她在原地站定，等徐枕流先走出几步，才在韵文那举一反三的不耐烦之下回头，让这次的闪亮登场显得虎头豹尾。

管仲在他的《牧民·国颂》中说“仓廪实则知礼节，衣食足则知荣辱”[③]，其实如此“经济基础决定上层建筑”的逻辑可以大大地推而广之。在现实生活中不难发现这样的现象，那些外形得天独厚的俊男靓女，往往也能进退有度，使人爱屋及乌；反过来，如果某人不幸先天不足，常常难逃越抹越黑的命运，结局往往是左支右绌。究竟是美丽成全了气度，还是气度构成了美丽，谁知道呢?

有个被我们有意无意中忽略掉的固定搭配叫做Chinese whisper[④]，意思是“闲言碎语”或者“流言蜚语”之类。前两年，某央视名嘴曾经因为一句

---

① 连锁超市名。

② 指亥时，相当与现在的晚上九点至十一点。十二时辰别称分别为：子时——夜半，丑时——鸡鸣，寅时——平旦，卯时——日出，辰时——食叶，巳时——隅中，午时——日中，未时——日昃，申时——晡时，酉时——日人，戌时——黄昏，亥时——人定。（个别称谓不同记载稍有不同）

③ 《管子》一书是否或者在多大程度上出自管仲本人之手，这个问题争议很大，此处只是顺带一提而已。

④ 字面意思是：“中国人的（或者中国的）低声说话”。

“如果你坐飞机去成都，飞机还没落地，就先能听到满街的麻将声”，而遭到蓉城父老的口诛笔伐。咱没去过四川，但感觉这位前辈怕是没有什么恶意，只是比较诙谐地赞叹了天府之国的休闲生活甚至人伦之美。可是有一点倒基本可以肯定，全世界各种海陆空码头中，属咱中华大地上的最热闹，摩肩接踵中大伙儿究竟在谈些什么，则连当事者本人都很难说清。“光顾着聊了，谁知道聊得什么”。托奥林匹克的福，北京的老少爷们儿也知道了什么叫做“志愿者”，可那些七姑八大姨们穿上统一服装、站到大街小巷之后，凑到一块儿，天天开讲的还是家长里短。据说，陈水扁“总统”好像成语学得有些半瓶子醋，至少是没弄明白其中的褒贬利害，有一回居然失口说台湾义工[①]们的贡献真是“罄竹难书”，遭到朝野上下空前一致的嘻笑怒骂。当年咱毛主席劝国民党当局举家弃暗投明时曾经安排说：“蒋先生当然要到中央来做事，陈诚（“中华民国副总统”）到时候的位置不会在傅作义之下。”事过境迁，如果阿扁有朝一日良心发现而打算效法林毅夫[②]的话，不知道咱们的“核心”打算赏他个什么一官半职。但他这张大嘴如果敢来大陆可得小心，祖国同胞们的“Chinese whisper”也能淹死他。

当然，现如今生活节奏明显加快的中国人已经不像过去那样有大把的课余时间可以用来闲扯了，但礼尚往来的传统精神仍然一如既往地照亮着征程，比如这个夜晚显然就被那如簧巧舌牢牢地控制着。

本以为回到家之后可以躲得片刻清静，但枕流很快便发现他彻底地打错了算盘，里屋那藕断丝连的“老旦长谈”一阵紧似一阵，不安分地破门而出。男孩原本以为是彭奶奶在跟谁煲电话粥，过了半天才从那隐约的幽暗宣叙调中判断出原来吴雨也位列其中。近来她回娘家的频率似乎在稳步增加，虽然同在家属大院中，一箭之遥，但担负着班主任的工作，那些鸡毛蒜皮的事使小吴老师平常并没有更多天伦时光。徐枕流真有些后悔还不如刚才直接约上两个女生去临近的小店里夜宵，虽然韵文也同样火力十足，但至少还能

① 就是志愿者。

② 林毅夫（原名林正义），1952 年出生于台湾宜兰，1971 年进入台湾大学读书，后受蒋经国思想感召转入陆军军官学校，1976 年考入台湾政治大学并获得 MBA 学位，毕业后来到金门马山广播站前哨任连长，1979 年 5 月 16 日，他毅然决定独自泅渡来到大陆，后就读于北京大学、芝加哥大学、耶鲁大学，现任世界银行高级副行长兼首席经济学家。

有夕茜这个“二水中分白鹭洲”来聊佐谈兴。

吴家母女二人今天的“闭门磋商”似乎格外重要，不但没有召开新闻发布会，而且与会代表们连例行同“记者”的见面寒暄也一并免了。留在客厅桌上的三杯两盏都已半凉，说明这次交换意见的工夫恐怕是不短了。徐枕流傍晚从所里赶回来时路上那两套嚼在嘴里乱七八糟、咽下肚去莫明其妙的北京特色煎饼果子早就已经消耗殆尽了，这会儿的残羹剩饭正好。其实，彭奶奶原本是江浙一带的大家闺秀，从小自然是没有围着灶台转的遗传，嫁给吴教授这个河洛佬儿之后，历经几十年的三灾八难，倒是练就了一手地地道道的中原厨艺。可奇怪的是，在皇城根儿底下土生土长的吴雨，反而天生口淡，打小就吃不惯这南腔北调的七荤八素，再加上父母常常结伴出外讲学，猴子称霸王的她便从小学那会儿起就以淮阳香鲜为基础另立中央，单吃单过之后更是乐不思蜀，虽然偶尔回来“怀旧”一把，但那不过是“有益补充”而已。

“反正你自己得多留心，别大大咧咧的，等真出事儿就晚了。”这里不是诲人不倦的三尺讲台，彭教授循循善诱自己的宝贝女儿时，口气多少显得有些唠叨，尤其是她那死不悔改的下江①发音与京城词汇相得益彰之后。

吴雨似乎对这“不听老人言，吃亏在眼前”的未雨绸缪并未提起足够警觉，还是彭奶奶那不急不徐的准普通话在喋喋不休地独白着：“要不然，等小项走之前，我跟他谈谈?”

“谈什么呀?”这次换成了小吴老师的细声细语，看来再想不接茬怕是不行了：“有什么可谈的?”当某人在一句话当中两次重复同样的意思时，多半是出于不耐烦，但也可能是底气不足时在给自己壮胆，或者二者兼而有之。

里屋的密谈陷入了短暂的沉默当中，这似乎是中国式交流的一种惯例，正如书法中的飞白以及水墨画的疏密有致一样，我们都是在“阴”和“阳”、“有”和“无”、“虚”与“实”的亦正亦邪中慢慢懂得了这个世界的真真假假。

---

① 即下江官话，或称江淮官话。

卡　拉

人们常说爱情是个永恒的话题，但究竟能海枯石烂到什么程度，其实谁也不敢妄下结论。不过有一点倒是还比较肯定，至少在可预见的未来，咱们都得和它一道“痛并快乐着”。所有说不清道不明的是非曲折，无外乎两种原因，或者深奥，或者多变；相对而言，爱情大概属于后者。

现如今的年轻人恐怕很难接受去和可能连面都没有见过的异性厮守终生，即便只是一种假设，就像过去的男男女女无法想象半路夫妻带着各自的亲生骨肉“幸福”地生活在一起，更不可能拍成情景喜剧在全国范围内“惑乱人伦”，还一演就是四部。同样，中国的婚姻介绍所在老外看来实在该归扫黄办统一管理，毕竟，在他们眼中，那些注明身高、年龄、体貌特征的征婚广告更像是卖春信息。

曾几何时，中国人的（当然是大陆上的）一切，都与“几代人，十几代人，甚至几十代人”① 之后的光荣与梦想息息相关，当然不能自己偷偷收着。

不管这些“鸡毛蒜皮”究竟是凤毛麟角还是司空见惯，至少当时的爱情

---

① 邓小平《在武昌、深圳、珠海、上海等地的谈话要点》，原文为：“巩固和发展社会主义制度，还需要一个很长的历史阶段，需要我们几代人、十几代人，甚至几十代人坚持不懈地努力奋斗，决不能掉以轻心。”换句话说，实现共产主义也就至少需要这么长的时间。

与革命相生相伴是不争的事实，比如《青春之歌》里的“喜新厌旧”[①] 看起来就很气壮山河嘛。反动派不全是老弱病残，朱时茂这浓眉大眼的家伙也有可能叛变革命[②]，连温情脉脉的面纱也懒得置办，你把封资修想得也太单纯了。

追忆当年，现如今仍然风度翩翩的彭咏教授，在五十年代才子云集的北师大校园里可是个众里寻她千百度的人物，江左少女那招牌式的小鸟依人自不必说，再加上书香门第里多少代人沉淀下的恬静气质，总而言之，供她挑选的范围基本上可以说是扒拉脑袋就算一个。可乱云飞渡的结果却是，一贯名不见经传、上下左右怎么数都位居中游的吴泓“同学”却大浪淘沙始见金。究其原因，似乎有些让人哭笑不得，那时候，太积极的叫资产阶级情调，太深沉的算封建主义残余，学养过人属于成名成家思想，政治突出怕有投机革命倾向，这么沧海横流下来，发现还是距离产生美，中庸哲学置之四海而皆准。事实证明，彭老师果然慧眼，当历次运动把天之骄子报废、改革大潮让滥竽充数现形之后，长短大小正合适的“小吴”便顺理成章地晋升为“吴老”，就像天上难免会有某颗幸运星最接近我们头顶一样[③]，人间的学者之中也总是要诞生个把泰斗的。事实证明，留得青山在，还就真是不怕没柴烧。当然，任何机遇与运气都是以实力为前提，道理很简单，点儿正的也不止你一个，“PK”会在适当时候成为一道必答题。

弗洛伊德认为在每个人产生意识的初期，要经历所谓的“镜像阶段”。在这个时期中，孩子通过对周围成年人的观察（通常是父母），来逐渐确立行为准则并实现自我认识。正如所有没死过的人谁也不能肯定关于地狱、阎罗以及鬼门关的传说究竟真假几何一样（至少从逻辑上来讲是这样），同理，到底咱们在襁褓中是如何学会做人，现在大概也没有人能记得了。所以说，到现在为止，弗爷讲的这套能且只能是一家之言。但那个相反命题的答案却基本可以肯

---

① 这部小说的后半部分描写了女主人公林道静通过与共产党员卢嘉川等人的交往，抛弃以往的小资产阶级情调，离开那位具有“骑士加诗人”般表象而内心里却平庸、自私的丈夫余永泽并投身革命的历程。

② 小品《主角与配角》台词。

③ 由于地球自转轴存在周期性的缓慢摆动，因此“北极星”并不始终是同一颗星（这可能与我们的想象有很大出入）。地球自转轴北极指向的天空以每年 15 角秒的速度运动，在 4800 年前，北极星是天龙座 α 星，中国古代称它为右枢，现在是小熊座 α 星，公元 4000 年前后，仙王座 γ 星将成为北极星，到公元 14000 年左右，天琴座 α 星即织女星将取而代之。地球自转轴这样摆动一周的时间，大约是 26000 年。

定，也就是，父母往往希望孩子能按照自己的设计蓝图长大成人。

事实上，尽管同样劳碌，而且也得以混到正高级职称，但彭教授对那唯一一颗掌上明珠的“拔苗助长”却始终没有停止过。本着客观公正的精神来评价，迄今为止，吴雨也基本实现了当初那张图纸上的种种勾画与设想。硕士学历加上语文学科带头人，一个三十来岁的美丽少妇还能奢望些什么呢？

这个世界上有两种爱，分别以得到和失去为最终目的，而父母之爱便是后者的典型代表。当年苏联那个要命的私有化进程之所以惨不忍睹，说到底就是撒手不管的恶果；彭教授肯定没这么冲动，在女儿即将离开自己老巢的时候，早就已经精心地为她选好了“下家”。实践是检验真理的唯一标准，项姑爷的平步青云充分证明了老人家的慧眼独具，在八面玲珑中积极上进。

西谚说：“Every dog has his day”[1]，可这一天等来的倒不见得是好事儿。彭妈妈虽不能说是机关算尽，但也把谋事在人发挥到了极限，可当所有的种种都各就各位之后，大家猛然发现，最后的美中不足却让一切变得功亏一篑。

其实，这白璧微瑕对于如今的很多年轻人根本就不是什么遗憾，说白了，不孝有三，无后为大。为什么会这样呢？不是不能，人家不想；更准确些说来，是那“一切以事业为重”的项姑爷不想。自从升任处长之后，这位曾经“很听话”的东床快婿也不再把岳母大人的指示奉若金科玉律了。为了让咱伟大的社会主义事业后继有人，彭老师真是连越俎代庖的心都有了，可要命的是，唯独这个勾当非得由当事人亲自出面不可，任凭你再高明的隔山打牛，还就是使不上劲。

随着时间的推移，癣疥之疾渐渐转变成了心腹大患，彭教授处心积虑的暗示早就改为了彻底摊牌。正如“恼羞成怒”这个词汇想要告诉我们的，赤膊上阵永远是黔驴技穷的先兆。女人想用孩子来拴住男人，但结果却往往是作茧自缚。前车之鉴当然足以昭示，可到头来还要前仆后继，没办法，和飞蛾扑火一样，都是本性使然。

一个巴掌拍不响，这事儿也不是吴雨自己能说了算的。其实两人那和谐的小世界早就可以成果斐然，可女人基因中便已经注定的母性，在现如今的社会潮流中早已变得并不那么顺理成章。偏偏这个新版小吴充分继承了父亲

---

① 直译过来就是“每只狗都有属于它的那天”，大致相当于中文里的“人总有出头之日”。

那蒲苇韧如丝的性格，从来就不懂得为自己的“我本将心”去“奈何明月”，想等她主动站出来维权，黄花菜都凉三遍了。一边有丈夫的冠冕堂皇，一边有母亲的理所当然，真不知何处是归程。

“导师有没有安排你帮着所里做点儿什么？”那天晚上，吴雨实在有些招架不住当家老旦那渐行渐近的紧逼盯人，听枕流在屋外说要去教室把落下的外套拿回来，便如蒙大赦般借故一同逃将出来。

“没有，她去南京开会了，可能得有一阵儿才能回来。”徐枕流当然很喜欢和小吴老师在晚风中漫步，这还是搬过来的头一次。

“是么？我本来还说要找找她呢。”吴雨好像是在自言自语，活动活动那有些木讷的头部，发现今天的夜空似乎只有一明一暗的两颗孤星悬在前路的尽头。北京市近年来反复强调的“蓝天计划”[①]，在奥运事到临头时的连日阴霾后，似乎也变得默不作声了。

“您认识她？”枕流倒是没想到，赵冉这位不久前才从大洋彼岸载誉归来的“老瓶装新酒”，居然还如此“凡有井水处，皆能歌柳词”。

“啊……是，”吴雨似乎刚刚回过神来：“原先……认识。”

小吴老师是那种危险系数很高的Calf Lover[②]。多年过去，青春期所有的浑浑噩噩，非但没有烟消云散，反而被时间沉淀得清清楚楚：“您……”枕流真想别向这对朦胧的凝眸使用敬词，可从她还是个不折不扣的少女时就已经养成的定位却早驾轻就熟得无可奈何：“有继续读博士的打算么？”开口之后，才意识到那个都到了嘴边的话题恐怕轮不到自己过问，只能仓促间拆东墙补西墙。

吴雨长出一口气，对于内敛的人来说，这已经可以算得上是种感叹了：“还是读书那会儿好，觉得……”她笑笑，摇了摇头，但似乎并不是对刚刚那个问题的回答。

“革命人永远是年轻，”枕流愈发觉得自己有时谈话几乎可以不过脑子：“您不还是在学校里么，和孩子在一起的人不会变老。”如果换个对象，他一定不会失去这个唱赞美诗的大好机会。但此时，望着身边那个记忆中永远慢条斯理地站在讲台正中娓娓道来的端庄，实在不忍心去打破这份宁静和清凉。

---

① 其实，“蓝天计划”的“蓝天”，是从空气质量角度着眼，和风雨雷电之类无关。

② 指让孩子产生爱慕的年长异性。

新世纪的今天，像语言研究院这种“小楼一统”已经越来越像是被时光车轮遗忘的活化石，鲁迅先生说悲剧是“把有价值的东西毁灭给人看”①，照此逻辑，霓虹灯下的破旧书桌又该算作什么呢？不过，能在这类事业单位浑浑噩噩地混上一辈子也未尝不算种幸运，尤其在如今朝不保夕的大环境中，否则，也不会有那么多人削尖脑袋去争夺“饿不死、也撑不着”的“铁饭碗”了。据说八宝山殡仪馆对面的某地产项目在焚化炉的猎猎浓烟中开盘销售时，曾火爆到没有熟人都拿不着号儿的地步，这也许就是“和谐”的初级阶段吧。比起他们，能在单位“隔壁”分得个两室一厅的确不赖。

无论怎么说，从家属楼通向研究生院大门那不出百米的“骐骥一跃”对于此刻的徐枕流来说，确实是太短了。他本以为吴雨会愿意在这个风起却躁动的夜晚到她当年读研时曾经战斗过的“旧址”去瞻仰凭吊一番，至少也该去数数它那似乎从未挪动过的脚步。十一月的落叶虽然被全球变暖拖住了后腿，但依然忠实地记录下校园林荫道上的每一缕脉动。

可吴雨似乎没有打算把这“浪漫之旅”进行到底，她更像是怕见到什么一样，尽管也同样不想回去面对家中那盏孤灯，但还是两害相权取其轻。看来今晚的吉星确实轮不到枕流头上，他真后悔没有和这位难得的同伴在研院门口多相对哪怕是两分钟。因为那很容易引人想入非非的情景只差毫厘便可以被恰好从外面回来的林风撞个满怀，尤其是那顺理成章的猜想颇为当事人所窃喜的时候，徐枕流甚至想把吴雨拎回原地重新来过。

“呦，还没走呐，”对于住到校外的研一新生来讲，这个时间能在这儿相遇确实有些出人意料。

“东西落教室了，”枕流悻悻地，懒得多说：“你呢？”

“团委有点儿事儿。”这位欧美当代语言学专业的帅哥林风来自晋商的老巢山西平遥，恐怕字典里天生就没有赔本这个词：“师兄让过去一趟。”

枕流点点头，尽管黑暗中的两人谁都看不见、也不会在乎。他明白，这种“为政以德”② 的事儿，自己作为“党外民主人士”不好多问。开学虽然似乎还是昨天，但那些走南闯北的包打天下们早就已经各抱地势，现在想后

---

① 出自《再论雷峰塔的倒掉》。

② 《论语·为政》：为政以德，譬如北辰，居其所，（而）众星共之。

发制人恐怕都已经为时已晚。

“卡拉圈儿 K，”看来，为了这个“大赛”，研究生院“一套班子”、“两块牌子”、“三个系统”、“四批人马”……总之，各路“政治家”大概是都倾巢出动了。

“呵呵，”学商科出身的林风大概也知道过度推销的副作用：“你们系陆远航……”

“准备和外文系顾爽一块儿……”

“那个女孩儿临时有事儿，说是去不了了，”小林君总算扳回一城：“你没听她说么?”

枕流觉得自己已经越来越像个员外郎，不光不积极向组织靠拢，也就是说还没有新兴资产阶级有觉悟，而且连参与掌故的权力也一并失去了：“不知道。”

团委新贵大概是听出了小胖子的不悦：“远航的手风琴拉得不错，你们班的人都挺多才多艺的。”没有见风的本领谁也不敢随便使舵。

但这个马屁实在不大高明，但凡换了时间地点人物，很可能就当头撞到鼻子甚至蹄子上。幼儿园的阿姨都知道，有些孩子天生具有某种势力范围意识，即便是不喜欢玩儿的玩具，亦或现在顾不上玩儿，但只要是他的，别人就休想碰。去向某个男生赞美和他直线距离更近的异性，就算人家没有继往开来的打算，也往往不是个明智的选择，在多数亚洲国家尤其如此。

“学会文武艺，货卖于识家。”徐枕流虽然没有那么强的私有观念，但今晚发生的种种仍使他感到胸中如有块垒，自然不能错失这最后的发泄机会：“看样子，是不是给你‘鼓摧残指腰身软，汗透罗衣两点花’了?”

从企业管理转学语言这个弯子尽管是大了点儿，可那两句唐诗宋词也的确平易近人得不需要什么之乎者也功底。林风当然能听出枕流的弦外之音，但却始终避免任何可能导致破盘的切磋：“没，没，本来研院有个手风琴，就是好久没调音了，后来陆远航自己找音乐学院的同学借了一台。”人家的逻辑线条发展得合情合理，让你寻不到任何节外生枝的理由：“所以，今天下午我帮着她给背回来了。”

后来，徐枕流见过那架传说中的“琴瑟友好”，实事求是地讲，这部双簧[1]的老家伙确实够分量，但“打的”往返（人家研究生会有这笔经费）的待遇是否还需要“男女搭配干活不累”就只好见仁见智了。其实，在很多情况下，人们为自己辩解时所反复强调的，根本不是什么原因，而仅仅是个理由。

枕流刚要再接再厉，从前面那跳动的路灯光晕下走出个行色匆匆的模样，细看时才隐约辨认出好像是林风他们班的某位女生，抱着一摞大概刚刚战罢的教材。徐枕流瞧了瞧脚边那几片正往校园深处慢慢滑去的落叶，似乎有点儿泄气，也懒得再拘礼什么，只管独自走上了较白天更加黯淡的小径。身后留下的那二位倒也没觉得缺少什么，商量等会儿一同回宿舍，不过要等拜见完“上官”之后。在这个问题上，林风始终能把主次摆得泾渭分明，毕竟，初来乍到的他，似乎还没有修成重色轻友的资格。

咱老祖宗的《毛诗大序》里讲到：“情动于衷而形于言，言之不足故嗟叹之，嗟叹之不足故歌咏之。”客观地说，中国大地上从来就不缺少欢声笑语，比如当下的KTV里摩肩接踵的欧美日韩，再比如八年抗战中上海滩十里洋场那摄人心魄的纸醉金迷，但无论如何，都有着深厚的群众基础。可奇怪的是，我们似乎很喜欢把本来很简单的事情搞复杂，最常见的做法就是赋予它们一些九天之外的意义，有的还很莫明其妙。几乎所有国人都对“红五月歌咏比赛”这个经典保留节目并不陌生，只是不知道，当你真正了解她难以承受之重的来龙去脉之后[2]，还能有多少心思去投入到那已经愈发轻松的氛围中。

也许正是出于上述考虑，研究生院的卡拉大赛往往被安排在没有更多附加意味的深秋时节，然而如此的良苦用心却显得可有可无，因为小院中一年四季似乎都在周而复始着那如同嚼蜡的枯黄色调。不过好像并没有谁去介意

---

① 根据制音系统的不同构造，手风琴有“单簧”与“双簧”之分。

② 之所以将5月称作“红五月”，原因之一是5月拥有两个重大的节日，五一劳动节和五四青年节，这也罢了。另一个原因，是由于我国近代史中的5月，充满了斗争的血泪：1928年5月3日发生的“济南惨案”，或称“五三惨案”；1947年5月20日，学生举行的反内战活动遭到了当时国民党反动政府的镇压，被称作“五·二零”血案；1927年5月21日，发生了所谓的“马日事变”；1925年5月30日，则是令人难忘的“五卅惨案”。有一首《五月的鲜花》歌词中唱道：“五月的鲜花开遍了原野，河上面漂浮着烈士的鲜血。”

其中的是耶非耶，多数人那如止水般静谧的心弦根本就不可能被这微不足道的波澜所惊动，那些看似念兹在兹的善男信女其实也都怀着千人千面的各自心肠，自然也没有理由去关注这难得的人性回归离文艺的基本教义究竟已经该以何种道理计。

我们总是善于发现他人身上的种种劣根，而对那可能俯拾即是的良善却常常会视而不见，脆弱的蓝色家园之所以到现在还没有被已经越发穷凶极恶的万物之灵彻底毁灭，或许这倒可以勉强算是个原因。挑剔离进取其实并不遥远，但愿我们能在日益淡乎寡味的臭氧层完全消失之前迈出这艰难的一步。

事实上，从 OK 大赛那群魔乱舞的荒腔走板启动时起，就有人始终毫无利己动机地忙活着，比如程毅。除了因从高中时代便开始计时的“漫长”党龄所“自然生成”的班级组织委员、以及由此发轫的那些几乎找不出冤大头乐意顶缸的琐碎工作之外，他并未参与学院里任何门类齐全的党政军群机构。这次之所以从头到尾跟着跑龙套，完全属于友情出演。

既然诸多首脑机构已经人浮于事，当然剩不下任何肥缺供“志愿者”分享，真正埋头干活儿的，只有那些与“位子”、“票子”无关痛痒的苦差事等你去周旋。所以，一贯随和客气的程毅，便“人尽其材”地具体负责选手联络，主要就是四处游说同学们参加，比如陆远航和临时掉链子的顾爽就是他的斐然成果。当然，揭密的档案表明，这回程毅之所以兔子会吃窝边草是多层面的，不过这已经是后话。奇怪得很，“偌大”的比赛，光各级“策划”、“监制”就有近十位领导分头把守，可真正“叫卖”的就程毅一个。说起来，不管用心何在，官至活动副总后勤的苏韵文能跑到枕流和夕茜那里越级“拉皮条”，已经算是厚道的了。

这差使的确是费力不讨好，徐枕流就很难理解程毅究竟吃错了哪贴膏药，居然去捅这个马蜂窝。联系到的选手少了，组委会当然不干，逐级追查下来，责任到人，肯定跑不了干系；退一万步讲，就算你真有申包胥哭秦廷的本事，拉来几十号脑子进了泔水的二百五，到时候僧多肉少，诸位大哥大、大姐大出尽洋相之后连个纪念奖都混不着，恐怕还是难逃生活不能自理的下场。

可人家程毅楞是顶着困难上了，好在研究生院这帮昏天黑地的魁星点斗里还就真有拿爆米花当干粮的丧心病狂之徒，加上不知深浅的硕一、博一新生力量们，好歹也算凑齐了整场的鬼哭狼嚎。计划书里冠冕堂皇的初赛、复赛自然都成了纸上谈兵，天地作证，勉强只够一勺烩的这十来位，耗费了程毅多少个上窜下跳的日日夜夜。

“今天真是来着了，”枕流坐在前排最靠边的位置上，这是当他在后台发现某个还算有几分颜色的女选手身着高衩旗袍后精心挑选的“观察哨”，当然，猎物还得耐心等待：“咱们院里果然藏龙卧虎。”整个礼堂坐得连稀稀落落都谈不上，没有太多人注意到小胖子那肆无忌惮的乐不可支。

“要不是报幕，我都不知道这姐姐唱的是什么。”一旁正在候场的远航似乎更添了几分自信，尽管这对于久经沙场的她根本没有任何必要。

早就听韵文提过，刚刚打头阵的是研会的文艺部长。你还别说，那外型，乍一看真以为实力派美声专业人士来了，出手之后更是不同凡响，大家惊喜地发现，S. H. E. 红遍华语世界的《Super Star》原来可以处理得这样悲壮。大约是对院里去年花了上百万购置的那套 Sony 音像设备不够满意，部长小姐下场前用勾着粉色亮彩的双唇狠狠地瞪了一眼据说是专程从广院请来的调音师。多么可贵的敬业精神，难怪官运如此亨通呢！其实，她根本就不属参赛选手之列，但人家早在两个月前就已经开始准备这次“仓促间”的客串，全是因为“实在不忍心拒绝同学们的盛情邀请”。

与春晚以及绝大多数各类演出不同，本场节目是按照重要程度递减排序的，原因很简单，历届大赛的统计数据表明，观众人数的半衰期[①]是二十分钟左右。所以，像陆远航这样没有任何门路的新人，只好等到人去楼空的倒数第二个上台。

“对了，”经过最初的亢奋期，枕流已经对司空见惯的高高低低习以为常：“还没问你和林风的那次‘手风琴浪漫之旅’呢。”经小胖子后来反复回忆，当天中午远航的确发短信询问过他下午有没有空，在得知枕流另有安排后才拿林风替补，也可能正是这种朦胧的优越感助长了此间轻松的气氛，徐枕流适时地找到了另一种同样有趣的消遣。

---

① 半衰期是指某种特定物质的浓度经过某种变化降低到初始时一半所消耗的时间。

"什么?"陆远航是那种眼睛不会说谎的女孩儿:"哦,嗨……那天你不是到所里去了么。"

"呵呵,"枕流得意地笑笑,一切的发展都在他的意料之中:"你明明知道我那天有事儿去不了,还故意先找我,典型的欲盖弥彰,孙子曰:'用而示之以不用。'"说话的工夫,有几个班里的同学坐到他们附近,大概是刚刚从外面吃过饭,赶来为渐入佳境的"压轴好戏"站脚助威。当然,此时徐枕流的注意力全在远航这里,所以只是象征性地朝他们点了点头:"其实日本早在1941年夏天就已经做好偷袭太平洋舰队的准备,但却始终借印度支那问题与美国周旋,制造一种战略中心在亚洲的假象,直到……"

"好了好了,"女孩儿苦笑着冲枕流摆摆手:"我现在哪还有心思弄这种事儿,一个就够受的了。"

其实,远航曾经多次表达过对林风的好感,要不是系里的几位都知道她已经"名花有主"、并且"登记造册"完毕,恐怕像韵文那样的大嘴巴早就忙不迭地把笤帚疙瘩当成橄榄枝递将过去了。反过来讲,或许也恰恰因为出过天花的人不可能被同一块石头绊倒两次,人家陆远航才会如此磊落坦荡。孟子曾耐人寻味地教导我们说:"嫂溺,援之以手,权也。"① 亚圣之所以选择这种特殊关系举例,大概就是因为多了一层伦理屏障便更不容易被别有用心之人拿去"继承并发展"吧。

"能者多劳嘛,"枕流依然意犹未尽:"曾子曰:'一只羊也是赶,一群羊……'"

"真的,咱不说这个了行么。"看起来,远航今天的确是没有谈笑的情绪,那位文艺部长带来的瞬间欢乐也在不经意中挥发殆尽了:"大概上午十点吧,我给魏一诚打电话,他说……"

"行行行,"徐枕流发现气氛正向大家都不愿意看到的深渊中滑落,赶紧悬崖勒马:"你别老盯着这个,自己找点儿事儿做。"他抬眼看了看台上,那位旗袍姐姐不早不晚地闪亮登场了:"比如这回参加比赛就是个明智的

---

① 出自《孟子·离娄上》,原文为:"嫂溺不援,是豺狼也。男女授受不亲,礼也;嫂溺援之以手者,权也。"大意是:"嫂子落水却不伸手救援,那是禽兽(的行为)。男女传递物品时肢体要避免接触,这是礼法(的要求);嫂子落水而用手(去拉她),那是特殊情况下临时的紧急措施。"

选择。”

“嗨，还说呢，”远航是个很容易被别人情绪所感染的女孩儿，就像尾巴短的兔子肉一样，跟什么炖就是什么味儿：“那天程毅本来是劝顾爽报名，她就要拉上我，韵文也一块儿起哄，我看程毅挺积极的、跟那儿说了半天，就同意了，”的确，我们生活中很多的进退两难都是这样开始的：“结果，嘿!”

“顾爽到底是怎么回事儿，我原来还挺期待的呢，”那双计划中的美腿从仰视的角度看上去难免有点儿粗壮，枕流便不由自主地得陇望蜀起来。

“谁知道啊。”远航倒并没有显出格外的失望。当顾爽刚刚“扯晃”的时候，她本来也打算一同追亡逐北，但又隐约感到自己似乎在期待着留下来，于是便乐得送程毅个顺水人情。孟庭苇有一首《真的还是假的》当中唱道：“我听说开始总是真的，后来会慢慢变成假的……”但事情有时则正好相反：开始往往是假的，但后来却不知不觉地变成真的。

远航小心地移动着脚下那部张网以待的手风琴，避免弄出什么众里寻她的响动：“说老实话，顾爽可能没有太多声乐基础。”当然，这是从陆远航惯用的专业技巧角度来看，其实唱歌原本就是愿打愿挨，观众的满意就是市场，没有更多道理可讲：“但是能看得出来，她这个人挺要强的，我们俩合的那几次都特别认真，估计在底下没少练过。”

十几年前，徐枕流还是个不折不扣的孩子，那会儿，北京的夜空并没有晦暗到如今这种无以复加、进而触底反弹的程度，当生龙活虎的伙伴们还在空地上意犹未尽地追逐呼喊时，筋疲力尽的小胖子更喜欢独自躺在水凉的石阶上注视着正在日复一日消失中的半天星斗。这一切随着身边渐悄的人语开始变得恍惚，男孩儿会不由自主地抓住身边某棵并不粗壮的小树，似乎只有这样才不至于堕进那莫测的深渊。后来，他常常想，或许那蔓延至今的严重恐高便是当时种下的祸根。

确实，在这个前不见古人、后不见来者的幽幽万世中，我们无法选择过去，更不能预测未来，可以做的，只有让当下的每一天都成为无悔。如今那愈发不计后果的大学扩招，表面看似乎给了更多有志青年以向上的阶梯，其实只不过是将人才的供需矛盾拖延了四年而已。上百万的考研大军是世界首富卢森堡全国人口的近三倍，真正能跨越这道鸿沟的毕竟只是少数（不过，我们有充分的理由相信，随着研究生培养的多元化，满街烟头和小广告的民族都能读博士的时代已经在向我们招手了）。如果说那些在考研独木桥上有幸脱离此岸而投入另一苦海的幸运儿们（比如顾爽）还具备点儿优点的话，那可能就是他们身上正在加速稀释的认真二字吧。

当然，认真只是一种面对生活与工作的态度，并不带有任何绝对的价值判断意味。比如此时正在卡拉大赛现场忙前忙后的各路研究生会“高干”们就显得相当足斤足两，但细看下来却不难发现“公仆”跑来跑去的圆心无外乎诸位贵宾和领导。“大叔级”博士生当中本有不少“回锅再投资”的头头脑脑，而青春亮丽、长发飘飘的硕士美眉里反而混进了某些鸡犬升天的夫贵妻荣，光凭年龄来判断身份是枕流这等门外汉眼中的热闹，人家专业选手仅仅通过嗅觉就可以分辨来头的大小。来“光临指导的”那位副院长今晚听到的赞美和请示肯定比歌声来得悦耳，可后台即将上场的可怜虫们却连收伴奏带的人都找不着。

比较之中才能看出差距，平日里在“官场”上游刃有余的苏韵文这回算是遇上了对手，总算明白这拍马屁也讲究个排名先后，小字辈儿只有望眼欲穿的份儿。不过昂扬着齐耳短发的韵文似乎并不很在意，依稀可辨的高跟鞋步点仍然显得轻松愉快。懒洋洋撒下的舞台灯光交织在她那苹果白色的秋冬正装上，有点儿恍惚。

中国古人把上下蠕动着前进的虫子叫做“豸”，推而广之，那些跳跃之前蜷缩起脊背蓄势待发的动物也常常带有“豸”字旁，比如猫（貓）、豹、豺、貂之类；与此类似，不同于身材挺拔的撑杆跳运动员，徒手跳高健将助跑时大都喜欢弓着个背，这样便于发力。其实，日常生活中的人也是一样，那些看似低调的谦谦君子往往并非真的虚怀若谷，而是在等待时机，只有背景深厚的贵族子弟们才会趾高气扬。当然，这种规律也并非没有例外，比如同样“心存高远”且无可依傍的苏韵文就同绝大多数唯唯诺诺、点头哈腰之徒大相径庭，她总是那样步履矫健、不卑不亢。

惊变

在欧洲，如果询问一个非商科专业的大学毕业生什么叫做“GDP”①，你得到的答案很有可能是“不知道”，但同样问题恐怕连中国西部边远地区刚刚从扫盲班毕业的家庭妇女都难不倒。如果运气好，她没准儿还会掰着手指头告诉你咱们在世界上排名第几，哪年摆平日本，哪年干掉美帝。

恭喜你答对了。

一般认为，陀斯妥耶夫斯基是俄国19世纪的存在主义哲学大师，但他留给我们的作品却基本都是小说。陀爷在《群魔》中曾经耐人寻味地说：“真正伟大的民族永远也不屑于在人类当中扮演一个次要角色，甚至也不屑于在人类当中扮演头等角色，而是要扮演独一无二的角色。”真希望咱发改委和统计局能把这句话各裱一幅，挂到门口。

Twins里的阿Sa有句名言：“别看我脸大胸平，现在就兴这样的。”确实，人世间有百媚千红、风情万种，懂得做自己，才具备嚣张的资本。

从严格意义上来讲，陆远航的底板并不算太好。尽管所有的“瑕不掩瑜”都被她归结为万恶的“客观”造孽，比如浅浅的痘坑是拜当初工作的

---

① 国内生产总值。

电视台里无处不在的辐射所赐，而双眼皮之所以只有一个乃是因为小学那“毁人不倦”的“麻辣教师”总忘记定期调整座位……其实，这些革命家史不仔细看根本发现不了，枕流也是在听她反复痛陈利害之后才略知一二的。

然而，远航并没有从此沉沦下去，她被因势利导、因地制宜、因材施教……如此取长补短的结果相当斐然，比如她今天卡拉大赛的扮相就很是打眼，淡灰色套装不但衬托出白皙的肤质，又巧妙地和同样色系的手风琴构成种协调的过渡，当然，还少不了淡淡的晚妆。下足了功夫，却又不显得刻意。

在多数情况下，阴沉沉的研究生院中能有如此娉娉袅袅的颜色，足以风吹水面层层浪。可是今天，所有的匠心独运就像是狂涛中飘摇的偏舟一样微不足道。原因很简单，疑似是蓄谋已久后的顺水推舟，也不排除苏韵文的伶牙俐齿之功，总而言之，黎夕茜终究千呼万唤始出来了。

“首席美女”亮相自然是不同凡响，不像其它节目那样早早耳熟能详，人家直到晚会开始前半小时才最终“确定”参赛，不光舞台设计如在云里雾中，连录音师都是自备的。毫不夸张地说，上场前主持人报幕时都不知道这位当家花旦一会儿到底唱什么。真是天外有天，如果本山大叔也能把保密工作玩儿到这个份儿上，也不至于等春晚登台前一个礼拜再临时拉郎配。

其实，黎夕茜这首《舞娘》对于二十多岁的年轻人来说并不陌生，整套舞蹈编排基本上脱胎于蔡依林那余温尚存的演唱会版本。所谓火爆性感的极限造型也无非是全套的大 V 字领紧身皮夹克、皮短裙外加长统皮靴，当然，都得是纯黑的。几个伴舞的帅哥，从那热辣眼神和限制级动作上看来，大概有点儿专业基础，这一切的招之即来对于传说中的上流社会名媛黎夕茜来说肯定是不在话下。事实上，徐枕流也是到此时此刻才确定前些天在那家兼教钢管舞的健身俱乐部门前晃过的似曾相识很可能就是这位在研究生院从未受过任何挑战的“万绿丛中一点红”。

前清那会儿，冬天护城河里俯拾即是的大冰坨儿，切成一尺多长的形状，藏在地窖里存至盛夏时节，拿出来运到达官显贵门下，一百斤可以换五两银子。负责任地说，夕茜的劲歌热舞，在午夜的三里屯①一分钱能看七段

① 北京地区著名的酒吧一条街。

儿，虽然算得上有板有眼，但现如今的京城里大概已经找不出什么能比低级刺激贬值得更快了。可是，这同样的东西，拿到昏天黑地的书斋里，就愣是能把书斋中人们晃得五迷三道。

古汉语中，对于男女床帏之事，有个委婉的说法，叫做“敦伦”[①]；从字面上解释，“那件事”如果做好了，非但不会有碍风化，反而能起到“和谐人伦”之功效。后来，咱们把日不落帝国的首都译为“伦敦”，不知是否受此启发，所谓“伦敦”，大概无外乎“人伦已然敦化”之意，是个完成式，正所谓“Developed Country”[②]。

姜还是老的辣，的确，相形之下，坐在贵宾席的那位年高德劭的副院长不愧为走南闯北、见多识广，十来口吐沫咽得神不知鬼不觉；而只在上网查资料时顺带看过点儿“爱情动作片”的列位青年才俊们见了活的还真得有个习惯过程，基本上都经历了从“顾左右而言他”向“欲辩已忘言”的“思想深处闹革命”。当然，这也没什么可觉得丢人的，汉乐府有云：“行者见罗敷，下担捋髭须。少年见罗敷，脱帽著帩头。耕者忘其犁，锄者忘其锄；来归相怨怒，但坐观罗敷。”[③] 圣人的书不能白读，要在实践中“温故而知新”才行。

上面这段诗文的最后两句历来有另一种解释，说那不是男人中你知我知的嘻笑，而是夫妻间真刀真枪的争吵。不论这种观点是否在以小人之心度君子之腹，但乐府民歌有着深厚的生活基础却是不争的事实。一将功成万骨枯，有人欢笑有人愁。当黎夕茜的亮相让台上台下心满意足的同时，这种快乐的确是建立在“一小撮儿人”的痛苦之上，当然，都是些同性相斥的女同胞，以陆远航为最。其实，倒并非她的胸怀像经不得风雨的身子骨那般柔弱，主要是造化弄人，黎夕茜出位的挑逗恰好就在安排她那个节目之前，高潮后的余韵完全沦为了落地时垫背的缓冲。更要命的是，学院

---

① 按照周公之礼，从说亲到成婚，共分纳采、问名、纳吉、纳征、请期、亲进、敦伦七个环节，合称为“婚义七礼”。

② 发达国家，直译为“已经发展过了的国家”。其中，“developed”为“发展”的过去分词，表示完成状态。

③ 节自《陌上桑》，大意为：“走路的人看见罗敷，放下担子捋着胡子（注视她）。年轻人看见罗敷，摘掉帽子整理仪容（来引起她的注意）。耕地的人忘记了犁地，锄地的人忘记了锄地；回来后互相埋怨生气，只因为观看罗敷（耽误了农活儿）。”

版蔡依林吸引到的那些闻讯赶来的“王老五”，都在远航悠扬的《红梅花儿开》响起后纷纷凋谢，把原本就劈头盖脸的高下相形变得更加心直口快。

长久以来，我们都把周公瑾作为气量狭小的代表，活活断送了“色艺双馨”的他本该拥有的千古美名。掩卷之余，发觉事情似乎并不像我们通常想象的那样，就算“既生瑜、何生亮”果真发自周郎肺腑，能如此直抒胸臆，不恰恰就是光明磊落的象征么？敢于面对惨淡人生，的确是我们这个民族所必修的一课。与此形成鲜明对照的是，那些貌似风平浪静的“你侬我侬”背后，却往往隐藏着不惜同归于尽的冰冷。大唐初年，李世民要赏给爱臣玄龄美姬一对，怎奈这位名相的结发夫人却有着号称河东狮吼的夺命杀着。太宗童谑之心未泯，让人把一杯醋当成毒药赐与那位妒妇，说只要敢喝了就成全她的名节、再不提纳妾之事。本以为如此正好就坡下驴，谁知人家毫不犹豫地一饮而尽，拼将性命也不许丈夫红杏出墙。在这等刚烈的正气面前，万国来朝的天子也不得不自认晦气。不必说，“吃醋”的典故便从此来。①

一个是科班出身的满宫满调，一个是众星捧月的万千宠爱，无论有怎样的恩怨情仇，对于夕茜和远航来说，倒是谁也没将比赛的名次当回事，黎夕茜甚至都没有等到最终的结果便“美人已乘黄鹤去”了。既然如此，明察秋毫之末的评审团当然不会辜负二位的良苦用心，分别给了个三等奖了事，牢骚满腹却落得平分秋色，看来的确是“买的永远没有卖的精”。在很多时候，渔翁得利和鹬蚌相争并无必然联系，区别仅仅是在岸上被捕或者水里就擒。其实，这次政治化了的卡拉大赛，花落谁家早就确定，而且严丝合缝得让你有苦难言。

最终，不知道从哪个小商品批发市场趸来的“大奖”八音盒“众望所归”地颁给了某主修语言调查专业的博一新生。后来，据消息灵通人士程毅透露，这位哥哥来自鸡鸣三省②的大山深处。全村人连支书在内，都是拜他

---

① 此据《朝野佥载》，也有一说主人公是谏议大夫魏征。

② 泛指位于三省交界处的偏远地区，比如1935年2月，长征途中的中共中央在川、滇、黔三省交界处有“鸡鸣三省”之称的水田寨召开著名的“扎西会议”；又如宁强县西北角的青木川镇，地处陕、甘、川三省交界处，有“一脚踏三省”、“鸡鸣三省”之说；再如淅川县荆紫关镇地处豫、鄂、陕三省交界处，号称“鸡鸣三省荆紫关”等等。

所赐才知道什么叫做研究生的。自打懂事那天起，人家便把对贫富差距的满腔仇恨都倾注在功课上，从升初中到读硕士一路保送，为这个，县长都去他们家拜过年。可这架金凤凰到考博时却犯了难，别的功课倒都好说，给导师送点儿土特产就没有过不去的火焰山，可统一命题的外语却成了拦路虎，让满口家乡话的倒霉老师从根儿上就给耽误了。这点儿困难能吓倒伟大的中国人民么？当然不！人家主动申请到甘肃支教一年，既援助了西部大开发，又顺带解决了保送名额问题。这也全都为了给祖国培养建设人才，干什么不是贡献呀？

难以自持的《唱支山歌给党听》，外带泣涕横流地痛说奋斗历程，谁敢不把一等奖给他，搁“反右”那会儿够枪毙半个小时的。掌声响起来，枕流已经听不分明这位老兄泪痕依稀的答谢词，看着八音盒上翩翩起舞的公主和王子，耳边又荡漾开来那泣不成声的旋律：“……旧社会，鞭子抽我身，母亲只会泪淋淋；共产党号召我闹革命，夺过鞭子揍敌人，揍敌人，揍……”

现如今，但分长着腿儿的全朝高处溜达，连大熊猫也往深山老林里钻，咱们都是这么进化过来的，谁笑话谁呀？比较而言，像这位“一等奖师兄”那样从“青山在，人未老”混到“我爱北京天安门”都算小儿科的，充其量不过乡镇一级水平。“少不读水浒”的歌声还在，徐枕流便接到奶奶打来的长途，传达给他一个更有教育意义的案例：当初，枕流奶奶为到香港建设一国两制点将的时候，选的基本都是能拳打脚踢的“新鲜血液”，其中之一便是五十岁刚出头的院办副主任陶雄兵，虽然并非嫡系，但本着用人不疑的精神，还是被委以重任；这位后起之秀果然年轻有为，没过半年就通过那个美丽的南沙群岛，直接跟新加坡某大学交上了火，人家那边自然也唯才是举，当即拍板许诺一份名利双收的终身教职；这还等什么，陶主任把中国护照一撕、摇身变成了海外侨胞，反正多年来一心扑在事业上，也自己吃饱全家不饿，临走还搂草打兔子、拐跑了王院长这位“老祖宗”身边最器重的那个女博士生。

一时见捉襟见肘的枕流奶奶想起了自己那两位久经考验的老战友，板荡识诚臣，吴爷爷、彭奶奶夫妇临危受命，准备万里勤王。做出这个决定当然不是个别人能有的权力，那是院党委紧急碰头后的一致意见。姜还是老的辣，不光要有本事，关键还得靠得住，否则的话，媳妇儿再漂亮也是给别人预备的。

家事，国事，天下事。老将出马倒是一个顶俩，可那宝贝孙子该怎么办呢。徐枕流这位一屁股能坐死四个歹徒的小爷可是不敢自己在家的。“肉食者鄙、未能远谋”[1]，从小就爱吃素的院长奶奶当然要走一步、看三步，早在提名之前，就已经闭门磋商妥当：反正吴雨最近也是独守空闺，正所谓俩好凑一好，至于永远有多远，就人算不如天算了。

说到“天”，那里虽然没有馅饼，但是看起来，林妹妹还是挺富余的。只要哥哥你耐心地等待呦喂，你心上的人儿她就会掉下来。这个晴空霹雳很快就演变成了暴雨倾盆，眼看两位“尚能饭否”的“老矣廉颇”即将出征，全家人坐到一起共进“最后的晚餐”。

“项叔叔这次什么时候回来啊，您二老不在，‘国有大事可问谁’呀？”枕流完全被当头一棒的幸运冲昏头脑，全然不顾地点场合地得便宜卖乖。

“嗨，”彭教授大概是想不到自己这坛陈年老酒还能到小平同志都没踏上的土地去发光发热，也就顾不得儿女情长了：“他这趟去恐怕短不了，到美国那边十几所大学听课，还有好多手续得办。”

“对了，”吴爷爷平时在饭桌上不怎么开口，这是多年养成的洁身自好：“他上次回来时不是说要找个翻译么？小徐（这是他考上研究生后刚刚晋升的称呼）在澳洲待过，正好跟他们一块儿过去呀。”

“我可不行，”枕流顿时惊出一身冷汗，没想到还这么凶险，他当然不愿意节外生枝：“我可是滥竽充数、狗尾续貂、鱼目混珠、不学……”

“是啊，”不知彭奶奶所用的这个副词究竟表示对哪句话的肯定：“我那会儿跟小项提来着，”三代世交衍生出的关心绝对没得说，永远是先斩后奏：“他说都找完了，正办着签证呢，再换怕人家有想法。”

还好，但愿那个“替罪羊”别出什么意外。

“说是叫……反正也是你们这届外文所的，”一辈子惯于当家的老主妇给大家布着菜，自己则忙里偷闲地扒拉两口：“叫什么来着？什么爽。”

“顾爽？”看着彭奶奶这么操劳，徐枕流差点儿没把酱爆鸡丁直接吐到她碗里。

---

① 《左传·庄公十年》，“肉食者”指做官之人。

"啊，大概是，你认识她？"老人家似乎并没有在很努力地回忆，随即好像又感觉有哪里不妥："怎么了？"

"我说呢，"枕流下意识地瞟了一眼正起身去端汤的吴雨："这个家伙，也没跟别人说。"

"那是，现在的孩子心眼儿都多着呢。"

前两年曾经见到过一份调查，题目是关于美国普通民众心目中各种信息来源可信度的排名。结果不出意料，主流媒体大幅度领先，政府屈居第二，而廉价报刊和街头传闻的得分都很低。想想倒也不奇怪，曾经得到过中国人民宽恕的尼克松在谋求连任时，竞选顾问只不过在对手的办公室里装了个如今地摊儿上十块钱一对儿的窃听器，便被抓个正着，搞得身败名裂；克林顿仅仅是偶一娱乐，差点儿把三十功名连根儿断送，老婆到现在还闹着要当官儿，说破大天也就是摸了把"宫"里的丫鬟[①]，领导工作那么鞠躬尽瘁，还不许休闲休闲？

也许咱们国家也有类似的统计数字，请恕孤陋寡闻，在下从来没听说过。然而，对于多数人来讲，邻居二大爷他四外甥女婿三表哥的二妹夫听"里头人"带出来的消息很权威却是真的，至少比《新闻联播》靠谱。道理很简单，既然阳关道不让走，也只能往独木桥上凑。早知道好奇总是难免的，你又何必掖着藏着，中国人喜欢到新娘子窗根儿底下偷听，要的就是这刺激。

实事求是地说，就算在研究生院搞个大比武，根红苗正的顾爽也极有可能在这个炙手可热的翻译选拔中笑到最后，比如金玉其外的徐枕流便肯定接不住这位红颜祸水的一招半式。可这事儿一旦变成暗箱操作，本人又三缄其口，就难免会让流言家照单全收。不过话又说回来了，从小踩着湛蓝海水长大的顾爽也不是从娘胎里就"心比比干多一窍"，纯粹是环境使然。这年头，说实话不容易，瞎子的国度里独眼为王，面对困境的囚徒们最终选择共赴黄泉[②]看来并非偶然。

---

① 莱温斯基曾做过白宫实习生。

② 博弈论中有个著名的"囚徒悖论"，简单说就是：有两个同谋罪犯被捕，如果他们都拒不供认则各判两年，如果都供认则坐牢五年，如果一个供认而另一个不，则供认那个被判一年而另一个将坐牢七年，在这种情况下，两个人一般很难彼此信任，既不惜出卖别人又担心被出卖，所以都会坦白交代，为了避免最差结果而获得较差结果。

得到有关顾爽出国的“猛料”，稍微“心直口快”点儿的八婆肯定要迫不及待地去散布，但徐枕流就没这么笨。两军对垒时，进攻者常常会先派出少数尖兵佯装突袭，诱使对手开火，进而消灭那些暴露的火力点。枕流本来就不愿意四处兜售自己和院里的那些千丝万缕的联系，自然不会为了这点儿小风浪就让人家顺藤摸瓜。所以说，千万别觉得别人比自己傻多少。

老外发明了饭局中的AA制，但遇到烦心事儿却喜欢找朋友倾诉；咱们则正好相反，时常见到结账时的义气千秋，但心里却在打人家老婆主意。这可能就是农业文明和工业文明的区别所在，作物生长毕竟不像产品加工那样看得见、摸得着。枕流虽然没有去揭美女的“阴暗面”，可还是把奶奶托人从香港“千顶山门次第开”来的广味烧腊毫无保留地拿到宿舍和程毅、远航、韵文等卡拉大赛“有功人员”共享之。

说起来，程毅是那种从来就不愿意占别人哪怕一丁点儿便宜的交友首选，尽管这类宿舍里的晚间加餐本就是为了畅叙幽情，你来我往之间如果过于秋毫无犯也难免会显得生分，但他还是借口下去还书、到门口那个名不见经传的小门脸里尽可能多地运回了满目琳琅。幸亏枕流是那种“不必细谨”的粗枝大叶，否则倒要怀疑起主人在“石崇夸富”了。

“哎呦，太夸张了吧，”韵文嘴上这么说，手里却没闲着，拿起这袋儿、又瞧瞧那包：“乐事①还有这个口味儿，我上回吃过海鲜的，还不错。”她挨个比较、评论着，却都没有打开。

“我可不客气了啊，”陆远航顺手抄起一个：“没赶上吃饭，饿死我了!”一整天没看见她，刚才发短信时据说还在车上。

奇怪的是，来自长城内外的枕流、远航反倒是比“共饮长江水”的程毅和韵文对岭南卤味更津津乐道，从地理角度说来，洞庭洪波离苍梧之野不过咫尺之遥，没成想竟如此风马牛不相及。这也许又是否定之否定规律在作祟吧：正因为相近，区别才变得明显；那些看起来最不可能的反弹琵琶，却常常能柳暗花明出别样的风景。

“呵，吃着呐。”屋里的几位刚刚渐入佳境，从天而降的山东普通话推门而入：“也不叫上我。”近代语言系的冯业笑眯眯地审视着满桌的花花绿绿。

---

① 一种薯片品牌，即“Lays”。

枕流从脆皮烧肉间抬起头："这不怕咱没这么大面子嘛。"

毫不夸张地说，无论是家长里短的客套，还是无往不胜的调侃，搁到研院这个百年不遇的小环境中，稍不留神，就可能酿成大错。也许是吃得有点儿"慌不择路"，徐枕流显然是不经意间出现了"路线级"的偏差，还没等他回过神儿来，人家冯学士的脸色已经急转直下："我这个月的党费。"一枚银晃晃的大洋被扔向程毅、在写字台的狼藉中旋转着。

咣当！枕流真感觉愧对那扇已经饱经沧桑的屋门，不知道哪年哪月便已经开始忠于职守的它，大概对这一切早就司空见惯，并没有听见任何的不满或者叹息。

"怎么回事？"留下的四个面面相觑着。

事实上，这已经不是冯业第一次发飙了，枕流虽然步步小心，但还是中了大奖："谁知道啊？我说什么了？"

前些年，可能是十里洋场的"旧恨"与浦东开发的"新仇"所共同作用的结果，上海滩这座改革桥头堡似乎成了中国百姓的公敌，无论你怎样从善如流，最高的评价只能是"你真不像上海人"。近来，由于众所不知的原因，河南好像在一夜之间"强劲崛起"，不但取而代之，而且更上层楼。

从纯理论角度看，环境对人的性格养成当然有着不容忽视的力量，否则也没那么多优秀儿女削尖了脑袋去看外国月亮。但任何一种因素也不能被夸大到无以复加的程度，否则当心被扣上"机械论"的帽子。或许是拜梁山好汉在群众中千年不散的威望所赐，山东人被认为是豪爽与义气的代名词，却殊不知，这个由临近中原的"鲁"地与半岛地区的"齐"地所共同构成的省份当中恰恰存在着两种完全不同源的文化基因。比如冯业所在的曹县[①]就与商丘[②]一河之隔，如果前面那个水土养人的逻辑果然可以成立的话，那倒真算得上"十里不同天"了。当然，拿这位老兄作为例子可能反而会授人口实。

"甭理他，"组织委员程毅把作为革命火种的党费丢进抽屉，又压上一本《新制度经济学前沿》，似乎怕其中尚未散去的怒火烤干大家难得的兴致：

① 地处山东省荷泽市西南。

② 地处河南省东北。

“特意给你拿的，干，”程毅拉开“喜力”，摆到枕流面前。

大家本来也不是为了果腹，经这么一折腾，更是胃口全无：“哎，你那照片洗出来了么?”还是韵文比较老练，及时把气氛拐上了另辟蹊径。

上周演唱会时，程毅拎着他那专业级的长焦镜头上下腾挪、足足溜达了俩小时，而且一视同仁，也绝不错过任何捉襟见肘。弄得几位德高望重的评委老师很是狼狈，总担心有什么洋相被逮个现行，既不敢左顾右盼，又老感觉芒刺在背。

“有个高中同学明天从长沙上来办事儿，我说带他出去转转，”枕流发现，这已经是程毅第若干次将来北京称作“上来”，不知是指地图的南北走向，还是源自中国人固有的等级观念。在老乡们眼中，程毅大概已经算是个“老北京”了：“我打算这次照完相一块儿给洗出来的，不好意思啊，”他补充着。

无论从多么偏执的角度讲，程毅都没有任何理由值得感到愧疚，因为这原本就不是他份内的工作。当初，研会干部们将给大赛拍照这个难得的“锻炼机会”恩赐给冤大头程毅时，只是交代千万别漏过任何一位 VIP。反正大幕已经落下，那帮头头脑脑也知道自己的何等尊容，自然也没人再来催促他把最后的收尾工作“按部就班”了。OK 大赛结束后，“公仆”中像苏韵文这个等级的初来乍到都有两箱饮料聊做鼓励，更不用提金字塔的那些高处不胜寒们了；可奇怪的是，程毅这位忙活了半天的阳光少年连点儿洗印成本都不知道该去哪儿核销，真没听说过替人炒菜还白搭佐料的。北京奥运期间，不少人有幸参加了志愿活动，但鱼龙混杂，有些人没见他们披星戴月、早出晚归，可每天大包小包的纪念品却从不含糊。看来，跟国际接轨就是好，农村那种帮邻居家操办红白喜事除了吃顿饭以外分文不取的“陋习”再不革除真是不行了。

“别着急，越晚越好，”远航是那种饿起来没着没落可吃不了几口就饱的“眼大肚子小”，她拿着一次性筷子，东戳戳，西碰碰：“我照出来肯定丑死了。”女孩儿说这种话时你得格外小心，必须驳斥得既果断又可信，稍作迟疑，一辈子的血海深仇就算是结下了。

“哪能啊，”徐枕流有些后悔不该把所有收入都和盘托出，眼看着满桌美食又不好意思敞开肚皮吃，受罪之余如果再“梅开二度”就太亏了：“他肯定早就洗出来了，藏到被窝里自己欣赏、偷着乐不舍得拿出来。”这话多到位，既活跃了气氛，又喂足了面子。

“得了，”陆远航尽管笑逐言开，但嘴上却接得很快：“人家那是没动力，想照的没照上，不想照的却不照不行。”

“没错没错。”在座的几位都很会心，一时间也忽略了无意中可能造成的误击友军。

那所谓“想照的”，当然是指顾爽，自从程毅百转千回地劝人家出来参赛起，大伙儿便怀疑他动机不纯。其实，这点儿破事儿要是搁在瞬息万变的大学时代，估计根本来不及惊起任何涟漪就已经物是人非了。但同样的火星儿，撂在眼下已经干透的研究生院里，却会产生意想不到的热核聚变。毕竟，死水才是最渴望波澜的；从某种程度上来讲，绯闻，与其说是当事人照顾不周的结果，倒不如说是社会本身的需要。没有靶子我们可以创造靶子嘛，否则你让专司骂人的枪手和他们那无辜家小吃什么去呀。

不过，程毅对顾爽颇有好感倒是事实，这个女孩儿最大的优势便是几乎找不到什么明显的缺点，除了家世以外。当然，待价而沽比起闺中望月的长处之一就是没有人会在意跳蚤市场中商品的生产厂家。其实，如果你真对某位心仪的异性有所企图，制造舆论往往要比正面进攻划算得多，正所谓“不战而屈人之兵”。那么多茶余饭后的闲人愿意充当“亲友团”，白白浪费掉实在可惜。同时，一旦猎物有上钩的意向，也更容易就坡下驴，因为她会有种“众望所归”的错觉，面子上的加分因素在我们这个国家的确不能小视。顺便说一句，这样做还有个好处就是便于全身而退。比起赤膊上阵，围而不打的最大优势在敌人比想象中强大时会为你保住很多很多。不论程毅到底有无如此精深的算路，至少在这个时期，他还能进退自如。

“没有没有，我同学真是明天过来，要不然回头咱们一块儿玩去，”程毅的回答并没有直接挑战大家的调侃。人们有时会采取这样的辩论策略，通过对局部否定而误导对整体的怀疑：“不信我给你看胶卷，确实还没洗呢。”

“哎，”韵文从包里抽出张面巾纸：“顾爽到底干嘛去了，好像一直没再见着她。”

徐枕流倒像是被抓到了什么似的，有点儿心虚地瞟着面前的几位。但这会儿谁也没注意到他，大家都看着程毅。也难怪，从一般意义上讲，这才是

“权威人士”。多数情况下，世界上并没有真正的秘密，关键看你有多想知道真相，反过来讲，蒙在鼓里往往是自己骗自己的结果，怪不得别人。

“我也不大清楚，就说是有点儿事情出趟差。”从他不慌不忙的表情看来，程毅也没有去刨根问底：“不知道什么时候能回来。”最后这句既像是提前回答了可能的追问，但听起来更像是一种期待。

“感觉你们都挺神秘的。”苏韵文把劳苦功高的小嘴仔仔细细地反复擦拭着，并偏头在程毅书桌上的小镜子里端详了一眼。

的确，这座不大的研究生院很符合道家理想中那种鸡犬相闻而老死不相往来的小国寡民。几栋岁月斑斑的老楼内外虽然不乏匆匆的脚步，但互相却连礼节性的寒暄都难得一见。少问多做，几乎成了这里的潜规则，倒是符合先师“慎言笃行”的圣训。尽管如此，只要你悉心观察，依然不难去挖掘和了解任何一位身边的“同船渡”；比如说，虽然接触时间仍很有限，但枕流已经初步认定程毅的确是个可交之人，男女通用、老少咸宜。他从不会向谁兜售什么，可却很善于发现别人真正的需要并良苦用心之，且尽量少弄出那些不必要的动静。姑娘们，请记住，当你看到有个傻小子捧着鲜花站在窗前时，只能说明他喜欢这样，并不代表对你有丝毫的关心。通常来讲，接受推销的顾客比那些到商场挑来捡去的消费者多少要心肠软一些。咱不能顾此失彼，也同样奉劝蠢蠢欲动的男性朋友，还是远远地去“念兹在兹”显得更真诚些，整天追在人家姑娘屁股后面撑伞摇扇，怎么看怎么像是缠着大人在索要着什么的顽童。不过话还得说回来，现在不少“三围美女”都是标底价而没封顶的拍卖品，如果不幸爱上了这路货色也只好自认倒霉，上面讲的那些一概作废。

很多情况下，在所有亲近的人际之间，常常会有一种细想起来十分无理的双重标准，别人对自己的“千般好”都视若无物，而“一日仇”却可能念念不忘。很难说清，如此把享受当作天经地义的倾向究竟意味着人性的自私还是升华的动力。不过，从逻辑上来讲，这种现象之所以能长久地存在于你我身边，意味着一定同时存在相当数量甘心情愿付出而不求回报的肝脑涂地的人，食物链中任何物种的生存都要以整个系统的稳定为基础。

除程毅外，再举个例子，吴雨就是那种“我奉献，我快乐”的一分子。书香人家的孩子可能具备数不胜数的“缺点”，比如伶牙俐齿，再比如满腹经纶，然而，养尊处优却往往与他们无缘，毕竟，学问的耕耘永远信奉“人勤地不懒”的真理。小吴老师虽然是家中的独女，又有母亲这位名门闺秀来耳濡目染，但从小就能独当一面，尽管脱不下弱柳扶风的底子，可操持起衣食住行来却能让那些小家碧玉们沦为反面教材。

枕流这次有幸和佳人共处一室，“乐定思乐”之后倒有几分担心，那个儿时记忆中带着自己走大街串小巷的吴阿姨是否还能一如既往，毕竟，如今不少白领在红男绿女之余更愿意关起门来过清净的小日子。然而，没过几天，徐枕流便发现这种杞人忧天完全是自寻烦恼，吴雨似乎很高兴能有这么个当年的学生可以随时用来耳提面命。中学班主任的作息永远是 24 小时当值，早出晚归的她其实很少有机会去忙里忙外，但枕流的日常起居却比由彭奶奶“主管”时更加顺风顺水。

“回来啦?”吴雨难得坐在她熟悉的客厅里翻着已经积累了几天的报纸：“明天大风降温，我把羽绒服给你找出来了。”

徐枕流五分钟前在院里发现那辆熟悉的 26 女车时便有些后悔没有早些回来，果然，一进门便看见早晨刚刚换下的衣裤早就在涨杆上“立正站好”。其实，枕流倒是很愿意分担这份责任，最好二人的盥洗工作都由他包办才好呢。可小吴老师当然不舍得把自己的里里外外交给这个一肚子鬼东鬼西的小胖子摆弄。心急吃不了热豆腐，只能先拿衣柜中那尘埃落定的陈列品来隔靴搔痒了，事实再一次雄辩地证明，物是以人作为尺度来显示自身价值的。

枕流屁滚尿流地收拾停当，连厕所都忘了上，便满头大汗地摊在沙发上：“您，今儿回来挺早的。”

她看他没话找话，便把准备好的一杯咖啡向前推推。可能是正时值换季的缘故，徐枕流这几天有点儿上火，这种振奋人心的饮品对他有着匪夷所思的通便疗效，连发达的现代医学都不得要领。

也许是静谧的性格使然，任凭寒来暑往，吴雨总喜欢在恒温的居室里仅着一件足够宽大的短袖衫，而让两条温润的长腿尽情地呼吸在空气中。当她第一次见到眼前这个男孩儿时，枕流还在襁褓中忘我地熟睡，事实上，吴雨从未正视过他的性别，既然如此，也便没有了避讳的动机。

古往今来，恐怕一半以上麻烦都与信息不对称有关，俗话中说的“知人知面不知心”就是这个道理。于是乎，童叟无欺演变成了各取所需。看着咫尺之遥的春风化雨，徐枕流似乎回到了自己的花样年华。

那也是个冬天，他刚升上高一。寒假期间，全市组织过一次已经记不清由头的征文大赛，事过境迁，徐枕流才知道，这种令自己不屑一顾的拔苗助长原来也能成全许许多多的真真假假，比如几乎全部与某作文大赛“有染”的 80 后作家们。整个中学时代，枕流的作文始终是那种既可以庙堂之高又可以乱棍打出的烫手山芋，他自己也明白这尴尬处境，所以遇到这种令很多有志青年为之摩拳擦掌的“出头之日”时，倒乐得安静地走开。从不愿意与人刺刀见红，在这个年头是种让野心家们喜闻乐见的美德。正所谓是你的想躲也躲不掉，尽管他连报名参赛都省了，但“路痴”的语文课代表还是盛情委托枕流把那几十份沉甸甸的希望亲手送到小吴老师家。看在“同朝为官”的份儿上，大约是过年之前的三两天，徐枕流借看彭奶奶的机会，到吴雨结婚后的新居“飞蛾扑火”。其实他本不愿意上人家的爱巢去“眼睁睁”，但又有些期待这种颇具美感的“悲情”。

当睡眼惺忪的小吴老师倚在门边时，枕流才明白了什么叫做“予人玫瑰、指留余香”。大概是难得半日闲，假期里的高枕来得格外恣意，她宽袍大袖地光脚站在天然纹路的深色地板上，冬日午后低低的太阳透过厚重的窗帘，懒懒地将白皙的凝脂勾出一弯暖洋洋的光晕，如在云里雾中的轮廓扑面而来，男孩儿眼前一片水气朦胧。尽管已然弹指多年，但枕流仍旧可以极尽详实地描绘出那一刻的情景，至于后来发生过什么，则都被记忆无情地丢车保帅了。

“看什么呢?”修长的手指在眼前晃动，把徐枕流拉回到同样如梦似幻的现实世界中。

“我得去上趟厕所。”

暖　冬

我一直不大理解，为什么八十年代最吸引人的电视节目竟会是整天打打杀杀的《动物世界》，也许是希望吃惯了大锅饭的遗老遗少们从那种直观的弱肉强食中学会“不找市长找市场”吧。达尔文这个家伙实在有点儿过分，他自甘堕落说是猴子变的也就罢了，还竟敢拉上全人类来陪绑。但不论真假如何，我们身上残留着低等生命或纯真、或野蛮的点点滴滴倒是不容置喙的事实，比如那渐行渐远的母性。

显然，吴雨便不幸天生拥有照顾他人的基因。市场经济的初级阶段中，良善成为厮杀中左支右绌的弱点，常说前世有罪才托生为女人，大概就是在这个意义上讲的。没有当家主妇操持柴米油盐的长女往往会养成内外兼修的性格。比如小吴老师就是由于父母常年早出晚归才得以充分享有因祸得福的锻炼机会，从中学时代起，她的厨艺已经足以和妈妈分庭抗礼，虽然是自学成才，但那份聪慧与娴熟却不能排除遗传的恩赐。

听说现在很多母亲仅仅为了逃避分娩的痛苦而去选择可能贻害孩子一生的剖腹产，而且还以中高收入人群为主。生男育女和百年好合一样，越来越像是种精打细算的交易，真不知道她们是哪群缺德猴子进化来的。这个社会让人愈发看不懂究竟，城市中，整天绞尽脑汁还能有什么姿势比躺着更舒服的红男绿女们死不悔改地“丁克”① 着，农村里勒紧裤腰带也要多培养几个革命接班人的可怜巴巴们却要被拖去强行绝育。

马克思早就说过，自然与社会规律只能被认识和遵守，而没有随意创造的余地。可人类中那些领一代风骚的佼佼者却偏偏不肯认命，他们总是将主观强加于客观，并以此显示自己万物灵长的所谓非凡。生物学家们曾经指出，人体在青春期以前的形态已经足以完成绝大多数生命行为，之所以还要继续添砖加瓦，在相当程度上是出于创造下一代的终极目标。进化论者在构建他们那划时代的伟大学说时大概没有想到，生存假设中最重要的前提（任何物种都有尽可能多地繁育后代的倾向）在自诩为理性的演进中会被弃之如敝履。耐人寻味地是，只对今天负责的态度似乎愈发成为一种典范，比如在（哪怕）只生一个（也）好和以经济建设为中心这两个基本国策中慨然选择后者的项尚，就多次被作为年轻干部一心为工作的楷模而妇孺皆知。文化的力量果然伟大，而且来者不拒，听说，万千宠爱的国宝大熊猫就是在被人类圈养之后才学会少生优生。

活人不能让尿憋死！没有老母鸡下的鸡蛋，还不做槽子糕了？缺了张屠户，咱也不吃带毛的猪！这些表现国人智慧的至理名言就是要告诉人们，不能一棵树上吊死。虽然我们的低生育水平已经保持了良久，但按时发作的母性仍旧寻找着哪怕是苛刻的机会蓬勃发展着。的确，越是崖壁里那些得不到适宜土壤和环境的种子，就越能缔造出倔强的美丽。

老话说：女子无才便是德，与时俱进地发掘其中的合理成分，便是无论做什么都要适可而止。比如吴雨就懂得知足常乐，既不羡慕易欣令须眉汗颜的巾帼气概，也不同于项尚那种横流弄潮的越战越勇，她永远能兵不血刃地稳居上游，却并没有独占鳌头的野心。小吴老师从小就渴望过上平凡而生动的日子，但造物弄人，这看似顺流而下的直挂云帆，在喜得乘龙快婿之后，却变得越来越可望而不可及。早已过而立之年的她，看着身边朋友、同事怀中那些含苞吐蕊的金童玉女一个个破茧而出，自己风景如旧的美丽反而变成了一种嘲弄和无奈。吴雨常常为当年懵懵懂懂地报考师范专业暗自庆幸，若不是能每天和孩子们待在一起，真不知道该如何稀释那日渐浓烈的舐犊之

---

① Dink（double income，no kids）的音译，指两口子都有收入而不要孩子的“新生活”。

情。所谓“男怕选错行，女怕嫁错郎”，这年头平等了，走错哪一步都同样要命。

徐枕流记得，他刚上小学那会儿，一种好像叫做“蛋白肉”的东西在北京街头遍地开花的朝鲜小菜摊位上风靡过，近二十年似水，当初的味道早已辨不分明。据他后来考证，这种岁月遗弃掉的豆制品在社会主义初级阶段那个“工作出现了偏差”的时代中，曾经被当作荤腥的替代品登堂入室，对于普通百姓来说，甚至一度是餐桌上难得的精品。人类有很多奇怪的癖好，比如我们常说的叶公好龙，建议你（如果已满 18 周岁并有足够自制力的话）可以到“亚当夏娃”[①] 去开开眼界，它会琳琅满目地告诉你用虚假取代真实是多么的寓教于乐。

当然，并非所有的“移情”都如此不堪，比如吴雨对学生们格外的关怀就很别开生面。事实上，我们常常对那些和人类肉体或灵魂直接相关的职业有着超越一般的道德诉求。医生、军警、法官、以及教职、神职人员等等便首当其冲。然而，随着市场经济体制的逐步建立，劳动力作为一种资源，其配置形式也愈发遵从起等价交换原则。如今，成为光荣的人民教师已经不再意味着像从前一样多的信仰，而成为越来越单纯的谋生手段。毕竟，渐渐走高的薪金、福利外加各种灰色、甚至黑色的收益，其吸引力日益使“家有五斗粮，不当孩子王”的古训成为历史。也许“每个毛孔都充满血污”[②] 的阶段无法超越，但正如把黑色火药这个魔鬼带到人间的诺贝尔同时也成为和平的使者一样，即便在如此利欲熏心的时代也依然有无私绽开在争斗的废墟中。

不过，从最苛刻的意义上讲，吴雨对孩子们的青眼有加也并非绝对一视同仁，比如古灵精怪的魏丹就得到她特别的“加量不加价”。如此的偏袒当然不是妙手偶得，说起来，虽谈不上什么世交，但她认识这个女孩儿的父亲已经有小二十年的光景。那会儿，现在叱诧风云的魏一诚还只是彭教授手下

① 一家成人用品商店。

② 常被引自《资本论》第一卷，原文是“资本来到世间，从头到脚，每个毛孔都滴着血和肮脏的东西。”对此，马克思写有两个脚注，后一则说明他本人给资本的画像脱胎于《评论家季刊》上那段后来流播颇广的描叙，其真正出处，是托·约·登宁的《工联和罢工》（1860 年伦敦版第 35、36 页）。

初来乍练的毛头小子。对于风华正茂的魏丹本人，吴雨更是从她咿呀学语那个时代起便尽收眼底，如此丰厚的历史积淀，没有点儿别具一格反倒显得此地无银三百两。

“你还记得魏老师那个女儿么？”临近年末，吴雨每天回家的时间也在不知不觉中渐渐提前，毕竟，随着光天化日的白昼越发变短和寒流的不请自到，人们的作息也在自然而然地改变。尽管如此，可以更多地和吴雨独处的枕流仍旧自作多情地认为是二人世界温暖的召唤在冥冥中作祟，其实他真正需要感恩的却是自己能幸运地出生在四季分明的北温带。所谓“地理是历史之母”，果然不错。

“啊，记得，好像叫什么丹是吧。”话音未落，徐枕流已经意识到这个故意卖出的破绽有多么可笑，人家爸爸姓魏，你说能叫什么丹？毛主席教导我们不要搞阴谋诡计，真是先见之明。

“老觉得这事儿不大对劲儿。”吴雨自然是没有那种八面玲珑的心机，若换成易欣，这关怕是没那么好过，所以说，女人不宜把聪明挂在外面。临近期末，她将批改作业的战场挪到了家里，便于更直接地夜以继日。如今的商家真是机关算尽，学生们千年以降的练习本都被鸟枪换炮成了整齐划一的练习册，繁琐的格式倒都由天然工整的铅字取而代之，但越发扎实的分量却使“减负”成为一句彻头彻尾的口号。吴雨正拿着一个花花绿绿的大开本发呆，精美的装帧与千篇一律的内容构成种奇妙的互补：“也不知道她们家到底怎么回事。”

枕流同学高中时代基本不写、写了还不如不写的作业大约没少让那会儿初出江湖不久的小吴老师挠头。他真后悔当时没有利用好那难得的来来往往，现如今的自己在吴雨眼中已经永远不再是个“得天下俊才而教育之”的孩子，想“从头收拾旧山河”怕是也只好“梦里不知身是客”了。

“我愿做一只小羊，陪在你身旁；愿你手中细细的皮鞭，轻轻落在我的身上……”隔壁传来如长调般悠扬的古老旋律，时间似乎也嫌贫爱富，在这知识远比钞票富余的院子里总是比别处慢上几拍。

“她妈妈最近正好也出门了，”吴雨可能是一个姿式坐累了，她站起来到茶几那边拿了袋儿果冻，并撕开几个摆到枕流身前：“我想接她到咱们这儿住几天，你看怎么样？”

尽管吴雨沐浴后体香露那淡淡的西柠味道格外清新，而且“咱们”这个物主代词也十分亲切动人，但徐枕流在听到如此“噩耗”时还是险些把“水晶之恋”[①] 囫囵个儿地挤到悸动的气管里：“啊?”他实在找不出有足够说服力的借口进行反击，也顾不上其它的什么前因后果。

“至于嘛?”吴雨从刚才的紧张气氛中解脱出来：“魏丹可漂亮着呢，送上门的好机会呀。”

“不是，她……”通常来讲，男女之间能开这种玩笑，要么就是彼此已经无隙到了可以用任何假想敌来消遣的程度，要么就是疏远到了闻不见任何醋意的地步。所以，枕流一时也不知道是该兴奋还是该沮丧。

“行啦，”小吴老师把果冻的空壳儿收进包装袋，翻开另一本练习册：“我就是说说，何况魏一诚也未必能让她来。”

母性生而具有怜惜弱者的特质，与“嫌贫爱富”的爸爸不同，让妈妈牵肠挂肚的总是那个最没出息的孩子。不仅如此，在身份差异悬殊的恋情中，往往只有抛弃丫鬟的少爷而很少听说辜负了书童的小姐，大概也出自这个道理吧。

徐枕流原先有个同学的父亲是法医，居室里的各式玻璃容器中用福尔马林浸泡着全套人体器官标本，可谓“业精于勤”之典范，大伙儿都敬畏地望而却步，尤其在发现人家的收藏中好像还缺挂大肠之后。吴泓教授主攻现代汉语，虽然比不上前者的耀武扬威，但家中陈设还是难免会暴露出主人的身份。全世界可能只有知识分子会把客厅按照办公室的模样照葫芦画瓢，比如此刻“孤男寡女”正派上用场的那两张大概是院里淘汰下来的老式写字台就面对面地靠墙摆在书柜的另一侧，便于比翼齐飞的教授伉俪可以二十四小时地举案齐眉。

虽然不够审美，可徐枕流这个“既得利益者”绝对会举前后四腿赞成如此作茧自缚的安排。首先，枕流尽管有些许传说时代的外族血统，但身材比例设计却完全符合传统的中式规范，反倒是吴雨拥有炎黄子孙中少见的修长双腿。此消彼长，二人虽然“平起”时的纯海拔只相差十公分上下，但“平坐”后却有几乎一头的距离。欧几里德[②]在二十三个世纪之前就已经料

① 一种果冻。

② 欧几里德，Euclid，（约前 330 – 前 275），古希腊亚历山大城人，数学家，欧洲传统几何学科奠基人。

定，当一肚子坏水的小胖子被树脂镜片如虎添翼后的双眼和美女教师领口的垂直距离达到两人水平距离一半以上时，肢体任何的微小前倾都将是灾难性的，无论她平时的坐姿如何淑女。其次，这种全民所有制时代缺乏个人隐私考虑的办公桌往往前后通透，合二为一时十分便于“地下工作”，其危险系数在居心叵测的徐枕流大冬天里不辞劳苦地换上短裤后直线飙升。这幢老楼连隔音都做不到却居然能保暖，看来那“道路以目”的火红年代也有知冷知热的矛盾另一面。

市场经济讲究等价交换，也就是所谓的以牙还牙或者将心比心，但当落实到人情世故，却未必能这么泾渭分明，以德报怨和恩将仇报都在我们身边时时刻刻地发生着。不用说，吴雨尽管也能看出几分枕流的“险恶用心”，但都权当青春期的“后续报道”，一笑了之。其实，从某种意义上来讲，她已经无暇顾及这些，因为自打小吴老师从爱巢搬回娘家、并与枕流“朝夕与共”之后，她便常常会呆呆地盯住眼前这个自己再熟悉不过的男孩儿出神。吴雨发现，随着年龄的增长，他越来越像一个人，一个自己不敢回忆又无时无刻不在回忆的人……

与坏人坏事作斗争尚且能慈悲为怀、既往不咎，同病相怜时当然更是无微不至，虽然没有立刻“登堂入室”，但吴雨还是把一个学期以来都显得心事重重的魏丹请到家里分享她那日臻成熟的南北料理。徐枕流自然是不打无准备之仗，未经当事者本人首肯的情况下又不好将隐衷明言，只好在事到临头时借故脱逃。正巧陆远航最近在写的一篇不知所云的论文中有些内容需要他“火力支援”，于是便在魏丹“驾临”的那个傍晚匆匆离开是非之地，赶奔学生公寓那边避难。

“好久不见，十分想念，”走到女生那个单元门前，刚好碰上正低头按着手机的艾枚：“嗬，您这是准备赴约呀?”枕流四下审视着女孩的靓妆，看她那酬躇满志的样子不像刚从外面“倦鸟知还”的架势。

“是啊，”艾枚故作郑重地歪着头，通常，“老夫老妻”见面用不着搞得如此隆重，所以，艾姑娘准备接见的对象大概并非那位再未谋面的杜晓钟：“要不你给我当护花使者得了。”

“咱可没那福气，”翩翩两骑飘然而至，好像是古代汉语所的男生刚从食堂打饭回来，枕流朝他们笑笑，让到路边。

“你知道丽都[1]那个星巴克[2]在哪儿么?”艾枚朝远处望望，好像在寻找着什么。其实，就算人家刚好去过而能准确说出具体位置，你到了那迷宫般的“店铺一条街”后也得从头找起，所以，这是一个再明显不过的非问之问，目的只是让别人领教自己的生活情调而已。

“不大清楚，”枕流倒是乐得这个顺水人情，甘愿让艾枚修成欲擒故纵的正果:“跟谁浪漫去啊?”最后的炮架子必不可少，送佛送上西嘛。

“嗨，”艾姑娘一脸的无奈，炫耀着当个美女有多难，纵然是打过狠折的:“院里不是来了个宾大[3]的老头儿讲座么?”

枕流不知道该做何表示，只好中性地“嗯”了一声。

“今天下午碰到他，”美女已经顾不上见招拆招的套路:“非要请我喝咖啡，你说我去么?”

“多加小心，”徐枕流怎敢让艾枚脸上那少说也铺陈了个把小时的精耕细作付诸流水:“老鬼子大概就住在丽都，可千万别去他屋里坐而论道。”其实，枕流对这素未谋面的洋教授有足够信心，估计犯不上不远万里地来丢人现眼。可惜鬼佬的口味和多数国人有不小出入，这也给了那些内销无望的“残次品”们以出口创汇、扬我国威的想象空间。

“对了，”虽然锦上添花的吹捧比比皆是，但艾枚显然还没有忘了正题。眼看大限将至，匆匆招来辆的士，其实这段旅程在下班高峰期估计溜达着反而能快些，但在如此重要的“国际场合”中，往往“心理时间”更加唐突不得，外交部之所以要设立礼宾司，大概就是出于这个考虑。左腿刚迈上车，女孩儿好像又想起了什么，便深一脚浅一脚地转向正为她鞍前马后的徐枕流:“我上回问你的事儿，怎么样了?”

枕流这才想起，大约十来天之前，艾枚曾经说起过想帮男朋友换个更能实现自我价值和人生使命的工作岗位，想通过他往易欣她们公司活动活动。徐枕流真后悔不该把自己那“女才郎貌”的底细都透露给苏韵文这个“全球通”，现在麻烦来了吧。他原本以为艾枚不过是随口说说，也就没当回事，不成想这位四海之内皆兄弟的“交际明星”还真指望着自己呢，深负其望之

---

① 一家连锁假日宾馆。

② 某咖啡厅。

③ 宾夕法尼亚大学，美国名校之一。

余只好支吾说正在等那边回信，先对付过眼前去。

“那就拜托你了，”艾枚拍拍枕流扶着车门的手：“多上点儿心啊。”她专注地看着男孩儿笑笑，转过身一边招呼司机上路，一边平整着玫瑰色的棉质短风衣。

徐枕流原本还打算为作为中美友谊使者的艾枚尘封这份绝密文件，但见到远航后，他却失落地发现，档案早在载入史册之前就已经解密，进而传谕天下了。或许是因为飙歌时在黎夕茜那里首战失利的阴霾尚未飘散，女生宿舍中以陆远航为首的“主流舆论”一致对此次“外事活动”大加挞伐。毕竟抬头不见低头见，同窗之谊犯不上为这道小菜伤了和气，故而所有鸡零狗杂都只好由那个来自宾大的越洋老鼠一肩扛下，中美之间莫名其妙的仇恨大概就是如此日积月累的吧。这倒也没什么，大概人家艾枚在主动释出“绯闻”的同时就已经准备用那位社会语言学专家的千夫所指为自己的美名“一将功成万骨枯”了。既然甘做文明的播火者，这点儿名节还会吝惜么？或许，科学史上最糟糕的发现便是物质守恒定律[①]，当人们把从课堂里学来的新知运用于现实生活中后，想当然地认为一切获得都必须以他人的失去为前提，而绝无分享的可能，于是乎，掠夺和伤害成为天经地义，传说中的无私与付出都只是交易时的先赔后赚而已。

不过，从现已掌握的材料看来，远航倒没有那种把恩怨情仇都一并分拆上市的“商业头脑”，当然也很难排除其准备长线钓大鱼的可能。比如这次，魏一诚交代让她撰写关于“注音识字、提前读写”[②] 问题的论文，陆远航便知无不言地找到枕流来有福同享。一般来讲，在当前僧多粥少与研究生扩招之矛盾日益恶化的大背景下，这类活动往往都是导师和学生单线联系，绝少互通有无，非到万不得已才会偶尔忍痛割爱。从“语用系”现有的仨瓜俩枣中拔将军，徐枕流的确是汉字学的头把交椅，但这篇文章所需的那点儿零碎，远航也一样能兵来将挡，之所以要拉上个拍档，完全是为了落实党中央构建和谐社会的伟大号召。

---

① 二十世纪初，爱因斯坦创立相对论体系后，这个规律被修正为“质（物质）能（能量）守恒定律”。

② 简称“注、提”，指20世纪80年代初期开始在我国试验的一项小学语文教学手段。简单来说，就是引导识字不多的幼童利用汉语拼音进行阅读与写作，提前培养和开发孩子的语言能力。

“刚认识那会儿，魏一诚有事儿没事儿老让我帮他写这弄那的，”陆远航在网上数据库中机械地翻检着，不时在本子上记下点儿什么。所谓学术研究，听起来居高临下、神秘兮兮，其实大部分工作和流水线上已经日益被机械手臂所取代的重复性劳动并无本质区别：“现在也没动静了，这回要不是我在他桌上看见那份稿子，肯定又不吭气儿。”枕流明白，她所在意的当然不是那些根本没有什么油水可言的翻来覆去，从现实利益角度看，不离开电视台跑到这座破板楼里抄抄写写的理由肯定比北京奥运会的火炬手还要多得多。

“这能说明什么，你见谁家两口子天天张嘴闭嘴爱来爱去的。”枕流对陆远航的“触景生情”已经习以为常，没等她抱怨爱情烈火的降温，搜索引擎便条件反射地自动跳出最佳匹配。他昨天刚从图书馆抬回那本令蟑螂闻风丧胆的16开精装《古文字字典》，此时正收敛心神，一笔一画地抄录那些鬼画符般的“史籀大篆”。看来什么东西都是取道其中、仅得其下，不论他怎样东施效颦，枕流笔下的各式死蚊子就是没有人家书中摘取的原装版本那样端庄有型。

“可他那会儿为什么就总能有各种理由找我呢？”远航知道，徐枕流肯定会说炙手可热的爱情转变为不温不火的亲情恰恰意味着长相厮守的开始，或者说阶级斗争风暴的经久不息只能酿成文化大革命之类的惨痛浩劫，生命太脆弱，经不起长时间的激情燃烧：“我的要求并不高，待我像从前一样好……”她轻轻哼起胡杨林那幽幽怨怨的《香水有毒》，随即又叹了口气，把本子丢到旁边，走过来看着枕流的一筹莫展。

不像老外那种在商言商，有中国特色的市场经济就意味着将价值规律贯彻到社会生活的角角落落，人造美女们之所以越来越精于打扮，最直接的解释就是想卖出个好价钱。从某种意义上讲，收款台的工作肯定比上门维修更有成就感，但付完钱而忘了提货的马大哈已经是少之又少，没完没了地买单却从不点菜的恩客大概没处儿去找，所以说，“待我像从前一样好”这个“并不高”的“要求”，其实是难于上青天的“危乎高哉”。逝者如斯夫，过分留恋从前只能说明你对前途的茫然。当然，想只收钱不送货也并非绝对没可能，多换几个买家就什么全有了，之所以如今这个市场急待整顿，就是因为打一枪换个地儿的游击队太猖獗。

“可是有一天你说着同样的话，却把别人拥入怀抱……”《长门赋》般的曲调还在继续。当被振动体的固有频率与声波中的某一组频率相同或成比例时，此频率会在振动中得到充分的加强，这种现象叫做共鸣。其实人类的情感也一样，那些车轱辘话来回捣腾的口水歌之所以能流行得一塌糊涂，就是因为它道出了彼此生活中司空见惯的俗之又俗：“你说，魏一诚他……”当“爱人”一词的主元音那舒展的口型[①]已在陆远航唇边初见端倪时，她及时制止了这个令人不快的趋势：“……他妻子到底是个什么样的女人呢？”

我们在日常生活中最常引用的先秦文献之一便是“知己知彼、百战不殆”，其实这里面有个不大不小的“习非成是”，事实上，《孙子（兵法）·谋功（篇）》中的原文本为：“知彼知己者，百战不殆；不知彼而知己，一胜一负；不知彼不知己，每战必殆。”这是兵圣对进攻之术的具体总结，打算横刀夺爱的有志青年值得一读。“知己”与“知彼”究竟谁先谁后，乍看上去似乎并不是个原则性出入。远航之所以落得如此进退维谷的处境，很大程度上就是忽视对手存在的恶果，当然不仅仅是她，火焰中的男女往往都有这个毛病，总以为自己圣洁的真爱唯我独尊，却忘了路边的野百合也有春天。

比较而言，随着年龄的增长，成熟女性在这个问题上多少要比豆蔻年华们理智一些，姑且算是对“毕竟东流去”的“青山遮不住”所做的一点点补偿吧。前些天，枕流曾听远航念叨过，说东窗事发之后，魏家两口子对此坦率地交换过意见，那位同为高知阶层的现代女性非但没有一哭二闹三上吊，反而大度地把皮球踢还给了当事人，自己则坦然地敬候最终判决。其实，面临大敌当前的危局时，镇定远比机谋甚至实力要紧得多，当年若不是有诸葛亮在空城之上焚香调琴的泰然自若，恐怕“活仲达”也没那么容易过城门而不入。从这个意义上讲，魏师母举重若轻、无为而治，转瞬之间便化被动为主动。

“感觉她挺不一般的。”陆远航见枕流的照猫画虎迟迟没有进展，索性拿起那本沉淀着厚厚尘土气息的巨型字典推敲起来，顺便自问自答，把刚才的探讨做了个了结：“真不知道魏一诚到底怎么打算的。”她换个了角度，新瓶

---

① “爱”字在中国传统音韵学体系中属典型的“开口呼”，发音时唇形圆展。

装旧酒："你说，他大概就是想找个情人吧，所以……"当话题每每不可避免地进化到这个地步时，女孩儿的神情总是如海啸前的沙滩般黯淡，这次大概也没有例外的理由。

"我不觉得，"枕流的回答很干脆，但却没有进行任何追加论证，果断得一干二净。经过多次思想政治工作的你来我往，他早已不计较一城一池之得失，但正如田单救齐①尚且需要有个根据地一样，如果连这最起码的底线都被赶尽杀绝，那恐怕就真的没戏唱了。

事实上，虽然平日里一副游戏人间的戏谑模样，但真遇着原则性问题的大是大非时，徐枕流倒不会满嘴跑飞船，基本还算得上知无不言。即便是善意的真假虚实，也要慎之又慎、反复掂量，避免把雪中送炭弄成落井下石。枕流始终认为，说魏一诚拿远航当礼拜天过，从逻辑上不大讲得通。首先，这位草根崛起的研究室主任之所以能有今天，靠的就是如履薄冰般的步步小心，且不用说那些摸爬滚打多年的老同事，即便是初来乍到的萍水相逢，也不难一望而知他的城府和谨慎，千年铁树居然也会"红杏枝头春意闹"，实在让人跌破眼镜。其次，退一万步讲，即便这位老油条真有哪根筋搭错了线路，也该及时拿绝缘胶布杀人灭口才对，即便陆远航非哭着喊着要把本科证书换成硕士文凭以便将来相夫教子，凭魏一诚在圈内的通天手眼，随便找个大学安顿下来绝不是问题，断无千辛万苦地把定时炸弹栽培到自己身边让别人捉贼捉赃的道理。此外，这里面还有个不足为外人道的小人之心，就算我们把魏一诚这位金玉其外的学界新锐假想成一肚子男盗女娼的花花公子，恐怕也没必要非跟陆远航过不去，从成本收益角度讲，她绝对算不上购物首选，一旦跟这种上贼船容易下贼船难的追梦少女纠缠开来，不死也得掉层皮，再说如今的劳务市场里，物美价廉的候补二奶汗牛充栋，闭着眼睛随手指上哪个都比被套住强。

除了仅供夜半无人私语时自娱自乐的"性价比"理论外，其余那些振奋人心的判断，枕流都一一给如饥似渴的远航反复沙盘推演过，陆姑娘也基本认可这救命稻草般的先礼后兵："你确定他是那么考虑的么？有几成把握？"

---

① 公元前284年，燕昭王任命乐毅为上将军，统率燕、秦、楚、韩、赵、魏六国军队攻齐，联军仅用6个月的时间，就攻取了齐国70余城，只剩下莒和即墨未被占领。即墨军民在守将战死之后，共推齐宗室田单为将，积极抗燕，经过几年艰苦努力，终于趁敌人内乱之机，复国成功。

人往往只有在得不到质的满足时，才会去诉诸量上的安慰。

“至少，如果我是他的话，我就会这么想，”徐枕流也是在战争中学会的战争，毕竟，既不能突破真实的底线，又得考虑别人的心理承受能力，拿捏好这个分寸要比想象中微妙很多：“你自己首先得调整好心态。”他看了看远航右侧脸颊上此起彼伏的痘痘，中医理论认为，痤疮长在这个位置上暗示了体内的肺热。

所有读过邓论的莘莘学子都知道，今天的中国之所以敢于“踏踏实实搞建设，一心一意奔小康”，都源于对国际形势的基本判断——世界大战短时间内打不起来，因为爱好和平的力量在增长，因为帝国主义越发不得人心。但这仅仅是从一般逻辑上分析的结果，实际情况却要复杂得多。小平同志就曾苦口婆心地教导我们要警惕霸权主义的疯狂性[①]，也就是说，人家完全可能在条件不很成熟甚至很不成熟的情况下铤而走险。道理都一样，人类并非绝对理性的动物，尤其在面对儿女情长的考验时，所以说，以上关于魏一诚的种种推论也未必就一定靠得住。举个例子，从远航的话茬中，徐枕流判断出她并不知道魏一诚爱人近期并不在家的“关键动态”，不难想见，如果陆姑娘能第一时间破获如此重要的战略情报，怕是早就有千种揣摩、万般猜测了。既然海誓山盟的卿卿我我都可以留一手好过冬，枕流这个局外人当然也更乐得“观棋不语真君子”了。

“每次听你分析这些事儿，我都会想起一个人，”远航像是很不情愿地回到电脑旁边继续那东拼西凑的琐碎，当然，她也明白聊胜于无的简单道理：“你们两个真的很像。”

这已经是枕流第若干次听陆远航提到“那个人”，并反复表达要介绍二位认识的强烈愿望，但每回的热情倡议似乎都在不知不觉间石沉大海。刚开始，他还有兴趣打破砂锅问到底，看看究竟是哪路神圣，可远航总以各种理由推诿搪塞，只说是个特殊的朋友，早晚会露出庐山真面目。久而久之，枕流便也习惯了这种众里寻“他”，权当是个“山在虚无缥缈间”吧，倒也有日渐熟络的久违之感。如今的年轻姑娘口中常常有这样那样的赵钱孙李、贾

① 关于这个问题，可以参见邓小平 1977 年 12 月 28 日《在中央军委全体会议上的讲话》：“……因为霸权主义者有疯狂性，不知道他们在哪里制造一件什么小事情，就可能挑起战争。大战固然可能推迟，但是一些偶然的、局部的情况是难以完全预料的……”

史王薛，倒不见得全有幸名列新欢旧爱，但大都刀枪剑戟、各怀异能，但若抬起杠来细细推敲，往往真假参半，从三分史实到七分虚构大小不等，其中某些粗制滥造的人物形象甚至能从小说、评书里看出几成究竟。之所以如此煞费苦心，无非是要让身边的居心叵测或望眼欲穿们知道自己那沧海一粟的处境，强中更有强中手，若想“不畏浮云遮望眼”，除非你“只缘身在最高层”。不过，和这些假作真时真亦假的儿女情状相比，陆远航倒是显得光明磊落许多，更倾向于把大小动作都摆在桌面上，而不屑于用无中生有的泡沫去哄抬身价。可遗憾的是，当尴尬真正袭来时，这种坐看风云起的自信却没能被她善始善终。

窗外月色渐浓，徐枕流开始懒得再对照着那本巨型字典亦步亦趋地挤眉弄眼，索性自说自话地“原创”出一个个矫首昂视的“新款”篆书交差：“其实啊，这些例字也都是当时人写出来的，凭什么非得以他那个为标准呢?”枕流欣赏着刚刚被自己一挥而就的历史，并交给远航过目，一边自圆其说地打着气。

痔疮

多年以前，曾经在大约不出《读者》《青年文摘》之流的搜奇杂说中读到过某名人轶事，主角是一位妇孺皆知的陕西籍作家，出于为前辈尊者讳之考虑，这里姑且称其为 P 老师。据消息人士透露，此君的吝啬在文学界是出圈儿地闻名遐尔。话说有一回，某友好赴西安公差，顺便到其府上讨扰，为尽地主之谊，P 君只好忍痛在一家街边小铺中设宴，请吃所谓的“葫芦头”，还吹嘘说八百里秦川风味尽在其中。等两碗热乎乎、油汪汪的下水状美食端上桌来，P 先生开口了：“您知道什么叫‘葫芦头’么?”友人当然不明就里，只待东道自问自答。“‘葫芦头’，也就是猪痔疮。”接下来当然不消说，客人不远万里而来的筷子在嘴边悬崖勒马，P 君将原本就是按照自己饭量订购的两大海碗悉数风卷残云。

多年来，始终感到疑惑难平，即便市场化的医学院扩招后真有足够的见习外科大夫愿意主刀，恐怕全身是宝的家畜之首也没那么多副产品给他们练手，故而一直想去西安实地考察之。无奈灞桥柳色缘吝一面，也只好向日益敬畏的三秦父老们收集第二手材料，结果，几乎所有人的口径都空前统一，威震江湖的“葫芦头”，其实只是猪大肠而已。所谓“肛门底部粘膜静脉丛曲张”，充其量也不过是以偶尔出现的种概念偷换了属概念。

其实，勤俭持家是中华民族的传统美德，与贫富无关，更像是一脉相承的生活习性。原先，当徐枕流在澳洲读书时，就以到附近的快餐店购买因滞销而做打折处理的凉薯条为乐。其实，那段时间他所需的各项资金绝无亏空或缺口，的确犯不上为这仨瓜俩枣费心，但偶一为之的“忆苦饭”反倒吃起来更香，又何乐而不为呢？同样道理，P 老师这位蜚声海内的文坛魁首，当然懂得舌头底下压死人的世事险恶，之所以敢于冒天下之大不韪，多半也是出于本能。反过来讲，那位落荒而逃的不速之客，把这点儿猛料诏告天下的稿费怕是早就弥补了少吃一顿的成本，可谓各得所需。平心而论，我们身边货真价实的葛朗台比比皆是，那家杂志之所以非要拿以偏概全来污人清白，完全是 P 老师为名所累。其实，甭管出镜率如何高，谁也逃不出动物界脊索动物门哺乳纲灵长目智人种，从老祖宗那儿继承来的优缺点见者有份，关于这一点，喜欢看明星走光照的“粉丝”们大概都深有体会吧。

坦率地讲，那位 P 老师不急不恼的胸襟气度倒很值得钦佩，换成当下很多自以为不食人间烟火的“偶像天王”，怕是又要给勤政为民的法官们添麻烦了。敢于面对真实的自己，是所有人活世间逃不掉的一课，三维空间内的芸芸众生都总难免顾此失彼的立体成像，只有孤魂野鬼才会如画皮般捉襟见肘。

据说，身家过百亿的“小超人”李泽楷，有时在非正式场合只穿一双俗称“白饭鱼”的帆布球鞋，市价不过 15 港币，换算成斗志昂扬的人民币当然就更便宜了。显然，这位年轻女性心目中非他莫属的“至尊王老五”，根本犯不上用精雕洗琢的衣着打扮为自己争取微不足道的加分因素。与之相反，那些生怕嘴上吃亏的厉害角色，却正无处不在地逢人便说着其难以掩饰的自卑。

道理都一样，比如，研究生院这小小的角落中固然鸡犬相闻，但若细细推敲起知名度的高低，语用系那三个女孩子中怕是要以艾枚拔得头筹，在同性相斥当中尤其如此。之所以“官运亨通”的韵文和“色艺双馨”的远航都只能甘居人后，倒不是因为艾姑娘有什么包打天下的不二法门，主要是她那八面玲珑的往来进退实在夺人眼球。别看这帮饱读诗书的女才子们喷薄欲出的雌性激素在脸上此起彼伏地堆砌出大大小小的“丘壑难平”，但倘若谁敢真抓实干出点儿风吹草动，铺天盖地的闲言碎语足够量小的喝上一壶。可艾枚偏偏不信这个邪，任凭敌人围困万千重，我自岿然不动，照样成日谈笑有鸿儒、闻香识美人。当然，能被艾姑娘“相中”、并有幸在她的交际圈中扮演“对手戏”的男主角们也绝非“扒拉脑袋是一个”，都是经过精挑细选的“优良品种”，比如家世不菲的枕流、程毅，当然，还有那个倒霉的宾大教授。

徐枕流在澳洲读商科时，曾被一视同仁的老师誉为经济学的优良种子选手，虽然半路夭折，但那点儿供求分析的底子还勉强算得扎实。面对“行情火爆”的艾枚，他虽然也定期进行机械灌溉，但基本属于礼尚往来的范畴，绝不去凑那个可有可无的分母，毕竟，上赶着不是买卖。所以说，当人家最初把男朋友的远大前程托付给自己时，枕流也权当是艾枚广泛撒网、重点捞鱼的一部分，并未格外上心。但无心插柳柳成荫，这回的“狼来了”反而越喊越真，在社交名媛的后有追兵、前有堵截之下，枕流也只好朝易欣那边象征性地摇旗呐喊。

近一段时间，易欣始终在忙活那个看似遥遥无期的新项目开发，且有愈演愈烈之势，故而两人难得一见，反倒是那辆驾轻就熟的本田在通往开发区的来来往往中足斤足两地度过了磨合期。坦白讲，枕流真是一百个不愿意为这种事情张嘴，好像自己如何四下兜售自己出人头地的野蛮女友似的，虽然他那些有意无意的口若悬河之实际效果虽不中、亦不远矣。

徐枕流原本以为易欣大概会以形形色色的理由对这个不情之请进行抵制，毕竟，两种不同文化之间的沟通总难免要存在话语系统上的障碍，更何况，始作俑者又是个素未谋面的迷你美眉，尽管最终的目的倒还算为了帮男朋友。然而，女孩的心思男孩你别猜，你猜来猜去也猜不明白，正如近二十年来凡此种种的所有棋输一招，这次的枕流还是难逃失算的宿命，易欣非但没有流露出丝毫不快，反而在百忙之中分身有术地进行了“专项治理”。

出于回避原则之考虑，易姑娘把这个“美差”转包给了那位老同学李彬，他所供职的外资软件巨头正处在事业发展的用人之际，刚好一拍即合。但当一切开始进入程序后，问题还是成事在天般地适时出现了，被艾枚满口吹嘘为IT领域十项全能的杜晓钟，其实不过是在某充其量半专业水准的小网站里搞点儿培训班层次的维护与更新，这点儿生存技能在老家时或许还能拳打南山敬老院、脚踢北城幼儿园，可当他为了爱情转战京城后便显得捉襟见肘起来，总之是和人家跨国公司的集团化运作格格不入。事情发展到这步田地，本该顺理成章地胎死腹中，但不成想，易欣反而愈挫愈勇，刚巧那边公司主管人事的一个小头目是她去会所跳健美操的搭档，易欣便从幕后跳到台前亲自斡旋，再加上艾枚三天两头到李彬的业余时间里去“公关”，好歹算是在市场部安排了一个跑腿儿的差使。不过，据后来揭密的资料表明，之所以杜晓钟能“吉人自有天相”，女朋友的上窜下跳只不过算作外因，最终接收他的“伯乐”真正看中的还是晓钟身上那种贵州人被“天无三日晴、地无三尺平”的独特成长环境所磨练出的执着与踏实。

直到艾枚不忘跑来表达感激之情的时候，枕流才最后一个得知事情已经“落听”，他戏称自己是“有福之人不用忙”，不顾不问也能将一切尽在掌握。话虽然这么说，心里却难免有点儿空落落的感觉。

吃水不忘挖井人，事实上，从眉目刚在地平线尽头若隐若现时起，或许半是出于鞭策之目的，艾枚便开始不计成本地在研究生院四处传扬着易欣的美德，弄得这位“垂帘听政”比徐枕流本人还家喻户晓。至于完成最后一击的李彬，她倒还算有所保留，枕流好歹逃过一劫，毕竟，从自己女朋友那里“担儿挑”出个阳光少年并不是什么太大的体面。不过，艾枚倒也没有彻底雪藏这份意外收获，不知是为了投桃报李还是长期合作，得知李彬尚未心有所属，她立刻想起整日怨天尤人的韵文，本着肥水不流外人田之精神，打算顺手牵羊出个移花接木来。苏韵文在获悉“最后一个好男人”自投罗网后，当然也不打算自绝于人民，少一事不如多一事，反正闲着也是闲着。更何况，初次见面的地点就选定在那个姗姗来迟的圣诞冷餐会上，或许可以同时满足食色性也的双重需求，至少也落得个坐一望二，不看僧面看佛面，跟女孩子打交道，多准备些台阶以备不时之需是明智的。

外国人办买卖有个重要特点，他们习惯于把无奸不商和以人为本搞成井水不犯河水，不像“北京大爷”们做生意，投标拍卖时敢徇私枉法，吃起饭来反倒正襟危坐。在外企、尤其是欧美企业打工的年轻人大概都有所感触，老外逢年过节经常要组织一些生活气息很浓的聚会，不需要什么烫金请帖，亲戚朋友、故交新知都可以一并出席，进门就是客，点头便相识，没有那么多繁复的礼数，也不谈工作上的恩怨纠葛，就是为了在紧张之余有个轻松愉快的慢板。广东人喜欢吃茶聊天，饭局间的谈笑往来取代了谈判桌边的明枪暗箭，虽然还是逃不出功利的目的性，但多少也算得上与国际接轨。

这次由易欣她们公司主办的餐会就是个典型例子，名义上是籍此感谢新老朋友的关心爱护，其实就是在圣诞将至之时找个茬儿大伙儿聚一聚，欧美国家的所谓“社交圈”就是由这样一个个分子和细胞所堆建成。当然，淮南为橘淮北为枳，地球那边的黑白颠倒被舶来到我们这个文明古国时，万里之遥的漫长旅途难免会让鲜蔬果品产生或多或少的腐败与变质，为了打击日渐猖獗的蹭吃蹭喝，组织者规定，与会者无论“五福”内外，都必须先行登记以便届时签到入场，流露出土洋结合的五味杂陈。

“上大虾了！”人群朝长条餐桌的一角汹涌着。

枕流历来对海鲜不大感冒，总觉得自己那杂货铺般的大腹便便有些唐突这等内陆地区的稀罕物，于是便站在变得空荡荡的原地继续品尝着从斯堪的那维亚半岛远道而来的蓝莓味香槟。不远处，几位大致符合希特勒那套雅利安优越种姓特征的金发碧眼微笑着朝小胖子扬扬酒杯，而后转向那群正在大虾旁“打土豪分田地”的人，坦率讲，他们的笑容颇为善意，大约是感到尽心准备的暴殄天物物超所值，但枕流却无可救药地想到了罗马角斗场包厢内皇帝的拇指[①]，要知道，这些高鼻深目的人原本曾是供人取乐的血统。[②]

不出意料，艾枚的这次 debut[③] 相当成功，至少人家自己大约是这么期待和认为的。进门伊始，她便跟着李彬左右开弓、往来酬唱，枕流也是到今天才知道这位深藏不露而又见缝插针的艾姑娘原来还是贵州省内某少数民族自治县的旅游文化形象大使，艾枚尽职尽责地向每个中外友人介绍着大山深处那似乎比传说中神秘的香格里拉更加摄人心魄的所在，并言传身教般地用她火辣的微笑传递着民族共荣的热切向往。

当然，每个成功背后都必将有人或主动或被迫地做出牺牲，当艾枚不厌其烦地满场飞奔时，韵文和杜晓钟也就只好绿叶相扶，一边罚站、一边面面相觑。比较而言，苏韵文还算乐天，不时和过来打招呼的正宗美音们演练着专业八级口语。好在枕流倒是甘愿奉陪到底，反正他也懒得和那帮食客们“哽咽”着互致问候，而且是在家吃完吴雨拿手的松鼠鱼才有备而来的。更何况，易欣早就百般叮咛，事成之后老莫、新侨[④]随便点，千万别在冷餐会上把上回音乐会的百尺竿头更进一步，同事们早就对她这位重量级男友拭目以待了。

---

① 根据角斗规则，大会主席将拇指向上意味着给拼杀勇猛但最终失败的角斗士以生还机会，向下则意味着死亡。

② 源自西北欧的日尔曼祖先，在古罗马统治时期属于被征服民族，很多战俘和奴隶被迫充当角斗士。

③ 指在社交场合初次亮相。

④ 北京的两家著名西餐厅。

"怎么样，吃得还习惯么?"一个很有些发福的大肚子向徐枕流走来，几步开外便故作热情地伸出右手，全然当年尼克松的那副赎罪模样。[①]

枕流知道，这位显然已经逼近上限的"中年男子"乃是易欣她们公司的所谓高级副董事长——梁湃。想当初，人家经历完老三届那广阔天地严峻考验又闯过千军万的高考独木桥后，时值党和国家新老交替而青黄不接的用人之际，主攻马克思主义政治经济学的他便兵不血刃地坐上了某大型国有企业党委会的一席之地。那会儿，正赶上尘封了半个世纪的国门刚含羞带臊般地缓缓洞开，闻到血腥的资本巨头们虽纷至沓来却又担心朝令夕改，故而也学咱们摸着石头过河。重打鼓另开张显然周期太长且投资较大，不如借尸还魂来得划算，也就是找家现成的国企结成"合作伙伴"；刚好，梁副书记择木而栖的那家工厂效益不好、积重难返，这位善于体察改革决策良苦用心的弄潮儿便识时务地力主决心曲线救国，这个圈子便一直兜到今天。至于公有资产的作价问题嘛，咱们这么地大物博、人口众多，哪能跟国际友人斤斤计较呢?多年来，梁总稳居公司高层，一夜上三十回厕所，摇身成了远近闻名的企业（起夜）家。

"很丰盛，谢谢您"，苏韵文见这位"梁老师"的双眼朝自己上下晃动，赶忙兵来将挡，却本能地向后挪了半步。趁此机会，枕流朝梁总那被智慧蚕食殆尽的地中海脑壳瞟了一眼。

"那就好，那就好，"梁总揉搓着韵文富有质感的肩膀，手上高高低低的坑坑洞洞闪出昏黄的油光。其实，这种餐会所以要采用一字排开的长桌，就是为了避免主客之分，更谈不上谁请谁。俗话说，三代打造一个贵族，看起来，洗干净中国化的泥腿子也必将经历漫长、曲折、反复的里程。

"Excuse me[②]，"高挑帅气的服务生从枕流身边悄声掠过，男孩儿瞧了瞧被他那副一尘不染白手套稳稳托住的瓷盘，狼烟散尽，只有条残垣断壁的龙虾钳腿孤零零地张在那里，摆出个桀骜不驯的"V"字造型。

随着一声声贪得无厌的饱嗝，食客们渐渐满载而归地稀疏起来，宴会开

---

① 尼克松在后来的回忆录中曾谈到，1971 年来华走下舷梯时之所以决心一定要先向周恩来伸出手，是为了替在 1954 年日内瓦会议期间拒绝同周握手的前国务卿杜勒斯致歉，而这一点却被很多中国媒体解读为周恩来的风度和新中国国际地位的提升。

② 劳驾。

始树倒猢狲散："还有几个客人得招呼一下，稍等几分钟，一会儿我送你们回去。"李彬倒是没显出丝毫的疲惫，公司拨给他专用的那辆巡洋舰也完全没有人满为患之虞。

"不用了吧，"韵文朝他鼓励地笑着。汉语是一种典型的分析语[①]，句中虚词起着至关重要的构意作用，比如这个"吧"字就很有学问，《新华字典》对它所作的权威解释为："助词，用在句末，表示赞同、推测、命令、请求等语气。"

枕流明白，这是考验"仗义"的关键时刻，他刚要抽刀断水，连溜之大吉的理由都枕戈待旦了，不想，一旁的艾枚却抢先唱起了对台戏："没关系，我们几个还要商量点儿院里的事儿、就先回去了，你忙吧。"综观艾姑娘今晚的蹊跷表现，这位"媒婆"的用心相当可疑，她好像并非真的想要"成全"韵文和李彬，否则也不会一再剥夺二人本就十分有限的独处机会。

"那行。"徐枕流连膝跳反射都没来得及做出，易欣便把话题接了过去，几乎整个晚上，她都在那位事必躬亲的梁总身边充当着翻译，虽然有一丝略带不快的严肃时常僵持在脸颊，但高雅的对策与从容的浅笑却始终不折不扣："我们这边儿总有类似活动，可以常来坐坐，没关系。"

枕流不大明白，所谓的"我们"究竟都包括谁，因为连已经同在一顶屋檐下的杜晓钟也陪着韵文和艾枚齐刷刷地点头致谢。直到此时此刻，徐枕流才有些明白易欣对八杆子打不着又白搭人情的杜晓钟跳槽一事为何如此推心置腹，看着女孩儿那高人一等的线条上如量身定做般得体的毛料晚装拖地长裙，尽管类乎施舍的目光始终小心地避开那位大概并不太令她颜面扫地、否则也不会坦然地出双入对的研究生情侣，但枕流还是觉得正率领着韵文、艾枚、杜晓钟站在宴会厅大门外的自己活像个身先士卒的丐帮帮主。

"她到底有没有事儿要跟咱们说啊，怎么一出来就自己颠儿了。"刚离开那幢夜幕下显得深不可测的全玻璃外墙写字楼，艾枚便借故要帮晓钟挑衣服而"黄鹤一去不复返"，害得剩下的二位只得在归心似箭的晚班公车上被摇来晃去。其实，枕流早就隐约猜出了几分究竟，但还是愤愤不平地不吐不快。

"人家男朋友的事儿更重要呗，你吃啥醋啊？"韵文不阴不阳地嘟囔着，

---

① 简单说，形态变化丰富的语言一般属综合语，如印欧语系中的绝大多数语言；而虚词、语序等要素具有比较重要的语法功能则是分析语之基本特征，如汉藏语系中的某些语言。

显然，女孩子之间更是心知肚明，不去点破反而多了几分大度，可能也正因为能如此“打二还一”[①]，苏韵文刚才有些向左侧运动的下唇又恢复了灯火辉煌下的酬躇满志：“这不为了给咱俩创造私人空间么？”她精心选择的深蓝色隐形镜片被向后退去的路灯挑逗着。

“你也太水性杨花了，这刚相完亲，还‘尸骨未寒’呢，你就连‘野男人’都开始忙着准备了？”枕流今晚积怨不少，此时开起玩笑来便有气无力地“棍扫一大片”。

“啥相亲啊，”韵文撇撇头，看着使用IC卡后日渐“门前冷落车马稀”的售票员，似乎是个眉眼疏朗的半大小子，估计刚从比高等教育收费都高的职业技校毕业不久。为实践绿色奥运之理念，出站后，新型环保公交车上本就十分昏暗的节能灯也被识趣地关闭了，邻座那个勤耕不辍的学生模样无可奈何地把刚刚摊开在掌中的一本盗版畅销小说塞进背包，换成大半时间合眼默念的单词手册：“也就是认识一下吧，”女孩儿嘴角现出一丝大约源自回味的微笑。

事实上，类似今晚的各类社交活动本就是欧美年轻人结识新朋友、不忘老朋友的重要场合，但彼此间究竟将向着怎样的路径继往开来，却往往没有任何心理甚至口头上的打算或承诺，即便真能找到值得与子偕老的终身依靠，也是历经初识、相知、密友等等一系列历史阶段后自然而然的顺理成章，即便大龄单身聚会也没听说过专为配种乘兴而来的。可当我们这个“七岁不同席”[②]的文明古国发掘了这一“男女杂坐”[③]的异域风情时，便不失时机地与土生土长的媒婆勾当进行杂交，结果却合二为一地丢失了西洋文化的返璞归真与中华诗教的礼义廉耻，反而更像是拉皮条之现代化版本。

“别介呀，回头人家那边认了真，您倒欲擒故纵起来了，现在可正打击投机倒把、囤积居奇呢。”枕流朝车窗外望去，纶巾羽扇的餐厅酒楼已经接近打烊，而街边的小摊却正生意红火，城管干部们辛劳了一天，此刻大概正在洗浴中心里与周公推手，各路夜行客则摩拳擦掌，准备把白天的损失加倍

---

① 围棋术语，指被吃两子后，立刻在同样位置上提掉对手一子。

② 《礼记·内则》：“七年，男女不同席，不共食。”

③ 《史记·滑稽列传》述：“齐国州闾之会，男女杂坐，行酒稽留，六博投壶，相引为曹，握手无罚，目眙不禁；前有堕珥，后有遗簪，日暮酒阑，合尊促坐，男女同席，履舄交错，杯盘狼籍。堂上烛灭，罗襦襟解，微闻芗泽。”

讨回。事情往往是这样，巨擘大纛难以高擎的角落，恰恰是魑魅魍魉横行的乐园。想当初天柱折、地维缺那会儿，横行无物的史前巨兽们毁于一旦，但机动灵活的哺乳动物却得以苟延残喘、进而繁衍生息。人类之所以能统治今天的地球，就是占了这个便宜。

“什么呀?”韵文也注意到了路边排档的热火朝天：“人家能看上我?”她虚怀若谷的嘴唇翕动着，不知是出于风华绝代的踌躇满志，还是因为刚才那些冷切甜点不足以对上她大江东去的口味。能看得出来，苏韵文并不甚习惯这种闪烁着餐具光环的社交场合，大概和她所谙熟的中国式官场地形有点儿龃龉错落。毕竟，比起中山装，燕尾服显然多了一层磊落和审美情调。不过，年轻就是资本，相信这尚未沾满颜料的画布一定会在可预见的将来流溢得愈发琳琅满目。

缕缕冷风从玻璃窗把手留下的圆洞中飘入，让暖醺醺的车厢里添了丝冬日里反倒难得的清爽。刚刚的话题化作一道暗河，流进有些潮漉漉的思绪中。枕流想到了李彬，掐指一算，和这位易欣初中时代的同学相识也有十来年了。毫不夸张地说，作为女生眼里的大众情人，李彬长期以来很难与男孩子们打成一片，举个近在咫尺的例子，虽然易欣始终断然否认自己和李同学那暗暗生天际的风闻言事有任何内心依据，但枕流仍不难感受到她之所以对这些流言坚持禁而不绝的险恶居心。尽管如此，任何了解李彬的人都不得不公正地承认，这是一个把各种好运照单全收的天之骄子。

李彬的父母二人在同一所三甲医院①当心脑外科主刀，这对“神雕侠侣”曾是火红年代的青梅竹马，当年插队时被一起分到某饲养场“大有作为”，算得上不幸中的万幸。配种、保胎、接生、体检、治疗、绝育、屠宰、加工、改刀、烹制，得到了“从摇篮到坟墓”的一条龙式锻炼，为日后保送医学院打下了坚实基础。其实，在风起云涌的峥嵘岁月里，大夫本是个提心吊胆的职业，当年那莫须有的“克里姆林宫间谍案”② 即可为明证。但到了

---

① 我国医院分为三级十等，依次为：三级特等、三级甲等（三甲）、三级乙等、三级丙等、二甲、二乙、二丙、一甲、一乙、一丙。

② 1953 年 1 月 13 日，塔斯社爆出一条耸人听闻的消息，据称，苏联安全机关“破获”了一个由 15 名克里姆林宫医生组成的“反革命间谍集团”，这些医生“受帝国主义情报机关和犹太民族主义组织的指使，企图采取有损健康的医疗来谋害最高领导人”。后来的事实证明，这个所谓“医生间谍案”毫无依据，是安全机关蓄意捏造的。同年 4 月 4 日，也即斯大林去世后仅仅一个月，主掌内务部的贝利亚为之全面平反。

如今这个“左”比“右”更加人人喊打的新时期，事情开始发生微妙的变化：首先，革命群众开始意识到，自己的性命比那些血脉贲张的口号值钱，该投资时一定不能含糊；其次，供大于求的鸡鸭鱼肉，加上你争我夺的丛林法则，让那些已经先富起来或打算快点儿富起来的男女老少们越发气短胸闷，心脑外科生意兴隆；再次，随着社会主义市场经济体制的日益完善，价值法则被变本加厉地贯彻到人体本身，作为“健康交易所”的代理商，医生们发现经常点点钞票有利于让开刀的双手变得更加灵活。

经济基础决定上层建筑，有其父必有其子。不管是先天定鼎后天，还是后天发展先天，总之，人家夫妻版小李飞刀的独子不但高挑俊朗，而且生就慧根。从横空出世那天起，李彬便将同龄人远远地甩在身后，家里各种明目的奖状证书足以糊满复式豪宅的内外粉墙，咱国内的小庙很快便装不下了这尊日益膨胀的大佛，只好到大洋彼岸的“硅谷”。当然，外面的世纪既精彩又无奈，拿到斯坦福信息工程学硕士学历的他还是觉得国产姑娘更加货真价实，便带着近乎悲壮的豪情杀将回来，“报效”生养自己的这片沃土。

“实事求是地说，李彬这人还是很不错的，”徐枕流伸了个懒腰，尽量把“气人有、笑人无”的偏见玉宇澄清：“其实他挺真诚的，也很热心，”这的确是实话，李彬属于那种基本符合国家质量体系认证的“阳光果肉型”，虽然添加了少许碳酸，这次对杜晓钟的成全不过是吾道一以贯之，他历来奉行你中有我的对外政策，基本上来者不拒。当然，如同外交斗争中非此即彼的选边一样，人际关系也不可能完全左右逢源，过高的市场占有率多半会与反垄断诉讼相生相伴。无论先有鸡还是先有蛋，李彬和男同胞之间的交往总难免在隔靴搔痒中距离产生美。

“对了，”韵文似乎忽然想起什么：“你听说顾爽的事儿了么？”

枕流当然不难猜出这当中所指的是什么，朝夕相处变成人间蒸发本身就是值得关注的新闻线索：“不知道。”他摇摇头，却没有了原先的惴惴不安，但还是本能地退一步海阔天空。

“你可千万别跟别人说啊，”苏韵文刚要开口，又转而先行免疫：“她去美国了，咱们学院不是有个对外交流的项目么？”可能是同样吃过洋面包的李彬让女孩儿产生了推此及彼的联想，她一脸神秘，看来国人在潜意识底层都多少有点儿说书的天分，韵文大概以为，这迟到的天气预报对枕流也同样具有爆炸性的吸引力："我是听研会师姐们说的，"最后的脚注提示着言之凿凿的可信度。

据说，人民警察在追捕逃犯时经常拉网排查的重点区域便是众多色情场所，因为这里往往集散着各类信息，且没有三人成虎那种深不可测的水分。韦小宝之所以能成功地九天揽月、五洋捉鳖，恐怕和他先天与烟花柳巷结缘不无关系。眼下，仅仅被动而间接地参与了一桩很可能被扼杀在摇篮里的"皮条生意"之后，枕流便轻而易举地获得了韵文的信赖，连这等"内参机密"也敢拿来投桃报李，要知道，她可是从来不做亏本买卖的。看来，在我们这样男女有别的社会中，想敲开别人的心扉，最好的办法就是一块儿脱掉所有文明的外衣，当然，如果能"我运动、我快乐"一下的话，效果可能会更直接。

"你知道学生处那个项尚么?"大概是见收视率提升缓慢，苏韵文决定芝麻开花节节高。这也难怪，出趟国实在不值得有什么爆炸性可言，说破大天也就是跨越了本就是人为设定的一条画地为牢，要知道，在资本主义大车店里，很多国家之间连签证都是互免的："你可别说是我告诉你的，"被风卷动的枯枝敲打着车窗，身边的二百来斤让韵文感到一阵值得依赖的温暖，她从守口如瓶退到了死不认账："好像顾爽跟他有点儿，所以……"韵文意味深长地点点头，用肢体语言代替了淑女不该提及的污言秽语，从晓之以理到动之以情，这次谈心显然算得上虎头豹尾。

"哦"，徐枕流对这个传闻似乎并没感到太意外，在摩肩接踵的小院中，经常会"嫁接"出一些经不起时间考验的新品种："你那帮师姐怎么知道的?"尽管如此，他觉得还是需要礼节性地交流一下，这种绯闻往往只需稍稍顺藤摸瓜便能找出"好事者船载以入"① 的枪手。

"这个嘛，不知道，"韵文愣了一下，似乎是刚刚意识到此类密不传六耳的勾当其实很难有真正确凿的证据，至于远在天边的遥感则更是痴人说梦："她们跟院里很熟的，内部消息呗。"女孩儿自己也觉得这根本算不得理由，于是耸耸肩、做出个无所谓的姿势。也许，流言本就不需要与事实相印证，

① 柳宗元《三戒·黔之驴》："黔无驴，有好事者船载以入……虎见之，庞然大物也，以为神……驴一鸣，虎大骇……然往来视之，觉无异能者……稍近益狎，荡倚冲冒，驴不胜怒，蹄之。虎因喜，计之曰：'技止此耳！'因跳踉大㘚，断其喉。"

其成功与否只取决于符合传说自身规律的程度，比如主角的地位、关系的扭曲或者情节的离奇及反道德等等。

其实，这则后来沸沸扬扬的尽人皆知，最初也不过是起于衰草之末。临近期终，顾爽需要参加几门考试以便显示工作学习两不误的决心，刚巧有些文件正准备送回国请相关领导签字画押（其实电传件在法律上具有同等效力，但为了让各级首长感觉到自身价值，一点儿述职的机票钱又何足挂齿），便正好互补，派她公私两全之。研究生院诸君们整天忙得都忘了忙的是什么，早就把项尚另立中央的事情抛在脑后，此时见被 Virginia[①] 水土滋养后愈发出落的顾爽拿着钥匙不当家，才想起还有这么对孤男寡女在异国他乡猴子称霸王。于是乎，众口烁金、积毁销骨，没过多久，游戏之言便成了耸人听闻。

想当年，忠于汉室的大臣们密谋铲除奸贼董卓，决定由骠骑校尉曹操带着司徒王允的七星宝刀去毕其功于一役。结果老贼命大，从穿衣镜里发觉身后杀气，曹操只得见风使舵，行刺临时“现挂”成了上贡，家传宝刀连瓤带鞘一并姓了董。虽然大难不死且有后福，但董卓还是嗅出气氛不对，可又拿不定主意，怕在四面楚歌中冤枉了难得的忠心耿耿，干儿子吕布得知此事，建议召曹操入宫议事，敢来便是献宝，脚底抹油则是不打自招。后来的事情自然不必说，曹孟德吓得直接落荒而逃，遇陈宫、诛吕伯奢、毁家纾难，一代枭雄从此纪年。

这个故事告诉我们光明磊落的必要性，如果心中坦荡，就不怕办公透明化，所谓“好事儿不背人、背人没好事儿”。可中国人偏偏就喜欢暗箱操作，似乎只有如此才能显出权力与威严，结果里外不是人，小道消息满天飞。项尚就是吃了这个亏，当初选择顾爽时连个旁证都没找，真打起官司来也得自认倒霉，既然大伙儿压根不知道此次内引外联的来龙去脉，就怪不得人家按照自己的逻辑替“心里有鬼”的你们补足故事情节了。

当然，这并不意味着老实交待就一定能换来坦白从宽。西安事变之后，张学良敢亲自送如蒙大赦的蒋委员长回南京，就是想借此表明自己胸怀浩荡的心迹，反过来讲，这其实是不得已而为之，拔完老虎须怎么也得多包扎两

---

① 为纪念终身未婚的伊丽莎白一世女王（Virgin Queen of England），为北美第一块殖民地起了个浪漫的名字：Virginia（弗吉尼亚），意为“处女地”。

圈，要不然以后还打算不打算混了。可老蒋却并不领情，刚刚脱险便翻脸不认账，这一关就是半个多世纪，毕竟，此例不能开、此风不可长，否则今后谁一高兴就买把枪找自己玩儿七擒孟获还了得。

炎黄子孙们相信“公道自在人心”，乍一听有理，但稍加推敲就不难发现，这是个极其危险的观念，它等于在说，只要大伙儿都相信，煤球就是白的。从某种意义上来讲，“文化大革命”这种“多数人的暴政”并不是解释为谁晚年的心血来潮被哪个小团体利用就可以蒙混过关的。

还是晴雯[①]说得好：早知枉担这许多虚名，倒不如早作正经打算。

女孩子都有天生的聪明，顾爽也不例外。

只可惜……

早在平等与博爱的理想尚挣扎于摇篮中的十八世纪，卢梭就曾意味深长地警告过后来者：若要让格外得到造物主恩宠的女性接受和男人一样的世俗教育，其结果，只能是使她们永远无法摆脱被奴役的尴尬地位。即便从三百年以降的今天看来，先贤祠中那株永不凋谢的玫瑰依然妖艳得逼人[②]。

---

① 《红楼梦》中，王夫人听信谗言，以“媚惑宝玉”之罪名将天生国色的丫鬟晴雯驱逐，直接导致后者暴亡，其实二人本无任何瓜葛，故晴雯临终、宝玉来探望时有此说。

② 作为法兰西精神的化身，让·雅克·卢梭的灵柩被供养在巴黎国葬馆（即所谓先贤祠），他的棺木外侧浮雕着从半掩门中伸出的、紧握一枝玫瑰的手臂，象征思想长存。

有　病

不知从哪一天起，龙的传人们开始重新温习失落已久的传统文化，没有了“破四旧”的威胁，秦琼公与尉迟敬德又悄悄回到了家家户户，忠心守望着艰苦创业的胜利果实。不仅刚刚富起来的中国人需要私有财产神圣不可侵犯，其它民族也都有形形色色的烈火金刚来看家护院，与源自隋唐演义中的哼哈二将不同，古罗马门神只有孤零零的Janus一个，但作为补偿，他却有左顾右盼的两张面孔，据说象征着回首过去和展望未来。正因如此，后人便以之作为词根，命名了新旧更替的正月——January①。

的确，每逢将还未褪去油墨清香的新年挂历尚带卷曲地请上墙面时，人们总是习惯借此稍事休息来盘点与期待。与之相伴，在这期间，大家也更倾向于彼此互致对相扶的感恩及对继往开来的鼓励，比如刚刚落幕的答谢冷餐会就是为了旧的不去、新的又来。然而，广结善缘的无所不用其极和信徒们有限的胃口却形成了难以调和的矛盾，元旦假期就那么几天，总不能没完没了地推杯换盏吧；这时，红包和粉匣便可恰到好处地派上用场，枕流从小就

① 古罗马原本只有十个月，后来增加两个在岁尾，恺撒大帝又将其移至年初，成为January和February。

明白，一到这会儿，就该给老师进贡了。

《论语》中说："自行束脩以上，吾未尝无诲焉。"其实，先师在此真正想表达的是有教无类的指导思想，换算成现代汉语，就是不走后门、电脑提档、来者不拒[①]。但后世诸学却往往把这当成"再穷不能穷教育、再苦不能苦孩子"的历史证据，不过，那阵儿的各级学府以私立居多，又不兴民办公助，收点儿柴米钱完全可以理解。咱中国最讲究祖宗之法不可妄变，一来二去就形成了惯性，前清时封疆大吏孝敬六部司官的冰炭二敬[②]还基本算是愿打愿挨，到了咱"甲A"和"中超"可好，因为大家都"挺懂事儿"，所以你要想讨个公平也得拿钱买，不然就等着穿小鞋吧。

枕流接受初等教育那会儿，最常见的年关礼便是挂历，每逢岁末，老师家便开始例行的清凉美女组图联展。随着老百姓腰包一天天鼓起来，佳节礼品市场也行情看涨，从特殊等价物果篮、手机到一般等价物项链、购物券直至全能等价物美金、人民币外加越南盾。天堂里奋笔疾书《资本论》的革命导师若能看到自己对货币产生过程的推理在现实中得以创造性地再现，怕是要百感交集了。后来，徐枕流去澳洲读书时，发现几乎各国都不像我们这样不早不晚地九月入学，而是选择年初开学、年末收摊、有始有终，百思不得其解之余终得顿悟，中国教育界之所以偏偏要牺牲宝贵假日而把期末大考安排在清点完"新春送礼、黄金搭档"之后的年初，原来是为了实现素质教育中对学生综合能力考察的匠心独运。

一次，某计划生育干部下基层科普，问大家是否明白为什么近亲之间不得结婚，老乡搓着手、羞涩地说："知道，嘿嘿，太熟了，不好意思下家伙。"事实上，之所以随着年齿徒增，枕流给老师们上起贡来愈发困难，就是心理这关不好过。从语研附小、附中直至研究生院，身边的尊长一天比一天面熟，往往都是互相"看着长大"的知根知底，真要让人家手心朝上，大概谁也舍不得这身剐。

---

① 出自《述而》篇，对此解释历来有很大分歧，一说为"自己拿着十条干肉（作为拜师礼）来见（我）的（学生），我从来没有不去（认真）教诲的"，另一说断为"自/行束修/（二字可通）以上，吾未尝无诲焉"，其中"行束修"指行冠礼成年，全句意为："从十五岁以上的孩子（只要愿意来学习），我从来没有不去教诲的"。

② 封建社会后期，外官夏天以消暑为名送给京官们的贿赂称为"冰敬"，同样道理，冬天以御寒为名则为"炭敬"。

几天前，徐枕流让“身在此山中”的吴雨给个建议，看究竟该按照何种规格给赵冉“意思意思。”显然颇感诧异的小吴老师脱口而出：“别逗了，”镇定之后似乎又像是有什么不愿多谈的讳疾忌医：“其实无所谓，再说她不是还在南京呢么？”

枕流一直感到有些诧异，那个雷声大雨点小的“两岸三地研讨会”早就人去楼空一月有余，可赵老师却还何事苦淹留。偏偏他又乐得自立山头、不愿意整天追在后面，若非上次哲学室顾岩主任问起来，枕流自己都快忘了还有这么个“天涯沦落人”。中旬时，赵冉倒是给“高足”发过条短信，说在那边参加个什么合作项目，具体内容也“内部掌握、概不外传”，之后便“一去两不知”。研究机构就有这点好处，只要领导同意你缺席哈欠连天的例会，同事们巴不得少一个分母来共享本来就人浮于事的那点儿课题经费。

尽管如此，易欣还是早早就给了他一条真丝头巾有备无患，可以随时冲锋陷阵。虽不是个中里手，但枕流还是不难看出，这份来自瑞士的“鹅毛薄礼”绝对货真价更真，就像新近才浮出水面的公务员制度①，此类织品原本也是中国人的拿手好戏，连“silk（丝绸）”本身都不过是难得一见的汉语音译词而已，但往洋人堆儿里溜达一圈就敢要咱们十倍血汗，真是岂有此理！当然，眼前这张大概也并未耗去易欣的一分半厘，恐怕也同样是在“人情儿”中“取之于民用之于民”，如果你真有兴趣对此类专司礼品功能的形式主义做个肃本清源，最终买单的，往往不是公款、就是那些被敲骨吸髓而又求告无门的黔首黎民，落实到这件具体而微的“转口”贸易品上，枕流倒更希望它来自前者。

比较起来，给“四张儿”左右的中年女性送礼是条再凶险不过的钢丝，她们正处在人生中最为敏感和脆弱的阶段，露脐装已经与“永远二十九”的虚荣无关而看起来更像是种讽刺，护肤品只会勾起“人生长恨水长东”的感慨，倘若哪个胆儿大的敢把任何即便只有嫌疑的“提前量”双手奉上，玉石俱焚一定是必然的结果。既然如此，倒不如索性实事求是，至少落个道义上的问心无愧。举例来说，易欣准备送的这条头巾就很符合赵老师那“前不着

① 欧美国家施行了几个世纪的“文官制度”，在很大程度上就是受中国传统的“科举制度”之启发；而咱们却在把后者作为“糟粕”废除了百年之后、反过来从别人那里“引进”了“公务员考试准入制度”。

村后不着店”的年龄，细腻的材质透露出稳健与初具规模的厚重，而青灰底色及扎实的纹样则不动声色地提醒着佩带者花团远去的残酷事实。据称，如此安排是易欣的母亲在目不暇接中精心挑选的成果，没想到连她这样的“过来人”都如此不懂得相惺相惜，因为一以贯之的普遍规律对于洋博士赵冉的气象万千未必适用。其实，枕流原本很为自己能主动想起报得三春晖而欣慰，准备亲历亲为地给远隔千里的导师寄去份意外之喜，下雨打孩子，闲着也是闲着，却连蓝图的初稿都没来得及草拟就再次被把一切都包办代替的女朋友“无微不至”地捷足先登。

“过节”的“节”字原指两段竹子中间的连接部分，也就是我们常说的“竹节”。从甲骨文时代便世世相传的竹字头（節）是到简化汉字那阵儿才被革了命，后来呢，很多带有前后连接含义的词汇都不约而同地引申使用了它，比如新旧更替的“年节”。其实，每逢年头年尾，不光灶王、春联要轮值换岗，男女老幼也都借此机会走动走动、彼此“结”交。正因如此，当远航约枕流同去拜会神交良久的故友新知、也就是陆姑娘常说要介绍给他认识的“那个人”时，闲来无事的男孩儿便毫不犹豫地“共进共退”了。事情往往是这样，任何美食只有对饿汉才会显得甘之若醴，没有互相需要的契合，再千载难逢的金玉良缘都只能是擦肩而过。

“你这都什么东西啊，大包小包的，”等在路口的徐枕流远远看见远航摇摇晃晃地蹒跚而来，便赶紧快走几步，接过她手中两个巨型购物袋，平衡左右：“还真有分量。”

“给他买点儿吃的，新年新气象，改善改善伙食嘛。”女孩儿摘下手套，掏出早就准备好的“尿素润肤霜”，聊做保养：“要是让你到华联门口见面就好了，购物车推着没感觉沉，刚拎起来我就傻眼了。”她是那种能被同一块石头用各种姿势无数次绊倒的实心眼儿，每回去超市都是这个结果，在买给别人时更会变本加厉，生怕钱包里的钞票闲得不耐烦：“勒死了。”

“I 服了 you，你在门口直接找辆排队的出租多好，反正咱们也得‘打的’去，”枕流望着假日里地广人稀的宽阔马路：“得，这儿倒没空车了。”男孩儿发觉不能坐以待毙，此处正是超市的下游，路过的“的士”大都刚刚客满。其实，恋爱和打车的道理很相似，一旦错过属于你的那个关口，就只能看着别人双栖双宿干瞪眼，所以说，该出手时就出手，挑来挑去就全成剩下的了。

两人只好又回到华联门前，一身轻的陆远航在枕流面前蹦蹦跳跳，看来心情不错。她用双手捧住有些微微泛红的小脸，呼出一串串的白气向枝头喜鹊打着招呼。远航已经不再像高中女生那样可以用彩色毛线在头上扮可爱，又没有成熟到适合无沿或卷沿绒帽的年纪，到了冬天只好要风度不要温度。暖阳下调皮的微风抚弄着用暗绿色发卡扎于脑后的马尾辫，几缕逃逸出的青丝在额前和耳际勾勒出一种轻松与随性。

现在，北京街上跑的出租车无论型号统一定价：都是每公里 2 元人民币，就像如今打扮起来愈发难分你我的“典型”美女，上哪辆都一样，用不着费心甄选：“就是它吧。”说着，大学毕业后曾经心血来潮地报考过空姐并一路过关斩将、闭着眼睛连转三十来圈都不在话下的陆远航十分灵巧地钻到后座的尽头，又帮提着两大包“心意”更显臃肿的枕流艰难地挪了上来，小胖子坐下的一瞬间，尽管全重 1.5 吨，但桑纳塔结实的车身还是抱怨地晃动起来：“您好，去通天观。”远航用她那轻柔而不失力度的嗓音打着招呼，但见多识广的司机师傅还是将徐枕流炮楼般的体格打量了一番。几天前，为落实人文奥运理念，出租车上未雨绸缪的护栏刚刚被铤而走险地改成了亡羊补牢的呼叫器，虽然光天化日，可还是小心为佳。

“神神秘秘的，到底去看谁呀？”枕流摘掉眼镜，掏出常备的餐巾纸擦去满头汗水，并把车窗摇开条缝隙。

“其实，你可能认识他……”远航边说边从购物袋里翻出条手绢递给他，显然是早有准备。

这位千呼万唤始出来的“蒙面大侠”名叫袁莱，九十年代研究生院破天荒的头一位语言哲学专业博士生，算起来该是徐枕流“血统纯正”的大师兄。不必问，远航之所以会如此知根知底，肯定又是出自魏一诚的门路。

“嗨，还以为谁呢，闹了半天你说他呀，那会儿好像听我奶奶提过。”徐枕流想起来，自己上中学时对此有所耳闻，据说袁博士还曾经被一位来华巡讲的法兰西学院院士看中，准备毕业后全奖保送旅欧深造，其不测之才在当年的语研院如雷贯耳。可惜，任何事物都有光环背后的黑暗，天欲奖之、亦必罚之，就当青云平路已在眼前无限延伸时，这位才俊却得上了一种既常见又难缠的怪病——洁癖：“后来就没再听说，怎么样，好了么？”

陆远航倒吸口气、摇摇头，打开包夹心面包丢在嘴里无味地嚼着，大概是又没来得及吃早饭，她有低血糖的先天不足，估计再忍一会儿就得咣当了：“还在医院住着呢，这不新年了么，叫上你一块儿去看看，”人们常说所谓“天将降大任于斯人也，必先苦其心智、劳其筋骨、饿其体肤、空乏其身、行拂乱其所为……”，或许上帝真的有他恩威难测的考虑，但在你我俗人看来，这个圈子未免兜得太大了点儿。

日常生活中，当我们见到某人出奇地爱干净时，往往会善意地调侃之为“洁癖”。其实，从医学的狭义上来界定，这些爱国卫生运动的自觉履行者大都未出正常的范畴，最多算是有点儿偏激的性格或者气质。而如果对“洁净”产生某种病态的追求，欲罢不能且愈演愈烈，这才是心理学中真正意义上的所谓“洁癖”，属于强迫症之一种。不消说，袁莱之所以要在本不属于他的那个所在为伍，自然是走向极端的恶果。而且，他的强迫人格已经从“生理洁癖”泛化进了“道德洁癖”，简单讲，就是对社会生活中的万事万物都提出近乎完美的要求，一旦不能符合他的“理想模式”便痛苦万分、难以自制。

“你们是去看谁呀，同学么?”那位“的哥”显然是个轻车熟路的老手儿，不请自到地“列席”了二人的谈话，又技痒难耐地打算转正。

“不是，一个朋友。”远航大概已经习惯了这种京城亚文化，在万马齐喑的驯化之余，顽强的能言鸟们还在角落里不失时机地聒噪着：“其实也不太熟。”也许是担心谈话会演变为好奇的盘问，她预先准备好退路，但这个补充却引发出意想不到的烦恼。

“我说也是，”衣着整洁的司机师傅等来了期待已久的回答，既然人家算不得深交，他的“胆识”便膨胀起来：“少跟那帮神经病打交道，回头再把你们也给带进去，这跟‘非典’一个道理，那会儿公司鼓励我们志愿去开救护车，给免两个月‘车份儿’钱，傻子才去呢!”不知是对自已的“仗义执言”感到欣慰，还是格外满意于最后那个深入浅出的比喻，他自顾自地笑了起来：“您说是不是?”

相对而言，在徐枕流这一代人开蒙那会儿，受的还是度数比较高的工农兵劳苦大众式教育，至少《包身工》[①] 还没有从中学课本上“避嫌”。长大

① 近年，夏衍先生表现旧上海资本主义工厂非人剥削的报告文学《包身工》（节选）不知不觉中从语文教材中消失，引发社会争议。

成人后，便天然地信奉“礼失求之于野”的祖训，坚定认为底层百姓中蕴藏着比海湾石油还富余的质朴与善良。可随着同社会现实的逐步融合，走出象牙塔的孩子们渐渐发现事情远比教科书上所概括的要复杂许多，中低收入阶层（中国已经消灭了阶级）的确没有从简单劳动的经济基础当中学会勾心斗角，即使在间接经验中有所耳闻目睹也往往只是些粗制滥造的皮毛，但刚刚或者尚未完全解决温饱的残酷现实也同时让他们无暇顾及博爱与扶持，弱肉强食对于这些挣扎在基本生活水平线上的人来说，并非是不堪回首的初级阶段、反倒更像是甩掉贫困帽子的捷径与期待。

“啊，”枕流见陆远航脸上多云转阴、眼看中到大雨迫在眉睫，生怕她会当场让那位自鸣得意的“时事评论员”下不来台，急忙接过话头儿：“没有，这个师兄就是有点儿心理障碍。”

当初在澳洲念书时，徐枕流曾经非常诧异于那里的街头为什么会有如此之多的瘫痪病人乘坐电动轮椅东摇西荡，原以为是南半球传说中张牙舞爪的臭氧空洞在作祟。后来经权威数据间的横向比较才明白，其实世界各地肢残与精神残疾人口比例相差无几，之所以咱们的康庄大道上只有新人笑而未见旧人哭，恐怕是因为这里的弱势群体只有在某个角落里无人问津的份儿。

涉猎艺术品收藏的爱好者们大概对倪云林三个字不会感到陌生，他将传统文人画推上后人难出其右的高度，位列元四家之一而光耀至今。其实，这位倪大师也有洁癖的痼疾。具有讽刺意味的却是，在历来被认为将野蛮统治发挥到极致的蒙元时代，他虽然终身布衣、一生不仕，但好歹还得以闭门造车、屏气凝神地专注于丹青之间，据说还颇得高层赏识、名噪当世；可等咱大汉民族驱逐鞑虏、恢复中国后，反而落得个被“抗战领袖”朱元璋丢进粪坑里溺死的可悲下场。① 犯错误不要紧，关键得闻过能改。意大利人在十五六世纪那阵儿也曾经把疯子关起来卖票参观，但如今到人家帝国主义心脏瞧瞧，您要是真“有幸”玉山倾倒再难扶，夸张点儿地说，这辈子算抄上了。枕流就曾多次见识过，澳洲的截瘫患者不必张口便会有陌生人自然而然地推上抬下、搭车引路，临了，连声谢谢都免。总而言之，既然当初资产阶级敢

① 关于倪瓒（云林）的死，历来传说不一，或称其晚年患有严重的消化系统疾病医治无效而亡。

叫嚣“自由”、“平等”、“博爱”，谁要是生而残障，那就占了天大的理，全社会都欠你的，走马灯似的政府和元首就更不在话下。说到领导人，顺便多一句嘴，在半个多世纪前那场人类命运大对决的两端：希特勒是偏执型人格障碍，对手罗斯福有严重的小儿麻痹后遗症、只能以拐杖、轮椅代步。

“这年头儿，正常人都养不活呢，”那位“言论家”似乎对察言观色不大在行：“我们哥们儿他妈就老年痴呆，也住通天观医院，这样大家都省心，要在家你怎么弄，请个保姆给六七百人家都未必干，”“的哥”不厌其烦地交流着经验：“得了这病，反正在哪儿都难受，先顾好人吧，其实有的他自己反正也糊里巴涂，弄进去……”

这家业内尽人皆知的精神专科医院始建于五十年代，选址在当年的荒郊野外，如今，随着城市发展的步步进逼，已经显得触手可及，比如从研究生院出发就只需半小时车程、来去自由。若非如此，估计半路上的“火拼”怕是在所难免，口若悬河的“现代祥子”吐沫横飞到后来愈发渐入佳境、理直气壮，枕流真想劝他还是把护栏装上好些，正如人家自己所说，多活一天是一天。

“真该让这种人进去住着，”或许，下车后的陆远航对恶语相加的想象力只能到此为止，尽管感觉好像有那里不大对头，但时间紧迫也来不及细细推敲：“一会儿你尽量别到处乱摸，也别咳嗽、吐痰、擤鼻子、挠痒痒之类的，要是擦汗就用我给你那条毛巾，更别碰他，千万别碰，千万千万别碰。”通天观医院的布局十分独特，进入低调的大门，要从一条大约夏日里繁花似锦的狭长小径穿过庞大的家属区才能抵达真正的核心地带，所以如此安排，或许是出于一旦发生“起义”时便于疏散无辜群众之考虑。绝非戏言，据说这种设计在文革初期的确起到了避免院内外“红色浪潮”合流的关键作用：“对了，如果有什么分歧，你可别跟他争，顺着说就行了。”一边走，远航一边耐心地交待着注意事项。

圈内人士透露，这家医院的基础设施在国内稳居领先地位，不仅绿杨环绕、小桥流水，关键是壁垒森严、金城汤池，经外籍专家论证，建筑抗震性在8.5级以上，楼内三重隔离装置均可抵御65式82毫米无后坐力步兵炮[①]

① 我军制式装备，在对越反击战中立下汗马功劳，曾创造过14炮消灭敌12个加固火力点的传奇记录。

的近距离直射。

“你们要干什么？”从第五病区幽蓝的落地门内探出个警觉的白大褂。

“您好，我们是来看袁莱的，前天预约过，53 号。”远航的台词大概是早就彩排过：“麻烦您了。”她可掬的笑容与刚才在车上判若两人。

“给他带东西了么？”白大褂变成一对儿。

“有，有，”陆远航的样子近乎于讨好，赶忙把枕流手中的购物袋摊开：“香蕉、火龙果、橙汁、奶昔，还有些饼干、软糖什么的，包装都没打开过。”女孩儿一件件地展示着。

“不能有玻璃瓶、金属、带锋利边缘的、绳子……”那两双白多黑少的眼球傲慢地从镜片上端的缝隙中打量着眉目渐锁的徐枕流：“这是什么？”

“没有，没有，”远航火中取栗般迅速将捡出的“敏感物品”藏到身侧，战战兢兢地看看掌握着“生杀大权”的山高皇帝远：“这是我用的，我用的。”枕流撇了一眼，只不过是卷黑色垃圾袋，还有包湿纸巾。

“别老来，容易干扰我们治疗。”“白衣法官”把通过安检的夹带踢到墙角处，像是厌恶地躲避着一切可能玷污她美好灵魂的菌类：“袁莱，袁莱……”合金门缓缓洞开，枕流看到几双惊恐的面孔在走廊里徘徊，其中一个秃头不知为何猛然兴奋起来，连蹦带跳地四处游走着。

“谢谢您。”远航如释重负地把作为质押的身份证两手捧上，大概是司空见惯，她对里面的一切并没有表现出外人寻常的好奇，而是紧抿双唇、盯住水磨石地发呆。

“你们快点儿啊，中午饭前得吃药。”白衣天使大婶头也不回，随着声沉闷作响，厚重的耐火隔离门复又“百年好合”。

这就是袁莱。

和女人相比，男人似乎从未拥有过花样的青春，作为补偿，他们的衰老也要迟缓许多，所以年龄就不那么容易判辨。但通过历史断代的横向比较倒可以粗略推断出，袁博士大约和风华正茂的项尚处长伯仲之间。就像被维苏威火山吞没的庞贝①古城一样，他清秀的眉眼似乎永远定格在了那个充满梦

---

① 又译为“庞培”，位于意大利西南沿海坎帕尼亚地区（Campania），公元 79 年 10 月 24 日（一说为 8 月 24 日），突然喷发的维苏威火山将其掩埋并长时间消失在历史记载中，1748 年的一次偶然发掘使其重见天日，由于被火山灰定型、尘封，它完整地保留了罗马时代原貌，成为难得的考古标本。

想和憧憬的年代，历史就是这样无情，只有毁灭才能带来永恒，而一切的繁华终将成为过眼。

“最近怎么样?”远航小心地跟在他身后。

“还那样。”不难想见，里面的生活大概平静得几十年如一日，在轻松中沉重着。

老舍先生说：“对于一个在北平住惯的人，像我，冬天要是不刮风，便觉得是奇迹……”① 不知乃三北造林积德，还是温室暖冬造孽，如今北京的腊月也有了不少响晴而无风的日子，今天就是这样。松柏虽然可以常青，但却挡不住一层层的浮尘，更不用说那干枯的苦竹和斑驳的榆叶梅了，这杂牌岁寒三友想来怕是也曾作为一景为“公园式医院”呐喊助威过。好在间或有一二山鸟甚至松鼠来此徜徉，大概是见怪不怪的缘故，这里的小精灵们反倒不怎么怕人。

走到憔悴损的葡萄架旁，不等本家发话，陆远航很自然地用纸巾把石桌石凳上上下下地擦了个通通透透，连不大可能碰到的犄角旮旯也不曾漏过，事毕，又将用过的湿巾装进预先准备好的垃圾袋中封紧。一般情况下，多数洁癖症状都仅限于“独善其身”，并不管他人瓦上霜；如此看来，这位大师兄属于很少见的那种“兼济天下”型，把对洁净的嗜好推而广之到周围所有的人身上，书生的胸襟到什么份儿上都难以释怀；否则，远航最后也不会把自己和徐枕流的双手也一并擦了个干干净净。

坐定，面色青白的袁博士转向枕流，他的目光显得很缥缈，并不像常人那样盯住对面的眼睛，而只是泛泛地落在脸上：“恐怕记不得了吧，你上中学那会儿我们见过。”

“是么?”男孩儿有些意外，这完全和他想象中的开场白大相径庭：“我经常听说您……”有所耳闻不假，但那个画蛇添足的状语却是临时杜撰的，时间紧迫，局促的枕流实在来不及遣词造句，究竟“听说”过人家什么，既可疑，又踩了线。

好在袁莱似乎并未经意，而是笑着望望远航，却没有做声。他显然很清楚女孩儿今天所为何来，也便不想浪费宝贵时间，愿意让人家不虚此行。

“其实也没什么，”女孩儿很自然地流露出一丝尴尬：“听说魏丹最近也

---

① 引自《济南的冬天》文中。

不跟她爸爸说话，好像学习也……”看来，此处大概是陆远航常用的另一个咨询场所。

“这都不重要，”袁博士呼吸着久违的新鲜空气，打断了远航的迂回战术：“直接说你最关心的。”不难看出，当年的他一定很犀利。

陆远航也不是那种永远以面纱示人的作茧自缚，既然求医问药，索性一竿子插到底：“我就是不知道魏一诚到底怎么打算的……”

关于这件事，徐枕流从被拉下水那天起就偏向于支持，且始终如一。不仅如此，他对此类恩怨向来劝和不劝散，虽然自己从未陷于两难境地而进退维谷，但一种坚信天赐良缘的本能却会让感同身受成为自觉自愿。其实，枕流也常常感到困惑，那些百折不挠的“死心眼”，究竟是因为坚强才留下来，还是因为懦弱而不敢面对失败呢？

显然，袁莱和这位小师弟不谋而合，其实对于所有纯之又纯的完美主义者来说，对秩序与和谐的期待早已同生命本身的价值难分彼此，任何缺失都将是难以承受之重，不论这种悲剧发生在谁身上。因此，像袁博士这样的人注定与很多似乎天经地义的世俗乐趣无缘，比如胡同口儿他赵大爷、刘二婶儿们最津津有味的唯恐天下不乱乃至幸灾乐祸。

“如果你相信自己的选择，就不要太在意魏一诚怎么做。”的确，类似的劝告枕流也曾经不只一次提到过，对于他们来讲，与其说是在支持别人，倒不如说是在借此来坚守自己脆弱的信仰：“任何事情都有个过程，要给人家足够的时间。”也许，只有和心魔斗争十年的人才会历练出这种耐性，亦或，隐忍本就源于无奈。

“可是……”

“没有可是，”很明显，虽然与世隔绝，但袁莱还是不难猜到远航想说什么，无非是在他看来鸡毛蒜皮的马勺锅沿：“如果你也选择退出，那就真的结束了，只要有一个人还在坚持，未来就始终能保留着变化。”他抬起头眺望着远处嶙峋的群山，从这里看去大概要比病区窗口的景致开阔许多：“世界上，没有任何比等待更容易，因为它不需要你做任何事情；但等待又是最难的，因为它需要你什么也不做。”

徐枕流开始明白为什么远航总说他们这对几乎未曾谋面的师兄弟冥冥中确实“不是一家人、不进一家门”了，因为枕流也曾经讲过几乎同样的话，只不过自己当初用了个名人轶事而袁莱不屑于借力打力而已。“等待”，1973年，毛泽东意味深长地询问刚刚恢复工作的小平同志在江西闲居的几年①都做了些什么时，邓的回答就只有这两个字。细细品来，的确回味无穷，“等待”，既是种示弱，又隐含着示威，只有相信天生我才必有用的人才敢平静地看着年华慢慢老去。

“那大约要等多久呢？要是过了很长时间他还不……”中国人做事最喜欢预先找好后路，就连你自己都不相信希望就在脚下，又怎么能指望幸运女神的眷顾呢？

“如果能预先知道成功有多远，那就不叫等待了，充其量算个中场休息，”袁莱笑笑：“死是容易的，活下来才需要勇气。”

《三十六计·李代桃僵》里讲到：“势必有损，损阴以益阳，”也就是人们常说的“两害相权取其轻”。大千世界中，最常遇到的情形往往不是是非之辨，而是高下之别。虽然王佐断臂并没有舍鱼而取熊掌那样实惠，但常人大都还能懂得丢车保帅的道理并忍痛割爱地实践之，可对于过分洁身自好的那些唯美主义者来说，任何不如意都是致命的，不论多少。诗佛王维每天要把屋子清扫几十遍，自己忙不过来，又打发童仆跟着一块儿折腾，加上那会儿轻工业生产效率较低，有时连扫帚都供给不上，结果把正事儿全给耽误了。正常人为了全勤可以省去刷牙洗脸，王摩诘却宁愿让安史叛军逮着也舍不得离开他的宝贝别墅，大概是怕自己跑了没人定时扫地，果然是轻重不分的典范。

多数情况下，即便不能保住万全，却也至少可以维持下脆弱的平衡，但进退维谷的窘境毕竟在所难免，每当此时，袁莱便会陷入万劫不复的痛苦深渊。其实他刚刚听说这对师徒的韵事未必风流那会儿就险些把煞费苦心的治疗成果付诸流水，好在亲疏有别，出于复杂的历史纠葛，袁博士向来对魏一诚的夫唱妇随持保留意见，也就顺势与远航结成了天然盟友。其实，咱们这些普通人也一样，为了保持乐观和自信，无论盲人摸象、甚至掩耳盗铃，都不失为备选答案。事实上，陆远航之所以会不辞劳苦地大老远跑来进行咨

① 1966年“文化大革命”开始以后，邓小平失去一切领导职务，其中1969－1973年间到江西省新建县拖拉机修造厂劳动，1973年3月恢复国务院副总理职务。

询，袁莱的态度恐怕至少是其中的必要条件，良药也未见得非得苦口，偶像加实力才能人见人爱，即便是统一战线也得先辨别青红皂白，用毛主席的话说："分清敌我友乃是一切革命的首要任务。"

"但愿魏丹能正确对待这件事情，"很明显，袁博士不可能想当然地把误伤作为战争的必然代价而无动于衷："相信她是个聪明的女孩儿，会明白爱与亲情的关系。"其实我们内心的都存有多多少少的洁癖，比如对性本善的基本假设，或许，这才是对人类道德本能的最好解释："她都十几岁了，已经能做出独立的判断，不会有什么问题。"

远航垂着头，看得出来，尽管曾经以及正在让自己坐立不安，但她对魏丹所流露而不是表现出的关心并非仅仅出于自身战略目标之考虑。很多时候，无意的伤害往往会比蓄谋更难以弥补，既然连始作俑者都只是被命运附体，恐怕就更没有谁知道该如何让灾难回到魔盒里了。

或许是长期与精神医学专家们捉迷藏的结果，自始至终，袁莱一直坚定地认为，陆远航之所以会和富于成熟男士魅力的魏老师"关公战秦琼"，与她那位长期从事工科研究而秉性沉默寡言的父亲有很大关系。弗洛伊德的分析学派认为，孩子从出生到成年完全要经历若干必不可少的心理阶段，而其中任何一环的缺失都将导致或明显或潜在的人格障碍，比如与直系双亲交流不足就被认为是恋父或者恋母情节的罪魁祸首。实践证明，虽然假设多于实证，但这派观点的解释力极强，否则也不会从它诞生伊始便统治心理医学界至今。

"我大概该回去了吧，"浮云正在不知不觉中渐渐聚拢，袁博士抬了抬嘴角、淡定地站起身，他身形清癯，但看起来却比实际还要高些，已经发白的病号服在微风中有些摇曳。

"其实道理我都明白，"远航还是那样小心翼翼地跟在身后："只是总觉得……怎么就偏偏让我给赶上了……"

"你该感到幸运才对，"枕流终于打破了难得的沉默："这个世界上，总需要有人用生命的长度去丈量忠诚与背叛之间的距离。"

袁莱转过身，这次，虽然稍纵即逝，但枕流发现，他盯住了自己的眼睛。

共 枕

嫁汉嫁汉，穿衣吃饭；娶妻娶妻，挨冻忍饥。

能让女人过上“伸手张口”的日子才算好老公，而讨媳妇却更关注脸蛋和三围，两性在择偶中怀着不同的目的和标准，千百年来，我们始终把这当成天经地义。在多数情况下，男人显然更加欲火焚身一些，而女性则恰巧可以借此实现温饱、小康、乃至先富起来。可后者别高兴得太早了，审美这个东西的半衰期比贵重金属要短得多，用不了太久就会“总把新桃换旧符”，还别抱怨命运不公，恰恰相反，正如你当初掰着手指头计算崇拜者们孰长孰短那样，既然大家玩儿的是同一种游戏，就得愿赌服输。很多年轻姑娘以市场经济的模式选择老公，却指望后者对自己有着宗法式的忠诚，这不是做梦么？

达尔文告诉我们，之所以始乱终弃的悲剧会重复上演，说到底，还是进化规律在作祟。两性对“那件事情”的不同态度的确是造物主的鬼斧神工：设想一下，如果善男信女都效法大熊猫、成为禁欲主义者[①]，恐怕人类种群难免会像后者那样日薄西山；反过来，倘若红男绿女全干柴烈火似的二一添

① 动物学家认为，大熊猫家族之所以人丁稀薄，在一定程度上是由于它们的“性冷淡”。

作五、扒拉脑袋算一个，大概用不了多久，咱们一窝不如一窝的后代就得都让狼叼去；飞禽走兽的性伴侣之间并没有太多忠诚可言，它们就是借此才保证种群最优秀的基因得以一脉相承。只有男女在择偶标准上的分工合作，才能既让传宗接代的冲动连绵不绝，又不失精挑细选的保障。当然，正是在这个意义上，人类从来未曾走向过文明，不论虚伪的道德看起来有多么天花乱坠；更有甚者，我们正是因为把这个无耻的法则发挥到极致，才牢牢占据着进化链条的顶端。而这一切的记忆，都被烙在了血液深处那串花花绿绿的DNA密码上，就像囚犯脸上洗不去的刺青。

原罪。

那天，当枕流和远航告别精神病院铜墙铁壁的“医学禁区”返回学校时，因为不再有预约时间的限制而火急火燎，二人决定改乘轻轨，一路上瞻仰着沿途正在被钢筋水泥逐渐吞噬的城乡结合部。大概是经过咨询疏导后心情不错，远航的话明显多了起来，据这位“内线”透露，多年前，相思公子扬轻羽，袁莱也曾拥有一位琴瑟友好的“你侬我侬”，属于那种只羡鸳鸯不羡仙的美学典范（要知道，十几年前的情侣可不像如今那些只为在穷极无聊的校园生活中找个乐儿的男男女女），本已经到了该谈婚论嫁的关口，却因为众所周知的原因擦肩而过。令陆远航颇有微辞地是，即便不能守住“in sickness and in health”[①] 的海誓山盟，至少也该给人家一个哀莫大于心死的时间，可那位一直被寄予厚望的准新娘却干净利索地良禽择木而栖，没过多久就和某贼心不死的追求者比翼双飞，据说在爱河里过得还不错。

就像在我们身边上演的那些日复一日，这又是个俗套得不能再俗套的故事。

“哦，那是……”晚上，枕流见吴雨像往常一样给自己收拾书包时拿着意外掉出的垃圾袋和湿纸巾发呆，才想起分手时忘了把这两件“法宝”还给远航，毕竟，女孩子玲珑的背囊里也装不下太多的零七八碎：“那是我在超市顺手买的，您用吧。”陆远航反复交待过，今天的所见所闻不足为外人道，

---

① 西式教堂中常用的爱情誓词：“To have and to hold from this day forward, for better, for worse, for richer, for poorer, in sickness and in health, to love and to cherish, till death do us part.”“从今以后，不论境遇好坏，家境贫富，生病与否，发誓相亲相爱，至死不分离。”

尤其是和与院里有关的那些七嘴八舌，最后又重点叮嘱他万万不可告诉吴雨，并一本正经地威胁说否则就会永远失去武陵溪畔的那座桃花源。要不是明显感到远航似乎有更为多姿多彩的水下冰山并未一吐为快而打算继续探个究竟，徐枕流真不愿意和可爱的小吴老师“同床异梦”。

“以前……以前没见你用过，”吴雨的表情变得很不自然，她把这意外发现塞进最底层的抽屉，其实这个少人问津的角落并不是此类日用消耗品通常的所在：“够用的，下回别再买了。”

枕流这才注意到，家中使用的是种不很常见的蓝色垃圾袋，且始终如一、从未更换，据说只有在几站地之外的小超市里才偶尔出售。

王朔老师有本书叫《无知者无畏》，的确，很多恐惧是要等到痛定思痛之后才会显出它的威力，也就是人们常说的“想起来就觉得后怕。”经过通天观医院半日游后，枕流同学的心情整体上还算不错，这种百闻不如一见的“奇观”原先只在传说和笑话中存在，没想到果真世界之大无奇不有。在这样一个“我们的生活比蜜甜”的新时代中，报刊媒体当然不会把可以换成现金的宝贵版面拿来大煞风景，而信息照耀不到的角落往往都有着丑恶得以滋生的土壤。

徐枕流虽没有“安得广厦千万间，大庇天下寒士俱欢颜”般的历史使命感，但还是多少有些为那似曾相识的袁师兄牵肠挂肚，否则仅仅在病区门口有过一面之缘的“白大褂”也不会到梦里来“出诊”，弄得他辗转反侧，闭上眼似乎就能听见个喋喋不休的沙哑女声：“你是不是失眠啊？嘀嗒，嘀嗒……有多长时间了？我们这儿条件很好的，脑立体定向深部核团伽马刀、无麻醉周身抽搐电击休克仪，全是美国货，来了就睡着了……”

“你怎么了？”见客厅地灯开着，云鬓半偏的吴雨踱了出来，从依然泛有微光的双眼判断，她似乎也没有很快进入梦乡。

“没事儿，”虽然细语悠扬，但心里有鬼的小胖子还是吓了一跳：“可能是兴奋过头了，不太困。”事到如今，白天的“绿野仙踪”就更不好和盘托出了。

“害怕了吧？”她半坐到枕流沙发的扶手上，抽出张面巾，轻抚着男孩儿布满汗水的额头：“都大小伙子了，至于么？”

“没有，”尽管知道自己那点儿起子从哪个角度说也瞒不过对他了如指掌的吴雨，但枕流还是本能地在口头上维护着四项基本原则：“我看会儿电视，马上就睡。”

“都一点多了。”她并没有抬头看近在眼前的那座老式挂钟，大概是有备而来：“大期末的，你明天还得上学呢。”随着一阵清香，吴雨起身、拍了拍枕流：“你到我那儿睡吧。”

天地良心，虽然曾经多次密谋，但这回他的确不是装的，正所谓该是你的想跑也跑不掉。徐枕流明白，此时片刻的犹豫或推辞都会搅浑原本见底的一泓净水，也便顺势“恭敬不如从命”，但以前的那些狼心狗肺却都不合时宜地来让此刻的心无杂念变得充满负疚，看来阴谋诡计的确要不得，连想都别想。

最初换岗那会儿，吴雨本想还回自己原来的小屋而把双人床让给肉大深沉的胖墩儿，但枕流却以刚刚睡惯为理由抵制了这一倡议。其实，他之所以如此布局，虽算不得险恶，但也决没有那么轻描淡写，个中原因还是离不开那架愈发拥挤的合用衣橱，也为了你来我往中能多些抬头不见低头见。果然是成事在天，尽管算尽机关，可枕流还是万万没有想到，当初的小九九竟会有如此香艳的后续作用。

怀着如此鬼胎，等真躺到吴雨身边时，徐枕流自然是更难入梦了，尽管曾经无数次幻想过，可事到临头时，却往往要紧张得手足无措，倒不如一张白纸那样的平常心。尽管佳人在侧，可小胖子却要比刚才更加左右为难，在自己床上好歹还能辗转腾挪，到这里却连个姿势都不敢换，憋得全身都难受，只好机械地调理着那忽快忽慢的砰然心跳。据说举重运动员平时的训练成绩都高得出奇、二流选手也能和世界纪录平起平坐，可真要走到镁光灯下就难免大打折扣，无论是谁。因此，大赛时三次宝贵的试举机会中，与其说是在拼实力，还不如说是在比心理，也就是所谓的实战经验。

“这样还害怕呀?”吴雨原本背向男孩儿侧卧，听到沉重的呼吸声久久难平，便转过身来，逆光的黑暗中，依然能分辨出她朦胧的双眼。

“不是，我……”尽管已经习惯性地把一条腿晾到被子外面，但枕流还是能感觉到自己潮红的双颊如何发烫，一时间不知该如何解释。

“你呀，”小吴老师笑着将枕头向上拉了拉、右臂越过头顶环到男孩儿肩部，又顺势把他向自己身侧靠靠：“你多大了？”

卧室里弥漫着阵阵柠檬清香，似乎来自“Glade”品牌的某种室内雾剂。枕流记得，这个词原指森林中的开阔绿地。不错，此时此刻，就像是沐浴在秋日和煦的阳光中，温暖而不燥热，渐渐平静下来的他似乎坠入云深不知处的太虚幻境，好像回到了孩提时玩闹嬉戏的游乐场，又像是花季年代尽情追逐的午后……

再睁开眼，男孩儿发现自己拥着暗香犹存的暖衾，床头柜上，闹钟正不厌其烦地蹦跳着，透过卷帘半掩，一切都静悄悄地笼罩在沉沉曛黄中，窗外人语渐闻，已经九点五分了。

在欧美教育体系中，研究生阶段有两种不同的“通关”途径，也就是所谓的“by course”和“by essay”，殊途同归，只要符合要求，都能终成正果，有点儿类似于佛家的渐悟与顿悟。简单说，前者选修课程逐渐积攒学分，只要够数即可授予学位而无需期终考核；后者通过完成论文毕其功于一役，当然，答辩这关就没那么容易了。反观咱们泱泱华夏，好家伙，不光必修、选修外带专业课，临了还得洋洋洒洒三五万言，不愧是孔孟故乡，既要够分又得抠底，算你狠！难道真是教育资源富余得没处挥霍了么？正相反，全球高校五十强中，有时一个简化汉字都找不着。毛主席说：“有多少家伙打多大仗”，正所谓“装备决定战术”，明明连小米加步枪都凑不齐，还偏要“有容乃大”，结果只能是样样稀松，怪不得他老人家当年要让高校停课闹革命呢。看来思想深处的问题不解决，吃多少比萨、汉堡照样是一脑袋糨糊。

相对而言，语研院的课程期末考核还算比较严肃的，但也不过是一本正经些地走个形式而已，卷子上的内容早就尽人皆知，除非你连平时作业都懒得翻两遍，否则断然不至于阴沟翻船。说穿了，只要过了考研那关，剩下的事儿随大流儿跟着混就八九不离十。多年以来，之所以死死抱定“严进宽出”的老皇历，就是要用充满偶然性却看似公正的一锤子买卖来让很多有识之士“心服口服”。没办法，谁叫咱们的名额有限呢，在这个问题上，中国人似乎突然间实事求是了许多。

不经历风雨，怎么见彩虹；冬天来了，春天还会远么？儿戏般的“考试周”很快过去，转眼间，闹哄哄的第一学期落下了帷幕。为落实党中央“科学发展”的政策理念、贯彻教育部构建“和谐校园”的指示精神、稳步推进院党委创造“人文学府”的光辉决策；经书记处提案，班常委会讨论，在充分论证并听取民意的基础上，党团支部联合工作组“学字2007年三号文件”决定：“可以酌情考虑伺机举办一次全班规模的‘团拜’活动，再不抓紧，外地同学就都走光了，勿谓言之不预，切切。”当然，如此重要的任务又光荣而艰巨地落到了NGO[①]身上，出了差错也好追究责任，首当其冲的又是程毅。

最近这段时间，不笑不说话、一笑俩酒窝的程毅同学正处在于他很不常见的低潮当中，尽管顾爽的“出国门事件”已经随着当事者的深居简出而逐渐少人问津，但他心中的涟漪却越荡越深、几乎有些真假难辨了。人们常说，很多东西是要到失去后才懂得它的价值，其实，很多时候，之所以会留恋，并非出于珍视，而仅仅是种所有权的本能。徐枕流上小学那会儿，有一次参加院里组织的春游，赶上公园中有氢气球出售，他和另一个小朋友便得到了这并不算稀罕的玩具。可等大家兴尽而返、准备踏上归程时，那倒霉孩子却不慎脱手，气球扶摇直上、落霞与孤鹜齐飞，于是泣涕横流、痛不欲生，枕流奶奶见状便说服虚长两岁的宝贝孙子让出硕果仅存的那份来平息事端。其实，徐枕流本来并没把这破玩意儿当回事，可真看着自己的猎物在别人手里把玩时却无名烈火中烧不已，结果趁大伙儿不注意，愣是宁为玉碎、偷偷用牙签把气球扎爆。当时，唯一目击事件真相的就是吴雨，多年来，她始终没有泄漏过这个不值一提的小秘密，但从此便对枕流另眼相看。

历来仗义疏财的程毅当然不会为个气球折腰，但当男女之事牵扯其中时，很多普遍规律便出现了少有的例外。其实，两人原本并无太多超出同窗密友的关系，顾爽充其量也就算是程毅的重点培养对象而已，究竟胜算几何，尚赖造化成全。可当正反两派舆论将他推向风口浪尖时，程毅同学便开始有些身不由己，如果不能逆水行舟，反而有临阵脱逃之嫌。有人不理解、甚至上纲上线，历时十年的对越反击作战，我军付出数万人伤亡的沉重代价才取得了军事上的“辉煌胜利”，为什么到头来反而要把洒满烈士鲜血的土

---

① Non－Government Organization，非政府组织。

地归还给对手①，早知现在还不如当初“忍了”。然而，政治就是这样翻手为云覆手为雨，不打不足以立威，但是否真去计较一城一池的得与失，却可以出于战略大局而相机进退。

同是天涯沦落人，相逢何必曾相识；徐枕流始终不大明白为什么远航常常能得知很多程毅那边的“内幕”，说起来，自己本该更加容易打入敌人内部一些才对。其实，男人对伴侣的独占心理非常奇怪，他们可以挺胸抬头地带上超短裙女友去招摇过市，却往往不愿意把两人间的枕边夜话拿来和结义弟兄们分享。当然，如果倾诉的对象换成红颜知己就另当别论了，比如程、陆二人就是在帮班里寻找聚会场所时一拍即合的。同样伤心处，却话巴山夜雨时的衷肠到了老爷们堆儿里弄不好就得成了软弱的笑柄，所以还是红袖添香稳妥些。

当然，这个逻辑也并非置之四海而皆准，东、西两种文化对此就持不同态度，并可推而广之，在很多相关问题上都能窥斑见豹。举个例子，枕流他们班即将举行的新年聚会最终选择安排在学校附近的某家KTV，这种起源于日韩、经港台中介传入大陆而发扬光大之的娱乐形式在发达资本主义国家便很难找到，算得上汉字文化圈的最新创造。之所以风行欧美几个世纪不衰的酒吧歌厅到了咱们这儿就从大庭广众搬进了小黑屋，恐怕还得从民族性格中追根溯源，去西洋考察过的领导们大概有切身体会，老外干什么都不背人，连脱衣舞都大伙儿一块儿看，咱中国可是礼仪之邦，再光明正大的事情都喜欢暗箱操作，别人管不着。三亩地一头牛，关起门来就觉得踏实，唱个歌也自然愿意呆在禁闭室般的单间里。

这种私密勾当要是携三五挚友之类的倒还凑合，要真像徐枕流他们班那样，二十来人一块儿猫在只有电视屏幕不时闪烁的闷罐子里，就多少有点儿滑稽了。

“您好，”一位身着人造革材质广告套装的窈窕淑女摇曳着走进06级硕一班同仁们刚刚坐定的大包间，高靿皮靴和长袖夹克反而衬托出短裙的可贵，在这个香烟燎绕的所在，连气候时令都要服从钞票的调遣：“请问您要

① 1999年12月，中越陆地边界协议。

点什么酒水？我们这儿有……”

“哎？”班长石立一马当先的山东口音有些拍案而起：“不是说有免费自助餐和饮料么？”价目表上一串串佩带着分隔符的阿拉伯数字①使他已经无暇顾及在“酒水女郎”那张被光线跳动得愈发迷离的俏脸面前所该表现出的大气和体统。

“是，是有，”虽然久经沙场，但面对如此突兀而外行的质问，尤其是当着众多女同胞，程毅显然有点儿挂不住：“这些，这些是单点的，”见首长怒容不减，他咬咬牙，低声补充到：“你……啊……咱们可以不点。”

“哦”，“班核心”如释重负：“我们什么都不要，”他帅气地把酒水单扔到大理石桌面上，嘴角撩起微笑，欣赏着透明丝袜下细滑的肌肤。

推销女郎在众人的目光中款款走开，背后的嘉士伯②图案熠熠生辉，她似乎并没有感到失望。经验表明，恩客一般要到午夜才会出现，这次演习本就是例行公事而已。

“你觉得她这身装束性感么？”不像韵文那样啧啧艳羡，陆远航更敢于并善于从别人身上找到自信的源泉，且素不惧怕“权威”。如今大城市的街面上，像八十年代时那种穿着商家作宣传之用的服饰为人家免费打广告、还自以为时髦的老冒儿已经越发稀少，当然，刚才那位如车展模特般的风景另当别论。

“性感！”枕流的回答颇为坚决。

很多年轻姑娘都会或隐或显地对那些精心打扮的摩登女郎表示出不屑，言外之意是自己若有心如法炮制的话会加倍夺人眼球；这是中国人的通病，双手叉腰、站在一旁指指点点的倒比真抓实干的更理直气壮。

“为什么……”

“因为她看起来就像一件商品！”没等远航来得及完成发问，枕流便直接釜底抽薪，故意言之凿凿地不留任何讨价还价的余地，刚才石班长的威风八面让他有点儿气不顺，于是便借这个机会一并消遣着。

在这种场合，苏韵文没有丝毫像上次冷餐会那样的局促不安，她一马当

---

① 阿拉伯数字从个位算起，每三位前使用一个上标，低于三位则不用，如100、1，000、1，000，000等等。

② 原产丹麦的某国际啤酒品牌。

先地挑选着自己熟悉的曲调，虽然不忘招呼其他同学“同乐”，尤其是力邀难得出席的班主任袁扉老师。但人家自然都不会如此没有眼力价，即便真有意露一小手，也乐得等她再而衰、三而竭之后另做打算，何况在研究生这个圈子里不存在抢麦的行市、反而有冷场之虞，能有这么个不请自来的倒不失为抛砖引玉。坦白讲，韵文虽来之能战且火力十足，但的确有点儿浪费资源，不少经常独自清唱的票友常常跟不上伴音、有了乐队倒会跑调，但她却正相反，属于那种八风不动的类型，不管有没有伴奏，全都以我为主，枕流真担心人家这套刚进口不久的立体环绕卡拉 OK 的字正腔圆反让韵文那神龙见首不见尾的旋律线给拐带跑了。

“呦，这是谁的？”“超级女声”终于回到了座位上，但大家的耳朵却没有得到稍事休息的机会：“我还头回见着，”苏韵文从沙发上拿起一部泛着深蓝光芒的镜面手机，崭新的玻璃质感外壳毫无掩饰地透射出高端产品所特有的霸道与锐气。

“嗨，”旁边的艾枚一边悠闲地剥着瓜子，一边用无可奈何的语气接口道：“晓钟说原来那个手机太旧了，非说要换，他挑的那几款都太贵而且不好看，也就这个还凑合吧。”

事实上，杜晓钟虽然刚刚加盟了国际大品牌，但人家欧美式的管理体制最讲究一分钱一分货，既不养闲人，也不兴大锅饭，像他这种初来乍到的跑腿职位，待遇也不见得能比原来好到哪儿去，不过是递名片时多了份虚荣而已。尽管徐枕流从不关心时尚潮流，但对那款满大街视觉轮奸般广告轰炸的“摩托罗拉 K1”还算有所耳闻。如果年前易欣无意中透露的情报没有过时的话，他实在很难想象，素来谨慎内敛的杜晓钟究竟吃错了哪个村儿出的烈性壮阳药，居然拿个把月风吹日晒的辛苦钱“非要”“挑得太贵”。

人比人该死，货比货该扔。陆远航手里那部一年前魏老师送的“爱情见证”就像两人如今的关系一样尴尬，她草草发完短信，把曾经的惊喜丢进撂在沙发背上的风衣兜里。如今，手机的更新换代用“眼花缭乱”四个字来概括都嫌不足。比尔·盖茨说过：“我们离破产只有 18 个月。”现在看来，这个被认为危言耸听的判断似乎都算是保守的，短短几周就可以成为时尚与落后的分水岭。其实，去过欧美国家的人都知道，即便在那些大都会里，手机潮流的长江后浪推前浪远没有我们这里汹涌，甚至有些型号的新产品完全就是为中日韩市场打造，在人家的故乡连上市的机会都没有，至少资产阶级阔少们不会只因为款式过时而抛弃自己的老搭档。中国人不知从哪里学会的喜新厌旧正被居心叵测地强化着，更可笑的是，伟大复兴中的我们和前清那次所谓的盛世时一样，还要自己为这些不比当年鸦片便宜的电子垃圾愉快地重复买单。

“最近挺幸福的吧？”艾枚也礼尚往来，她笑眯眯地整理着韵文齐耳的短发：“跟你那位咋样了？”显然，艾枚指的是“拜她所赐”的李彬。地下工作尚且危险系数很高，明目张胆地保媒拉纤就更是如此，即便从徐枕流很不完全的风闻中，这都已经是她第若干次对此表现出超乎寻常的关心了。

“能怎么着啊？”苏韵文把手机盖轻轻合上、端正地摆回原来的位置，本想细探究竟的打算戛然而止：“盯着他的人多了，我算什么？”女孩儿摇摇头，把刚刚被艾枚别到耳根后面的一缕乌黑重又甩了下来，语气中也多了分似乎另有所指的锋芒。

“别灰心啊，”艾枚还是热情不减，摩挲着韵文裹紧深色牛仔裤的大腿：“他可是只金龟。”

“我又不图这个，”韵文转向另一侧，伸手挪了挪身后的提包，却没有要打开的意思：“是找朋友还是找票子啊？”可能觉得有些矫枉过正，最后，又垫了垫背：“男人太优秀了不好，侯门深似海。”

话都是这样说，但真做起来往往就有些南辕北辙，坚信腰围与收益成反比的望月闺中大概并非少数，今后再计算 GDP 构成时，美容院、减肥药、丰胸霜、塑型衣之类的消费科目都该作为投资才对。民以食为天，这些扰乱婚恋市场秩序的不法商贩最常用的托辞就是“没有经济基础就得饿死，”其实，她们中的绝大部分根本没有沦落到低保标准以下，所谓“需要钱”完全是在偷换概念，“喜欢钱”才是真的。开膛破肚时，若赶上主刀大夫是个老爷们儿，难免得被人家看个一览无余，这与贞节的关系有限，毕竟活命要紧，虽然想起来还是有点儿心律不齐，但忍忍也就过去了；可是，为了把国产 32 寸等离子换成原装 50 寸液晶而到夜总会比赛穿衣服，恐怕就完全是另一回事了吧。

“怎么样?”虽算不得“曲罢曾教善才服”，但程毅还是熟练地拿起麦克风小试牛刀，他原本想把接力棒交给近前的陆远航，可女孩儿显然暂时还没有从刚才的“新桃旧符”中苏醒过来，于是，他转向正大嚼着的冯业：“来一首吧?”

摇头。

“别谦虚啊，”程毅一向的热情经过引吭高歌更显炽烈：“唱谁的，我帮你找。”他坐在点唱的电脑触摸屏幕边，向前执着地举着麦克。

“用不着，要点我自己点，”冯业刚刚抬起的头微微仰起：“我会用电脑。”

“我不是这个意思……”

“那是什么意思?知道你们家有钱，”冯业端坐着，大概是并没有要让戏剧性的事态进一步升级的打算，可双眼却向下紧盯着程毅：“我们是农村来的，可也学过两天你们城里的高科技。”

当程毅误打误撞踏入雷区的时候，枕流就知道大事不妙，上回作为课代表的林风在收作业时见“冯杠头”那份儿是手写的，在赞叹他行云流水的钢笔字之余只不过多问了句为什么费这个事而不用电脑打，便招来一通莫明其妙的暴风骤雨。徐枕流原本正在盘算怎么拉程兄一把，既要挽狂澜于即倒，又不至于把自己给白白饶进去，结果还没等他找出万全良策，确切地说连题头都没来得及写好，局面便以迅雷不及掩耳之势一发不可收拾。

其实，若搁在半个月以前，枕流大概早就合兵一处要“乱我弟兄者必杀之”了，虽没有什么舞刀弄棍的实践经验，但若单练嘴皮子却从不怵头。可十来天前一个小小的发现，却让他对冯业这位点火就着的“同年”多了层不同看法。

当时，枕流到院里给陆远航送笔记，一学期来的失魂落魄让女孩儿在考试临头时有点儿没着没落，至少是做贼心虚，只得四处搬救兵以解城下之围。可真等他到早就约定好的教室中各就各位了，远航却不知去处，只是发短信说还需少安毋躁，最近一个时期，她和老魏的约会反而常常出现热恋时代都很少出现的“拖堂”。就在男孩儿无所事事地四下张望时，冯业却恰巧怀抱着一摞资料来这间教室自习，看见枕流，也没有寒暄，只是笑笑；没过多会儿，大约是需要其它旁征博引，便又急匆匆地抄起图书证扬长而去。枕流对一触即跳的冯同学实在有些敬畏，极力避免不必要的擦抢走火，可此间的百无聊赖却鬼使神差地促使他凑上前去，看看这位愤青究竟在做什么学问。按理来讲，考试将近，虽然不必如临大敌，但就算为了即将到来的寒假有个踏踏实实的好心情，临时稍抱抱佛脚也在情理之中。可出乎意料地是，冯业似乎正在撰写一篇关于农民工权益维护的文章，参考书籍也大都不出相关法律法规和社会阶层问题，未敢久留的徐枕流虽然没来得及打破砂锅问到底，但从体例与行文口吻上粗略看来，这篇东西即便不是申诉材料，也大致八九不离十。

进入二十一世纪，青年才俊早已没有了前辈们的书生意气，读书不再是修齐治平，而越发堕落成了谋生手段，那些被迫留在祖国大地看家护院的二流货色，恐怕也都正削尖脑袋向权、钱看齐。费力不讨好地去替弱势群体摇旗呐喊已经越来越不合时宜，非但不可能有任何现实好处，浪费时间、精力之余，保不齐惹来麻烦。一向极不合群的冯业此时此刻着实让人有些大跌眼镜。

虽然案情不清、证据不足，但枕流觉得，人家可能在做自己想做而不敢做的事情，即使曾经让自己下不来台，此时此刻又在冲毫无恶意的程毅发难，但徐枕流还是决定息事宁人。他拉了拉正有些不知所措的程毅，接过麦克，清清嗓子，打算取而代之。

“我来献个丑吧，”一个清亮的声音从光线深处响起，在这有点儿剑拔弩张的关头，显得愈发柔和。

是班主任袁扉。

于是，党代会招手，人大代表举手，政协委员拍手，欢呼声中，《爱的代价》缓缓响起。

虽然本就是位“名义元首”，当班的人事部门平日里又少人问津，但袁扉老师倒真是静谧得可以。按理说，像这种中层行政干部往往是朝九晚五，即便只有报纸茶杯相伴，也得随时在射程范围内待命。可是，不大的校园里，却整学期也难得见到那似乎泰山崩于前而面不改色的脚步，你明明知道她就在此山中，可永远云深不知处，但这种略带萧索的“朝隐”却无半点儿神秘或者刻意，因为倘若你随时推开三楼尽头那扇半掩的木门，就立刻能有个温暖的微笑尽在眼底。

此次聚会，班主任自然位于受邀的名单之中，不出意外，她原本并没有打算凑这个热闹，理由也的确冠冕堂皇：不愿在年轻人堆儿里“鹤立鸡群”。可负责三顾茅庐的偏巧是苏韵文，经过一番软磨，袁扉还是欣然赴约。其实，真正的如水的性情该是随物附形、顺其自然，也就是佛教徒们常挂在嘴边的“随缘”，一味拒人千里之外，反倒显得做作。而当这种存在似乎开始被遗忘时，她又会毫不突兀地出现在你面前，就像刚才的化险为夷。

“还记得年少时的梦吗，象朵永远不凋零的花；陪我经过那风吹雨打，看世事无常、看沧桑变化。那些为爱所付出的代价，是永远都难忘的啊；所有真心的痴心的话，永在我心中、虽然已没有他……”

时常听到有人质疑中国权力运行的非透明化，并以此生发乃至煽动出一系列不满，其实，在绝对值一定的条件下，信息享有密度的与单位渠道内个体数量成反比。简单说就是，十几亿人的社会中想不隐瞒点儿什么都难，与政治态度无关。反过来，要真把欧美国家的监督机制推而广之，大概习惯于关起门来做事的中国人反而该觉得不习惯了，比如像语研院这种小圈子，舆论的“监督”就已经近乎人人自危的程度，即使像袁老师那样低调，依然难逃无所不在的口耳相传。

据陆远航援引某不愿透露姓名的人士之言论称，别看袁扉不声不响，出手却是稳、准、狠，当年也曾惊起一滩鸥鹭的她，于万花丛中准确地相中未来的“绩优股”，为后半生的幸福生活打下了坚实的物质基础。其东床快婿原本也是学界科班出身，二人在当年的研会校际联谊中结识，也算得才子佳人、鸳鸯蝴蝶，当然，想让姑娘点头还得慢慢奋斗。那会儿，正处在改革初期的原始资本积累阶段，到街上卖点什么都能比院长阔绰，于是乎，那位脑筋活络的师兄便弃文经商，凭着心理学出身的那点儿人情世故，不出几年便打下一片江山，进而事业、爱情双丰收，人家不屑于弄点儿培训、搞搞文化产业，更懒得靠变卖知识产权来换个没多大区别的活法儿，而是一不做二不休，要玩儿就玩儿大的。总而言之，时至今日，已成一路诸侯，多了不敢说，到南极洲或者北冰洋投资移民大概是没什么问题，一句话，举袂成幕、挥汗成雨的北京城是容不下他了。

故事在流传过程中难免会遭遇到善意的加工或者恶意的篡改，从《荷马史诗》《格萨尔王传》到《三国演义》《西游记》，都是历代民间文艺工作者大力支持下的心血结晶。从信息论角度讲，噪音必然导致失真，随着故事那扣人心弦的艺术性逐渐加强，距离原始真实也就难免渐行渐远。有得必有失嘛，若非如此，后世那些有考据癖的“钩沉学家”们大概就要没饭吃了。

正如李昌钰博士①所说：“有百分之四十的人证会存在重大问题，而我们要做的就是发现事情的反面，通过一个线索，去怀疑，并找出真相。”其实，任何传言都要先画个问号，尤其是当它与散布者本人构成千丝万缕联系的时候。落实到关于袁老师的种种，从远航那里得知的点点滴滴显然就很值得存疑，她当初能平趟研院招生部门，就是通过魏一诚抄的人家这条后路。不仅如此，陆远航甚至怀疑袁、魏二人曾经有过超出普通朋友的亲密，可却又拿不出任何有像样说服力的论据，推理的逻辑线条不过是那些可以有无数种解释的一颦一笑、举手投足。远航之所以会热衷于自爆猛料，当然与她一贯的想象力以及发散思维有难解之缘，但这也是女孩子们中司空见惯的常用伎俩。的确，在此问题上，两性差异又是分道扬镳。男人们对另一半的罗曼史往往讳莫如深，稍作打听便有小肚鸡肠之嫌，但女性朋友却正相反，她们更喜欢半嗔半喜地宣传自己的“他”如何倾倒众生、见血封喉。这也难怪，和做生意的道理一样：商家们总是吆喝“进来随便看看”，即使买卖不成，也乐得有个人气；然而，掏钱的主顾恐怕绝不希望自己拿回家的衣服被别人试过，无论后来洗得多么干净。

有鉴于此，尽管袁扉身上笼罩着一层宫怨词般的迷离，但徐枕流对关于她的流言却总是敬而远之。当然，信不信由你，传闻很可能被杜撰过，但也多少会存有些许真理的种子。

连旁观者都是雾里看花，当局的陆远航自然就更难分清南北东西了，原本甘居人后的她，待袁老师在掌声中谢幕不久，便找个台阶、自告奋勇，一首每次唱K必点的《天下浪子不独你一人》。

---

① 美籍华裔刑事鉴识学专家，曾主持或参与辛普森杀妻、9·11事件现场、台湾3·19枪击等重大案件与事件的调查工作，被誉为“当代福尔摩斯”。

“情人的眼中，祈求望不见清晨；你不想，我偏要，是一个名份。难留的你身，能留下也成负心；你不要，但却问，我会不会等。天下浪子不独你一人，你说有缘没有份；天下弱者不是只得我，到处也是寂寞情人……”

歌词是粤语的，可却难不倒这些语言学界的“业内人士”。

恩　怨

据说，一位曾长期主持策反工作的中央情报局退休高官曾经总结过，叛逃者的动机可以粗略归结为三类：为钱，为信仰，为女人。

其实，不仅仅是遗臭万年的投敌卖国，所有的思变举动中都能找到以上三者的痕迹。比如，2000 年进行的第五次普查数据表明，深圳逾 700 万常驻人口中，拥有本地“户口”的仅占约六分之一，如此高的外来比例，大概在全世界也很难找出第二份儿。之所以有那么多背井离乡的“闯世界”，其目的恐怕也无非是财产、体面或者爱情。

古都北京作为党中央所在地，当然不能落下个排外的骂名，在这里拿到一纸户口要远比虽然寸土寸金但依然风景如画的珠江三角洲容易很多，比如考进语研院的大大小小便可自动生成个崭新的身份证明，虽然户籍还只是暂时先算作集体的。于是，49 年进城时的仅仅 200 万京城父老，发展到今天，好家伙，怕是加个零都挡不住。当然，其代价也显而易见，否则也不会为了避免让外国运动员不如咱们皮实的上呼吸道不至于反复感染、乃至弄出大事而在奥运期间把无数白白消耗着成千上万财富的工程临时叫停；不过，等洋大人抹抹嘴儿开路之后，京城老少爷们儿还得接着消受。

不过话又说回来了，遭此厄运的也不光咱金山上的北京，传统体制下，任何政治中心都难免被反复洗牌，最终演变成一种割舍不断的性格。统治这里的往往都是外来者，正像老蒋跑到台湾搞土改一样，慷他人之慨，比崽卖爷田更甚，反正也不是他们家的，怎么糟蹋都不心疼。还是人家马克斯·韦伯①在万里之外分析得对，北京属于那种标准的“官僚城市”，除了少数世代靠卖苦力为生的商贩走卒，别人（旧时主要为官吏及家属）都只把此处当成人生中的一站而已，连皇帝老子都算上，任何人真正的家也不在这儿。所以呀，地头蛇与过江龙之争可以休矣，尤其在谁也说不清未来会怎样的今天，也好让枕流这样的“土著”身上少背些指桑骂槐。

谎言重复一千次就变成真理，世上本没有路，走的人多了，也就成了路。正如带着蒙古包逐水草而居的草原民族那样，中国人的观念中，一窝小猪盘踞在哪里，哪里就成了“家”②。如今的伟大首都资源充足，人丁也就随之兴旺起来，但就像那些一旦被啃光便要人去楼空的草场一样，真到团圆和美的时候，原本熙熙攘攘的京城反倒变得萧条冷清起来，比如那周而复始的寒暑假，以及其中最让国人念兹在兹的新春佳节。如同当年叶落归根的达官显贵，研究生院里的老老少少也会在故土乡亲的召唤下毫不犹豫地选择离开，尽管是短暂的，但当徐枕流站在似乎终于属于自己的空荡校园里时，却油然出一种被始乱终弃般的忿恨。

佛学让智慧之光普照人间，但释迦牟尼本人也不得不承认，世上最大的力量还是无常。它之所以可怖，不仅体现在那些令人命如纸的地震、海啸以及自作孽不可活的战火纷争，更骇人的，反倒是那些劫后重生、凤凰涅槃，当本已推倒的一切居然可以重新来过时，曾经的分分合合才会真正显出其虚幻与荒唐。

就像为社会稳定贡献完所有廉耻的老妓一样，早就忘了最初的逼良为娼，真等颜色故、车马稀的时候，倒像少了点儿什么。无数次见证过新人笑、旧人哭的北京已经习惯于小心地陪着笑脸、被陌生人推来搡去，到了可

① Max Weber，（1864－1920），德国政治经济学家、社会学家，曾从师于历史学泰斗蒙森。

② 汉字“家”，上面的“宀”象征屋舍，下面的“豕”即为猪。

以喘口气儿的团圆佳节，反而连马路都没人打理。当然，这只是稍纵即逝的白璧微瑕，过不了多久，就会有归去来兮的淘金者把那些尚未褪去火药清香的烟花红屑、连同只属于京城老小的一晌贪欢，通通扫进记忆深处，换成全国流通的百元大钞。于是，研究生院那两幢小楼也被粗鲁地从旧日梦中唤醒。

枕流是那种喜欢制造事端、但却不愿意凑热闹的另类，当所有人正生龙活虎地为同一件事情奔波忙碌时，他往往会在一边冷眼旁观，而不去锦上添花。寒假期间，赶上值班警卫懒得捱在冰冷的值班室、守护终日无人进出的小院而躺到宿舍里暖暖和和地数加班费时，小胖子宁愿在路人诧异的注视下笨拙地爬过被锁紧了事的栅栏门，也要隔三差五到教室坐坐，似乎怕忘记那久违的尘土气息；但真等到一张张相熟的面孔重新鼎沸起来时，他反而连几步路都不舍得走，甚至连课程表都是托同学代为领取的。

今天已经是第二学期注册的最后期限了，枕流老大不情愿地来到教务处，却发现这里的光景远比想象中要“活泼”许多。

“她……她……她说……说她……她们……不……不管……”一个小分头正在面红耳赤地练习着绕口令。

徐枕流曾经领教过这位仁兄，刚开学那会儿，他曾担任过艾枚的入党介绍人，结果不出半个月就把这位“妄想”向组织靠拢的“积极分子”给吓跑了；果然是“店大欺客”，艾枚那口贵州普通话本就不大利索，“邯郸学步”一番后，至今都时常“拌蒜”。

“这是院里的规定，介绍信都是所里开，我们只负责盖章，”教务处那位戴着“江青式”大眼镜的老主任倒是见怪不怪。

听了半天，枕流才弄明白，原来是这位老兄在某大学谋得了个代课的差事，需要院里出示一份证明材料，内容无外乎品学兼优、才艺双馨云云。

“等…等所里开…开完…我再…再…再…”

“再…再来这儿盖章，”老主任也快出师了。

“那…谢…谢…谢…谢谢…谢谢啊…”真是礼多人不怪。

“你去 XX 大学讲哪门课?”旁边一位年纪小些的老师大概也想分杯羹。

“发…发…发音学!”

枕流从办公楼里懒洋洋地踱出，躲闪着下午打趣的斜阳，早知有如此多人都没有在学生证上加盖那似乎可有可无的印章，他也乐得不跑到外面喝趟西北风。细想想也是，反正这里的研究生都是公费培养，用不着一遍遍清点人数。

“魏丹——”好像很辽远的声音。

枕流吓得一溜烟重新钻进楼里，手中玩耍着的学生证险些被扔进门边的废电池回收箱里。稳住阵脚后，徐枕流注意到，宿舍楼下一个晃动的袖带飘飘正是那位冤家路窄，用纯白粗毛线编织的长款外套俏皮地盖住浅蓝色校服、显得浑然一体，书包随意地拎在手中，半扎的披肩长发大概是刚刚加工过，如今大陆的中学似乎还没有宽松到这个地步，尤其在语研院这块保守主义阵地上。看起来，她大约是刚刚下课的样子，据吴雨说，假期时，魏妈妈还把女儿接到外地去住过一阵。

顺着小姑娘飞扬的手臂望去，三楼的一个窗口探出个小分头，大概就是刚才那声呼唤的出处。虽然看不分明，但从略带大河气息的中原官话和毫不扭捏的举止中看来，女孩儿的眼光大概还算不错。原来那位传说中似乎遥不可及的博士哥哥就潜伏在眼皮底下，可惜这个重大发现着实没什么市场价值，要真把同样官司缠身的魏家老爸喊来捉奸成双或者胁迫她跟远航签署个互不干涉内政协议，那乐子可就大了。

等似乎并不避人的魏丹笑吟吟地颠上楼去，长吁口气的枕流才眼观六路地猫出来，回头看时，他不禁哑然失笑，自己刚才一直躲在开学大扫除时被擦得洁净如新的玻璃门后，非但起不到任何隐蔽效果，滑稽的仪态恐怕还会格外吸引眼球。自作聪明的人们常常就会这样，自以为天机不可泄漏，其实早被有心人看了个无处藏身，就像动物园里每每背过身去吃花生的猴子。正如蒲松龄点评的那样：“禽兽之变诈几何哉？止增笑耳。”

常言道：福无双至，祸不单行；推而广之，大概所有让人无所适从的事情都会结伴而来，比如惊吓。徐枕流刚刚溜回家门口，还没来得及定神，又一个声音在身后响起，好在，这次换成了轻柔的女性：“枕流——”男孩儿手里刚买的报纸颓然落地。

“对不起啊”，熟悉的红色风衣蹲下身去：“吓你一跳吧，”原来是导师赵冉。她对自己向来很和气，而且不是批发给院长公子的那种一望而知的流于表面；比如那充满慈爱、似乎能够融化掉所有戒心与仇恨的目光，更像是在面对着自己的亲人。可惜赵博士暂时还没来得及招徕更多弟子，无法从比较中分出真伪。

“您怎么来了？”脱口而出之后，男孩儿感到有些不妥：“开学这阵儿净瞎忙了，那天本打算去所里看看您的。”其实，自打半个月前赵老师第一时间打电话告诉他自己已经“荣归故里”，枕流始终在东摇西逛地悠闲着，倒也并非不懂得长幼有序，只是实在不大习惯那种淡乎寡味的接风洗尘。

“我也是正好过来办事儿，”她提起门口墙边的两个白色塑料袋，这阵势，赵冉反倒像是来给导师上贡的：“吴雨每天都很晚回来么？”看起来，她们二位似乎相交不浅。

“没有，没有，”徐枕流慌慌张张地半晌才拨开门锁：“她今儿好像要去哪个学生家，早上说来着。”好像全世界的老师都习惯在同一天集体出击，就像国际刑警统一行动而把贩毒团伙一锅端那样。

坐定，枕流刚想起似乎该去拿点儿什么喝的，赵冉已经打开其中一个袋子：“听顾老师说，你好像在找这套《哲学译丛》，我那儿刚好有。”男孩儿看到，最上面那本是马尔库塞的《爱欲与文明》，这套书年初刚刚出齐，几天前打电话去问时都尚未到货，从封面的崭新程度看，似乎不像是“刚好”有的：“那是几只南京板鸭，没带别的，你从小就是食肉动物。”赵冉笑着，却没有再掀开另一个口袋，只是朝茶几远处推了推。

《出埃及记》中曾经恶狠狠地说过：“以眼还眼、以牙还牙”，对待伤害过你的家伙，千万别心存东郭先生的妇人之仁。可同样是《圣经》，到了《罗马书》那个时代①，则教导信众们：“你的仇敌若饿了，就给他吃；若渴了，就给他喝。”基督徒们看起来似乎是越活越抽抽儿了，这即便不算助纣为虐，也至少有点儿缺心眼儿，左脸刚挨完一记耳光，又要把右脸凑上前去。但经文随后的解释却让人振聋发聩：“因为你这样做，就等于把炭火堆在他的头上。”的确，报复他人只能增加仇恨，就像用海水解渴一样，永远没有了结的那天。相反，以德报怨，不但化敌为友，而且能把你失去的加倍补偿回来。

---

① 《罗马书》属《圣经·新约》，一般认为写作于公元57年，而《出埃及记》则是《旧约》中最古老的部分之一，写作时间历来争议较大，一说为公元前1290年，一说为公元前1445年。当然，无论哪种观点成立，都远比《罗马书》为早甚多。

受过纯正西式教育的赵冉博士大概是懂得这个道理的，否则也不会连脑白金都没收到时反而主动去登学生的门，换成别人，恐怕早就要在背后骂徐枕流已经养尊处优得太不通人情了。

“可惜吴泓老师去香港了，否则多幸运啊，能整天守着这么个大专家，”赵冉一边鉴赏着通天般高大的书橱，一边不忘恭维着远在天涯的老树新花。平心而论，吴泓教授主攻的近现代欧美语言学研究近年来发展很快，他那一代“大专家”早已没有任何优势可言，好在我们这个国家在对待“历史遗留问题”时，良心倒还没都让狼叼去，至少学术界如此，即使不再来之能战，也好歹算是给体面地束之高阁了。

徐枕流正被从天而降的以德报怨弄得不知所措，便想借此良机也赞美赵老师一番，权且算做微不足道的谢礼。可似乎今天该着要欠足人情，他刚蓄势待发，客厅里不知趣的手机却适时哭闹起来，若置之不理反而显得刻意，只好忍气吞声地跑出去看个究竟。

原来是程毅，说陆远航发了点儿低烧，正在宿舍养。内容很简练，就像例行公事的通报文件。

千万年前，原始人类发明文字，本来为的是在不能面对面时进行信息沟通。但随着社会交际的扩展，大家发现，若你不想和某人当面锣、对面鼓时，也可以拜托书面语言帮忙，比如宣战书、绝交信等等。之所以有电报伴随着电话、短信陪同着手机，恐怕也是这个道理吧。

记得远航曾经提起过，今天中午要去和刚刚从上海开会归来的魏一诚见面，不知在外面冲撞了哪路花神，回到学校就“游园惊梦”了。中医理论认为，当气郁不畅引发的虚火和外感风寒交攻于体表时，便会导致头痛发热，从陆远航的症状分析，大概正犯了这条。表面看起来似乎是没注意春捂秋冻，可根据辩证的中医学说究其根源，却是在去年那疯玩疯闹的季节里内火积聚而埋下的隐患，正所谓“一夏无病三分虚”。要不是当初一着不慎，何至于弄得如今步步被动。所以说，光解表温补只能管一时之用，若真要斩草除根，还得以毒攻毒，也就是医理上所讲的“冬病夏治”。

说来也怪，远航那边按兵不动，反倒由程毅通风报信，屈指可数，这已经不是头一回了。向来喜欢打电话的程毅却仅仅发了个短信了事，恐怕也大有深意值得挖掘，既然不想让他这个“第三者”插手，枕流倒巴不得能有人替自己费心费力地“专美于前”呢。

扔下手机，跑进里屋连天书架前的徐枕流刚准备“上回书，咱们说到……”,却发现赵老师的神色有些异样，竟有些像做错事被大人抓到的小姑娘那样慌张：“这个……”细看处，才发现她手里捏着本似曾相识的旧笔记本。

“哦，”枕流凑上去，记起原来是去年秋天收拾东西准备搬来时从家里抽屉后面发现的那个破本儿：“好像是我爸的，您在哪儿找着的？”自从拿来后不久，它便不知了去向，马马虎虎的男孩儿也没当回事儿，不想今天却被初来乍到的赵冉逮个正着，真是缘分呐。

她指了指书架的顶层，犹豫一下，踩上旁边的小凳，把本子重新搁了回去。不知是不是由于暖气的肆虐，下来时，赵博士白皙的双颊有些涨红：“怎么……怎么会在这儿？”

“嗨，我在家打扫屋子时找到的。”枕流很纳闷儿，自己绝不可能把笔记本丢到根本就没爬上去过的那个角落，吴雨也从不乱收他的东西，真是活见鬼。书上说老狐成精，或许搁久了的字纸也能化白为黄吧：“想拿来当字帖的。”小胖子胡乱编了个理由，不过，奶奶倒是多次拿父亲那一手潇洒的柳体来警策过自己。

徐枕流原本已经想好，今天无论如何得拉上赵老师去撮一顿，地点就定在路南的那家神往已久的烤鸭店，秋冬进补的好所在。正巧开学前刚得了笔进项，没有春节假期的妈妈寄回来足以使他提前实现三步走奋斗目标的压岁钱，请个小客自然不在话下，也好顺道把“横财富”化作“夜草肥”。可任凭他磨烂三寸之舌，赵冉就是咬定晚上另有安排。这位连所里例行聚餐都常不凑热闹的淑女不像是那种业余生活丰富的类型，不知今天忌什么皇历，愣是心事重重地匆匆告辞，弄得小胖子那顿依然自说自话的烤鸭嚼得很不对滋味。

好在，这种热脸对冷屁股并不是惯例；17世纪的第三运动定律中，牛顿爵士就曾明确地揭示过：作用力与反作用力，在一条直线上，大小相反。任何事情都一样，就拿程毅那条不冷不热的短信来说，既然人家不想让自己横插一杠子，又何必非得逆流而上呢？所以，直到第二天晚些时候，识趣的枕流才借去找别人的机会，“顺道”往陆远航那里探望了一下。

把式把式，全凭架式。一进屋，徐枕流就发现这里的气氛不错，很有些小病大养的意思，全套药片、胶囊、冲剂、糖浆，中西结合；各式杂志、光盘、饮料、零食，标本兼治。

“程毅呢?”几分话里有话的语气让枕流自己都嗅到了醋意。

“啊?”陆远航倒是很意外：“好像是有课吧。”她坐在床边招呼枕流坐下，大概是闻讯赶到的崇拜者太多，女孩儿还没来得及把贡品一一过目；她拿出几包美食审视着，欣赏并确定无误后都悉数堆到徐枕流面前。成为胖子也多少有点儿好处，任何人都知道该如何招待自己：“他说你可能有事儿，发短信一直不回，我也就没好再找你。”

这倒有些出乎意料，枕流反而处在了该辩解的位置：“怎么搞的?”他只好敌进我退：“还烧么?”

“没事儿，”本该十分妥贴的鹅黄色保暖内衣罩在女孩儿病中愈显消瘦的四肢上，宽大得似乎有些臃肿：“昨天魏一诚不是回来么。”她拿起泛着热气的水杯，并没有送到嘴边，而是捧在手里，好像宿舍里蒸腾的暖流还嫌不足似的：“结果刚见了面就要回去，说家里有事儿，问他什么事儿也不说。”

其实，家庭生活的柴米油盐本就不值一提，只是还没进到围城里的人格外好奇而已，和那些玩火的孩子一样，等真烫了手，才知道并非什么事情都可以去随便尝试。

“最近，到一起就总吵。”远航望着窗外，楼下，一对刚刚买菜归来的老夫妇正互相搀扶着走向日复一日的锅碗瓢盆：“你说，像现在这样完全撕破脸也就挺没劲的了，是吧?”

俗话说：盛世的古董，乱世的黄金。道理都一样，真到危险的时候，也就顾不上太多大雅之堂，只好先顾那些要紧的。可反过来说，板荡识诚臣，只有此时才能显露出人性最直接的一面，所谓“是疥子就得出脓”，随着面纱被一层层撕去，最后的谜底也快要浮出水面了。

“你管他回家干什么呢?还能有什么事儿啊?”枕流忽然想起昨天赵老师走后自己把失而复得的那个旧笔记本找出来时翻到的一句话：“你只能向爱情索取它可以给你的东西”。的确，热恋中的男男女女常常会轻易地承诺很多不大可能兑现的海市蜃楼，而这些水中月、镜中花是注定会随着清晨的第一缕朝阳消散在地平线际的，于是，刚刚遇到点儿挫折的年轻人便开始貌似看破红尘般地抱怨爱情是如何的虚幻、多么的不值得相信。其实，只有当你“行到水穷处”之后才会明白，爱情仅仅是爱情，和世上其它的所有种种一样，它也绝不可能成为撒豆成兵的万能灵药、包治百病的点石成金。

“你说的道理我都明白，只是一想到他还有个总得顾着的家，心里就老觉得……”枕流早习惯了远航这种喋喋不休的车轱辘话，他明白，就像令人上瘾的毒品一样，开始时也许是出于好奇、空虚或者寻求刺激，到后来只是为了避免不吸时的痛苦、而与快乐无关。例行发作之后，远航很快便恢复了平静：“中午，林风还到我这儿坐了一会儿，那袋儿水果就是他拿来的。”

事实上，陆远航曾经多次流露过对这位帅哥的好感，也难怪，林风那种不事雕琢的俊朗和干练的做派都很符合女孩子们的标准；入学半年多以来，不少即将过季的积压货色都或隐或显地试探过，可惜人家就是始终装聋作哑。据狗崽队的反复调查，小林君既没有梦中情人，也并非受过什么有待疗养的打击，而这种按兵不动，反倒令他愈发身价倍增。

“你看过林风 QQ 上刚换的签名档么?”钻回鸭绒被里的远航似乎来了精神，虽然气血不交，但躺在床上的她还是能“秀才不出门便知天下事”，徐枕流刚才进门时，陆姑娘就正在津津有味儿地对着电脑屏幕傻笑：“他写的是：‘女人乃奢侈品，要等你有足够能力时才能享受。’”

看来，比起那些骑驴找马甚至喜新不厌旧的负心郎，林风这种量入为出的作风还算有点儿良心，至少不会扰乱正常的市场交易秩序。但和所有奉等价交换为天经地义的买卖人一样，你千万别指望他能对商品本身产生任何情结，既然是自己的“劳动成果”，钱货两讫之后，便用不着对任何人负什么额外的责任。可以想见，一旦性价、收支那微妙的平衡有变，人家的选择与道德诉求无关。

“他怎么能这么说啊。”远航眼望着天花板，用断断续续的鼻音笑着，丝毫看不出任何字面上的贬义。

女人往往是这样，既盼着有无数傻小子在拍卖场上为自己一掷千金，又希望那个倾家荡产的胜利者永远把她们小心翼翼地供在佛龛里，顶着怕飞了、含着怕化了。可世界上并没有这么便宜的两全其美，任何具体价格，不管多高，都有消耗殆尽的那天。就像收藏家马未都先生给自己筹办的私人博物馆命名为“观复”[①] 一样，一切“物”，即便珍贵如古董，就难免轮回的命运，无论是豪赌还是捡漏。

“所以呀，”枕流意味深长地摆弄着那些琳琅满目的大小礼包：“还是程毅比较体贴一些。”

“拉倒吧，”远航的情绪在触底反弹后一路高歌猛进：“人家有顾爽呢。”

每年春节之前的离京大潮中，唯一逆历史车轮前进、从塞北江南赶赴首都的人群恐怕就算是趁机进京“联络感情”的各路外官们。程毅的父亲虽然名义上已经脱离国企系统单练，但坐江山的基础还是多年来在“潜规则”中积累的人脉，逢年过节例行打点的“优良传统”自然也就继承了下来，这个寒假也不例外。于是乎，上阵父子兵，爷儿俩直到大年二十九才功德圆满地回湖南省亲。

听远航说，在滞留北京的这段日子当中，程毅不时来倾诉失恋的衷肠，她也深表同情和遗憾，虽不便把自己的苦处拿出来惺惺相惜，但女孩儿还是很为程毅同学对待感情的“认真”态度所动容。然而，枕流却一直就对此颇感蹊跷。首先，当时顾爽尚未回美国，虽然紧迫，但完全有翻盘的机会；人还没咽气呢，现在就开哭似乎早了点儿，抓紧时间垂死挣扎才合情合理。其次，程毅属于那种比较“大度”的男孩儿，通常不会出于利己而勉强别人做不情愿的事情；当然，对别人要求低的人一般也不会为难自己，拿得起来搁得下，好合好散嘛；要说他会坠入一段情愫中死皮赖脸地不能自拔，的确很难让人信服。

说曹操，曹操到。两声清脆的叩门，未等回音，不经念叨的程毅便从半掩的缝隙中探进头来。枕流和女生单独相处时，还是习惯于尽量不要紧锁屋门，病中的远航也正需要通风透气：“呦，我就猜到你该来了。”和刚才象征性的敲门异曲同工，程毅俨然一副主人的口气。

“正说你呢，”远航并没有下床，只是把桌上的各色零食粗略收拾了一下。

“赶紧吃吧，”大衣上的凉气伴随着手中热腾腾的便当：“刚出锅的，”

---

① 出自《道德经》第十六章，原文为：“致虚极，守静笃；万物并作，吾以观复。”大意是：尽力使心灵达到极度虚寂，让生活清静而坚毅；万物一齐蓬勃生长变化，我从中考察其循环往复（的道理）。

程毅打开两个一次性塑料盒："本来我看那鲍鱼粥挺好的，但好像说感冒时不能吃海鲜吧，所以人家推荐的这个。"

徐枕流顺着扑鼻香气瞧了一眼，那家著名老字号粥铺的伙计显然是个外行，野菊花决明子粥和鸡汤捞饭虽然都适合病人服用，但一个性凉一个性温，风马牛不相及，反倒是药性平和的鲍鱼素有治疗阴虚内火的功效，正合陆远航的这种体质。

"唉呀，"女孩儿示意程毅坐下："我就知道你得去买吃的。"

封建社会时期，皇帝最忌讳大臣们私下结交，尤其是内外勾结，有什么事情可以在朝堂之上开诚布公嘛，频繁的小会总难免让人想入非非；后来，老毛也曾多次批评张国焘等人在党内"码山头"的异常举动。其实，朋友间的交往也一样，有些人总喜欢在集体活动之外搞一些私人联系，往大了说是制造分裂，至少也是别有用心。当然，有失也必有得，虽然弄得亲疏有别，但同时也为"一对一"的关系发展提供了必要的生存空间。

尽管程毅反复邀请一会儿共进晚餐，但枕流还是知趣地"闲人免进"，现炒现卖说约了同学，虽明显是个托词，但人家也没强留，只好自己灰溜溜地蹭回家里。闲坐无事，他又想起了父亲那个记录着人生感言的笔记本，只言片语间也有可观之处。奇怪的是，明明记得昨天翻完之后随手塞进自己专用的那个抽屉，可现在却又一次不翼而飞，连书架上原本藏身的所在也空空如也，只剩下片被压扁的桃花孤独地待在那里。记得马克思曾经说过，任何历史事件都会发生两次，第一次是以悲剧的形式，而第二次则是以笑剧的形式。

"我实在拿不动了，"提着大包小包的吴雨出现在门口，"你帮我拎进去吧。"

枕流赶紧跑过去，他预感到女主人即将归巢，所以事先把铁门微微虚掩。大学扩招以后，如今的犯罪分子也混进了知识分子队伍，不屑于干入室抢劫之类的低技术含量工种，用不着整天坚壁清野。吴雨也已经习惯了枕流的这种作风，便不再抱怨，屋里有个壮小伙子压阵，的确平添了一份踏实。

"最近好像又胖了吧？"徐枕流摇晃的身躯占据了整个过道，吴雨只好跟在后面，顺手帮男孩儿把露到外头的衣角掖进裤子里："看来得控制你的卡路里了。"

如今，登堂入室的宠物狗可以分成两类，像狼的和像猫的；让异性垂青的男人也有两种，够“man”的或够“靓”的，可以分别满足女性朋友们“被拥有”及“拥有”的渴望。很遗憾，枕流同学只能属于“等外品”，但领只“维尼熊”回家也并非没有好处，这种向来懒得在外型上下功夫的男孩儿至少比那些整天“花枝招展”着的帅哥让人感到省心，就像“不将修眉斗画长”的良家素女一样。

刚刚开学，作为班主任，小吴老师正是千头万绪的时候，比如昨天就没来得及回家做饭，于是便堤内损失堤外补，不出个把小时便张罗了一桌子美食，荤素搭配、色香俱佳。现如今，各式烹饪培训花样百出，什么日韩料理、法式大餐，甚至印尼风味、拉美情调，不少小资家里把壁炉式专业面点烤箱都置办下了，可结果呢，往往连个白薯都不会烤，光烫手玩了。其实，参加此类家政训练的年轻白领们，与其说是想艺不压身，倒不如说是在享受过程本身带来的体面，要的就是这个品位，舍得拿万儿八千学费打水漂的败家子，你能指望她“三日入厨下，洗手做羹汤；未谙姑食性，先遣小姑尝”么？这路人实现男女平等后，主要的战场早就从灶台转移到了床上，怪不得现在事业稀松平常却做得一手好饭的中国老爷们儿越来越多呢，照这么下去，白天玩儿命工作、回家享受相夫教子的某些侵略者早晚还得打回来，毕竟，只有分工才能产生效率，关于这一点，亚当·斯密早在200年前的《国富论》中就已论证过。

吴雨当然没受过专业训练，操持的也不过是些经验主义的家常便饭，但冰雪聪明外加多年磨练，不敢说化腐朽为神奇，也算得上量变中的质变了。其实，重剑无锋、大巧不工，饭店里检验厨师最常用的题目就是鱼香肉丝之类的粗茶淡饭，能在俗中见出不俗才算本事；鹿鞭熊掌一年才能碰上做几次？而且也没那么多龙肝凤胆给你糟蹋。

“对了……”枕流一向吃饭很快，这都是当年留学那会儿过集体生活搭伙时练出来的，酒足饭饱之后，他又想起了那个失而复得、得而复失的笔记本：“您看见了么？”

吴雨吃起饭来很规矩，一般没有谈笑的习惯，生活水平普遍提高以后，只有在细节之处才能看出家庭背景的差异。听到小胖子的疑问，她只是摇了摇头，并没有做出任何更多的表示，只是用筷子在碗里翻动着那块外焦里嫩的菠萝咕咾肉。

虽然满腹狐疑，但徐枕流也没有再刨根问底，只说可能自己给收忘了，毕竟，也不是什么要紧的东西，至少在他看来如此。于是，吃饱的小胖子抱起一大桶黄桃罐头，卧到了沙发里。

体育频道正在播送一则有关“玻璃美人”赵蕊蕊[①]的消息，内容无关紧要，大约又是“伤势恢复良好、医生充满信心”之类的话，耳朵早就磨出茧子了。不过，这位拥有 1.26 米长腿的姐姐倒真是枕流不折不扣的梦中情人，从她还仅仅是青年队成员时男孩儿便“一见倾心”，连人家姥姥家姓什么都了如指掌。其实，令徐枕流情有独钟的异性往往都是看起来能包容他的类型，无论气质还是身材，当然，后者仅从纵向着眼。

“今天学校开教研会，”打扫完战场，吴雨一边擦着护手霜一边拍拍正在犯懒的枕流。原来，作为科研带头人，这学期轮到她和另一位女老师去离语研究院院部不远的教委参加岗位培训，有两个班可供选择，周六下午或者晚上。结果，人家那位家庭主妇顺理成章地以要接孩子做饭为理由先下手为强，把十点来钟才结束的夜场留给了“孑然一身”的小吴老师：“我本来想说咱这儿也有只国宝熊猫等着喂呢，”她捏了捏小胖子手感极好的肚子：“就怕人家不认账。”

徐枕流明白，一向不喜欢人挨人、人挤人的吴雨从小就习惯骑着车来来往往，一双修长的美腿大概就是这样练就的；工作后，虽然学校离家不近，但也宁愿不到公共汽车上去感受彼此的温度。平时倒无所谓，可这次要让她半夜三更独自风雪夜归，还真有点儿含糊。若不是兼济天下的枕流奶奶把家里空着的三室一厅借给了某位刚刚结婚的学生，每逢那天晚上她还可以就近到那里打尖儿借宿，可现在……

“我有个地儿!”枕流从沙发上猛然跃起，手中的罐头溅了吴雨一脸。

① 赵蕊蕊，（1981－），中国女排副攻手，身高 1.97 米，2004 年奥运会前夕受伤，此后始终没能彻底恢复。

卧　底

曾经看到过一份医学报告，说世界上程度最高的痛感是产痛，然后是烧灼痛等等。然而，这并不能作为前世有罪才托生成女人的口实，因为男性的神经系统天然相对敏感一些，也就是说，在同等外界刺激的情况下，男人所实际感受到的疼痛感要更为强烈，从这个意义上说，后者的确有些与生俱来的娇气。造物主就喜欢玩弄类似的动态平衡，比如男女新生儿的出生比例约为1.09：1，但后者的寿命平均起来却要比前者长百分之九，于是乎，一把钥匙开一把锁，从理论上来讲，既没有孤男，也没有寡女。所以说，那些问君能有几多愁的都是人类自己造的孽，怪不着上帝。

其实，不仅是具体而微的切肤之痛，两性的确具有对外在世界截然不同的感受能力。本就体型娇小的弱女子受文化习俗所累、愈发不堪一握，见到只蟑螂便得故作惊恐状地失声尖叫，还得注意把握情绪的分寸，演戏过火就假了；尽管如此弱柳扶风，可当滔天灾难真正来袭时，却能见到她们几乎不可征服的坚忍。反观那些男子汉大丈夫，平日里颐指气使，似乎无所畏惧，但真事到临头，汉奸队伍里全是五尺高的大老爷们儿，他们威风八面的天下第一更像是种无知，而非大义凛然。还是头号“女性优越论者”贾宝玉说得对：“那些个须眉浊物，只知道文死谏、武死战，这二死是大丈夫死名死节。

竟何如不死的好！必定有昏君他才谏，他只顾邀名，猛拼一死，将来弃君于何地？必定有刀兵他才战，猛拼一死，他只顾图汗马之名，将来弃国于何地？”

从小就习惯了独来独往的吴雨并不是那种故作依人状的小女子，尽管项尚经常“久游不归”，她倒也没有表现出“悔教夫婿觅封侯”的寂寞，反乐得个轻松自在，不仅让家中一切井井有条，且举重若轻般地让枕流愈发养得肥头肥脑，可这样一位游刃有余的“敢将十指夸针巧”，却需要让本由她照顾的小胖子在尚未夜交初更时到教委门口去接自己，确实有些滑稽。看来，世界上缺了谁都不行，自从盘古开天地，男男女女就是这样互补着走到今天的，正如一首打油诗里说的那样：“我来自蓝田元谋，你来自北京周口；我拉起你毛茸茸的手，是爱情让我们直立行走。”

其实，枕流同学巴不得去外面透透气，倒并非多有怜香惜玉的绅士风度，主要是因为不敢一个人在家待到深夜。然而，早就没有当年身手的他对能否穿着臃肿的大衣骑车往返二十几公里实在没有把握，况且自己习惯“打的”之后已经连自行车都没有了。这点儿小问题当然难不倒枕流这个一肚子鬼主意的“二孔明”，他早就想好了可以临时凑合一宿的落脚之处，不但能够避免精疲力竭的尴尬，反倒创造了“二人世界”的温存。

事实上，枕流那点儿“小九九”自然是瞒不住看着他长大的吴雨，当小胖子刚刚提出另有合适的所在可供权宜时，她已经猜出个八九不离十，男孩儿指的果然就是院报编辑部的地下室——易欣家闲置不用的“革命旧址”。徐枕流本打算悄悄把那里收拾妥当，届时亮出个惊喜，却忘了自己曾多次在小吴老师面前不乏陶醉地回忆当年的青涩时光；她还知道，虽然已经搬到研院这边来住，但枕流至今都常常去故地重游，比如到临近的所里上课时。

尽管如此，徐枕流依然以为吴雨会感到兴奋，至少也该有点儿欣慰才对。可出乎意料的是，她虽然对这个倡议表示原则赞同，但却隐隐流露出了一种沉重，倒不像是对自己从没当成外人的枕流怀着什么不信任，而更接近于某种回避。联想起来，似乎每次提到和院报那栋小楼时有关的事情时，吴雨好像都是现在这个表情，既有些压抑，又有些游移。据枕流观察，她对这里相当了解，没等男孩儿一一介绍，便驾轻就熟地找到了十分拐弯抹角的开水间、盥洗室。更奇怪的是，吴雨似乎对易欣家故居对面的那个小屋格外感兴趣，曾几次流连在人家门前，被枕流问起时却顾左右而言他、并未说出个所以然。后来，每逢经过那里时，小吴老师便不再停留，但依然常常偷眼望去……

这次全市中学教育系统骨干轮训的主要内容之一便是强化外语能力，作为奥运整盘棋的有机组成部分，据说有专项资金保障，但落实到每个参加者身上，也就剩一碗带鸡腿儿的免费盒饭罢了。枕流实在是弄不明白，既然劳苦大众都讲一口地道的汉语，为工农兵下一代服务的教育战线为什么还要普及外语资质认证，而且弄得鸡飞狗跳、人仰马翻，难道语文课堂也要改用 English 讲授不成？

连吴雨这样的“制成品”都得反复回锅，徐枕流他们作为跨世纪人才当然就更得千锤百炼了。这不，本学期的外语读写课，研院就不知道从哪儿重金淘换来一个常年流窜于加（拿大）、美（利坚）边境附近（人家那儿自由贸易、互相免签，您可以随意来回溜达，没有“片儿警”查暂住证）的“外地来京打工人员”担纲。

“大家把我刚发下去的文章好好读读，写个 summary[①]，break[②] 之前收，”这位外教——多伦多大学东亚问题研究专业出身的女博士 Kristin 满嘴京片子，号称是从一位嫁到大洋彼岸的“中国制造”新娘那里趸来的正宗神武门口音，总之要比研院的江浙帮们利索多了。真是一分钱一分货，既然教读写，人家连让你顺道练练听力的机会都不给，除了几个零敲碎打的单词，全是地道的中原官话，还让大伙儿帮着纠正读音、教学相长，敢情跑咱们这儿带薪培训来了。

今天发给大家的文章标明出自米兰·昆德拉[③]之手，内容大致是对前东欧社会主义国家专制制度的控诉，具体来说，是揭露言论自由权得不到保障的普遍现象，措辞很符合作家本人一贯的反讽风格。

事实上，这早已不是在课堂上第一次出现类似的“敏感”话题，如果说

---

① 摘要。

② 课间休息。

③ 米兰·昆德拉 Milan Kundera，（1929 – ），捷克文学家。1967 年，他凭借其第一部长篇小说《玩笑》获得巨大成功，从此蜚声文坛；但 1968 年苏联入侵捷克斯洛伐克后，此书被禁，他本人也失去了工作的权利；1975 年，昆德拉被迫举家迁往法国并一直生活在那里，代表作《不能承受的生命之轻》《笑忘录》等等。

那位洋专家 Kristin 有什么特殊背景、甚至别有用心可能言过其实，但其具有明显的意识形态倾向性却是不争的事实。其实，不仅是她，有别于我们的“礼不往教”[①]，和西学东渐时不辞劳苦且毫无利己动机的传教士一样，来自“那边”的“国际友人”往往都会自觉自愿地为他们的价值观摇旗呐喊，而有时，这只是一种潜移默化的流露，但同样拥有着润物细无声般的威力。上世纪二十年代末三十年代初，曾有 10 万美国人移民到新生的苏联；报道称，如今仅北京一地的外籍常驻人口便要超过这个数字，但他们却不再是为追求光明而来。

有一次，枕流无意中在讲台上看到过 Kristin 的课程计划书，上面赫然飞舞着教务处米主任那如雷贯耳的怀素体签名，要知道，这种审核教案之类的勤务通常只配由秘书完成。据说，能请来博士级外教，是老人家退休前的功德一件，米教授主攻斯大林语言学，早年留学莫斯科，曾亲耳聆听过毛主席的教诲：“世界是你们的，也是我们的，但归根结底还是你们的……”

“大家的 summary 写得不错，” Kristin 老师大概是很为自己的母语文化攻陷最后一处“异教堡垒”的速度感到满意，进而有些得意忘形：“接下来，咱们再写一篇自己对 freedom of speech[②] 问题看法的小文章，可以互相讨论。”身体力行，看来她连课堂纪律也顾不上了。

其实，你只需去稍作检索便会发现，这篇所谓的檄文压根就不是昆德拉的手笔，恐怕只是某无名氏所作，只有开头的那段隐隐绰绰的斜体字出自那位数度与诺贝尔奖擦肩而过的文坛怪杰：“人类一思考，上帝就发笑。不必担心上帝的笑声，他的笑中饱含着理解与信任。只有当人类的任性与自私还在他的掌控之中，只有当人类的所思所想并不是在毁灭自身的存在，只有当人类不断反思自身的弱点并且努力去发现人性中美丽的光芒，上帝才会发出如此喜悦的笑声。或许人类停止思考，上帝就会震怒。”

业余爱好词源学的徐枕流知道，这位向来爱倚坐在第一排书桌上讲课的 Kristin 老师，她的名字来自希腊语，原义为“基督门徒”。

“走吧，正好我也想吃呢。”“洗脑课”结束后，程毅非要拉上枕流去宿

---

① 出自《礼记·曲礼上》，原文是：“礼闻来学，不闻往教。”大意为：“只听说过（别人）主动来学一种文化的，而从没听说过去主动推销（自己的文化）的。”

② 言论自由。

舍那边的一家火锅城，自从今天早上一见面，他便开始念叨，任凭徐枕流如何腾挪闪躲，就是铁了心非得二人一同共进午餐不可。

其实，小胖子心里明白得很，程毅之所以会这样反常，多半是为了还上次给陆远航送饭时把枕流挤走的人情，那天以后，他已经若干次表达了类似意愿。这个岳阳小伙子一向如此，他从不会让别人轻易吃亏，即便真有什么微不足道的摩擦，也一定要加倍奉还。这样做当然无可厚非，如果人人能献出一点爱，世界将变成美好的人间；可问题是，当朋友之间老是如此锱铢必较时，总让人感觉隔了层什么，正如从不吵架的两口子往往也很难真正交心一样，马勺偶尔碰碰锅沿儿，才能擦出彼此间信任的火花。

枕流觉得，这恐怕也是种道德洁癖，一点儿蛛丝马迹可能会膨胀成程毅的心腹大患；如果你不顺水推舟，他就得这么一直折腾下去，弄得大家都不踏实："行，我也有日子没吃羊肉了。"无所谓，大不了以后再找机会把多米诺骨牌推回去就是了。

"程毅，"刚出楼门，当面跑过来一个玉树临风的帅哥："你得抓紧点儿，齐老师着急要呢。"不用说，他大概就是程毅常常提到的那位博士师兄，正一起帮导师翻译论文。现如今，能在外文期刊上发表文章才算本事，年底评定学术成果时可以以一当十，但被"四人帮"耽误的一代实在不大擅长外语，于是只好"廖化当先锋"。怪不得现在招生时很多根本接触不到非中文环境的传统学科都这么看重外语程度呢。

心理学的研究表明，人类记忆力中九成以上都是潜在的，或者说尚未被有效地利用，那些传说中可以让孩子们轻松背出两千位圆周率（当然，考上清华北大就更不在话下了）的所谓智能开发就是以此为理论基础来骗吃骗喝。其实，这种神秘的隐性能力用不着"芝麻开门"就能在某种特殊情况的诱发下不期而遇地浮出水面，比如当枕流刚刚和程毅的这位师兄打个照面时，便一眼认出，他就是半个月前在三楼窗口朝魏丹招手的那个"小分头"。虽然当时根本就没看清人家的眉眼，可徐枕流还是近乎固执地坚信自己从天而降的判断。可惜，这种本领并非时刻相伴，否则小胖子一定要把这对"老夫少妻"的勾当看出个究究竟竟。不过，或许也正因为人与人之间保持了这份神秘，未知的明天才会吸引着好奇的我们在遍地荆棘中一路顽强地活下去，正所谓难得糊涂嘛；就像被 Kristin 老师绑架的昆德拉曾感慨过的那样：

"如果每个人都具备远距离暗杀的能力，那么人类恐怕在几分钟之内就会灭亡。"

"远航今天干什么去了？也没来上课。"走进热气腾腾的火锅城，程毅拿出软布，擦拭着眼镜上扑满的水雾。

"就知道你得问她，"枕流假装若无其事地翻着菜单："把我约出来就是为了这个吧?"其实，徐枕流也感到很奇怪，远航虽然常因各种稀奇古怪的原因缺勤，但通常不会对外语课发难，可今天却不知何故，破天荒地在考勤表上记下了一笔。

"没有，没有，"程毅赶紧招呼服务生点火起灶："随便问问。"想必他已经跟女孩儿联系过，肯定是杳无音信之后才有后面这一出儿的。

其实，枕流也不知道究竟又出了什么麻烦，既然远航没有主动跟自己联系，他知道，现在即便把那边的电话打爆，恐怕也凶多吉少。事情往往是这样，别人不打算就范时，你多说也无益，大街上常能见到某些倒霉蛋儿追在女朋友屁股后面陪尽笑脸，可结果呢，不但强化人家的决心，反而让自己的哀求显得更不值钱。随着民主时代的来临，强加于人已经越来越难，不论文攻还是武斗，也不论你打着谁的旗号。

在女孩子们心目中，异性朋友大体可以分成两类，作为哥们儿或者作为男人；不幸的是，徐枕流同学在绝大多数情况下都属于前者。像他这样的男孩儿，即使身边佳丽如云，也不管人家和你多么推心置腹、开膛破肚、肝胆相照，都只是拿着钥匙不当家，还不如那整日介瞎忙活的鸬鹚，人家折腾了半天尚且有最小那条战利品是自己的辛苦钱，而徐枕流则只有干瞪眼的份儿。这还是朝乐观了说，别忘了贼也有挨打的时候，白白落一身埋怨算轻的，真遇上暴脾气，搞不好还得挨闷棍，可怜年年压金线，其实都是为他人作嫁衣裳。不过话又说回来了，即使只是拣个乐儿也不错，至少还赚了吆喝，就当学习雷锋好榜样了。十七大报告明确指出，要着力培育"各类市场中介组织"，徐枕流这也算为四化添砖加瓦了；就像现代金融机构一样，"自有资产"比例有时连百分之十都不到，正所谓借力打力。可这么玩儿也有个弊端，就怕出事儿，春江水暖鸭先知，一旦经济危机来临，股票经理人头一个睡不着觉。

果然，不出枕流所料，掌灯时分，陆远航突然打来电话，还是急茬儿，立马三刻就得见面。好在人家姑娘已经到了楼下，用不着他再奔命似的东跑西颠。

“怎么意思?”小胖子连外套都没有来得及穿好，到了院子里才感到夜风竟是如此刺骨。

远航正如热锅上的蚂蚁般踱来踱去，向来怕冷的她仅着一件轻薄的短风衣，双颊却不似平日里那般惨白：“我父母今天早上突然来北京了。”事实上，早就察觉到些蛛丝马迹并打算陪读的陆妈妈直到去年十月底才老大不情愿地返回西安，若不是单位临时有重大任务急需退居二线的“预备役们”一起挥戈上阵，老人家可能还要继续抗战下去；毕竟，对于女儿的心理动向，母亲的嗅觉最有发言权，况且，当时的状态已经不仅仅只是萌芽而已：“有人给他们打电话……打电话说……”

“你先别着急，”徐枕流见远航有些语无伦次，赶紧示意她一起到院外走走，医学专家建议，散步可以使血液下行，进而降低人的焦虑感；当然，这只是从理论上来讲：“慢慢儿说。”

“反正，我跟魏一诚的事儿他们都知道了。”女孩儿狠狠地踢着什么，却发现那是一块碎砖，半埋在冻僵的地上，非但踢不动，反倒让远航一个趔趄：“你说这是谁干的?”

“先别慌，”枕流似乎一点儿也没有感到意外，他知道早晚得有这么一天：“也许，也许你父母只是怀疑……”

“不可能，唉呀，我就不具体跟你说了，反正他们什么都知道了，详详细细的，”远航紧皱着眉头：“混蛋!”对于书香家庭出身的姑娘来说，这是她们能够想象出的极限诅咒，不是为了表示愤怒，而只是绝望时的一种本能。

徐枕流在努力调动着情绪，希望能尽量和陆姑娘保持相同的心理频率，可他却怎么也无法让自己紧张一些，似乎已经被日复一日的潮涨潮落折腾得铁石心肠起来：“那……”

“肯定是魏丹，”当远航终于说出这个已经酝酿良久的名字时，刚才的火气却不知何时烟消云散了，取而代之的，是一种平静和无奈。她明白，即便这种猜测果真成立，自己也无话可说，人家不过只是行使了早就生效的权利而已，此时此刻，名分就意味着公理。枕流又想起了那天晚上在父亲的笔记本上读到的一句话："时间对后来者命运的宣判是终审裁决，不得上诉。"

"其实，也不见得是她，"徐枕流不知不觉地念出几个字，不知为什么，脑海中忽然清晰地浮现出程毅那个师兄的模样，一双沉着的眼睛，暗色的脸颊，好像还有富于线条感的鼻子……发觉自己走神，枕流摇了摇头："这已经不重要了，你现在打算怎么办？"他当然知道，远航本就是来找自己讨个主意的，可他更清楚，一切的一切，最终还得由当事者自己承担，就像她当初选择开始这段恋情时那样。

"他们跟魏一诚约好明天中午见面。"女孩儿转向始终跟在侧后的徐枕流："你能陪我一块儿去么？"银灰色的目光中，好像他就是那个可以力挽狂澜的愚公。

"你和魏老师联系了么？"枕流特意使用了这个称呼，很多时候，真正的天经地义反而容易被人们遗忘，当一切终于回归它原本的样子时，倒会感觉到某种想来有些莫明其妙的陌生。

"我恨死他了，打了整整一天的电话。"远航突然之间爆发了，其实，在父母的紧逼盯人之下，所谓的"整整一天"，充其量不过是几次极为有限的见缝插针而已，否则，她也不至于等到这会儿才想起枕流："一直关机，关机，家里电话没人接，他到底想干什么……"陆远航积郁已久的怨气终于得到了宣泄的机会，她死死地盯着面前某不知名的所在，眼眶里的泪水渐渐涌出。毕竟，在这样一个最需要"荣辱与共"的关头，枕流能给予她的慰藉是远远不够的。可是，退一万步来讲，就算魏一诚真的可以跑出来陪伴左右，他又能做些什么呢，统一口径？还是相拥而泣？

19 世纪美国南北战争初期，当措手不及的政府军节节败退之时，曾有官员提议由总统亲自出面主持大型祈祷活动来"临时抱佛脚"，却被一向笃信基督教的林肯拒绝了，他说："在这种时候，我们需要做的不是乞求上帝站在我们一边，而是该反省自己是否站在了上帝一边。"

"那，那你打算……"徐枕流知道，现在的远航显然已经全无主意。

"明天，他'爱人'也去。"女孩儿头一次使用了这个称谓，或许，她只是在重复母亲白天时的口吻。

两个人低着头走在斑斑驳驳的人行道上，这条临近机场高速的小路上的改造工程已经濒于尾声，为配合绿色奥运理念，刚刚建好不足两年的路灯被全部换成了最新的太阳能型，据说还是自主品牌，虽然造价不菲，但平均可以节电百分之五，只需三百年就能收回成本，作为千秋伟业显然划算得很。遗憾的是，这种新技术似乎还欠成熟，刺眼的光线却并不像原来那样传之久远，几米开外便一片昏黑。在明暗交替中前进，让人的情绪也变得忽高忽低起来。

自从不再骑车上下学开始，枕流便废除了冬天带手套的习惯，他本来就不喜欢那种施展不开的压抑感，更愿意轻装简从一些。其实，小胖子那双大手如熊掌般厚重，在严寒当中越发白里透红，像北京这样的纬度根本不在话下，尤其在肢体语言丰富的时候；可当对话冷清下来后，垂在冷风中的空虚感开始渐渐袭来，于是，他把双手揣进了外套宽大的口袋里。

忽然，徐枕流摸到一包温热的东西，拿出来一看，原来是包刚刚炒好的琥珀核桃，大概是出门前吴雨塞进来的。她知道，就凭男孩儿那张闲不下的小嘴，要不事先预备下点儿什么，一旦说累了，大概又要去买那些不干不净的地摊货。所以说，想让人家“路边的野花不要采”，最好自己先主动把爱偷腥的馋猫喂饱。堡垒最容易从内部被攻破，马克思主义认为，外因只能加速或延缓变化的到来，并不起决定性作用：“尝尝吧，挺香的。”尽管枕流知道现在的陆远航肯定难以“化悲愤为饭量”，但还是俗套地劝她“弃捐勿复道，努力加餐饭”。

远航摇摇头，撇了一眼徐枕流手中正在迅速减少的家常小吃：“吴雨做的吧，”女孩儿转向路旁那条几近干涸的臭水沟，一道暗黑色的“绸带”扭曲着滑向远处，逐渐氤氲的气息预报着开冻期的临近：“她还挺能干的。”不知为什么，每当提起小吴老师时，陆远航的口气中总是带着几分不屑、甚至讥讽。

徐枕流猜想，自己大概需要陪着远航去让父母过过目，以验证被“双规”的她没有跑出去明知故犯。果然，当他们来到已经面貌一新的招待所门前时，女孩儿的爸爸正等在那里，向来一马当先的陆妈妈之所以没有出现，大概是已经懒得再纠缠于这些细枝末节，亦或正在为明天的“巅峰对决”养精蓄锐，更可能二者都有。其实，这位母亲始终很懊悔于当初没能一鼓作气，既然去年已经错失了把问题扼杀在摇篮阶段的机会，如今的亡羊补牢更不能再有闪失。很多时候，讳疾忌医的侥幸心理才是使千里之堤毁于蚁穴的罪魁祸首。

乍看上去，远航的父亲，国家核心技术研究单位通讯专业高级工程师，长得多少有几分像某位同样是技术官员出身的政治局常委，虽然没能以理工科学人特有的严谨一步步走向权力顶峰，但陆爸爸谦虚和蔼的态度和不苟言笑的作风却依然流露出中国知识分子那一望而知的内敛性格。徐枕流原本以为，既然可以列席明天的峰会，七荤八素中的远航想必已经把他在这件事情中扮演的角色供认不讳了。女孩儿父母即便不了解自己扇阴风、点鬼火、纵容包庇乃至怂恿打气的底细，至少也有个知情不报的罪名，可从陆爸爸亲切热情的嘘寒问暖中却丝毫察觉不出一鳞半爪的痕迹。难怪人家搞自然科学的能走仕途呢，喜怒形于色的人确实不适合搞政治，官运都写在脸上了，麻衣观相看来也不全是瞎掰。

第二天，远航直到午饭后才发短信来通知枕流最终的谈判地点以及时间："三点，竹林茶室。"当被问及是否已经和魏一诚取得联系时，那边回答说："不知道。"

相传，"医者父母心"的神农氏炎帝在一次采药过程中误食断肠草，却因祸得福地意外发现茶树的嫩叶也可解毒，从此，这种原产云贵高原的本草便与这个民族结下了不解之缘，进而从药材变成饮料，还发展出了独一无二的专卖门市部。旧时的茶馆分成兼有歌舞曲艺演出的"浑水"和坐而论道的"清水"，但无论哪种，都属于为平民大众所喜闻乐见的市井文化，断无曲高和寡之虞。可到了改革大潮奔涌得面目全非的今天，连茶馆都已经旧貌换新颜，从等而下之变成阳春白雪，几杯下来动辄成千上万，要的就是这个谱儿。当然，这次约会所选择的"竹林茶座"还算下手比较轻的，也就是按照日式料理的标准收费而已。

"小徐——"刚过马路，便听到远航妈妈的一声略带沙哑的呼唤，倒还嘹亮。

"阿姨，叔叔……"枕流刚想先入为主地缓和一下明显有些凝固的气氛，还没等开口，便被急性子的母亲一把拉到旁边。

"他们已经来了，"陆妈妈充满信任地望着男孩儿："小徐，你一定，一定帮着我，一定得让他们断了，小徐……"恳切得近乎于哀求。

徐枕流虽然料到今天必得有这手，但却依然有些失措："是，是，"他觉得自己若再不果断地做出根本没有任何把握可言的承诺，濒于绝望的母亲立时便要声泪俱下：“您千万别担心，没事儿，没事儿。”其实，在这样一次聚会中，枕流充其量不过是块可有可无的缓冲区，不可能左右局势的发展，但他明白，和昨晚远航的托付一样，救命稻草与其说有什么实际的价值，倒不如说是种心理上的需要。

徐枕流跟在陆家三口后面，一步步挪向茶座的大门。他极力调节着自己的状态，可就在看到魏一诚身边那位扑朔迷离的“爱人”那一霎那，刚刚有些眉目的平常心瞬时间便荡然无存。

赵冉。

青春期那阵儿，曾经很不理解为什么名人们往往要等到暮年时再去撰写回忆录，并武断地认为只有过了气的豪杰们才会更在乎并流恋这些“当年之勇”；长大以后渐渐明白，当眼花缭乱的纷纷扰扰朝你此起彼伏地接踵而至时，根本来不及去品味其中的子丑寅卯，就像啮齿类动物先把琳琅满目的美食塞进颊囊、等回到窝里再拿出来慢慢享用一样，只有当尘埃落尽之后，才有机会去细细推敲、分辨。

徐枕流看了看身边的远航，女孩儿似乎并未表现出过分的吃惊；或许，阵脚大乱的她，已经没有心思再去顾及这些目不暇接的变局。

赵冉倒显得十分沉着，看到同行而来的四位，从容地站起身，拉开其实早已就位的椅子：“今天还不算太冷吧。”她大概原打算先给大伙儿热热身，可等候已久的服务生见状却立刻贴了上来，在欧美国家，从七星级饭店到街头咖啡馆，绝不会有堵在餐桌前以居高临下的压迫感逼着客人点菜的现象，所谓 waiter①，要的就是耐心，不能造成一种急不可待去地掏人家钱包的不良印象：“您看咱们要点儿什么，”赵博士显然已经入乡随俗，她拿起桌上的茶单，托给陆爸爸。

“您来，您来，”这位永远半抿着薄薄嘴唇的父亲双手推诿着，目光却望着远航的妈妈。

赵冉朝二老笑笑，打开那匣精致的革面本指了指，随即转向几位客人：“她们这儿有‘滇红’，可能还不错。”

---

① 侍者，直译过来就是“等候的人”。

显然，陆妈妈对这种在抗日战争连天炮火中研制成功的茶品既无研究、也提不起丝毫兴趣；她沉默了一阵，自顾自地点点头："您……您二位大学者都挺忙的，我们也就不多耽误时间了。"其实，作为家属，她当然明白，这个世界上，能比知识分子更闲在的职业恐怕不多，元朝时所谓"九儒十丐"的说法，大概就是按照操劳程度排序的，否则，也不至于生出那许多花花肠子来："魏老师对远航一直挺帮助的，孩子一个人在这边，我们都挺感激您的。"陆妈妈的这番表白倒不像是纯粹的客套或者欲擒故纵："后来的事儿……"从西安到北京，她似乎还是没想清，该如何面对这始终不愿相信一切："事情既然已经出了，我们就希望到此为止，以后别再……"陆妈妈终于抬起头："其实我们也不是那种不开明的父母……"大概是顾及到了一旁的赵冉，远航妈妈没有再继续她那"不介意未来的女婿有过婚史，但决不给别人'做小'"的"经典论调"："可是，您看，您也有家，咱们……"

魏一诚手中蓝白相间的烟盒被不断翻动着，如今，中国男人连消费尼古丁的本领也退化了，"中南海"这类焦油含量微乎其微的清型卷烟拿到一百年前大概只配用作薰香；随着文明的进展，只得用眼花缭乱的形式来冒充日益匮乏的内容。

这间看似古朴的茶楼也一样，早已没有了当年的韵味，更像是个纸扎的明器①，为粉碎性骨折的中国文化挤出几滴鳄鱼眼泪。端上来的饮具更是可笑，看来，不管客人点的是什么茶品，人家都以不变对万变，全用整套的功夫茶具伺候；其实，这种全发酵型的滇红通常只需沸水和玻璃杯即可，经不起紫砂壶里一冲二泡般的反复折腾。

见状，赵冉冲看样子准备过来大展拳脚的所谓茶艺师摆摆手，示意恋恋不舍的她可以继续和身旁那位满脸春光的小伙子打牌、调笑，毕竟，这桌客人实在没有雅兴来领教那套程序化的治器、温壶、投茶、闻香……

"我，"魏一诚终于开口了，出身下层的他向来习惯先必恭必敬地听完别人的观点，以便知己知彼、后发制人："感觉很惭愧，"手中本不停摆弄的烟盒不知去了那里，儿戏般消失无迹："……您，"他停顿了一下，大概正在搜

---

① 也作"冥器"、"盟器"，指专为陪葬而制作的器物，如车马、屋舍、童男童女等等，一般取材陶瓷、木石、金属或纸张。

肠挂肚地排查着该如何称呼远航的父母，人家显然没到“叔叔、阿姨”那个资历，这种关系叫“大哥、大姐”又无异于自讨没趣；研究表明，当彼此之间处在某种进退维谷的尴尬关系中时，谈话者倾向于避免提及称谓，而直接使用人称代词，这就是社会语言学当中著名的“规避原则”；魏一诚显然不是那种死钻故纸堆的书呆子，很懂得活学活用：“您别怪远航，这事儿完全是我的责任。”在各种文艺作品中，常常能见到那些面对敌人屠刀的革命先烈在刑场上如何大义凛然、从容不迫。

一番欲说还休之后，魏老师面无表情地瞥了枕流一眼。说来也怪，这位见人三分笑的“和为贵”似乎对他一直格外冷淡，每当徐枕流主动搭讪时，魏一诚总是要迟上四分之三拍才勉强作出个表示，怪噎人的。更甚者，有那么几次，当枕流无意中与不远处的老魏四目相对时，发觉他正在冷冷地端详自己，弄得小胖子不知所措。枕流实在不明白，面对这样一个不阴不阳的家伙，自己为什么还要在远航跟前本能地替他说话。

尽管如此，徐枕流并没有忘记自己现在的“双重间谍”身份，他一直想找个机会插话，但又怕失之唐突，本打算利用给大家斟水的机会粉墨登场，可每当他吃完自己这杯、正准备若无其事地摸向那把小茶壶时，总是被赵老师先一步赶到，几次三番之后也只得作罢。其实，枕流心里清楚得很，自己讲与不讲、讲些什么，根本不重要，这种场合，就像那些年复一年的“重要会议”一样，只不过是种将台面下的默契合法化的仪式而已，掀不起什么大浪。

添了两次开水，再给枕流续杯时，赵冉说了唯一一句似乎与正题有点儿关系的话：“红茶和绿茶正相反，刚上口很香，但不经冲，很快就没什么味道了。”

旧 梦

春天，是一个关于背叛的季节。

当厚厚的积雪上突兀着孤零零的枯枝时，秋日里曾经的金黄虽然已经繁华落尽，但却格外值得留恋；可渐渐酥软的枝头第一次拱出鲜嫩的新芽时，去年的一切，便连成为记忆的资格也被连根拔起了。

而人，是耐不得寂寞的，他们没有坚守孤独的无欲则刚，却宁愿为了从头来过而把曾经的种种弃之荒草。所以，贞节必将成为笑柄，而黄昏恋却意味着“文明”。正因如此，他们没有资格被铸成永恒，只配在周而复始中化作乌有。

但春天却显得那样美丽，就如同斑斓的毒蛇，刚刚经历过严寒，哪怕是最隐约的暖意也弥足珍贵。随着东风的脚步，焦渴的红男绿女开始忘乎所以，一切束缚都显得多余，似乎任何清规戒律全不能阻挡那崭新的脉动。于是，俗谚警告着人们：春捂秋冻。

三月下旬的一天，枕流又如约来到那座往来无白丁的写字楼门前，和去年秋风乍起时一样，易欣今天不加班。虽然室外温度尚不足以让更多白领丽人秀出婀娜的身姿，但徐枕流还是感到一阵燥热。他已经没有流连金风的情致，而是径直走进恒温的大厅中，不管严寒酷暑，这里倒是岿然不动。

下班时分，大堂西侧传出一串串清脆的叮咚声，那边的走廊里埋伏着十余部通往不同人生命运的电梯。没过多久，熟悉的脚步响起，女孩儿迟到了五分钟，这在两个人的约会中并不常见。很快，枕流便在易欣身后找到了答案，是那位总是一脸堆笑的梁湃。他今天似乎心情不错，头上的琴弦愉快地跳动出油汪汪的旋律。

“哎呀，好久不见，”梁总身上已经找不到任何国有企业那种等级化的冷漠，他大踏步奔向枕流，像对待贵宾一样紧紧握住男孩儿尚未来得及抬起的右手：“怎么样啊？”

“挺好挺好，”徐枕流看了一眼正示意他赶快抽身的易欣：“托您的福。”

但这位对业务几乎一窍不通的常务副董事长却不愿意轻易失去任何能够表现他外事才能的机会，一面自问自答地与枕流交流，一面不忘和身边行色匆匆的同仁们打着招呼：“走啊，回见，不好意思，我们这儿谈点事儿。”直到旁边的易欣提出要去即将人满为患的地下车库杀出一条血路时，他才顿悟般的大笑起来：“好，好，就不耽误你们小两口儿了，哈哈……”最后，不忘朝枕流艰难地挤了挤那对已经快被横肉活埋的眼睛：“可得照顾好我们欣欣啊。”

男孩儿真想对他说：“要么先紧着您用？”

近一段时间以来，易欣似乎始终情绪不高，尽管新项目开发的事情一路高歌猛进、已经进入实质性操作阶段，可她却显得有些沉闷，完全没有任何春风得意的模样。今天，偏巧春困秋乏的枕流也提不起兴致，并肩坐在车上的两人几乎一路无话；偶尔，只是断断续续地交流些街头巷尾的杂谈。

“到我那儿坐会儿吧，”易欣的决定总是在开始执行之后才象征性地征求男孩儿的意见，当被摇晃得昏昏欲睡的枕流朝窗外望去时，车子已经稳稳驶进女孩儿家的小区大门。

熟悉地产业发展历程的人都知道，北京第一批比较上档次的商品楼盘是在九十年代中期才千呼万唤始出来的，之前开发的那些项目充其量属于温饱水平，从生活审美的层面上讲皆不足观。当先富起来的一批人开始购置自己的“别院”时，地产商们大发横财的春天才开始到来，伴随着亚运风潮而日渐繁华的北三环首当其中，成为暴发户们最早聚居的地区，易欣家就坐落在这里。

其实，尽管弃文经商，但易姑娘那书生气十足的爸爸只能勉强够得上“款界”的下限，根本没有能力跻身富人区；但他供职的那家具有极深官僚资本背景的企业集团在早期地产业内着实风云过一把，当然不会亏待像易总这样的

“金风未动蝉先觉”，于是乎，便兵不血刃地“大厨不偷、五谷不收”了。

事实上，在今天看来，这一带已经割据殆尽的小区早就算不上京城中最打眼的高楼华屋，与那帮金砖玉瓦尚嫌不足的后来者相比，淘到第一桶金的老前辈们已成昨日黄花。但是，正如黄金地段不可再生的稀缺性一样，先行者们那些独特的历史记忆，反而投射出某种特殊的厚重感。

“你喝热巧克力么?”宽大的客厅里传出咖啡机的吱吱作响，据说，这种新型号可以衍生出一系列相关产品。

“都行，”枕流站在落地窗前凝望着楼下郁郁葱葱的花坛。这里的园艺师傅们并没有像新兴楼盘里的卫戍人员那样，穿着胡桃夹子般可笑的制服，反倒在随性中显出一种专业感。

“看什么呢?”易欣靠在小胖子宽厚的胸前，她趿拉着尚未换下的毛绒拖鞋，平日里盘起的长发无拘无束地散落开来。

“你最近还老往开发区那边跑么?”枕流没有回答她的提问，而是捧起在桌角升腾着炼乳浓香的热饮，顺势坐进那张松软的美式沙发里，他喜欢这种被拥抱的感觉。

“当然得去了，”易欣挨着枕流坐下，浅藕荷色睡袍下慢慢勾勒出那双长腿匀称的轮廓：“累着呢，”她枕在蓬松的靠垫上：“哎，你们班那个叫艾枚的女生，是不是心特高啊?”

“谁?”有点儿走神的徐枕流一时没跟上这个脑筋急转弯。

“往开发区跑的时候，不是老得带好多设备过去么，我一个人又搬不动，”易欣摆弄着被发卡压弯的头发，在她的言谈中，一切话题似乎都是从“我”发展开来的：“后来李彬就推荐杜晓钟过来帮忙，说他好像挺想多挣点儿钱的。”通常情况下，只要不涉及商业秘密，外资企业一般都对员工兼职表现出相对宽容的态度，而不会满脑子阶级斗争新动向，总担心赫鲁晓夫就睡在自己床上。

“哦，他那边收入不好么?”

“嗨，客服就是挣点儿辛苦钱，”在报酬问题上，中国人表现出了少有的透明意识。从“理论”上来讲，你都能根据工资等级计算出国家主席一年可以有多少进账；但老外却没这么民主，即便是桌对桌朝夕相处的同事，也很难确知别人的收入细目：“你想啊，跟我折腾一个周末才不到两百块钱补助，他要是宽裕的话，能希罕干这个么？”看来，易欣这位高层白领还挺关心人民疾苦的。

“你还不想办法多给人家点儿？”枕流手中的热巧克力开始见底儿了，味道也越来越浓腻。

“我现在说了也不算啊，”女孩儿把肩头披着的丝巾搭到一旁的椅背上：“再等等看吧。”

“那就让他给你提供点儿‘额外’服务，”枕流潮热的大手探进易欣裙下，绕过她的眼睛、吻向光洁的后颈：“以工代赈嘛。”

“行，然后你去勾引艾枚，”易欣的耳畔透出一阵悠扬的清香，像庭妃薰衣草，毫不张扬的淡雅：“再把钱挣回来。”肩头细带悄然滑下，伴随着愈发沙哑的呼吸，渐渐裸露出那套极具杀伤力的连体内衣，刺眼的黑红相间，也就是孔子说“不以为亵服”[①] 的那种颜色；显然，这是刚才去换睡袍时做的手脚：“多费事啊，你还不如直接找我要呢……”

在这样一个情欲泛滥的时代，保守反倒成了种个性。尽管一向富于主见，但易欣也很难逆历史潮流而动；坚持变成了固执，并终将沦为疯狂的战利品，历史学家们把它叫做规律。当然，这并非意味着人们只能匍匐在宿命脚下而无所作为，真正聪明的水手从不畏惧滔天巨浪，反而会巧妙地利用那飘忽不定的风向来把航船驶向理想的彼岸。

从小学时代起，易欣就知道枕流不是盏省油的灯，魔鬼脸庞天使身材的活宝却比大众情人们更加不乏红颜知己，这你上哪儿说理去？既然摊上了，咱也只好将计就计，易姑娘从来就不是知难而退的和事佬，随着年龄的增张，她必须学会在理智与激情那根千钧一发的钢丝上如履薄冰，按照易欣自己的说法：“这种事情，就像数学中的‘极限’，只能不断接近，否则也就没意思了。”还是莱辛[②]总结得好：“美是高潮前的一瞬间。”

不知何故，今天的易欣显得有点儿沉闷，好像总处在半走神的状态中，肢体语言也带着些做作，但尺度却很宽，似乎尤胜以往。

当激情的烈焰渐渐褪去，空气中那团温热却氤氲开来；美感与快感，就

---

① 出自《论语·乡党》：“君子不以绀緅饰，红紫不以为亵服。”大意为：“品德高尚的人不用深青透红或黑中透红的布镶边，不用红色或紫色的布做内衣。”

② 莱辛，Gotthold Ephraim Lessing，（1729—1781），德国启蒙运动时期剧作家、美学家、文艺批评家、著有《汉堡剧评》、《拉奥孔》等。

像东边日出西边雨的参商[1]永隔一样，只有你唱罢时我才会登场。徐枕流倚靠进沙发里，尽管被定格在张力极限的那个姿势的确有些别扭，但他却懒得挪动，天旋地转中，男孩儿似乎又回到了十几年前的某个夜晚。

如今已经被弃置如蔽履的那间有些阴冷的地下室，曾经是两个孩子童年时代的乐土。当难不倒他们的功课被三下五除二搞定后，窄小的斗室便会欢腾出连绵不绝的清脆乐章，莫明其妙的追跑嬉戏、今天看来已经粗糙得近乎可笑的早期电视剧，都足以满足少年人无穷的好奇与精力。那时的枕流可不像现在这副熊样，呆呆地躺到女孩儿身边一动不动，只有悠长而平静的呼吸才勉强把他留在有机界中；与很多早就厌倦了众星捧月却孤家寡人的独生子女一样，当年的徐枕流同学，总嫌呆在易欣家的时间太短，抱怨那不解风情的日头为什么总会羞答答地垂向回家的路上。

常年从事编辑工作的易妈妈曾以她独特的新闻嗅觉断定，别看枕流外表似乎很活泼，实际上却有着小姑娘式的内敛，他不会像别的男孩儿一样，用满地撒泼打滚来争取自己的利益；三岁看大、七岁看老，的确，直到长大后的今天，枕流都不是那种不顾一切般追求私利的“大丈夫”。当年的他，不论多么留恋可以被易欣随意呵斥、支使的时光，都不会选择哭闹作为赖着不走的护身符。枕流常常在心中默默祈祷，希望能发生什么意想不到的变故，可以把自己留在这片快乐的所在。当然，小概率事件也难免会偶尔发生，如果一场不期而至的暴雨能够经久不息的话，事情便有了转机。而这种必然中的偶然，反过来，更会让正处在世界观形成阶段的男孩儿坚信超自然念力的真实不虚。从某种意义上来讲，在人类可以完全认识和把握规律以前，宗教的繁荣是种绝对和必然，如果没有适宜的主流意识形态可供依傍，人们便会不自觉地去寻找替代品，比如邪教。当你拒绝打开那扇始终紧闭的大门、又没有像样的理由时，就不能简单粗暴地谴责翻墙而入的不法行为，想要除去院子中屡禁不止的杂草，最好的办法就是在那里种满鲜花。

有那么一次，日理万机的老天爷终于被枕流几年如一日的虔诚所打动，他创造性地为男孩儿的愿望提供了免费升级，不仅有劳雷公电母外加雨娘娘

---

① 即参星与商星。参星也叫辰星，指西官白虎七宿中的参宿；商星则为东官苍龙七宿中心宿的别称。参宿在西，心宿在东，二者在夜空中此出彼没，彼出此没，而不会同时出现。

一个劲儿地招呼，还让因刚刚荣升编辑部主任而心情不错的易妈妈主动致电枕流奶奶，盛情力邀男孩儿借宿一晚，也好顺便品尝她新近研制成功的俄式罐闷牛肉。当推辞不过的电话那头终于传来王院长首肯的喜讯时，枕流几乎看到了正在云间眨眼的上帝。认识袁莱之后，他才知道，精神医学界把这种特异功能称作幻视，常见于已经无可救药的分裂症患者身上。

与那位好客的母亲不同，自始至终，易欣对徐枕流的去留似乎表现得有些默然，至少也是不置可否；然而，当枕流强忍着喜悦而尽量耐心地聆听奶奶那分条缕析的万般叮咛时，他分明看到了女孩儿脸上稍纵即逝却发自肝胆的笑容。

木秀于林、风必摧之，歪脖儿树之所以能全身而退，就是因为你砍了它也没用；当然，自从人类文明走到损人不利己这个阶段以后，很多明哲保身的定律便不再奏效了。整个晚上，可怜的徐枕流都被迫绘声绘色地为边吃零食边听音乐的易欣朗诵那些无聊至极又千篇一律的童话故事，生就的好嗓子和抑扬顿挫的语言表达就这样被暴殄天物着；从“很久很久以前……”到“突然有一天……”再到“终于……”，弄得男孩儿欲哭无泪。当然，塞翁失马焉知非福，从那以后，枕流只需随手一翻，便可八九不离十地判断出一部文学作品的好坏。其实，天下文章一大抄，谁也逃不脱那些或多或少的俗套，如今的读者最讨厌高高在上的说教，你能做的，就是去说出他们心中想说又说不出来的话，所以，眼熟的东西往往更有亲和力，千夫所指为最具剽窃嫌疑的“博采众长”反而能稳居销售榜首，虽不中、亦不远矣。

那时，正处于“原始资历积累时期”的易妈妈，升官后该去掉“夫姓”而改叫何卿主任了，每每要奋斗到深夜才回寨安息；当然，后来的事实也证明，在那个京城报业的圈地阶段所有的努力都将事半功倍，正是当初的人勤地不懒，使得易家三口后来的发达变得顺理成章。此外，八九十年代之交，早已习惯了爬格子的老知青们不得不开始和晕头转向的电脑键盘打交道，那些天，易欣妈妈也正在同久疏战阵的拼音输入法较劲以便跟上时代（说起来，还真该感谢当初的中苏交恶，否则，制定汉语拼音时要是也随了老大哥的斯拉夫字母，到今天，那热闹可就大了去了①）。总而言之，直到加班加点的易妈妈终

① 1955－1957 年文字改革时，采用哪种字母来拼写汉语，主要有三种意见：罗马（拉丁）字母，斯拉夫字母或者自创一种符号系统，最后，通用性最强的拉丁字母成为首选，以它为基础的汉语拼音案经由 1958 年一届人大五次会议通过并沿用至今。

于从楼上的办公室回来下榻时，已经念得七荤八素的枕流才得以保外就医。

直到和易欣一左一右地躺在何阿姨身边，徐枕流眼前的魔法师还骑着大灰狼追逐正惊惶失措地逃进黑森林深处的王子和美人鱼，但没过多久，他便坠入了沉沉的梦乡。

和把人生当成体验之旅的父亲正相反，枕流的妈妈是位杰出的事业型女性，这从她出国的一波三折中便可窥一斑而见全豹。当初，小两口儿和多数家庭的传统分工一样，也是决定由男子汉先行探路，等打下一块根据地之后再“小别胜新婚”。可计划赶不上变化，原本的分进合击被一再推迟，王院长那娇生惯养的独生子非但没能在国外稳住阵脚，反而准备激流勇退。结果，枕流妈妈果断变阵，虽然仅有短短的两三个月去准备当时对中国人来说还很新鲜的托福，但关键时刻从不掉链子的她还是咬紧牙关、拿下了澳洲名校外带实习机会的全额奖学金，毫不夸张地说，后来的局面完全是这位女将单枪匹马闯荡的结果。

常听“过来人”说性格相似的两口子很难过到一块儿，只有互补的伴侣才能各得其所，中国古代兵法上所说的“远交近攻”大概就与此有关。其实，枕流那风流倜傥的父亲和潇洒干练的徐妈妈怎么看怎么不像该上同一条贼船上的人，可这二位还就真“风风雨雨”地“飘摇”过来了；所以说，两害相权取其轻，经验主义还是比教条主义靠得住。

当然，有得必有失，从枕流出生那天起，印象中的母亲一词，就是指那个定时开着小车送来高档玩具和美食之后匆匆离开的大忙人；而当自己跌倒时，必须要叫“奶奶”才不至于趴在泥水中等到天黑。不仅对独生儿子如此，徐妈妈向来就是那种“统帅”一切的将才，当然，枕流那不愿受任何拘束的父亲也被她纳入了“势力范围”；从某种意义上来讲，易欣更像是这位“准婆婆”的升级版本。

事实上，自打把宝贝孙子从育儿室亲手抱回来那天起，百忙缠身的王院长已经尽一切可能让枕流得到同龄人该拥有的一切。正如很多同事所说的那样，若不是身边始终有这么个无微不至的牵挂，她恐怕早就鼎定了今天的地位，不至于要等到返聘之后才构建出事业的第二春。可是，在这个世界上，并非所有的种种都可以派律师代替本人出席，否则的话，幽灵般的克隆技术恐怕早就把人类带回鸟语花香伊甸园而不是十面埋伏的百慕大了。诚然，越组代庖的奶奶已经倾尽了全力，但日渐长大的徐枕流却似乎变得和别的孩子越发不同，尽管这种差异微妙而不易察觉的。或许，正因如此，母爱才显得格外的可贵；总有一天，科技可以轻松地把我们送回过去，但却永远擦不掉伤心人怅惘的眼泪。

上幼儿园时，胖乎乎的枕流从不像其他小朋友那样需要老师追在屁股后面喂饭，那狼吞虎咽的可爱状曾为他攻占过不少午睡时阿姨们的温柔乡。直到四年级时在地下室里度过那个风雨飘摇的夜晚，徐枕流才重新回忆起，躺在成年异性怀中原来是这种如早春微风般暖而不腻的感觉，于是乎，男孩儿睡得格外香甜，他似乎猛然间找到了童年时代中失却或者残缺的什么……

饲养过锦鲤的玩家都知道，这种小东西在幼年期必须喂饱吃足；否则，一旦饿成头宽身窄的畸形，以后无论怎样“填鸭”都再也长不大了。其实，人也一样，任何补偿都不可能替代那堂只能在襁褓中完成的必修课，从未在妈妈怀中安睡的孩子永远会对黑暗抱有本能的恐惧；所以，现代医学提倡“母乳喂养”。

遗憾的是，和枕流那位整天东奔西走的母亲半斤对八两，正在筹备上任后全新改版的何卿阿姨一大早便跑去撰写计划书，而沉沉静谧中的枕流并没有意识到这个轻手轻脚的变化。等渐闻床头隐约的呼唤、揉开惺忪睡眼的时候，幸福得不知身在何处的他却发现，昨晚恍惚中何阿姨那张稍显疲惫的温柔面孔换作了正浅笑着的易欣。坦白讲，这一刻，还流连在朦胧中的枕流同学真有种要拥向这个姑娘的冲动，刚刚梳洗完的她，出水清凉伴随着晨光中的爽朗，那略带稚气的不惹尘埃绝非任何护肤品可以复制，是种由内而外的净润。孟子认为，只有经过“夜气”的洗礼，被白昼间的尔虞我诈所沾染的你我才能回归到初生般的纯洁。多年以来，枕流似乎始终在寻找那个清晨，然而，他也不知道，当时的自己究竟是梦？是醒？

其实，上帝他老人家在让亚当横空出世后，还要画蛇添足地给他找个“点灯说话、关灯做伴”，恐怕绝不是为了有朝一日“同工同酬”。正如唯唯诺诺的“花瓶党”[①] 根本算不得真正意义上的政治团体一样，在男女之

---

① 蒋介石集团踞台初期（1987 年“解严”之前），依附于国民党、毫无独立性可言的青年党、民社党等被斥为“花瓶党”。

间搞整齐划一的任何企图都是对文明的背叛。坐地日行八万里的今天，稍有全球视角的人都知道，在两性更加平等的发达国家中，主妇根本用不着靠所谓“经济独立”来保证自己的社会地位，反而是我们身边那些早就把炒菜做饭之类的一技之长都拱手相让给全能丈夫的职业女性们越来越难以招架那感情世界里全线告急的拆东墙、补西墙。小时侯听过一则童话，说老虎的功夫都是猫教的，可狡猾的后者还是留了一手，没把爬树的看家本领和盘托出；果然，徒弟学成之后翻脸不认人，要拿师父祭旗，老猫就是凭借着最后的“一招鲜”才侥幸繁衍生息到如今的。记得幼儿园阿姨讲这个故事时女同胞们也在场，做人的差距之所以会越来越大，恐怕就是能否举一反三吧。

日久见人心，事实证明，渐渐长大的易欣，早就跨越了逞强好胜的初级阶段；如同任何一个冰雪聪明的姑娘，她当然懂得，单纯建立在理性基础上的感情，即便如参天大树般不可一世，也终究难像野火烧不尽的离离原上草那样旱涝保收；所以，随着“野蛮女友”日益出人头地，枕流在二人世界中的处境反而愈发宽松起来。正是在这个意义上，“诛心”要比“杀人”高明许多，也就是说，只靠“正面宣传为主”，充其量只能保得了一时的“驴粪蛋、表面光”，想要长治久安，光凭藏着、掖着、捂着肯定没戏，纸里究竟是包不住火的。

可遗憾的是，在对待枕流的问题上，易欣虽然“以最大诚意、尽最大努力争取和平统一的前景”，但又始终以相对的压倒性态势保持着足够的“武力威慑”，时刻准备着在糖衣炮弹无效之后予以饱和打击。正因如此，尽管经历了几乎可以等同于生命长度的并肩携手，但枕流还总是觉得与易欣之间似乎隔阂着些什么。比如儿时那个春风沉醉的夜晚，倘若没有温柔可亲的何卿阿姨在身边，他恐怕连睡觉时都得睁着半只眼睛。虽然已经释出了不少令徐枕流都隐约有些感动的善意，但易欣，这个惹得无数艳羡的“公主下凡”，距离能真正让人产生依靠感的境界，的确还有很长的路要走。

还是那间略带潮气的地下室，还是那张散发出阵阵山棕气息的老式弹簧床，但身边的人却换成了正在摆弄着笔记资料的吴雨。

经过下午的几番激情，向来很缺乏耐力的小胖子刚一沾上枕头便神志恍惚起来："阿姨……"喃喃中，连他自己也不知道究竟在叫谁。

"啊?"尚未有太多倦意的吴雨愣了一下，通常来讲，即便在确实难以规避掉这尴尬的称呼语时，枕流也更习惯于叫她"吴老师"，"阿姨"这个曾经的头衔自从男孩儿中学时代投到自己门下起便一直弃置不用。其实，很多事情往往都如此例：记得上高一那会儿，徐枕流曾不慎将右手摔伤，将养期间，很多日常的衣食住行、柴米油盐不得不改用左手代劳，久而久之，也熟能生巧起来；于是乎，伤好"再就业"之后的右手无奈地发现，自己某些曾经的"专利"已然固化为别人的功能，"看守内阁"成了千秋万代；比如说，时至今日，枕流依然习惯于用左手擦屁股。这个例子或许有些等而下之，但其中的道理却不折不扣，人生就是这样，偶然的经历可能会成为永恒的开始，无论你是否愿意。

吴雨轻轻抚弄着小胖子微卷的黑发，不经意间出现的久违称呼勾起一波波的陈年回忆。那时，她还是个待字闺中的洋娃娃，常常牵着这只憨态可掬的小熊那肉乎乎的小胖手，在尚未被市场经济大潮烦躁起来的林荫道上洒落一路追逐和笑语。

从七十年代末开始，古老而神秘的中国大地上曾经蓬勃出过此起彼伏的各式"特异功能"，其中最为脍炙人口的"经典曲目"之一便是所谓"耳朵识字"之类。据知情人士透露，当那种玄之又玄的"超感状态"袭来时，的确能够仅凭听觉、嗅觉或触觉便可使信封内密不透风的林林总总清晰地浮现在脑海当中。鄙人自然是肉眼凡胎，实在生不出把这种种看个清清楚楚、明明白白、真真切切的慧眼；也不好如自以为把一切真理尽在掌握的"反伪斗士"那样不问青红皂白地妄加挞伐，毕竟，比起宇宙万物，人的经验实在不值一提，所以，从逻辑角度讲，"证其无"要比"证其有"难于上青天得多（据说，不少欧美发达国家都投入重金从事"人体科学"或"意念力"的相关研究，并已经取得了一定成果；可是，就像几个世纪以前不相信"西学"而武断地将其斥为"异端"一样，在这个人类认知最新的"或然"增长点上，我们又落后了）。然而，有一点却可以肯定，也就是所谓"通感"的存在，且不仅于艺术世界中如此。举个现成的例子，眼下的枕流，在吴雨温柔的注视下，正从迷离的半寐间幽幽梦转，他似乎可以嗅出如春丝般幼滑的目光坠落在自己双颊时那稍纵即逝的重量。

“谁家姑娘啊？有没有大人管啊？”望着男孩儿的惺忪睡眼，吴雨沉静的脸上展出朵朵笑容：“瞧把我们小胖子给累的。”

徐枕流伸伸懒腰，由内而外的干渴感一路向下，牵动着五脏六腑。不知为什么，每次都是这样，就像喝过烈酒一样，转醒后的不适很快便会把那片刻的快感抛在脑后。他懒得起身，而是靠进小吴老师那软软的臂弯中。事实证明，如游击队般的手忙脚乱实在划不来，还是等到功德圆满时再从容地品尝瓜熟蒂落的禁果好些；很多时候，伦理和审美并不矛盾。

“你们这帮孩子啊，”吴雨把手中的参考资料换成杯极淡的绿茶，递到枕流嘴边。凭她从未探出过象牙塔的见闻，当然很难想象，小小年纪的易欣手中那假戏真唱早就轻车熟路，还以为这对别人眼中还算般配的跨世纪新新人类已经一路小跑奔向共产主义去“真抓实干”了呢。所以说，不要轻易对这个世界失去信心，别人可能并没有你想象得那么坏；既然我们连堕落都不怕，还能怕升华么？

徐枕流呷着早已辨不出究竟的碧螺春，显然，个中淡乎寡味实在是填不满那被掏空般的恍惚。男孩儿更没有兴致去辩解什么，他已经过了要靠先发制人来证明成熟的年纪，因而，不同于在少男少女中常见的欲擒故纵，此时的缄默并不含有任何惺惺作态的深沉。尤其重要的是，枕流素来不愿同旁人谈论那位似乎该让自己三呼幸运才对的女友，此情此景中自然更是这样。他很流连这间地下室里那阵熟悉的淡淡湿气，在吴雨身边时尤其如此，成熟女性特有的气韵令枕流油然生出种想要依靠的冲动，就像当年的那个夜晚一样。男孩儿重新将右臂环过她香软的小腹，调皮地吻向如凝脂般柔滑的脸颊。

“别闹了，”吴雨嬉笑着捏住枕流的鼻子：“小坏蛋，”这若明若暗的气氛倒似乎她令想起了什么，语气陡然间变得有些凝重起来：“我问你点儿事啊……”

参　拜

大家恐怕还都记得“非典”笼罩中国时卫生部长张文康将军①的那番“真情告白”②，若非如此，米醋、白萝卜这些传说中的“特效食疗佳品”也不会创下几十元一斤的天价。大家肯定更记得此次信任危机是如何收场的：如同当今臭遍街的各种黑幕题材连续剧一样，就在天柱折、地维缺、广厦将倾之时，官大一级压死人的高层领导果断出手，在奉行“多请示、多汇报”哲学的中国官场混迹多年、这回不知道误食了什么熊心豹子胆、竟敢隐瞒疫情的张部长、孟市长③翻身落马，同时，建立新闻发言制度……

后来，有人谣传说这二位“高级公仆”是替罪羊、代人受过。可稍加分析便会觉得他们俩一点而也不冤，您想啊，这么大的疫病就发生在天子脚下

---

① 张文康（1940－），上海南汇人。曾任第二军医大学副校长，1988 年获得少将军衔；1993 年出任卫生部副部长，1998 年任部长；2003 年“非典”期间因瞒报疫情严重失职被罢免；同年 10 月，出任宋庆龄基金会副主席，2005 年当选为全国政协教科文卫体委员会副主任。

② 2003 年 4 月 3 日国务院新闻发布会上，张部长向中外媒体“澄清”：“我可以负责任地告诉大家：在中国工作、生活，包括旅游，都是安全的；在座的各位，戴口罩，不戴口罩，我相信都是安全的！”

③ 孟学农（1949－），山东蓬莱人。2003 年 1 月任北京市委副书记、市长；“非典”期间因瞒报疫情严重失职被罢免；同年 9 月，出任南水北调办公室副主任；2008 年 1 月任山西省委副书记、省长，同年 9 月因矿难事故引咎辞职。

的北京城里，两个小小的“三品侍郎”居然能让众多大员们毫不知情，这能量也忒大了！不趁此时收拾掉，今后若再对党和人民生出什么得寸进尺的贼心还了得。所以说，这二位错就错在过早地暴露了火力。

简而言之，人吃五谷杂粮，有个头疼脑热是正常的，现如今，连广大农村都开始逐步纳入医保体系，得了病就去找个穿白大褂的聊聊，花不了几个钱。

两千年前的《礼记》便郑重地告戒大家：“将上堂、声必扬”①。当然，丑媳妇总还是要见公婆的，在我们这样一个没有定期解密制度的社会中，真相大白的那天，往往也就预示着“逝者如斯夫”的来临，比如那首从东周②宿命般幽幽飘向东汉③的末世童谣。

几个月前，当陆远航第一次与枕流分享自己的心事时，曾千叮咛、万嘱咐：“此中种种，切勿与外人道，如违此誓，人神共诛。”斗转星移，从在党旗下庄严地举起右手那天开始，徐枕流始终牢牢奉守着当初的千金一诺，纵然刀山火海、美女画皮，绝无半点儿食言可供指摘，苍天明鉴、日月作证。

可是没等枕流变节投敌，自从上次在“竹林茶座”结束后不久，那层本已十分脆弱的“铁幕”便缓缓洞开，头一个得以窥斑见豹的，便是始终关注着大盘走势的吴雨。

“你似乎还挺支持他们的？”昏黄的床头灯下，小吴老师那双清澈的眸子反倒显出些格外的闪亮。一周之前，当魏丹蹦蹦跳跳地跑来倾诉那些女孩自己也半是猜测的风云变幻时，她便后知后觉地意识到，已经若隐若现的流言恐怕并非空穴来风。作为有着多年交情的老友，吴雨并没有选择“事不关己、高高挂起”，而是单刀直入地找到魏一诚当面锣、对面鼓。出人意料的是，老魏这位素来有些高深莫测味道的语言心理专家并未做太多抵抗便把来龙去脉和盘托出，倒让本来准备口诛笔伐的小吴老师平添了几分惺惺相惜。

---

① 见《礼记·曲礼上》，大意为：“登堂入室之前，要先高声报告（以便让屋中之人知道自己的存在而做好准备）。”

② 《东周列国志》第一回《周宣王闻谣轻杀　杜大夫化厉鸣冤》：“……忽见市上小儿数十为群，拍手作歌，其声如一。宣王乃停辇而听之。歌曰：‘月将升，日将没；檿弧箕箙，几亡周国。’……”

③ 《三国演义》第六回《焚金阙董卓行凶　匿玉玺孙坚背约》：“……近日街市童谣曰：‘西头一个汉，东头一个汉。鹿走入长安，始可无斯难。’……”

其实，魏一诚之所以会如此反常，很大程度上是出于对形势的错误判断，自打在“竹林茶座”与枕流不期而遇之后，魏一诚便想当然地认定，小胖子早就把他的林林总总同吴雨“资源共享”过，既然人家已经兵临城下，自然没有了再遮掩下去的必要。屡试不爽，当中国人面对“囚徒困境”时，往往会在彼此毫无根据的猜疑中消耗掉本已千钧一发的生机。

“谈不上支持吧，”枕流很庆幸于吴雨的宽容，毕竟，魏家那点儿小秘密始终是这位工作不分分内分外的班主任密切关注的重点情报；但很显然，他的守口如瓶已经得到了足够的理解。其实，忠诚是种置之四海而皆准的美德，不仅对朋友如此，敌人也难免会钦佩那些“打死我也不说”的“一根筋”，而不打自招的软骨头，却往往难逃兔死狗烹的下场：“宁拆十座庙也不毁一门亲嘛。”脱口而出的男孩儿也很快意识到这句辩白很有些投敌的嫌疑，毕竟，人家赵冉才是魏一诚的原配；“是吧?”他犹豫着。

“连孩子都那么大了，还瞎折腾什么呀?”综观吴雨整晚的种种言论，这位熟知魏一诚前世今生的“圈内人士”似乎并未流露出那意料之中的文攻武斗，语气中反而更多地渲染着些须感慨，虽谈不上理解，但也超出了一般的长吁短叹。有些偏离主流意识形态的暧昧倾向竟然出现在这位历来不越雷池一步的大家闺秀身上，倒有些异乎寻常：“这个老魏，还嫌不够乱……”小吴老师把手中已经握了良久的水杯递到嘴边，迟疑一下，又搁回了床头柜上。她从不喝凉茶。

“明知道他出现比我早许多，却不管岁月将我们相隔……”这是当年吴雨出嫁时，徐枕流在语文课上组织众多“伤心欲绝”的青春痘男生攒出来并委托他代为演唱的歌词。古希腊医学家希波克拉底认为，当四种基本体液①处于不平衡状态时，行为颠倒的人便会表现出诙谐幽默②的气质。当然，这种天真的朴素唯物主义猜想早已被现代医学驳得体无完肤。然而，“幽默”这股“活水”在谈话陷入尴尬时被拿来和稀泥的办法却得以沿用至今。所以说，“美”往往要比“真”长久得多；生命总会有尽头，而浪漫却可以升华成为永恒。

---

① 指血液、黏液、黑胆汁、黄胆汁。

② 中文“幽默”为humor之音译，而humor的词根hum来自拉丁语，意为“水、潮湿”。

果然，始终显得心事重重的吴雨破颜而笑：“你还记得这个?”其实，此话更该由枕流来问。在整天和孩子们待在一起的小吴老师看来，80后红男绿女最不需要学习的本领就是忘记，成长在世纪之交的一代，早已习惯了将所有不如意抛诸脑后。新新人类的词典里，从来就没有品尝过沉重的味道，不论怎样刻骨铭心的过去，都无法阻挡那“憧憬未来”的脚步，在从背叛奔向虚无的周而复始中，他们从不会去真正相信什么。当然，主流之所以被称做主流，恰恰是因为例外的存在，比如说，吴雨就常常能从那个同样经千禧嘉年华焰火洗礼过的徐枕流同学身上找到似曾相识的点点滴滴，虽然她自己也说不清那究竟是种什么，亦或，是不愿意、甚至不敢去深究。

就拿陆远航的这段剪不断、理还乱来说，之于现如今的多数年轻人（研究生院里那些老古董除外），这种俗套的风流韵事已经对司空见惯了不伦恋外加习惯性流产的他们构不成任何审美刺激，当事人反倒可能会被斥为“没个性”、“老掉牙”。然而，喝过洋墨水的枕流却不这么想，在他看来，存在即是合理，任何“曾经”都有理由得到尊重，这山望那山高的迷失反而要比路漫漫其修远的后果更加不堪。

对此问题，远航本人的态度似乎与徐枕流并无太大出入，至少表面上看来如此；这也难怪，第一次的投入往往格外弥足珍贵，毕竟，无与有的区别总显得比多与少之间的距离要大上很多。

经过前次的三堂会审，魏、陆二人那层本已摇摇欲坠的情缘迅速转入地下状态，当然，这对于他们也并非什么新鲜的课题。把搞来搞去当作家常便饭的中国人深谙游击战略诀窍，素来不惧怕任何形式的“清剿”，“三光”、“囚笼”外带“地毯式”，到了这儿一律歇菜，都拿咱那烧不尽的星星之火没辙，野百合也有春天嘛。

如果从面相角度分析，双颧饱满的远航本该是个性格坚毅的姑娘，虽然表面看来，这与她对魏一诚锱铢必较的作风大相径庭；然而，咱老祖宗那点儿文化遗产的玄妙之处也正在于此，只有当一个人被逼进死胡同而不得不调动起全部潜能时，透过现象直达本质的“命理学”才会显出它的先知先觉。所谓困难像弹簧、你弱它就强；其实，人性也是一样：险恶的环境可以磨练出“蒲苇韧如丝、磐石无转移”的坚忍；反之，那些“死于安乐”的幸运儿，则往往只会人心不足蛇吞象的恶性循环中地抱怨喋喋不休。曾经只因为老魏一个姗姗来迟的回电便要如临大敌的陆远航，真到四面楚歌时，反而表现出女人基因中特有的冷静与忍耐：她不再要求那些周而往复的慰藉以及没完没了的海誓山盟，就像悬崖峭壁上倔强的孤松，似乎只需一点点微不足道的空间便能饱含着绝望中愈挫愈勇的生命冲动。

但话又说回来了，任何指鹿为马都不可能是彻底的无中生有。在这空前的困境中，远航之所以会岿然不动，也不能完全排除或多或少的外力支持，比如说，魏一诚新近交给她做的那个项目就不失时机地成为可以撬动地球的有力杠杆，在陆远航看来，“魏老师”还能惦记着自己比什么都重要。

说来也怪，一向致力于语言习得研究的魏一诚，这次不知道从什么犄角旮旯淘回来一个有关中文外来语的课题，几乎未做任何指导便悉数交付同样没有任何相关知识储备的陆远航全权负责。实事求是地讲，这些“剪刀加糨糊式”研究并不需要太多真知灼见，但如此明目张胆的滥竽充数倒也并不常见，尤其是在批量生产各种高学历庸才的今天。当然了，随着社会主义劳动力市场体系的逐渐发达，抓几个专业对口人士来“层层发包”、外行领导内行根本不在话下；轻车熟路的魏老师当然晓得个中究竟，特地嘱咐，让远航自行寻个通晓现代汉语词汇学的同窗一起“分而食之”，并叮咛说这种肥水可别便宜了外人，最好能是个“生前友好”前来共享。在人浮于事的研究生院里，等着咬钩的穷极无聊当然车载斗量，比如程毅，就是个不错的猎物。

愈发摩肩接踵的人类社会中，总难免要发生一些小概率事件，尤其在当事者有意为之的时候。手眼通天的魏一诚找来这么个几乎从未涉猎过的外快倒不成其为新闻，可他居然能未卜先知出远航身边刚好有个“门当户对”的搭档，若只用“巧合”来解释似乎多少有些勉强。

坦白讲，程毅在研院中不错的口碑并非来自他的才学，事实上，出类拔萃的卧虎藏龙反倒很难在这个文人相轻的环境里左右逢源，优胜劣汰的市场经济中尤其如此。毕竟，在中国人早被权威伤透心的今天，谁都不希望再出来个“领袖”把自己“一统江山”掉，于是乎，真正的人杰地灵往往会成为众矢之的并夭折怠尽。所以说，这个善于塑造庸才的环境中，程毅的三拳两脚倒还算来之能战，反正那点儿所谓的研究项目也只需要勤勤恳恳的态度外加个好人缘即可。看起来，叫唤了十来年的素质教育倒有点儿阶段性成果，如今的学术机构中，情商远比智商重要。

当然，八面玲珑的好好先生也不见得非得是满脸狐媚的老油条。比起那些在头破血流中才学乖的愤青，程毅绝对算个幸运儿，出身富贵之家的他更像一块温润的碧玉，之所以生来便没有分明的棱角，是因为公子少爷们根本不需要去你争我夺中打拼供自己立锥的生存空间。为富不仁那个初级阶段只属于刚刚从土坷拉里钻出来的暴发户，真正的有钱人不用费太大力气便可以为自己买下个好名声；经济基础决定上层建筑，先师马克思看得的确是远些，在多数情况下，社会等级要比我们想象中狡猾很多。

相形之下，枕流他们班那位混过多年民办教师的石立班长便顾不暇那么多皇帝新装。来自山西中部某地（具体位置始终是个谜，从没有人看到过石班长的任何身份证件）的他，打来到语研院的那天起，便像块久旱逢甘霖的海绵一样，贪婪地吮吸着目光所及的一切，连“妇女工作标兵”、“计划生育模范”之类人人避之的头衔都没有放过。在这个昏天黑地的小院中，石书记（第二学期伊始，已有六年党龄的他，“屈尊”被“破格”补选进入校级团委）始终保持着昂扬的状态；据说，阿扁“总统”笃信相学，每逢重大选举，总要用某种特殊材质榨取而成的精油涂遍主管权势的额头；若此说属实，咱们这位永远天庭锃亮的石立老师日后定当大富大贵，枕流曾装作不经意地检验过，人家的官运绝无人工斧凿痕迹，非油炸、更健康。

功夫不负有心人，半年多以来的奋斗正开始转化成为实实在在的生产力，至少在06级硕一班这个小圈子内，“石班座”的地位已经愈发巩固。那些曾经拿来新官上任三把火的鸡毛蒜皮早就无须他亲自动手，比如即将举行的春游活动，便被顺理成章地“基层民主”给程毅等人全权代理。

枕流始终没有搞懂，这次当日就须返回的踏青，为什么偏偏要安排到五十公里之外的远郊进行，那个听都没听说过的“青云寺”在北京古刹林立的西北山区根本就排不上号。其实，此次严格保密的决策来自高层，是直接由石班长授意产生的。上回所里聚餐时，徐枕流他们就曾经切身体会过一次什么叫做“官瘾”，那位本已忙得四脚朝天的常务副所长居然事无巨细到连点菜都要亲力亲为的程度，又赶上极善揣摩领导心思的系秘书煽风点火，害得特地没吃早点的枕流在饭香四溢中咽饱口水才盼到那位总因“脱不开身”而姗姗来迟的“鞠躬尽瘁”。

当然，刚入此行不久的石立尚未“进化”到那个程度，此次之所以会亲自甄选春游目的地，乃是另有玄机。这还要从他当初献身教育事业的土山坳子说起，那个鸟都不拉屎的穷乡僻壤虽然面目疮痍却“包子有馅不在褶上”，据说自从人类学会使用火的蛮荒时代起便盛产原煤，丰富到了连打口水井都能挖到浅层矿脉的程度。于是乎，在政策护航的改革春风抚育下，一个个百万、千万乃至亿万富翁相继出现，漫山遍野的小窑口川流不息地为他们输送着得天独厚的财富。

居心叵测的境外媒体说我国欣欣向荣的采掘业是世界上最危险的工种，这完全是对社会主义制度的无耻诽谤，但那些阴暗的巷道里每年都要搭上千百条性命却是不争的事实，而其中半数，就在山西。有地方政府保驾的民族工业领袖们当然不舍得在安全生产设施上投入太多，毕竟，各级衙门里有那么多嗷嗷待哺的官员人等，堤外损失要堤内补，为落实集约型发展战略，成本必须降下来。可那不争气的瓦斯却不大听红头文件招呼，怎么办呢？民族的才是世界的、传统的才是现代的，先富起来的弄潮儿们便把希望寄托在了神佛菩萨身上。据说，几乎每个“煤老板”都会要求矿工下井之前虔诚地燃上三炷青香，违者罚款、出事不管；当然，他们自己更会模范带头地严格遵守“规章制度”，从不敢怠慢。随着原始资本不断滚动，一个个小神龛也逐渐鸟枪换炮成为颇具规模的新兴庙宇；比如，石立他们镇上的某位市人大代表便致富不忘造福乡里、投资建造了三进大院、香火鼎盛的“青云寺”。

想当初，石老师决定考研时，就曾在那里发下大愿，如若得中，定当感恩戴德。后面的事情便不遑多说，人家红运罩顶、腾越龙门、光宗耀祖。可烦恼也接踵而至，由于“公事”过于繁忙，连春节衣锦还乡时也被请到县里四处介绍经验，根本没来得及到神佛那里当面道谢，日久天长，成了一块心病。

无巧不成书，前些天上网了解国家大事时，石立偶然发现北京市郊也有个同名同姓的“青云”宝刹。天意不可违！他赶忙找来程毅，决定推翻先前多一事不如少一事的论断，以有点儿迟到的春游为名，率领全班老小上山还愿。

在“你不用介绍你、我不用介绍我”的年轻人中间，吹面不寒杨柳风、万紫千红总是春的郊游本该成为结识新朋友、不忘老朋友的好机会，带上一二家属或观察员参加自然是题中之义。可对于这些整日里耕耘在书林翰海中的小知识分子来说却并非如此，如同习惯于作茧自缚的中国人一样，他们心中有着强烈的“自我”意识，更愿意把集体活动当成独来独往的一种特殊形式。

当然，任何规则从制定的那天起，便为违反它的人提供了巨大的潜在利益，对于不成文的惯例来说更是如此，通常，我们把这种标新立异称作“个性”。从小便享受着少数民族特殊政策实惠的艾枚对此最有体会，从来到这个大家庭的那天起，她便尽力让自己的一切都显得与众不同，这回自然也不会例外。艾姑娘原本准备借此机会把已经晋升为外企白领的男朋友重磅推出，毕竟，在很多两耳不闻窗外事的书呆子想来，“买办资产阶级”这个头衔还是很有些神秘色彩的。

可计划却总赶不上变化，自己挖坑自己埋的艾枚万万没有想到，由她亲手“介绍”给韵文的钻石王老五李彬，居然鬼迷心窍地主动提出要参加此次盛会。相形之下，若再把杜晓钟弄来，甘当绿叶不说，那套精心策划、准备届时痛说革命家史的奋斗历程也定然难逃被当场拆穿的厄运，所以，两害相权取其轻，只好让实在不给自己长脸的男友原地待命了。不过，同这些哑巴吃黄连相比，更让艾枚光火的是，李彬此次大驾光临自己居然事先毫不知情，直到头天晚上才接到远航无意中的“线报”而被弄了个措手不及，要知道，她可是隔三岔五便会托个理由和这位“贵人”接洽一下的。就像总要寻找地壳最脆弱环节喷薄而出的火山一样，在通知杜晓钟第二天不必再来时，艾枚顺理成章地把这种种怨恨都倾泻到已经虱子多了不痒的男朋友身上；枕流后来才知道，为了能出席这次处子秀，晓钟不但忍痛推掉公司里那本可以捞些难得外快的促销活动，还白白搭上了对于新人已经十分稀缺的一天倒休。

“嗬，”见到一身 Jack & Jones 休闲装的李彬，枕流也感到有点儿意外，事实上，他是今天唯一的“客座嘉宾”：“你每天都这么帅，不累么?”对于这位很难找出太多破绽的同性相斥，徐枕流也就剩下那条如簧巧舌还算自信：“我替你帅一天怎么样?”

虽然在中国这种相对嘴上积德的文化背景下，类似枕流一样口无遮拦的货色并不常见，但木秀于林的李彬早就对各种明嘲暗讽习以为常。反过来讲，对于这些“敢于护肤的真男人”来说，八面玲珑的目的不本就是为了博得众人的眼球么？无论这种反馈来自正面还是负面，总比那些无人问津的冷冷清清强些，尤其在点击率代表一切的时代中更是如此。其实，李帅哥根本不用为了正确的舆论导向操心，从研院乘坐少人问津的“旅游专线”前来这个莫名其妙景点的一路上，艾枚已经使尽浑身解数，不厌其烦地将他的光辉历程介绍给每一位同学，从当年在斯坦福扬我国威的百侣曾游，到今日跨国集团的擎天一柱，故事曲折、叙述生动。显然，昨晚刚刚在被窝里把李彬家祖孙三代问候了个遍的艾姑娘已经彻底转换立场，从小生活在大山深处那“天无三日晴”环境中的经历，早就教会人见风使舵的看家本领，后来闯荡京城的磨练，更让她懂得要在惊涛骇浪中借力用力的诀窍；所以说，实力决定一切的市场经济中，并非每个人都有展示个性的权利。推而广之，天生富贵的官宦子弟可以运筹帷幄、经世济民，却成不了真正的外交家；想当年，曾吃尽老蒋美式装备苦头的中共高层并没有忘记同这个帝国主义总代表的血海深仇，可当尼克松跨越大洋伸出橄榄枝时，咱还是咬紧牙关、足斤足两地接了过来，至于那位青灯古佛下的名门闺秀①，就只好继续顾全大局了。

比较而言，一旁的苏韵文则显得仓廪实而知礼节许多，渐渐蓄长的头发妥帖地垂顺在骄傲的胸前，虽没有财力去购置更多新装，但她从头到脚的那干净整洁的打扮却依然尽其所能地展示着主人的用心。

据远航透露，自从上回的冷餐会不欢而散之后，李彬曾多次以各种名目主动邀请苏韵文一起谈人生、谈理想。坦白讲，韵文这位湖北姑娘可不是那种故作欲说还休之态的假惺惺，既让人感觉春风化雨，又小心地保持着不卑不亢的距离而免于显得廉价。面对远近闻名的金龟快婿李彬，她当然乐得通过交往增进了解以便“保留变化”，否则也不会被艾枚选中作为开路先锋。可奇怪的是，近一个时期以来，苏韵文似乎开始有意降低二人交往的热度，且不像是一般意义上的缓兵之计，倒让观察家们有些摸不着头脑。

“这庙里怎么没和尚啊?”端着光学变焦镜头的程毅四处捕捉着可资利用的背景，却始终不离远航之左右。

“大概去哪儿走穴去了吧，”有过电视台工作背景的陆远航似乎格外钟情于内幕题材，她并不惧怕相机的追逐，而是从容有致地摆出各种造型；微风

---

① 1946年平安夜，北大法语先修班学生沈崇（中国海军缔造者、北洋名臣沈葆桢之孙女），遭驻京美军士兵强奸，此事成为后来兴起的反美浪潮之直接导火索，据说美国当局甚至因此停止对蒋军援；受害者沈崇本人行踪始终是个谜……

吹拂着女孩儿新近换上的楚楚长裙，看起来兴致不错。

即便从广角镜头中望去，劳动大家不辞迢迢赶来的“青云”古刹其实只不过是个两进院落的小寺。它坐落在群山间的一处平缓坡地上，从班驳的红墙判断，大概还有些年头。庙小阴风大、池浅王八多，尽管规模有限，但“青云寺”几年前就被当地有关部门纳入旅游开发“一盘棋”中，庙门前金字招牌上“某某管理处”的大名在阳光下熠熠生辉。既然已经由专政机关统一接管，那些世代清修于此的大小僧侣便只好“解往它处”妥善安置，这也是为了能更好地保护咱们老祖宗留下来的文化遗产，相信以普度众生为己任的阿弥陀佛们都能理解。

徐枕流在澳洲念书那阵儿，曾阴错阳差地有幸受邀参加过这片 1770 年才被殖民者们“玷污”的神秘大陆上某名不见经传的学术机构之两百周年华诞庆典；其间，颇为好客却不学无术的老毛子曾善意地请一位似乎是清华出身的客座教授介绍一下中国学府的悠久历史；显然，在活动主办者想当然地看来，这个自诩为拥有五千年抚今追昔的文明古国一定有着足以使与会者叹为观止的一脉相承；枕流大概永远也忘不了当时的情景，那位站在讲坛上的满腹经纶，面对台下的期待，苦笑不得地不住擦着自己本已锃明瓦亮的额头，甚至忘了是否该挂上些礼节性的微笑……

“好了好了，同学们安静，”腆着突飞猛进大肚子一马当先的班长石立转过身来：“咱们要进殿了，寺庙清净之地，不要喧哗，”从他嗫嚅的双唇上判断，这位新科书记大概原本还打算讲一番诸如“咱共产党人是无神论者，之所以这样做是为了尊重信教群众、结成更广大的统一战线”之类宣言，但咱石老师还算没忘了自己大老远究竟是要跑来干嘛，更重要的是，殿中那双慈悲而庄严的隐隐目光让他多少有点儿脊背发凉。

凝神细观，才发觉这小小的“青云寺”倒还真有些“山不在高、有仙则名”的味道。神龛正中供奉着没有被布袋和尚“鹊巢鸠占”的弥勒佛像①，身

---

① 弥勒，藏语谓“强巴”，“弥勒”是梵文 Maitreya 的音译简称，为贤劫第五尊佛，弥勒菩萨现居于兜率天内院为诸天演说佛法，经四千岁（即人间五十六亿七千万年），弥勒菩萨将下生人间成佛，故又称未来佛。在我国，晚唐五代以前的弥勒像，大都为两脚交叉而坐，或是以左脚下垂，右手扶脸颊的半迦思维形，与如来释迦佛的造像没有多大区别。晚唐五代以后，江浙一带的寺院中开始出现我们今天常见的笑口弥勒佛的塑像，其实这是按照布袋和尚的形象塑造的。布袋和尚，奉化或谓长汀人，世传为弥勒菩萨之化身，身体胖，眉皱而腹大，善笑，出语无定，随处寝卧。

后帷幔纵横，虽有失清扫，却也透出光鲜亮丽永远无从替代的厚重与沧桑。从春日明媚的室外走进晦暗高耸的古殿，一阵阴冷的朽木味道扑面而来，令人不觉肃然。

此刻的石立，激动得几乎难以自持，来之前，恐怕连大班长自己都没有想到，身临其境的此情此景竟是这般令人神驰。若非蒲团不够，他真想像祭奠宗祠的族长那样，率领全班老幼一齐下拜，让“列祖列宗”看看自己活生生的胜利果实。望着石立紧闭双目时的那份虔诚，枕流突然感觉到有些莫名的瑟缩，他实在不堪设想，顺风顺水的班长大人又在乞求些什么。

近些年来，常听人抱怨中国政治体制的种种弊端，以至于贪官横行、恶吏当道；其实，这个世界上从来就没有“令坏人无法作恶”的“完美制度”，任何时候都是清者自清、事在人为。倘若国民性中那些根本痼疾得不到清除，像石立这种“高情商”人士恐怕在任何一种体制中都能如鱼得水，正所谓“狼行千里吃肉、狗行千里吃屎”。

与财大气粗的名山宝刹不同，惨淡维持的“青云寺”选择将里面那些“示范性”诱饵——已经落满尘土的“公德箱”直接摆在神佛面前，徐枕流很有些厌恶这种如同绑票般的勒索，于是并没有打搅钞票们在钱包里的大梦。但深受三晋大地商业气息浸染的石立却不反感如此“一手交钱、一手交货”的直来直去，把口袋里除大票外的一切鸡零狗杂都换成了赎罪券。① 当然，在他这样做时，并没忘记要习惯性地朝四下搜索着闲杂人等，以免被程毅手中那个灵敏的快门尴尬下什么，还好，臣僚们都已经识趣地退出殿外。石班长看看墙上“殿内严禁拍照，违者罚款二百元”咒语中“二”字头上那明显后加的一横，满意地笑了，显然，由政府统一规划管理还是有些好处的。

当今中国，政府监管虽然早已改头换面成为“宏观调控”，但其一脉相承的余威在经济运行中的主导作用依然不可小觑；故而，与红头文件保持高度一致便成为发家致富的不二法门。对此，历练多年的“新款民族资产阶级们”的嗅觉还是相当灵敏的，在得知当地旅游主管部门终于决定对“青云

---

① 亦称“赦罪符”，拉丁文意为“仁慈”或“宽免”，后被引申为免除赋税或债务。1313 年天主教会开始在欧洲兜售此券，教皇宣称教徒购买这种券后可赦免“罪罚”，当金币落入钱箱的叮咚声响起的一瞬间，购买者的灵魂便可以升上天堂。

寺”下手之后不久，某地产巨头便不失时机地通过公关将寺后那座青松翠柏的小山圈占下来，准备开发成新兴别墅区，供僧俗两界同乐。

其实，既然这佛门清净之地已然成为供游人瞻仰的马戏场，再多个借台唱戏的来凑热闹倒也无伤大雅；但问题是，这座并不起眼的小山在人民公社破产之后已经被当地村民承包，成片果林和烂漫四溢的桃花香便是见证。一个姑娘许给了两家，两家还都有合同，这可要了亲命了。还是当地父母官有招儿，决定按市场规律办事，让地产商和村民自行解决，政府“不予干涉”。

于是乎，口水战演变为全武场，“资本家”动用了黑社会，农民兄弟拿起大刀长矛，各抱地势、勾心斗角，一时间好不热闹。当地向导告诉研院一行人，“青云寺”后原本有条小路可以扶摇直上，通往半山腰的“苦阁”，这里历来是高僧们的闭关场所，很值得曲径通幽、寻寻觅觅。当然，此处现已成为临时指挥部所在地，那条拾阶而上也被儿童团昼夜把守，“外乡人”还是别去为妙，据说最近正在举行“反渗透”演习，且工农武装割据刚刚配备了猎枪、士气正旺。

枕流他们讪讪地踱出山门，院外是一处石板铺成的空场，多年来始终供十里八乡赶集之用，自打“青云寺”沦为景点之后，逢初一、十五的大小二集逐步演变成全天候播出，“战争”期间也不例外。同自由市场里那些丧心病狂地叫卖着的行商坐贾不同，朴实的山民们似乎并不在意销售量的同比增长，大婶儿三五成群地唠起家常，土妞们不时偷眼瞄瞄那些城里来的靓妹、盘算着自己的穿着打扮还与人家有何不同。

“来来来，”艾枚帮李彬抬着一箱盒饭：“大帅哥请客啊，”她娇小的喉咙里发散出摄人心魄的呼唤。

“嘿，咱韵文面子够大的，”和同学们一样，来此蛮荒之地筚路蓝缕的陆远航早就自备了足够口粮，但当看到艾枚端着纸箱派发战利品时那副自豪神态后，她果断地赶上前，自顾自地拿起一份，又回头递给程毅一盒：“我们就沾光、爱屋及乌了啊。”其实，出身知识分子家庭、举止和雅的远航内心里是个很富正义感的姑娘，坐长途车前来于此的一路上，她不顾颠簸、反复向同学们说明：李彬之所以会深入基层、不耻下问，乃是追逐韵文的磁力线而来。

“我说过了，我——不——要！”猛然间，一个单薄的男声发作了，不出所料，正是对面的冯业。

日　记

有一个源自拉丁语的词汇：post hoc，指误把前后相继的两个事物当成因果关系。其实，你我历来信奉的一切莫不如此，银婚、金婚、钻石婚的结发夫妻也有可能同床异梦；还是把经验论发挥到极点的休谟①看得透彻些，正如他所怀疑的那样，在绝大多数情况下，我们找到的根本不是“原因”，而充其量只是个“理由”甚至“借口”罢了。传说中的“因果率”并非科学的嫡子，不过是那些自以为看透造物主心思的大小犬儒们编造出来的自欺欺人。

在芸芸众生们看来，一夜暴富的彩票或者从天而降的花盆代表着幸与不幸，而勤耕不辍和及时行乐则会成为自强不息与咎由自取的活教材。其实，没有人能选择自己的性格以及由此衍生出的行为模式，那“天若有情天亦老”的“正道沧桑”早就注定了你这一生的悲欢离合。连一贯主张“要实现人类幸福、就只能靠我们自己”的先师马克思也从来没把“主观能动性”当成完全受人随意支配的聚宝盆、摇钱树，所以，如果他老

---

① 休谟，David Hume，(1711－1776)，苏格兰哲学家、历史学家、经济学家。在《人性论》、《人类理解论》等论著中，他尖锐地指出：“虽然我们能观察到一件事物随着另一件事物而来，但我们并不能观察到任何两件事物之间的关联。”

人家有幸活到大炼钢铁那阵儿，肯定也会被当成“内定右派”回炉改造的。

举个眼前现成的例子，如果你能生出一双天眼通，把连主人公自己都讳莫如深的行止出处看个究究竟竟，便不难理解，那位在研院这个本已群魔乱舞的世道中都被公认为怪胎的冯业为什么会成为如此模样。

这还得从那个“红星闪闪”的时代说起，想当年，冯同学的妈妈乃是北京某著名高中里的绝代校花，且属于五讲四美三热爱那种；没等工宣队挥起镰刀斧头，便率领同学们来到鲁、豫两省交界处的黄河滩上建设社会主义新农村，光荣地成为一名无产阶级知识青年。

有人说，老三届那一代人是天然的宿命论者，的确，像六神无主的提线木偶一样，中南海里某位伟人的指示就可以成为左右他们命运的判决书。故事发展到七十年代初，革命热情已经随着滚滚黄河水看不分明了，就在此时，停办多年的大学开始招收工农兵学员，自然，需要所在生产队推荐才能生效。当时，冯业妈妈有个相恋多年的青梅竹马，论功课，这位后来也混迹在语研院里的神秘人物始终是班上无可争辩的头把交椅，即使沦落到在盐碱地里刨白薯时也手不释卷。当然，头脑发达之辈往往四肢简单，无缚鸡之能的小知识分子们挣的那点儿可怜工分连自己都养不活，就更别说在政治上力争出人头地了。

绝望中的人往往会出现幻觉，把赶来捞自己的救生员当成稻草、浮木之类并一口咬定，结果弄个两败俱伤。其实，马后炮地看来，自打大学恢复招生之后，对待下乡青年的政策已开始松动，从那以后，招生、就业、返城的口子便逐渐打开；但当时几乎已经心死的年轻人早就无暇顾及这么许多，而把此次机会当成逃离苦海的唯一彩虹。其实，明眼人都看得出来，校花那位初恋男友自然是最符合推荐标准的人选，可生产队长就是把此事束之高阁、像没发生过一样，冯妈妈心里当然清楚，这位从自己来的第一天就眼珠掉地、又刚巧死了女人的土皇帝在等待什么。

于是乎，就在全村张灯结彩的那天晚上，似乎始终默认着一切的“小秀才”终于收到了那张好像刚从字纸篓里拣出来的报名表，油腻腻地盖着生产队的大红图章。知耻近乎勇，这位“福报不浅”的工农兵学员后来果然一路扶摇直上，他，就是去年被枕流奶奶寄予厚望而带到香港着力培养、却神不知鬼不觉地“出走”新加坡的陶雄兵博士。

据说，在当年“山寨版美女与野兽”婚礼的第二天一大早，那位曾经的知识青年便打起行囊走出了村口，也是同样的悄无声息。从此之后，这对曾赌咒过海枯石烂的恋人再未谋面，唯一的一次联系，就是宝贝儿子正准备报考语研院时，冯妈妈辗转托付当时还担任院办副主任的陶雄兵帮忙关照一下那回。

在多数“圈外人”眼中，知识分子似乎该具有较高的道德水准才对，至少要比“婊子无情、戏子无义”强些；毕竟，那么多“圣人之言”不能白读啊。其实，通常意义上的“学术”，并非铁板一块，而是拥有着两个截然相反的维度——“价值”和“理性”：通俗点儿说，前者指那些无所谓对错、是非的信仰，比如宗教、哲学、伦理等等，或许，也包括爱情；而后者，则需要“摈除”一切“杂念”，紧盯着数据、报表，没有了“妇人之仁”，只剩下锱铢必较、精打细算……

通常来讲，语言学是某种界乎于社会科学与自然科学之间的门类，因此，从事这个专业的学人也往往具有着相对双重的人格，而冯业，就是个不错的实例。其实，和这种“过敏体质”的人打交道也并非毫无规律可循，据不完全统计，只要你没有给他造成种“高高在上”甚至“强加于人”的错觉，冯同学发飙的几率便会降低百分之四十左右。比如说，在“青云寺”外的小凉亭里，正啃着干面包的冯业头一次推开艾枚手中盒饭时的语调就还算客气，隐约间似乎还说了句“谢谢”；可被胜利冲昏头脑的艾姑娘却错过了全身而退的难得机会，居然冒险再次推销，结果……所以说，遇事要见好就收，得便宜卖乖得看时间、地点、人物。

也难怪，冯业今天的心情本就不算太好；这次出游之前，他曾破天荒地力邀黎夕茜同往，却碰了一鼻子灰。冯同学显然低估了校花的价位，就凭这小山包上那两棵歪脖子树，还想引来金凤凰？更何况，仅仅在选修课上打过几次照面的黎姑娘根本就不记得有冯业这么个人。于是乎，亚马逊雨林中美丽的蝴蝶偶然间扇了扇翅膀，几天后，密西西比河畔的飓风却降临到了艾枚头上。

“没事儿，”一直冷眼坐在远处的苏韵文终于开了腔，她走到冯业身边坐下，并招呼艾枚继续把盒饭“速递”给其他同学，事实上，这几乎是苏、艾二人今天唯一的一次正面接触。

被晾在旁边的李彬脸上浮现出稍纵即逝的尴尬，但很快便找到了可以移花接木的台阶，于是转向正一边焦急地看着纸箱中越来越少的盒饭、一边眼巴巴地计算着人数的枕流："别着急，肯定有富余，发完了剩下的全归你，"他知道，虽然嘴上无德，但像徐枕流这种传统"书卷型"在体面问题上通常会取守势，不至于为点儿小玩笑便撕破脸皮。整天混迹于沐猴而冠的写字楼里，李彬大概是没见识过这种阵仗，他一边把小鸡炖蘑菇递给枕流："您先垫垫，不够我再去搬，"一边装作不经意地朝冯业那边望着。

说来也怪，素来不合群的冯同学似乎并不反感苏韵文，当然，这也许与她和黎夕茜走得较近不无关系。徐枕流也是刚刚才知道，前不久，几乎不主动和别人打招呼的冯业忽然找到韵文，支吾了半天，女孩儿才弄明白这不速之客的来意。事实上，自从到研院读书那天起，他就一直在帮老家的师弟师妹们办理来京读书的助学贷款，跑了半天，得到的答复基本都差不多："这种事情必须本人亲自出庭，不得委派代理。"可问题是，如果那些贫下中农子弟有闲钱跑到北京转悠，也就用不着申请资助了。看来，现如今中国的制度不是不够健全，而是太健全了，健全得针扎不进、水泼不进。

无奈之下，四处碰壁的冯业想起了组织，于是便找到在研究生会担任一部之长的苏韵文；其实他早该明白，人家的"法治"并非没有弹性，关键是得"往来无白丁"。虽然研会的大员们懒得插手这种毫无油水可言的多一事不如少一事、只象征性地找那边打了几句官腔，但却化腐朽为神奇，没过多久，便峰回路转了。

"他这个人就是有点儿喜怒无常，其实心眼儿不错，"从那以后，每当听到对冯业的微词时，韵文都会一脸严肃地去纠正别人。当然，除极个别的亲信外，她并未透露过自己之所以会为之辩护的来龙去脉，原因自不必说。

"真够咸的！"远航端着手中的一次性饭盒，左看看、右看看，她本就不饿，没扒拉几口便吃不下去了："这儿还有什么可玩儿的？"女孩儿瞧瞧身边的程毅。

"咱们去求个签吧，刚才在门口我好像看见有算命的，"程毅正在给相机换胶卷，撂在一旁的猪肉炖粉条也剩了一大半。

"这破庙可真没劲，"酒足饭饱的同学们晒着太阳，开始回味起来："还不如在城里找个公园呢……"说话的正是和程毅同系的那位四川姑娘习咏嘉。

“没错儿，”本该与“党中央”保持“高度一致”的班副程晓枫也不荤不素地加入了声讨的行列，她之所以会一反常态，大概与前不久在“优秀干部”提名中的落选有关：“早知道我就不来了。”

“话可不能这么说，”正把脚晾在槛椅上的石立显然对来自堡垒内部的“不和谐”更为敏感，于是连鞋都没顾上穿便奋起反击：“这……”他似乎也找不出能驳倒对手的理由：“来这里是班委会集体讨论决定的！”看看，民主就是比一言堂好，尤其当出事儿之后分散突围的时候。

“差点儿忘了，”程毅拎着三脚架走下凉亭：“咱们班还没照过全家福呢。”一回生、二回熟的他心里最清楚，此时再不出来搅局，此次决策的责任八成还得由自己替“领导”担着；中国的“民族资产阶级”具有“先天”的软弱性，在与权力较量时尤其如此。

听说要照相，艾枚首当其冲，拉上李彬和枕流挤进队伍正中间，一整天也没说过几句话的李彬看了看人群边缘笑靥灿烂的苏韵文，似笑非笑地摇了摇头……

“来来来，”石班长朝程毅大手一挥：“你再单独给我照几张，”在志得意满的他看来，这帮不解风情的落后群众自然没有资格和自己平起平坐。直到照片洗出来，徐枕流才发现，石立身后那间重檐亭原来叫做“八风邸”，左右廊柱上垂着副不大起眼的对联：“一炷香求名求利求官运神不好办，几个钱祈福祈寿祈禄源仙也为难。”

“一——二——三——茄子！”

从“青云寺”回校的路上，远航向枕流谈起正在进行中的那个项目，据说难度不大、但过程却很烦琐，要到十来所中学搞调研，用以收集90后们口中鲜活的外来语素材。陆远航也是那种兼济天下型的女孩儿，她不习惯关起门来过小日子，一向有福同享，所以天生不是给别人金屋藏娇的坯子：“明天到首师附中听课，你要没事儿的话也一块儿去吧。”不用说，肯定是程毅做的外联，这小子大学时在首师摸爬滚打了四年，毕业前夕还就近到附中实习过。

“别介呀，”枕流夸张地摇头：“君子不夺人之美，我可不当电灯泡。”

“什么呀，”远航象征性地挥起粉拳，比划了一下：“爱去不去。”她俏皮地扬了扬下巴。

在徐枕流印象中，程毅始终是个从不斤斤计较的男孩儿，典型的富贵公子；可一旦牵扯到纯洁的男女关系时，事情便开始发生些微妙的变化。和无话不谈的北京孩子不同，他总是尽量避免在同性之间讨论感情问题，说起其他女生时也往往遮遮掩掩、顾左右而言它。在程毅的交际圈中，男女朋友始终泾渭分明、井水不犯河水，尤其对于那些被列为考察目标的异性更会采取严密的“隔离措施”。

枕流清楚地记得，个把月之前，当与魏丹过从甚密的那位博士哥哥托师弟程毅翻译一篇论文时，外语水平也不过伯仲之间的徐枕流曾被力邀加入，虽然只帮忙撰写了段摘要，但事毕之后，程毅还是大张旗鼓地塞给他两百块报酬外加一顿烤肉。反观这次同远航合作，二者大相径庭，和研院中所有人一样，程毅自然知道徐、陆二人之间业已存在的友好合作关系，但却始终讳莫如深，就连远航主动邀请枕流加入时，他也只是在旁边不置可否地笑笑，与平日里天下为公的慷慨判若两人。

徐枕流当然了解程毅独特的生活习性，也乐得成人之美，毕竟，无谓树敌总不算智者所为。其实，这次避嫌本就是顺水人情，从“青云寺”回来的次日，他早已另有安排。

大约两三天之前，枕流着实意外地接到袁莱的电话，约他有空儿时到医院一晤。照理说，一直“下榻”在封闭病区的袁博士并无随便约见友人的自由，甚至连使用通讯工具的权利都没有，更奇怪的是，他又能从哪里得知师弟徐枕流刚换的手机号码呢？通过远航？恐怕不会，自打上次介绍二人认识，陆远航倒是去探望过袁莱两次，但都有枕流同往……事实上，直到走进通天观医院那座并无什么特别之处的大门时，男孩儿也没能解开心中的这些疑惑。

宽敞而人迹罕至的院落中，深深春日里蓬勃的景致倒与头回来时大显异趣，一树树桃李已然欣欣向荣，刚刚老去的满地繁花尚未来得及打扫，正随淌淌微风徐徐徜徉。和总比平原地区晚上半个节气的山间不同，城里的空气已经开始积攒起沉闷的味道；北郊常见的灰喜鹊似乎有些烦躁，不时在枝头咿呀着。

东张西望的枕流突然停下了脚步，男孩儿惊奇地发现，未经允许本不得外出的袁博士正立在他们每次都会光临的石桌傍，似乎在欣赏屋檐下刚刚孵出的雏燕。大概是听到徐枕流渐渐走进的脚步，他慢慢转过身来："你还挺守时，比我强。"

"呵呵，"枕流有些惭愧，同往常一样，若不是被尿憋醒，自己今天肯定迟到："我还以为您不能出来……"他猛然意识到这似乎有点儿哪壶不开提哪壶，尴尬地愣了一下。

袁莱笑笑，他似乎比前次胖了些，脸上也泛出丝丝血色。

"哎？"直到袁博士侧坐在石凳上，枕流才想起书包里的湿纸巾："这，这不是得擦擦么？"永远慢一拍的小胖子感觉自己也该进去"深造深造"了，今天张嘴就说错话。

与礼节性的示意不同，这回，袁莱笑得很爽朗："不用了，不用了，你也坐吧。"

惊魂未定的徐枕流刚刚发现，面前石桌上整整齐齐地摆着叠笔记本，用一条浅蓝色丝带十字扎好，正中心处，打着个漂亮的花结。

"等会儿你走的时候，把这个带上，"袁博士端详着枕流："先寄存在你那儿。"

"哦，"枕流觉得自己似乎该问点儿什么，但一时又理不清头绪。

"你……"袁莱好像在等待着小胖子的发问，见他久不开口，便顺着自己的思路继续："你对将来有什么打算？"

"啊？"和目光澹定的大师兄坐在一起，向来以敏捷著称的徐枕流反而总显得有些跟不上步点，这可能就是道家主张的"大巧不工"吧，过分花哨的招式在迷惑对手的同时也难免会消耗自己。

和所有削尖脑袋准备在象牙塔里更上一层楼的苦孩子们一样，徐枕流当初刚刚走进研院大门时也着实趾高气扬过些日子，以为从今往后尽可刀枪入库，就等着在保险箱里顺理成章地"芝麻开花节节高"了。其实，真等你挤进围城之后便会明白，走学而优这条华山路，就像好吃却不管饱的猪蹄、凤爪、酱鸭脖一样，反倒不如烙饼卷大葱实在。说出来不怕您笑话，刚拿到学生证那阵儿，每逢身边有陌生美眉光顾，不管颠簸的公交车上何等拥挤，枕流都会把这象征身份的红本本掏出来摆弄一番；可虚名毕竟不能当饭吃，看看那些当年在求学独木桥上"有幸"被推将下去、如今却数钱数到手抽筋的

“败军之将”们，你也只剩下在装聋作哑与自我怀疑中进行艰难选择了。

“想在学术机构一路混下去？这对于你倒不困难，”袁莱提示着，却并没有故意摆出一副过来人的口吻：“还是做些更实际的工作？”

“这个……”尽管特殊疑问句已然变成最容易回答的选择疑问句，但枕流还是觉得有些一言难尽。

多年以前，大学本科毕业生到自由市场卖猪肉可以登上头版头条；现如今，火葬场招聘一位司仪却能引来二十多个博士。都是邓小平理论旗帜下长大的一代，谁不想做些实际的事情？可您从导师手里趸来的那点儿陈芝麻烂谷子，再怎么打折、抽奖外加返券也没人搭理。面对愈加严峻的就业形势，研究生扩招恐怕连权宜之计都算不上，让人才供需矛盾缓期两三年执行，却赔上了咱高等教育本就摇摇欲坠的声名狼藉，说饮鸩止渴都是给了内部价的。

“看得出来，你不是那种死读书的角色，”事实上，袁博士虽满腹经纶、却绝非喋喋不休的话痨，平日里交谈时往往也是听得多说得少，可今天似乎有些反常，面对一直找不到节奏的枕流，他倒是显出点儿不吐不快的意思，始终引领着话题滔滔向前，却不像在讲给某个特定的人听：“趁着年轻，多走走、看看。”

“您能说得具体点儿么，比如……”

袁莱像往常一样微笑着看看桌上那摞绿皮本：“流水不腐、户枢不蠹，人生要真是几十年如一日地波澜不惊，也就没什么意思了。”

尽管这位传奇缠身的大师兄从不故作出一种貌似高深的姿态，说出来的话也大都平易近人，但平日里早已习惯于口若悬河在话题中心的枕流还总是觉得自己就像个只会鸡啄米般点头的后进生，连接下茬的机会都找不到。在男孩儿眼中，袁博士就像圣经里通俗易懂的赞美诗，每次听来总会有所心得，又常读常新。枕流似乎怀着太多疑问，总想探个究竟，答案好像就在眼前，可等你真的深出手去摸索时，它又飘渺着远去了。

刚刚拿到那摞笔记本时，徐枕流就觉得有些面熟，却说不出个所以然，直到几天后经“微服”前来的易欣提醒，才意识到，这便是多年以前语研院报社印制的记事手册，易姑娘上小学时常用的那种。也难怪，枕流隐约记得，远航似乎提起过，当初袁师兄读研时曾在院报参加实习，后来好像还曾为副刊写作过专栏。

“这种本好多年前就不再印了，”易欣摩挲着那熟悉的绿色封面，柔滑而冰冷：“居然还这么新，保存得真好。”

“咱打开看看怎么样？”枕流试图从那扎成十字形状的丝带中抽出一本，却怎么也找不到合适的角度。

“你净弄些偷鸡摸狗的勾当，尊重隐私懂不懂？”女孩儿嘴上虽然这么说，但却没有阻止小胖子那极不专业的动作：“真笨！”她干脆亲自披挂上阵，试图解开那条丝带；毕竟，同样生长在这个小圈子里的易欣，也很想对那位传说中天马行空般的袁博士一窥究竟。

《水浒传》第十一回中，曾有梁山“前老大”王伦要求打算入伙的林冲到山下杀个人作为“投名状”、以示决心的描写。艺术源于生活，现实社会中，铁哥们往往也要一起干过些不大不小的坏事儿才算够意思。这样做乍看上去有点儿拿道德规范祭旗的错误倾向，其实，存在即是合理。正如那块最短的木板才是决定水桶容积的关键因素一样，在打算长相厮守的伴侣之间，无论朋友亦或爱人，他（她）能有多坏远比能有多好重要百倍，潜意识里，我们正是靠这大大小小的“投名状”才在彼此试探中建立起信任的。

“呦，看来此人果然不同凡响啊，”高中时代曾着力研究过中国结技法并颇有心得的易欣反复尝试了各种可以想到的招式，却依然奈何那个看似稀松平常的环扣不得“够戗，”女孩儿终于摇摇头：“除非把它剪开。”

枕流泄气地注视着那叠平整的笔记本，轻轻缠绕在一起的水蓝色丝带已经洗得有些发白，两根灵巧的线头一明一暗的盘桓纠葛、形成象征吉祥平安的佛印“万”字图案。正所谓一把钥匙开一把锁，不是每件事情都可以越俎代庖、包办代替，解铃还须系铃人，心中的结尤其如此。当然，这也并非意味着外力的无所作为，正如马克思说过的那样，它至少可以延缓或加速事物新陈代谢的进程，但该来的总还会来，只不过是个时间早晚的问题。

比如说，当初陆远航之所以要冒着走漏风声的危险、主动把本该密不示人的心思同枕流分享，就是为了能从旁观者那里获得些微不足道的安慰。然而，鞋舒不舒服终究只有脚知道，尽管劝合不劝散的徐枕流已经使出浑身解数、试图让远航泰山崩于前而面不更色，但陆姑娘还是难免要花样翻新地制造事端，比如去刺探魏一诚的手机记录、电子邮件乃至作息出入。

很久很久以前，凡人少女 Psyche 有幸与和爱神丘比特相恋，礼贤下士的小丘做好事不留名、一再嘱咐女友不要探究自己的身份（他们只在夜晚黑暗的宫殿里幽会）。可 Psyche 却忍不住好奇，便趁丘比特熟睡秉烛偷看，得知被她搞掂之人竟是俊美的爱神时，缺乏阶级斗争经验的 Psyche 乐极生悲、一滴蜡油坠落下来；小丘顿时惊醒，恼怒之余、撂下句话“Love could not dwell where there is no trust”[①] 后便一去不回头。

经典之所以会成为经典，就是因为它在被不断地上演；未经允许的闯入者终将为她的不慎付出代价，远航当然也不会例外。事实上，自从与魏一诚“确立”关系后不久，陆姑娘便已经“破译”出他的电子邮箱密码；一年多以来，始终风调雨顺，未曾截获任何可疑情报，无非只是些学术往来而已。这虽然不足以打消女孩儿心中的焦虑，但起码也能给那脆弱的平衡加注些微不足道的砝码。然而，多行不义必自毙，量变终于进化成为质变，几天前，远航在老魏的邮箱中发现了令局势急转直下的“秘密”。

这封“伊妹儿”的收件人是袁扉，也就是在信中被亲昵地唤作“小扉”的那位。全文大致可分成三部分：首先是以第一人称笔触沉痛地记述了近几个月来的遭遇，婚姻出轨、女儿早恋、美满家庭濒于绝境，并直言不讳地表达了自己对现实的不满；紧接着，魏老师深情地回忆了与袁扉共同度过的美好时光，在未褪青涩的岁月中，他们相依相伴、你侬我侬，尽管没能兑现那山盟海誓，却也不失为漫漫长夜中永恒的回响；最后，笔调由实转虚，进入意识流状态，如密电码般絮语，在彷徨与悔恨的交织中，抒情主人公问天问地问夕阳，慨叹着命运的嘲弄、盼望曾经的爱侣能在无尽黑暗中为自己点亮一盏爱尔克灯光……

闲来夜读《唐史》，发觉，比起那位手潮不已的 Psyche，咱中国的古人要高明许多。有一次，出使归来的奸相杨国忠得知自己久未谋面的娇妻怀孕了（那时还没有实现交通运输现代化，您要是有幸出任新疆自治区委书记兼军分区政委，若把家属留在北京享福，三年五载不能老婆孩子热炕头也是有的），面对同僚的质疑，人家杨大人非但不惊不怒，反而理直气壮地解释道：“有什么好奇怪的，这都是我们夫妇情深所致。”后来，又画蛇添足地把新生

---

① “失去信任，爱就无法存在。”

儿命名为“杨朏”①。

其实，有些时候还是难得糊涂好些，文明时代的人类之所以要穿上衣服，就是因为很多事情真弄得太清楚了大家反倒都尴尬。可要命的是，陆远航偏偏就是个死钻牛角尖的角色，连电脑都没来得及关，便跑去打破沙锅问到底。说来也怪，自从上次与人家父母“峰会”之后，每逢远航提出约见，魏一诚难免要推三阻四，总要经过充分的讨价还价才得以露出庐山真面目，可当这次陆远航气势汹汹地打上门去时，他却出奇痛快地粉墨登场了。

在二人经常接头的那间咖啡屋里，面对女孩儿咄咄逼人的质问，看似山穷水尽的魏老师，其实有各种缓兵之计可供选择，比如以“程序不合理”为由来反诉检调机关的取证手段，或者干脆就像丘比特那样直接剥夺远航的话语权，毕竟，是她率先违反了互信原则。看到了吧，这便是“法制社会”的可怕之处，那厚厚的卷宗不仅没有实现公平与正义，反将本来置之四海而皆准的道德伦理打入万劫不复的死牢：包青天铡死陈世美为民除害，在今天看来似乎有些“民刑不分”，至少也是“量刑过重”，而秦香莲进京寻夫的行径与偷看丈夫短信没有本质区别，按照小资们的游戏规则，既然你不信任我，也就没有资格指责我的背叛。

可出人意料的是，当陆远航拿着不那么确凿的证据找上门来的时候，遇事向来沉着冷静的魏一诚似乎并没有感到太多意外，他几乎未做任何抵赖或辩解，而是直言不讳地将那些旧时往事按照编年体例分解开来。据当事人供认，他与袁扉本系师兄妹关系，在语研院读书期间萍水相逢并相知、相许，也曾一同憧憬过比翼齐飞的未来。就在二人还沉沦在初尝禁果的甜蜜中时，作为研会干部的魏一诚通过校际交流渠道结识了正在北大念书的赵冉并心生倾慕，当然，这个阶段的来往依然停留在美学层面，并未产生“换缰”的战略构想。

变局出现在毕业前夕，懒洋洋地从象牙塔里探出头来的魏博士猛然发现，外面的世界并不如他设想中那样顺理成章。那时的研究生尚未被体制彻底抛弃、仍能享受分配工作的福利，可具体出路却天壤有别，像老魏这种既无背景可言、又不懂得溜须拍马的愣头青自然只能等而下之，据说，被安排

---

① 原指“月未盛之明”，此处借有“己出（是自己生的儿子）”之意。

到某边疆省份刚刚成立的大学中任教。原本对未来摩拳擦掌的初生牛犊登时如冷水浇头、等醒过味儿来才发现无论抱佛脚还是告地状都为时已晚，情急之下便想起了赵冉那位学而优并身居要职的父亲。对于从事社会科学研究的学者来说，人脉显得尤其重要，毕竟，比起是骡子是马可以拉出来溜溜的数理化，文科往往无所谓高下对错，说你行你就行、不行也行，说不行就不行、行也不行，不服不行。大树下面好乘凉，有个靠山抬举往往要比点灯熬油实惠许多，这个领域当中更容易出现“七叶弭汉貂”的世家望族，恐怕与此不无关系，就像牛顿爵士说过的那样：之所以能比别人看得远些，是因为我站在巨人的肩头。

《雷雨》当中为了娶阔小姐繁漪而让侍萍卷铺盖滚蛋的周朴园显然是遵照现实主义人物塑造“典型化”原则创作出来的产物，即便如此，这位把等价交换原则贯彻到日常生活中的民族资产阶级在与旧情人不期而遇时依然流露出点点悔恨的泪水。现实生活中，尤其在知识阶层的小圈子里，下作到如此田地的勾当倒不那么常见，当事者往往会有意无意地让自己心中那点儿小九九批上命运外衣，换成新世纪的语言，叫作缘分。当初，尚沉浸在由“宿舍——教室——图书馆”三点一线所构成的简单快乐中的赵冉虽然也对深沉而博学的魏师兄心怀崇敬，却也没有过更多利己的盘算，二十年前的女才子们可不像现如今在渐渐老去的日子里连镜子都不敢照的巾帼须眉那样冷暖自知，尚未被资产阶级腐朽生活观念沾染的她们从没听说过“干得好不如嫁得好”之类的颓废论调，依然打算为社会主义奉献青春。至于与魏一诚渐行渐近、直到产生相守终生的冲动，那都是在赵冉出于为祖国语言文字工作事业挽留人才的单纯动机把他推荐给父亲并使之顺利地留在语用所供职后一两年才依次发生的故事。当然，曾是一代校花的袁扉也美女不愁嫁，在慢慢相信这一切都是上天的精心安排之后也顺理成章地接受了某崇拜者孜孜不倦的追求，过上香车宝马的悠闲生活。所以说，物欲与欺骗往往并非如想象中那样血肉横飞，反过来讲，道貌岸然的我们也许正在心安理得地充当谋杀廉耻的刽子手。

对于短短几个小时当中发生的这次戏剧性变化，枕流始终觉得有些蹊跷。狡兔三窟的魏一诚会蠢到拿自己的生辰八字充当信箱密码，这本就很令人费解，据远航说，他以往所有邮件都是公务来函，并不曾涉及私人交往，且从未有过与袁扉相关的蛛丝马迹。也难怪，地下活动最重要的原则之一便是绝不能留下任何文字证据，这样一来就连要赖的余地都没有了。即便魏、袁二人果然藕断丝连，也完全可以当面锣对面鼓，毕竟，对于同属语研院系统、抬头不见低头见的他们，根本就犯不上落下事后百口莫辩的把柄。更为奇怪的是，既然这二位已然如此心意相通，还有必要在邮件中自白书般地反复追述过往的一切么？总之，听远航讲述完来龙去脉后，徐枕流总感觉在这看似偶然的扑朔迷离之外还隐藏着更为复杂的盘根错节。

“最开始托袁扉帮我报名的时候，就觉得他们两个关系不正常，”女孩儿气得面色惨白：“当时魏一诚还死不认账。”

通常来讲，每逢枕流对她的疑惑发表意见时，陆远航都会倾向于接受那些正面的观点；毕竟，谁交朋友也不是为了四处碰壁，尤其是当自己处于逆境时，往往更希望听到冲锋号而非退堂鼓，即便后者可能被验证为苦口良药也在所不惜。唐太宗说“以人为鉴，可以明得失”，其实，我常常觉得这是个很失败的比喻，千百年来，国人困于斯的重要误区之一便是把朋友当成镜子，照来照去，看到的还是自己；就像如今盛行的所谓“研讨”、“听证”、“同行评议”一样，只对那些附和之声从谏如流，而将忠言逆耳抛诸脑后。

“你不觉得这事儿有点儿奇怪么……”犹豫再三，徐枕流还是划出了自己心中的问号。

“没什么可奇怪的，他就是这种人!”若搁在以前，远航肯定巴不得枕流能证伪眼前的一切，告诉她这只是场噩梦。可今天，烦躁的女孩儿却不再寄希望于枕流的伶牙俐齿，或许，长期以来的反复拉锯已经渐渐使她心中的支点发生了微妙的转移：“我当初怎么就看上这个混蛋了!”陆远航愤怒地咬紧双唇，圆润的下巴上皱起条条班驳，但眼中却没有一滴泪水。

当我们倾听别人对失败或正处于危机中的感情经历进行诅咒时，往往会奇怪于“无辜”的主人公为什么会委身于如此姥姥不疼、舅舅不爱、连狗都嫌的“害人精”；多数情况下，同仇敌忾的旁观者或同盟军就会像远航妈妈一样，将这一切归结为“鬼迷心窍、倒霉有道”。想想，命运之神也真可怜，不光要受理信徒们铺天盖地的祈祷，还得面对无所不在的投诉甚至弹劾。其实，还是毛主席他老人家说得比较公允："世界上没有无缘无故的爱……"[①]

实事求是地讲，魏一诚绝非如远航描述的那样不堪，恰恰相反，他基本可以算是个颇具魅力的中年成功人士。与那些在故纸堆里消得人憔悴的书呆子不同，魏老师有着颇广的社交范围，除去分内的学术研究，出版、策划、广告制作乃至旅游开发无不涉猎（这大概就是博士毕业分配工作时那次尴尬所带来的"知耻而后勇"吧），若非如此，他也无缘认识本风马牛不相及的远航。当然，这种四海之内皆兄弟的往来酬唱并非如炮仗般一响即散，而是为魏一诚挣得了实实在在的经济效益，那套两百平米的小跃层和新款别克商务车就不是一般知识分子可望可及的，即便在"科教兴国"的今天也是如此，比如那位同样居研究室主任的顾岩曾就眼红到了撰写过匿名信的地步。即便如此，魏老师毕竟是正牌院校博士出身，与那些三杯酒下肚就原形毕露的铜臭商贾有着本质区别，厚重而从容不迫的气度、儒雅又毫不落伍的穿戴，对相当年龄跨度的女性目标具备全天候综合打击能力。

只可惜，强弩之末，其势不能穿鲁缟。

"他有什么了不起的，追我的人多了！"

① 原文可见《在延安文艺座谈会上的讲话》之《结论》部分："……世上决没有无缘无故的爱，也没有无缘无故的恨。至于所谓'人类之爱'，自从人类分化成为阶级以后，就没有过这种统一的爱。过去的一切统治阶级喜欢提倡这个东西，许多所谓圣人贤人也喜欢提倡这个东西，但是无论谁都没有真正实行过，因为它在阶级社会里是不可能实行的……"

双　规

“轻轻打开地图册，我第一眼就看到了彩色的中国；碧绿的是平原，金黄的是沙漠，长长的是长江，弯弯的是黄河，还有一只小船一样的岛…”

如今年轻人中的相当部分大概都在小学音乐课本中领教过这曲《彩色的中国》。的确，当我们还是个孩子时，曾很为自己能生活在这样一个拥有如此庞大版图且自然环境极其多样化的国度内而感到由衷的庆幸与骄傲。

殊不知，地理是历史之母；大有大的难处，多有多的问题。世界屋脊跑出了达赖喇嘛，天山南北隐藏了东突匪帮，云贵高原的茶马古道上运送着毒品、私货，台澎金马的高楼大厦里盘踞着登辉、阿扁；拥有如此复杂的社会构成乃至分裂势力，中国人自然要面对很多麻烦。前几年，语言学界接了个不折不扣的“大活儿”，这次兴师动众的研究调查表明，当今中国大约只有53%的人口“可以”使用普通话进行日常交际，请注意，这里说的仅仅是“可以”，是种或然性，人家究竟用不用，只有上帝知道。

连说句话都如此花样百出，其文化的各自为政也就不足为奇了。如今的中国，隔上两三年便有“代沟”，出了四环路就都被统称为“外地人”，半个月不上网便几乎听不懂人话，七八天没上街就可能找不着北；您别以为这是什么好事，古往今来，有哪个文明经得起如此东拉西扯，价值观的混杂与割裂，往往会成为一些社会问题出现的前兆。

这两年，互联网上开始流行一个新词：“圈子”，大约指由志趣相投的一群人所构成的社团。其实，不仅在来去自由的虚拟空间里，我们生长于斯的花花世界也正是由这样一个个亚文化堆积起来的。倘若突然离开你所熟悉的“圈子”，又未能对旧有的价值体系进行及时调整，便难免要落入“文化休克”中，轻则驴唇马嘴，重则伤筋动骨，在今天的中国尤其如此。

江南才子东北将，陕西黄土埋皇上；小小语研院就像一个南腔北调的自由市场，集中了从祖国各地跃过龙门的金鳞们。当然，绝大多数人用不了多久便会融进京城这口大染缸里，毕竟，他们当初之所以会毅然决然地背井离乡，不正是出于对改头换面的向往么。依次类推，那些自我标榜的所谓“文化使者”跑到大洋彼岸宣扬中国文化不过是就近找个顺手的饭碗罢了，其境界与当年西学东渐时筚路蓝缕的传教士不可同日而语。当然，林子大了什么鸟都有，并不是每个人都情愿像石立那样游刃有余、兵来将挡，总难免会跳出一两位大战风车的唐·吉诃德，比如冯业。

其实，即便冯同学不知道自己起五更、睡半夜替农民工兄弟辛辛苦苦撰写的申诉材料最终被公检法机关丢进字纸堆的命运，也该见识过他帮同乡学弟跑助学贷款时主管部门的冷脸白眼；可人家冯业就是不见亲丧不掉泪、不见黄河不死心。而残酷现实最终给他上的那一课，恰恰就是在“食色性也”的美人关前。

别看冯业的桀骜不逊人所共知，他倒并非油盐不进的铁公鸡，见着美女虽不至于笑逐言开，却也难免要心猿意马两下。说起来，在山东老家时，冯兄也算是十里八乡远近闻名的“注册帅哥”，考到北京之后更加行市看涨，俨然成为当地可望不可及的偶像级人物。寒假富贵还乡时，各路媒婆闻风而动、分进合击，连院墙上都坐满了，虽然最后都被脾气见长的冯公子熊了回去，但却给窝在黄河滩半辈子的冯妈妈挣足了面子，倒也算是皇天不负、桑榆未晚。

回头想想，那帮婚介人员可真够不开眼的，见过大世面的金凤凰能看上你们村土妞么？何苦去给人家抬轿子、捧臭脚、凑分母。其实，冯业早已有了“考察对象”，好马配好鞍嘛，可研究生院数，唯有黎夕茜还能“勉强凑合”，也就是上回卡拉OK大赛时让他当场“水银泄地”、只得恋恋不舍地回去换裤子那位。

也难怪，黎姑娘的父母都是大学毕业后援助三线的干部，在汉中当地很有些背景，本就天生丽质的她自打高中起便被送到上海的奶奶家念书，饱受十里洋场洗礼后更加高贵动人、却又不失年轻人的生动与现代气息。自打黎夕茜来到语研院起，便成为整个八卦市场永不落幕的头条：今天某部长公子堵在大门口苦等，明天被宝马760接去早茶……总之，男生着迷女人骂，群众喜欢敌人怕。

曾有社会学研究专家对进城农民工的购物习惯进行过观察，发现他们往往宁愿多花钱、少办事也不会选择大型超市，而只在路边小铺去买那些又贵又差的商品。调查表明，民工兄弟并非不知道超市的东西物美价廉，之所以要事倍功半地消耗掉本就十分拮据的支出，是因为他们认为那整洁高雅的购物习惯不属于自己。

据说，前苏联曾经存在过所谓特供商店①制度，于是乎，当“三元”乳业得以在全行业性灾难中幸免时②，境外媒体便想当然地将这一巧合与后者长期作为“特供奶”的身份联系起来。其实，了解大陆的人都知道，自从推行市场化改革以来，中国社会已经与多数欧美国家没有太大区别，其等级差异主要体现在经济实力上，而非政治地位。

同那些平头百姓一辈子也没进过的会所、俱乐部、高尔夫球场一样，情感世界也存在很多常人很难染指的“圈子”。缺乏实力的擅自闯入者，其下场，恐怕比没有年卡就溜进度假村的愣头青还要糟糕，毕竟，倘若运气好，后者在被拎出来之前还能在大堂里捡块儿水果糖吃。

遗憾的是，并非每位刚进大观园的门外汉都如刘姥姥般识相，总有个别夜郎自大要以身试法、不撞南墙不回头，比如冯业同学爱上黎夕茜这回就是个蛮生动的素材。根据山东老家的游戏规则，小伙子热情大胆地追求漂亮姑娘就像场院里玩耍嬉戏的狗儿、猫儿一样自然，即便买卖不成也会相逢一笑泯恩仇。更何况，能得到冯大才子的青眼本身就是个扬名的事儿，等新婚之

① 只有高级干部及其家属才能凭借特殊身份证明到那里购买各种紧俏商品的场所。

② 2008年北京奥运会结束后不久，中国内地相当部分奶制品当中被查出含有致病添加物——三聚氰胺，而“三元”企业则成为极少数例外之一。

夜，跟丈夫一说“当初，人家冯业都想泡我”，多牛X呀，什么叫无形资产啊，怎么也得比别人多挨俩嘴巴，而且都是正手的。您还别笑，古董行里不是讲究“传承有序”么，知名藏家把玩过的货色都会身价倍增。其实，声色圈中的道理也差不多，正所谓“我诵得白学士《长恨歌》，岂同他妓哉?”①；否则，大概也不会有那么多在机场安检出口守侯一夜、只为摸摸某位大明星的“痴情少女”了……

装甲兵之父富勒曾经分析过，冷兵器时代军人的主体是武装起来的农民，因为大刀长矛的使用技巧和锄头镰刀类似，可机械时代的武器却需要具备工人素质的士兵来操作，光有股子蛮劲肯定玩儿不转，这也就是那些传统农业大国（比如中国）在近代之后逐渐落伍的原因。依次类推，当信息化大潮席卷全球之前，在农村长大的孩子往往“性启蒙”早些，毕竟，抬头不见低头见的飞禽走兽都可以成为“初经人事”的导师，所以说，我国婚姻法规定农村男女可以早两年领证儿完全合乎天理伦常；可当互联网逐渐走入千家万户之后，情况便开始发生了微妙的变化，更早接触各种“新鲜事物”的城里孩子“后来居上”，于是乎，冯业所信奉那套千百年来的天经地义也就变得不再那么顺理成章了。

事实上，当冯业刚开始约只不过上课时坐得近些的黎夕茜消夜、唱歌、压马路时，心里发笑的“首席美女”表面上依然相敬如宾，只是按照程序进行了十分委婉又相当坚定的回绝；而且，此后每逢原本连名字都没记住的冯业时，还都会貌似热情地寒暄几句，毕竟是抬头不见低头见的同学，也算是给足了面子。更重要的是，真正的美女绝不会通过傲慢来建立信心，那都是没见过大世面的小家碧玉才玩儿的把戏。可要命就要命在这客气上，习惯于直来直去的冯老哥把人家的礼节与风度理解成了默许，觉得还是火候不到，只要自己继续施压，早晚会妹妹坐床头的。追星族们都明白这个道理，只要到签售会买张 MV，蔡依林肯定主动跟你握手，就算搂着她照张像，人家也不会皱一下眉头，而同桌那位长着一脸雀斑的女生却怎么也不愿意和你共进晚餐，即使玫瑰花的价钱够买一摞专辑；但以上事实并不能说明“小天后”

---

① 白居易《与元九书》中记载：某歌女夸口说：“我会说唱白学士的《长恨歌》，怎么能等同于普通的娼妓呢?”

对你有意思，相反，“痘痘美眉”倒可以根据爱好再接再厉。

那是个周五的下午，通常，研究生院不会在这天的晚间安排任何讲座，所以，四点半下课后，原本宁静的校园中开始渐渐集结着准备出外打牙祭的男女老幼。

就在此时，两辆外型扎实剽悍的SUV来到了小院门口，每逢陌生车辆前来总要充分盘查的保安不知何故、问也不问便老老实实地推开了去年花费重金购置、如今已经改成人力操作的“全自动”折叠门。不少来中国身临其境的欧美友人都产生过同样的疑问，为什么这个民族如此喜欢用一道道高墙把自己和外面的世界隔绝开来，城外有郭，如同棺外有椁一样，包裹地严严实实。其实，砌墙和安装门禁对讲系统一样，都是缺乏安全感的表现，当然，还有些关于身份的象征意义。

随着发动机几声有力的闷响，两部越野车不偏不倚地停到了校内那本就不宽的小路中央；大家这才看清，前面是辆挂着军队牌照的道奇翼龙，后面那辆根本没有车牌的悍马H2即使加入世贸后也至少要上百万人民币，而且还是升过值的。

从道奇里走出四位中等身材的男子，个个都留着清一色的小平头、穿着类似外企白领的休闲工作装，但从他们黝黑的肤色与精光外射的炯炯二目上看来，这几位绝非普通上班族，倒有些像每当有重大外勤时长安街两侧装作若无其事地行走着的便衣。比起他们，那些身着黑西服、头戴蛤蟆镜、口叼竹牙签的“帮派分子”简直就如同小孩儿过家家的儿戏一般。

正当大伙儿对穷酸气十足的研究生院能有如此贵客临门感到诧异之时，保卫处刘副处长从行政楼一路小跑出来、满脸堆笑地赶上前去。显然，他对这些不速之客的到来并未表现出丝毫意外，而是像老友久别重逢般热情地媚态尽显着，可那几位略带官气的“小平头”似乎并不很买账，只是面带严肃地点点头、并推开他递上去的“中华”。

但刘老师并未感到丝毫气馁，他把烟揣进西装裤兜，执着地陪着笑脸：“别着急，马上，马上就来。”

说起保卫处，那可是个“劳苦功高”的部门，与那些三天两头有学生从八楼窗口溜达出来的大学相比，语研院能够连续五年做到“零报案”，全都仰仗这个高效率的“机关”。当然，没有报案并不代表没有发案，光今年春季，研院宿舍就至少有两台笔记本、六部手机不翼而飞。按理说，本已穷得叮当乱响的小知识分子们肯定不会善罢甘休，可保卫处的头头们就有本事能让嗷嗷乱叫的事主自认倒霉、而不去麻烦正忙着的公安机关。具体做法无外乎威逼、利诱、许愿、发誓，跟骗小女生上床时的技术要领差不多，一通百通、活学活用。

正当同学们莫名其妙地注视着如此西洋景时，一位身着保安制服的“工作人员”出现在大家视野中，他每走出几步，便又要赶回头去拉扯身后那位满脸怒容的男孩儿：“你快点儿行不行?”保安哥哥那大约来自河北与内蒙交界一带的口音显得很是紧迫，这里自古就盛产“杀人红尘中”的“燕赵游侠”。

“干什么啊?”院子里几个研一的同学认出不时打掉保安“咸猪手”的小伙子，正是冯业。

“你说干什么?”刚才还笑容可掬的刘老师刹那间变形成了催命厉鬼：“少废话!”他夺步上前，一把将男孩儿搡了过来。

“行了，”身穿长袖衬衫的小平头拦住作势还要“宜将剩勇追穷寇”的保卫处长：“我们跟他说点儿事。”

“您甭跟他客气，这家伙总找麻烦，我……”刘老师大概是个老北京，习惯于把“甭”念成“bíng”那种。

“好了好了，”另一位大约级别低些的“小平头”向前挪了一步，刚好挡开士气正旺、准备加入三堂会审的刘处长：“您这边儿请，”他抬起筋肉分明的手掌，“我们要单独说几句。”

刘老师还准备再意思一下，可为首的那位“长袖衬衫”却已经开始切入正题：“你认识黎夕茜么?”显然是刚刚接受任务不久的缘故，他把女孩儿的名字说得既清晰又顿挫。

“你们要干什么?”冯业恐怕从没在大庭广众之下栽过这么大面儿：“我还有事儿，请不要干扰别人的正常生活，”他嘴上虽然这么说，脚下却没有要挪动的迹象，只是不忿地梗着脖子。

“小平头”并未接茬，而是平静地继续着原来的话题：“希望你今后不要再去骚扰她。”

“骚扰?”男孩儿冷冷一笑，看来，他并没被对手那看似机关算尽实则漫不经心的阵势吓住。毕竟，在冯业的世界里，从未有任何力量是高不可攀的，就连那书本上声震千里的滚滚黄河在水土流失之后不也正变得孱弱、甚至有些妩媚么，更不用说当年曾经怀揣梦想的母亲了：“这跟你们有什么关系?”

始终面无表情的“小平头”点了点头，对近在咫尺的公然挑衅并未表现出丝毫不快，而是宣读文件般地重复了一下刚才的备忘录：“请你记住，别再骚扰她。”

“哼,”自以为“扳回一城”的冯业倍受鼓舞，看来，从村支书父亲那里继承的人生哲学果然包打天下，光脚的不怕穿鞋的；于是，他按照平日里对待同学们的标准一视同仁地撇了撇面前这位还没有他高的对手：“神经病!”

“小平头”略微沉思了一下，决定像在练兵场上无数次演习过的那样执行“B 预案”：“那好吧，麻烦你跟我们走一趟。”话音未落，周围那几个原本闲庭信步般地打量着小院里各色景致的“办事人员”像是听到了“收工”的号令似的转过身来，做出个“请”的手势，微微扣住冯业的肩部和腰眼，并利索地打开道奇两侧的后门。

直到此时，始终不明就里地目睹着一切的同学们根本不知道究竟发生了什么，陌生男子低沉的音量并不足以传之久远，冯业那时而亢奋时而不屑的高歌却断断续续地拍打着大家的猜测。这位不屈的初生牛犊倒像是在角力中略占上风的胜利者，而对手那不落俗套的排场反成了他魔高一尺、道高一丈的陪衬。但是，就在冯壮士即将被“护送”上车那个瞬间，从教学楼里忽然飞奔出的一团香风却改变了这错位的平衡。

脚上蹬着的高跟鞋似乎并没有成为她定向越野的障碍，手中拽着的包在女孩儿身后被惯性拉成一条直线，苏韵文粉嘟嘟的脸上染满汗津津的红晕，大概刚从楼上一路跑将下来：“你们要干什么?”真所谓不是一家人、不进一家门，连开场白都像是刚串过供似的。

“哎，哎,”始终插不上话的刘处长终于找到可以一展身手的机会，可刚要行使师道尊严的他便被近旁的那个“便衣”拦在了背后。

“我们有事请他过去一下。”“小平头”虽然暂停了原本十分连贯的动作，却没有显出丝毫意外，语气还是那样客套而熟练。

“你们是谁?”韵文揪扯着陌生人的手腕、并道出了所有人心中的疑惑：

"他是我男朋友!"来而不往非礼也，主攻社会语言学的她在发问的同时也言传身教般地表明了自己的出处行止，似乎这样就可以将对手置于进退两难的处境中；苏韵文像那只正准备为保护雏鸟而殊死搏斗的麻雀妈妈一样，毫无惧色地盯着根本不在一个重量级上的"猎狗"。

为首的"小平头"愣了一下，他朝旁边那辆自始至终紧闭着车门的悍马望望，好像在通过可以挡开 AK-47 扫射的黑色车玻璃询问着什么，又稍微打量打量眼前这位身材挺拔、目光坚定的姑娘，未发一言地松开了原本各司其职的双手。于是，身边另外几位"便衣"也随他一起平静地踏进车内，很快，道奇那躁动的发动机便发出了沉稳的闷响："对了，"副驾驶位置上的玻璃被降下三分之一："我们的事情已经解决了，请您不要再去找这两位同学。"那张看不分明的面孔旋即消失，贴膜玻璃上又反射出刘老师僵在当地的笑脸。

"啊，好，是。"保卫处长似乎猛然想起了什么，追着车尾的白烟紧跑几步："首长，首长，咱们一起吃个便饭啊，院里领导都安排好了，您……"他目送两辆 SUV 驶出大门，忿忿地回头朝小院里那些还立在二十分钟前的位置上、像被时光机锁定一样保持着各种古怪姿势的青年才俊们翻起白眼："看什么看!"

"神经病!"冯业"镇定"地掸掸身上本就不存在的尘土，咬牙切齿着走向教学楼。

研究生院图书馆入口处有一副对联："迷踪局中辟蹊径，似无声处听惊雷"，横批为"智者高远"。好像是位官至地委书记的校友回来省亲时提给师弟师妹的"警世通言"。据说，此君原本在东南沿海某特区文化部门浪迹，上窜下跳了近十年也不过是个副科级文员；发觉独木桥太窄后便主动向组织部门申请去投身西藏建设，结果在那个汉族干部反倒更吃香的"自治区"里不出五年就混成了局长；最终，人家以迂为直地杀回当初倍受压抑的那个发达省份，反而凭借"履历"凌驾到众同僚之上。

从刚才这番"事变"前后众学子的表现看来，这位大师兄的精神实质倒的确被照葫芦画瓢得不错。通常来讲，中国老百姓看热闹时喜欢扎堆儿，一般会在当事人身旁三到五米处围成个临时的环形角斗场（谁说奥林匹克只起源于地中海?），具体半径根据事态等级灵活掌握，只要能身临其境，就算冒着被误伤的风险也再所不惜。所以说，中国人胆子尤其大，别看咱有年头没正经打过仗了，可伊拉克战争时最后一家敢于留在巴格达城里听响儿的媒体就是CCTV，不服行么？然而，如果围观的人群主要由受过专业训练的知识分子构成，光景便会大不一样。比如刚才，校园中那些大小看客自始至终也没有越过雷池一步，而是老老实实地待在自己原本的立锥之地上高瞻远瞩、且整齐划一地保持着比上课时更加静谧的良好秩序，以至于事主的一举一动都没能逃脱大伙儿的严密检测。这就叫科学，既不能凑到跟前去干扰实验过程，又要保持适宜的观察距离以获取多角度素材。其实，全挤到一起反而难免要不识庐山真面目，央视从巴格达冒着生命危险带回来的画面也不过就是些废墟和浓烟，若想了解战争全景，还得靠境外媒体的宏观报道。

俗谚所谓“天上九头鸟，地上湖北佬，”无论此语褒贬如何[①]，地处南北要冲的湖北人具有多重的复杂性格却是不争的事实，正如神鸟各具喜怒的九张面孔一样。就拿苏韵文来说，这个云梦女孩儿平日里世故得近乎油滑，既能得到领导、老师的青眼，又不至于开罪同僚，枕流常酸溜溜地称其为“不粘锅”；可当“大是大非”摆在面前时，她却不会像明哲保身的伪君子那样“道义分两旁、利字摆中间”。自然，“湖北佬”这种多层次的性格也存在其矛盾的另一面，当他们翻脸不认人时，会弄得你目瞪口呆。

事实上，那次风起云涌之后，韵文又像没事儿人一样恢复了往日的平静，向来懒得过问这些是非的徐枕流也是直到周日晚间才得到的“风闻言事”。当时，程毅约请远航一起到习咏嘉宿舍去喂猫，陆远航便“顺带”着叫上了已经几天没见的枕流。

山不在高，有仙则名。别看研究生院地盘有限，却栖息着不少飞禽走兽，大到野狗、乌鸦，小到蟑螂、毛毛虫，还有一群色彩斑斓的小猫。前不久，一只名叫“花花”的母猫刚刚生了窝“小花”，虽然没见到孩子的父亲，但这些小精灵却长得和它们的妈妈几乎一模一样；看起来，动物王国中尽管没有婚姻登记部门，但公民们却从不乱搞，倒比那些“领过证”的人类干净许多。于是乎，“爱心泛滥”的女孩子们便争先恐后地把这一家大小请

---

① 关于这句话的感情色彩，历来众说纷纭，原籍武汉的台湾民俗学家朱介凡撰有《九头鸟传说》一文，引述各种文献论据近百条，对此一俗谚的古今流变及其社会文化内涵进行了细密考证。

到宿舍做客，“自行束修以上”。

通常来讲，城市里的猫咪主要有两种：家养或者野生，当然，后者也往往是由被主人遗弃的流浪猫构成。可研院里的那些小精灵却属于介乎二者之间的第三类。多数情况下，它们都可以得到同学们的“供养”，不必像野猫那样在垃圾堆里翻箱倒柜，但却始终没有哪个施主能“送佛送上西”、让它们真正有个安乐窝从而彻底逃离苦海。在“好心人”们有限的庇护下，千百年前就走出丛林、把自己的一切托付给人类的小生灵，也只好接受这种貌似万千宠爱、实则朝不保夕的处境。

现如今，人们最不愿意听到的词汇怕就是“责任”了，大家更喜欢过那种“一手交钱、一手交货”的快餐式生活。不错，海枯石烂的生死与共的确有些沉重，远没有可以随时挥之即去的“缘分”来得轻松畅快，甚至一纸婚书都像是早该被丢进故纸堆的封建残余，何必要让满身霉臭的往事来打搅那“天亮分手”的清梦呢？可怜的小猫一定不懂得，既然哥哥姐姐抱着它们嬉闹时是如此笑逐言开，为什么最后还要挥挥手、把自己留在寒冷的长夜中呢？大概没有人忍心告诉它们：或许，这就是所谓的文明吧。

“哇，好可爱啊，”今天，陆远航给“花花”一家带来了溜肝尖和酥油饼，她刚和程毅在外面吃过晚饭回来，据说这是特地给小家伙们点的。

“天哪，吃得比我都好！”刁咏嘉打开饭盒，笑吟吟地闻闻还冒着香气的美食。

根据一般经验，野猫都会对周遭环境保持着相当警惕，除非是相熟的“恩客”，否则绝不会允许陌生人有过分亲昵的举动。世代居住在研究生院的“花花”当然没有这么保守，但也不像家猫那样对人由衷依赖，当它乞食或表示感恩时，目光中会流露出一种酒店小姐般的媚态，可这万种柔情却总在它转回头那瞬间消逝怠尽。

“你们这是上哪儿‘幸福’去了？”坐在电脑旁的韵文恋恋不舍地从《越狱》中抽出身来。

“什么呀，”远航装作无所谓地环视着四周，却掩不住爬上脸颊的笑靥：“我原来那把梳子断了，去买个新的，”她吃力地由打程毅手中刚从超市搬回来两大兜战利品的最底层把那柄“证据”翻了出来，向大伙儿展示着。其实，陆远航的宿舍在咏嘉楼下，她完全可以“销赃”之后再上来：“原来那破梳子，用完头发老是起毛茬儿，我早就想把它扔了。”

“外行了不是，原来那种圆头梳是用来保养头皮的，”枕流顺手接过话题：“你刚买的这把太尖了，时间长了对发根不好。”

远航看看徐枕流，没有说话。她俯下身，望着正在会餐的“花花”一家，母猫把热乎乎的肝尖留给宝贝们享用，自己则大嚼着香甜的酥饼。正处于断奶期的小家伙们大概有生以来第一次品尝到这种传统美味，不时满足地欢叫着。陆远航脸上荡漾出欣慰的笑容，她虽然由衷地喜爱这些小精灵，却不敢过分亲近，只是偶尔伸出根手指、小心翼翼地抚摩着它们。

“够体贴的，”枕流见远航不搭话，便又转向正给她搬椅子的程毅：“爱妻模范啊。”

“堵上你的嘴，”程毅从购物袋里拎出包夹心威化、塞到徐枕流怀里：“你这家伙没得吃就说个不停。”

“我也要，我也要，”旁边的韵文夸张地撒着娇，其实，她并非那种对零食过分感兴趣、却不正经吃饭的女孩儿，因此胃口一贯很好；相熟的同学们发现，苏韵文的三餐作息始终保持着严谨的规律，甚至连饮料、小吃都会被纳入到统一的计划周期中，而很少越轨。

“你自己挑吧，”程毅干脆把两个巨型塑料袋直接摆到韵文跟前，自己则走到枕流对面的床边坐下。事实上，程毅的“施舍”从不会让人感到任何压力，在受惠者看来，得到他的帮助似乎总显得理所当然，这大概就叫做实力吧。在捐赠仪式上一掷千金的那些“您拔根汗毛也比我们腰粗”的款爷，反倒不如颤颤巍巍地捧出自己一生积蓄的老教师更让人为之动容，恐怕也是这个道理。所以说，真正能体现你在别人心目中分量的，是看他能否真的倾其所有，你得到的究竟是金条还是黄瓜，其实并不重要；当然，如果你看重的是金条本身，那就另当别论了。

“苏韵文同学，”枕流往嘴里扔了块威化，还不错，是香草口味的，他决定暂时饶过程毅：“怎么没把你‘男朋友’带来啊？”小胖子冲韵文狡黠地笑着。

“切，”苏姑娘仍在购物袋中卖力地寻找着，大概还没有作出最后的决定：“那你女朋友呢？上次冷餐会之后我们再没见着过。”

“人家都是地下操作的，你们太孤陋寡闻了，”与韵文同寝室的习咏嘉显然更有发言权：“早就打得火热了。”

“什么呀，”苏韵文朝正“盘踞”在椅子上挤眉弄眼的咏嘉挥舞着手臂：“那不是要帮他解围么?”

“国破思良将，患难见真情，”重整旗鼓的程毅也加入了“围剿”。

“怎么都冲我来了?”韵文撕开手中那袋牛肉干，夹出个小包装丢向对面的咏嘉：“你呢?”其实，当自己处于道德困境时，最有效的解决之道就是把那些指指点点的正人君子也拉下水，豁牙子吃肥肉，谁也别说谁。

“我怎么了?”习咏嘉将目光转向正在狼吞虎咽的猫咪，“花花”一边帮孩子们把嚼不动的大块儿肝尖咬碎，一边喵喵叫着，似乎在告诉涉世未深的儿女：“过这村就没这店了，快收快打快藏，别让鬼子抢走一粒粮。”

前些日子，徐枕流隐约听韵文提起过，说习咏嘉和那位从大学时代后期就开始交往的男朋友之间出现了些“状况”，具体症状不详，也无外乎没感觉、总吵架、发现彼此的毛病越来越多也越来越不堪忍受之类。当下的年轻人把这种“常见慢性病”称作“和平演变”。一段曾经轰轰烈烈的爱恋为什么落得个“无疾而终”的下场呢，其实也难怪，并未经过充分论证就仓促上马的项目落到毫无责任心可言的承包商手里，就算建成了也得是豆腐渣工程，用不着地震、火灾，有点儿日晒雨淋、风吹草动就足以“不破不立”了。当然，就像如今那日新月异的城市建设一样，红男绿女的感情生活也是“三日不见、如三秋兮”，没有几个“钉子户”愿意死守着老八板不撒手；自己塌了更好，“鸟枪换炮”时还省得定向爆破了呢。

“刚才谁送你回来的?”韵文得意地嚼着牛肉干。

“我那是还他书去了……”习咏嘉还在“顽抗”。

“谁呀?”陆远航望向正会心微笑着的程毅：“是段青么?”

“你这个重色轻友的大嘴巴，”咏嘉抄起书桌上的纸团砍向同系的程毅：“什么都给我抖出去了，”女孩儿脸上泛出初恋般的红晕。

“看来还真是，”沉默良久的远航如释重负似的舒了口气，刚才还满眼不自信的她似乎找到了期盼已久的同盟军一样：“你可够快的呀。”最近，陆远航好像对“旧的不去、新的不来”一类题材格外感兴趣。

事实上，自从刚开学时发现这位来自天府之国的漂亮师妹之后不久，段青博士便发起了一波波心理攻势，希望同属现代汉语所的咏嘉能肥水不流外人田。据说，当初还曾经有过一封柔肠百转的情书，大约是在习咏嘉的默许之下流传开来的，毕竟，风度翩翩的段师兄还算有一定知名度，至少在研院这个小圈子里。可惜，那时的咏嘉已经被大学同窗先到先得，纵然落花有意，无奈流水无情。不过没关系，机会只垂青有准备的人，套牢的垃圾股也总有解套的时候，尤其在“换手率”如此之高的今天。这不，没过多久，一直耐心等待的段哥哥便趁乱登基了。所以说，排队时不要抱怨自己取的号太靠后，现在服务行业的效率还是满高的，倘若闲得无聊还可以拿出 PSP 打会儿游戏，两不耽误，何乐不为。

“真讨厌，”习咏嘉突然从椅子上跳了下来，冲着猫咪们扬起拖鞋。这位四川姑娘体型瘦削，白底蓝花的睡袍像在衣架上一样挂在她身上，女孩儿拥有皎洁的明眸和青白的肤质，共同勾勒出一种简约的冰冷风韵，在这先声夺人的凌厉气度下，连枕流那条有名的不烂之舌都要让她三分。

大家顺着咏嘉如寒霜傲雪般的目光望去，原来是某只“小花”在酒足饭饱之余甩了泡尿，有些惊恐的母猫一边讨好地看看众人，一边舔舐着自己那尚未了解世道艰险的孩子，既像责备，又像抚慰。

据说，现如今很多装祯精美的时尚杂志都开辟有“淑女课堂”一类的专题栏目，通过很多生活细节的磨练来把临家碧玉变成天使姐姐，具体内容无非是吃饭时要用面巾纸遮住正在咀嚼的红唇呀、怎样才能小便时不发出声音呀、倘若高跟鞋细跟卡进砖缝的话该如何不动声色地拔出来呀等等。其实，再精致的美女也得吃喝拉撒、也有汗臭、鼻屎、内分泌，既然要食人间烟火，就该活得真实些，只有木乃伊才会不犯错误。所谓有容乃大，对人对己都是如此。

“那，那你打算怎么办呢?”远航指得显然不是“花花”一家、而是咏嘉自己的“私生活”，她始终呆呆地望着习姑娘，似乎还沉浸在刚才的话题中不能自拔，陆远航这个人一向如此，似乎总处在犹豫和彷徨中。

“无所谓啊。”咏嘉打开吱拗作响着的屋门，看来，猫咪们的幸福时光要结束了。

解　套

卢梭曾经说过：“人生而自由，却又无往而不在枷锁之中。”

于是乎，古往今来的人类便想尽一切办法来摆脱这些“强加”在自己身上的“迫害”。上课时讨厌老师的谆谆叮咛，下学后躲避着父母焦急的呼唤；稍微懂事些便进入了青春叛逆期，等终于可以自立时又会抱怨老板的压榨、上司的尖刻；谈恋爱总不希望恋人对自己提出太多要求，饱尝柴米之苦后则常常感叹婚姻是坟墓；病榻上有需要关怀的老人，幼儿园里的子女还在等着自己去接送；挣钱少了买不起鲜花、浪漫，职位高了又难免要承担更多压力；这还没包括那些不堪忍受的人情世故、明枪暗箭、鸡毛蒜皮、马勺锅沿……

然而，当你真的可以摆脱这种种牵扯羁绊之后，情况又会怎么样呢？失重状态下的宇航员连上趟厕所都要面临说不尽的麻烦，如果碰巧您还是位女中豪杰的话，那就更加不堪设想了；睡觉时得把自己绑在墙上，据说无论保持什么姿势，都感觉像是大头朝下；稍不留神就会撞个七荤八素，总不动又容易肌肉萎缩、抵抗力下降……事实证明，能够挣脱地球母亲怀抱的孩子并不见得是幸运儿，我当然愿意相信杨利伟被发射前对万里苍穹的孜孜向往，但他们遨游太空时回家的愿望肯定比前者更加强烈。“钱包（purse）”和

"负担（burden）"，这样两个看似天壤有别的语汇却分享着同一个词根，看来并非偶然。

根据《圣经》里的说法，人类祖先因为偷吃了禁果、被上帝逐出伊甸园，从此过上颠沛流离的生活到如今；而唯物主义者则坚信，这完全是基督使徒们为了忽悠大伙儿上钩而编造出来的谰言。其实，在人类意识的最底层都有种曾被遗弃的神秘感受，一切文明概莫能外，我们不知道自己从哪里来、往哪里去，更不清楚为什么要到这滚滚红尘中走上一遭。即便是达尔文，他手中也只拥有一张残缺的地图，知道天安门的前一站是西单并无太多实际意义，因为我们需要的是那列可以拯救灵魂的地铁。

就像约翰·蒂洛森①说过的那样："如果上帝没有必要为了自己而存在，那么多半是有人为了人类的利益而创造了他。"既然谁也说不清真理究竟是什么，那我们倒不如少去进行无谓的争论，纵然成为恶魔手中的傀儡木偶，恐怕也比那无依无傍却貌似自由的断线风筝来得幸运。可人的一生毕竟白驹过隙，信仰的缺失往往要比谬误更加可怕。既然地球是圆的，那么南辕北辙也一样可以到达目的地，只要你始终不渝，光明一定就在眼前，即使最终什么也没得到，也算是个有梦的人生，这大概就是造物主抛弃我们之前留下的玄机吧。

当然，这个道理说起来容易，在具体操作过程中却未必那么顺风顺水，毕竟，礼义廉耻作为压力的一面往往要显得直接许多。比如，当陆远航考虑是否要"弃暗投明"、到程毅那里开创一个新局面时，最担心的事情便是和魏一诚的过去会不会成为"美好未来"的阻碍。虽然这类师生恋"母题"在校园内的受关注程度远不如在社会上那样名列前茅。也难怪，且不说还有以许广平②为首的诸多经典大团圆，同价格杠杆的原理一样，当供给大于需求时，司空见惯的消费者反而不会趋之若骛；但在波澜不惊的研究生院里，远航那点儿风流韵事也的确被炒作过一阵，不知是否会成为沉淀在程毅心底

---

① 约翰·蒂洛森，John Tillotson，（1630－1694），代表宗教自由主义思想的第一任坎特伯雷大主教。

② 许广平，（1898－1968），鲁迅夫人，曾历任中央人民政府政务院副秘书长，全国妇联副主席等职；1923年，许考入国立北京女子高等师范学校国文系，在同反动校长杨荫榆的斗争中同正在此讲授中国小说史的鲁迅结识。

并伺机发作的病灶。其实陆远航产生改换门庭的打算由来已久，当初向林风伸出橄榄枝，即是为了以备不时之需，之所以要拖到“袁扉事件”后才真抓实干起来，就是出于以上顾虑；毕竟，不同于那些造就虱子多了不痒的“七锅头”、“八锅头”，在远航这种“知识女性”心中，多少还残存着一些“好女不事二夫”的“封建观念”。

路遥知马力，日久见人心。经过组织的反复考验，陆远航发现程毅同学的确对她的“过去式”满不在乎，堪称心胸磊落的大男人。事实上，自从程毅高中时代起，已经在两湖商界卓有头脸的程爸爸就着意带上这位独子走南闯北、借此培养接班人，因此，饱受自由主义言传身教的他便逐渐养成了“一切朝前看”的“市场化”性格。对于商人来讲，活在今天比什么都重要，做生意最讲究实际，对那些瞻前顾后没有兴趣；更何况，在如今以暴发户为主体的上流社会中，本就有“不问出处”的惯例，若较真儿推敲起来，弄不好大家都尴尬。以此看来，那些“有故事”的时尚女性之所以要把大小老板们作为委身首选，还真不仅仅是看中了人家的存折，可谓目光深远。遗憾的是，在先富起来的群体中，“仓廪实而知礼节”的儒商已经越来越多，买卖人也开始懂得“以史为鉴，可以知兴替”，拍过三级片的辣妹连香港小姐都不能参选，看来反封建、“文化革命”的确任重而道远啊。

既然已经钓上不记前嫌的金龟，按说陆远航该心满意足了，可最初的欢欣鼓舞过后，女孩儿却总觉得这段重振旗鼓的感情从一开始就缺少了些什么。的确，那些没完没了地跟你翻旧账的小心眼儿男生着实让人心烦，表面看来，既然两情相悦，就该包容彼此的一切；可反过来说，新婚燕尔中还要对过去念念不忘，恰恰说明他在乎你的全部，与那些可以为了“一晌贪欢”而不计其余的“急茬儿”相比，看似心胸狭窄的前者不更接近爱情的本来面目么？程毅确实没把远航的“瑕疵”装在心里，但以此类推，当你们激情万丈的“今天”也成为“昨天”时，这个新款“过去”也同样不会成为人家的负担，早些时候程毅对顾爽的知难而退就是很好的佐证。

不过，陆远航似乎对这“微不足道”的缺憾并不甚在意，至少是雷声大雨点小，下午去所里上课时刚向枕流抱怨过，掌灯时分小胖子陪吴雨去商场买东西便见到她和程毅手拉手在购物街有说有笑地闲逛着。其实，对完美的追求往往就是这样，初恋情人之间难免锱铢必较，总担心彼此的山盟海誓有丁点儿不符合爱情真谛，等到梅开二度、连中三元之后便会死猪不怕开水烫，大不了再换嘛，既然手绢已经变成抹布，也就没必要再精益求精了。通常，人们把这种变化叫做成熟。

“咱们到那边看看。”吴雨一把将刚要上前和远航打招呼的徐枕流拉了回来。

“啊?”男孩儿有些莫名其妙地快步紧跟着：“刚才那个……”他早就想把自己这几位密友介绍给吴雨认识，本以为择日不如撞日，却发现……

“我知道，”拐到顾客相对稀少的另一侧后，小吴老师的步履渐渐恢复到平日里那从容而优雅的状态：“看来他们俩还真好上了。”

“是，远航……恩?”枕流忽然意识到，自己并未在家提起过此事。

“这又是何苦呢?”她轻徐而悠长地摇了摇头。

“谁?”男孩儿愈发一头雾水了：“什么何苦?”

枕流也是这次听吴雨说才知道，近两个月来在远航身边发生的凡此种种，看似顺理成章，实则并非偶然。

事实上，自从魏一诚和系出名门的赵冉喜接连理之后，便发现这两位家庭背景相距甚远的“才子佳人”其实有着许许多多说不清、道不明的差异。虽然同为高级知识分子的夫妇二人都在想尽办法来琴瑟友好，可那林林总总的罅隙却像无处不在的灰尘一样磨蚀着表面上依旧运转良好的婚姻引擎。更为重要的是，魏一诚心里清楚得很，想当初他之所以会离开相处多年的女友转而选择并无太多感情基础的赵冉，虽非处心积虑，其动机也并不单纯；正所谓欺人难欺己，望着身边一脸天真的妻子，魏老师冷热交攻的心结可想而知，就像《忏悔录》中说过的那样：罪人的良心一定会替无罪者复仇的。

蓦然回首，那人却在灯火阑珊处，此情此景中的魏一诚自然而然地想起了曾经携手走过青涩年华的袁扉。按照言情小说中的俗套，这对初恋情人本该鸳梦重温才对；只可惜，人面不知何处去，桃花依旧笑东风，在已为人妇的袁扉心中，魏师兄尽管永远拥有着那不可比拟的位置，但这曾经唾手可得的幸福早已咫尺天涯。其实，她当年甩手嫁给那位百折不挠的追求者，很大程度上因为拗不过“女儿大了不中留”的传统习俗才勉强作出的决定；然而，后来的婚姻生活证明，袁扉夫妇俩虽谈不上志同道合，可对自己百依百顺的丈夫却也让她找不出任何随心所欲的理由；如果说有什么问题，那就是当初不该跳进这趟本不属于自己的温吞水中。

精神分析学派认为，人的内心都存在某种补偿机制，也就是所谓“堤内损失堤外补”，比如童年时代缺少父母之爱的孩子，长大后便会对比自己成熟的异性格外依恋。当然，这种拆东墙补西墙的做法往往是个无底洞，就像饮海水一样，越喝越渴；因此说，有些东西一旦失去便从此天涯永隔，纵然用整个生命去追逐也无济于事，心理学家们把这称作“情结”。其实，当初魏一诚对陆远航的情不自禁，也可以用如上原理进行解释。坦白讲，魏老师的道德操守虽不乏瑕疵，但基本还算得上过关，尤其在世风日下的今天看来更是足以矮子里拔将军；这从全所上下对他不错的口碑中便可看出，要知道，在人言可畏的知识分子圈儿内能混到这个份儿上已属不易，更何况，自从经历过婚姻家庭的七年之痒后，老魏早就对构建和谐的人际关系失去了兴趣。

一失足成千古恨，再回首已是百年身。读书人最大的弱点便是优柔寡断，尽管理智已不能告诉他同远航的未来在哪里，但魏一诚还是本能地在渐行渐窄的婚外情中继续盲人摸象，而真正触动他改变初衷的，还要从魏丹的“早恋事件”曝光之后。正所谓“幼吾幼，以及人之幼”，设身处地，同样花样年华的陆远航也是人家爸妈的心肝宝贝，这不能不让魏一诚倍感自责。

“其实，”吴雨垂着头，倒像是在回忆一段属于自己的往事：“做出这个决定时，他也很痛苦。”

现在看来，赵冉当初借故离开、跑到南京去筹备那个“信则有”的研讨会，并非高姿态，也不为躲清闲，而是想提供给魏一诚一个独自决断的空间。寒冬腊月里聚在一起取暖的豪猪尚且懂得要保持既可以分享彼此温度、又不至于扎到别人的适当距离，更何况相处了十几年的夫妻呢，老子说：“无之以为用”①，恐怕就是这个道理。的确，痛定思痛的魏一诚终于作出了“正确”决定，而通过女儿、辗转从段青处得知程毅对远航颇为倾心的“喜讯”更五味杂陈地坚定了他的选择。其实，远航父母刚开学时接到的那个

① 源自《道德经》第十一章：“故有之以为利，无之以为用。”大意为：“所以说，‘有’（实有之物）能给人提供便利，而‘无’则使它（指‘有’）发挥出效力。”

“匿名”电话就是魏老师自己打的，难怪赵冉在“茶座峰会”时能表现得如此泰然自若；不用说，后来陆远航“破获”的那封当时就引起枕流怀疑的电子邮件也是计划的一部分；此外，魏一诚还特地搞来有关现代汉语外来词的调研项目交给陆、程二人比翼齐飞，借此为他们日益萌动的感情添砖加瓦。果然，当一切都准备就绪后，事情便顺理成章了。

“你可千万别把这些说出去，”吴雨像个小姑娘一样不住摆弄着衣脚：“老魏希望远航能恨自己，这样她今后的生活才不会有什么感情负担。”

徐枕流点点头，他似乎并没有感到太多意外，却也说不清心中是种什么滋味；或许，这件事的确不该让远航知道，连旁观者都为之唏嘘的感受，恐怕就就更没有理由去交给当局者承受了：“咱们到楼上转转吧，”枕流似乎听到了远航渐近的笑语，却如梦似幻，辨不出究竟。

上扶梯时，吴雨的高跟鞋踉跄了一下，于是，她便顺势挽住小胖子的手臂。

枕流想起在父亲那个笔记本上读到过的一句话：“美都是真的，但真的却往往不美。”的确，既然有限的人生根本不可能窥见宇宙万物的一切奥妙，又何必要让种种烦恼搅乱自己原本简单而快乐的生活呢；或许，那些借口找不到真爱、而把感情变成游戏甚至交易的轻歌曼舞们就是这样想的吧。说来也怪，自从吴雨刚回来时的大扫除之后，父亲那本失落以久、几乎都要被枕流淡忘的笔记又“奇迹般”地回来了，就静静地躺在书桌最底层的抽屉中，那里原本装着一叠袁莱交由托管的、似乎隐藏着万般玄机的暗绿色记事本。

当你向别人敞开心扉时，别人也就没有了再向你隐瞒什么的必要。

佛教中有一种法术叫做“他心通”，也就是猜透别人思想的能力，尽管被庸俗唯物论者认定为瞎掰，但现代前沿医学却根据这个原理造出了可以初步识别人体脑电波的仪器。其实，我们多多少少都拥有一些“读心术”，尤其在熟人之间，比如当枕流忙里偷闲地与大洋彼岸的父亲神交时，身边的吴雨似乎也受到了某种感染：“你爸下午打电话说什么了？”

“就问了问我的情况，”男孩儿也没有对话题的跳跃感到丝毫诧异，这也许就是那种外人很难染指的默契吧：“他好像跟朋友一起搞了个什么留学中介。”

说起得知此事的来龙去脉，还真有些奇怪。今天下午去所里上完课，赵冉把枕流约到办公室，除了询问他最近的学习生活、论文进展以及下一步科研设想等“例行科目”之外，就是漫无目的的闲谈，从奶奶在香港那边办学的情况，到语研院的奇闻掌故。和每次一样，绕来绕去，话题又转回到了和枕流爸爸有关的内容上：“他办的那个中介公司怎么样了？”

“中介公司？”事实上，徐枕流上次接到澳洲那边的消息还是半个多月以前，父母本就不常和他联系，奶奶去香港后，男孩儿便显得更加孤陋寡闻了：“什么中介公司？”

“你不知道么？”起初，赵老师也是一愣，但很快，她就不动声色地找个岔口把话题引开了。

其实，枕流当时并未以此为意；父亲当年在院里工作时就是个“风云人物”，东一榔头西一棒子，却什么都干不长，像三伏天的阵雨、小孩儿的脸蛋，来得快去得也快；这次又想起要趁留学热潮当回二道贩子，也算情理之中，在男孩儿看来早就司空见惯了。可后来的事情却有些出乎意料，枕流刚到家还没来得及坐稳，就接到了爸爸的电话，开口便是：“回来了？”好像能遥测到儿子在万里之外的行踪似的。接下来又汇报般地描述了自己拉上几个哥们儿“揭竿而起”的前前后后，开始时似乎在背台词，可没过多久，便进入了角色。

枕流虽然从小便和父亲并无太多接触，但也早已习惯了他东边日出西边雨的作风，男孩儿很想调动些情绪好让爸爸高兴，可却实在提不起兴致。要知道，与“十亿人民九亿商”的泱泱华夏不同，在澳大利亚这种成熟市场中，打算自己单练的，十有八九是中低收入阶层，真正有本事的往往都跟着“组织”混呢，自己当老板根本就不是什么值得自豪的事情，甭往远了说，枕流妈妈的薪水就够四五个皮包公司忙活两三年的。

“今儿太阳打西边出来了，”回想起下午发生的事情，枕流莫名其妙地笑笑：“他半年也难得给我打回电话。”的确，和大多数家庭一样，反倒是工作更忙的妈妈有时能想起来问问男孩儿的近况。

“你也大了，该多关心关心他，”不知为什么，这段时间以来，吴雨总显得心事重重：“都挺不容易的。”

“是，是啊，”枕流也感觉自己的语气似乎有些失之于轻佻：“我还……”

“你知道他当初为什么去澳洲么?”不知何故，吴雨望着远处，忽然冒出了这么一句。

同出国洪流中的绝大多数弄潮儿都不一样，枕流爸爸在那边的十几年间，既没发奋读书，也没玩儿命打工；说实话，枕流也不知道他究竟图些什么。男孩儿也曾和院里相熟的叔叔阿姨们探讨过这个问题，却发现大家似乎都不约而同地向他讳莫如深着什么，每逢谈及，往往只是意味深长地笑笑。久而久之，枕流也便不再经心。

“你说，”不知不觉间，小吴老师向男孩儿靠近了些，语气却是低沉的：“当理智与情感发生冲突时，究竟该如何取舍呢?”

“啊?”这回，徐枕流没能跟上愈发神出鬼没的话题节奏，尽管如此，主修语言哲学的他还是近乎本能地玩弄着概念：“其实二者并不矛盾，真正的理智……”

“恐怕还是要听从情感的召唤，”显然，刚才那是个设问句，根本不需别人来回答：“违背了理智，以后还能补偿；而背叛了情感……”她摇摇头，清澈的双眸好像蒙上了层雾气，倒像个历尽沧桑的老人。

走出很远，枕流依然没能回过味儿来，身边的吴雨挤挤他，拐进一家Benetton专卖店里。其实，小吴老师向来不是那种整天泡在商场里穷逛的“花花公主”，偶尔轻松轻松也往往会携一二女伴同行，从没徐枕流的份儿。可最近却行情陡变，她一连几次拉上小胖子到附近的购物中心转悠，和这回一样，都以中高档男士休闲系列为主要目标，自作多情的枕流原本以为是要送给他什么“定情物”，却发现人家重点搜索的品种大都是与自己在年龄与身材上皆不相称的T恤、仔裤之类。更令人深感蹊跷的是，每当选到了中意的货色，吴雨反而会转喜为忧、犹豫再三，最终默默地把辛辛苦苦挑来的东西重又摆回原处并面色凝重地退出店门。

“你看这怎么样?”她拿起一个蓝白相间的帆布手包，很随性自然的那种。

“好像……”

没等枕流发表意见，吴雨便把包塞进他手中，并摆弄着男孩儿作出各种造型。

“小姐眼力不错啊，”导购员很职业地站到一旁：“这是昨天刚来的货，卖得特好，跟您先生的气质也挺配的，显得文质彬彬的那种。”

“是吧，”吴雨脸上绽出甜美的笑容：“我觉得也是，”她挽起枕流，孩子般地嬉闹着。

最近一段时间以来，小吴老师似乎对徐枕流格外热情，且并不像原来那样把他当成永远长不大的孩子，而总是在一起探讨些深刻地近乎深沉的问题。尽管如此，敏感的小胖子依然觉得，吴雨眼中的自己恐怕并没有什么根本改变，更准确些说，她投向眷念的那个人并不是自己，因为每当二人脉脉相对时，吴雨都好像是在和男孩儿背后的谁潺潺絮语着。

大言不惭地讲，徐枕流基本处于比较能吸引异性青睐的范畴中，至少表面上看起来如此。与那种令人赏心悦目并产生占有或被占有冲动的标准情人不同，在女生眼中，胖乎乎的枕流就像个高智商的宠物玩具一样，反倒比越来越市场细分的前者更加人见人爱，就算曾经处于敌对阵线的分外眼红，也很容易同他冰释前嫌，毕竟，谁会和一只要赖起腻时不小心弄疼你的熊猫记仇呢。

那是周六的中午，枕流突然接到一个陌生电话，那边有点儿耳熟的女声以命令的口吻让他立刻到研院门口“紧急集合”后便毫不拖泥带水地挂掉了。不知深浅的男孩儿赶紧梳洗打扮，等跑到指定地点之后才发现，把他从零食堆里拎出来的，居然是魏丹。

“怎么这么慢?”一身短打扮的姑娘毫不客气，似乎在吆喝自己的杂役。

“我，我还没起呢，”枕流只得紧跟人家的节奏。

女孩儿抿着嘴唇望向校园深处，宽宽的额头在骄阳下泛起饱满的光晕，一副准备厚积薄发的架势：“你去把段青给我叫出来!”

“啊?”徐枕流也没敢多问，只是本能地愣了一下。

“去呀!”魏丹冲他瞪起那双炯炯的杏眼，高高扎在脑后的马尾辫沉沉地摇摆着，好像在为女主人站脚助威。

天地良心，可怜的枕流和那位既不同班又不同系的段师兄连话都没说过，当然就更不知道人家的行止出处了。屋漏偏逢连阴雨，刚才慌里慌张地跑出来时连手机都没带，他只好先回家打电话给程毅，结果又没人接。正当男孩儿急得团团转时，陆远航给他回了个十分简短的信息，只说自己正和程毅、咏嘉、当然还有段青一起参观798工厂①，连邀请枕流同往的礼节性客套都没有，看起来很是乐不思蜀。

在社会日益异化的今天，很多感到无助与疲倦的年轻人都在感情生活中有意无意地寻找比自己成熟的伴侣，以期得到横流物欲中愈发稀少的关怀备至。可遗憾的是，这种如意算盘在残酷的现实面前往往难逃落空的下场，就像世界上绝大多数国家都不把堕胎当作谋杀一样，剥夺弱小者的利益常常会成为惯例，且不受道德谴责。举个眼前的例子，在段青看来，魏丹之于自己不过是个小朋友而已，即便女孩儿的纯洁烂漫能让他感到几缕同龄人中难得的清新，但当这一切都稍纵即逝后，受伤害的恐怕还是那个不熟悉规则的新手。

“让他去死吧，”魏丹恨恨地诅咒着，尚嫌单薄的双肩轻微起伏着，尽管枕流并未如实奉告，只推脱说实在找不到人，但冰雪聪慧的女孩儿显然只需点到为止。

枕流原本还有些担心，万一正愁无名烈火无处喷薄而出的魏姑娘在人来人往的校门口冲自己发飙该如何收场，听吴雨说，这位已很有几分冷艳风度的女孩儿曾把班上某追求者的情书丢到讲台上供同学们见习，搞得那个可怜虫一连几天都躲在家里装病。还好，毕竟是被良好家教熏陶出来的大家闺秀，纵然满腔怨屈，但魏丹依然保持着基本的端庄仪态，与那些不分场合地点撒泼打滚并自以为得志的悍妇无赖有着本质区别。女孩儿转身走远时，枕流只看到她紧咬的双唇和似乎永远微蹙着的眉心，当然，还有书包上那只似笑非笑的流氓兔。

徐枕流抬头望了望头顶如洗的晴空，这是种令人发呕而又无汗的燥热，果然，夏天又在不经意间提前到来了。

初尝禁果的年轻人总会认为爱情就是全部，碰壁之后又要反过头来怀疑一切，于是，花花世界上总能见到些稚气未脱的黄口小儿张嘴便是：“我不相信爱情”，一副老态龙钟的样子。其实，爱情本就不是一切，正如“主义”、“信仰”之于政党那样，它该成为你奋斗终身的目标，而不是拿来招

① 即北京798艺术区，位于原电子工业798厂所在地。从2001年起，来自各地的艺术家开始集聚此处，充分利用原有厂区的建筑风格（德国包豪斯风格，此厂原为民主德国援建），演变成为富有特色的艺术展示与创作空间。

摇撞骗的摇钱树，否则，党旗上那庄严的镰刀斧头怕是要换成鱼肉百姓的刀叉了。

可遗憾的是，在情感道路上，前车之鉴往往很难成为后事之师，虽然饱读了一肚子至理名言，但当局者迷的魏丹还是难以自拔。枕流后来听说，自从与段青的“情变”过后，一贯积极向上的魏姑娘似乎陡然间沦为了颓废主义者，她开始不再钟情于尼采①而转向卡夫卡②并将这种厌世哲学贯彻到现实生活中。那个曾经倔强如八九点钟太阳的魏丹被永远尘封在了并不遥远的记忆中，而“不废江河万古流”的恋恋红尘则还在狞笑着滚滚向前。

历史总是惊人地巧合，十几年前，当赵冉渐渐明白魏一诚之所以要同自己结合的全部初衷以及对旧情人的念念不忘时，也曾经历过女儿今天正在面对的一切。机敏而沉稳的魏一诚更像是赵冉爸爸的选择，而非新娘自己，如同当年的吴雨一样，涉世未深的赵冉并没把父母之命当作种负担，在那时的她看来，婚姻大事与升学、考试、填报志愿并没有什么本质区别，不听老人言，吃亏在眼前。其实，几个世纪的女权运动早已使打算扼住命运咽喉的受害者们习惯于用一哭二闹三上吊来宣泄不满，或者干脆就一拍两散拉倒，可这些常规武器显然都不适合温文尔雅的知识女性，她们更愿意用如止水般的外表把一切委屈、排遗以及对简单快乐的本能向往都压抑起来，即便凝聚成热核聚变也在所不惜。

常言道“不养儿不知父母恩”，此处没说“不生儿”而单用一个“养”字，貌似随手，细品下来用心匪浅；联合国使用六种工作语言出版的文件单行本中，素以简约精确著称的中文版往往最薄，果然是名不虚传。常年在美国工作学习的赵冉虽然没能亲手将女儿带大，但感同身受的她却对魏丹此次的“感情危机”格外上心，想尽各种办法将灾害的损失降到最低；比如说，就在女孩儿跑到研院兴师问罪未遂后几天，不知从那里得到风声的赵老师便找机会向徐枕流了解了“最新动态”，还反复叮嘱男孩儿千万不要走漏消息、

---

① 弗里德里希·威廉·尼采，Friedrich Wilhelm Nietzsche，（1844～1900），著名德国哲学家。他的学说具有种傲视一切、批判一切的理论气势，在当时曾经被当作一种“行动哲学”，声称要使个人的要求和欲望得到最大限度的发挥。

② 弗兰兹·卡夫卡，Franz Kafka，（1883—1924），捷克德语作家。他敏感的性格与忧郁的气质使其作品成为现代社会的精神写照，充满着异化、孤独、荒诞、恐惧和无处不在的危机感。

打草惊蛇，真是可怜天下父母心。

孙俪有首歌中唱到“我们之间的爱轻得像空气，可我依然承受不起”，其实，不管轻重、浓淡如何，爱就是爱，只有是非之分、而无多少之别，就算远隔千里，甚至生离死别，它都能“钻石恒久远、一颗永流传”。可遗憾的是，这种在父母之爱中体现淋漓的天经地义，到了男女之情中却变成了凤毛麟角；如今，“养儿”已不再为了“床前孝子”、“老来有靠”，可搞个对象倒越来越像是在做生意，京剧中“苦守寒窑”①、“三娘教子”② 之类的故事大概也只能随着日薄西山的“国粹”渐渐消失在花花世界中了……

提起赵冉，敏感的枕流不难察觉到，这位导师对自己的用心似乎格外仔细，既真诚热情，又自然洒脱，不因显得刻意让人感到有压力。其实，我们每个人都渴望温暖，就连最万千宠爱的幸运儿也不例外；尽管奶奶打电话时曾多次旁敲侧击地告戒枕流不要和导师过分亲近，可面对同自己无话不谈的赵老师，向来不重客套的徐枕流赶上去所里办事时也常常主动跑到办公室跟她聊上几句，或者帮忙干点儿什么，这大概就是所谓的将心比心、人心换人心吧。

和那些冠冕堂皇地榨取学生廉价劳动力的导师不同，赵冉从不愿侵占枕流的业余时间为自己所用，即便偶尔在谈笑之余做些小事情，也大都是那种寓教于乐的闲差。比如，近期语用所正在筹办一年一度的“社会语言学前沿论坛”，赵老师便把闲来无事的男孩儿“请”到办公室书写会场横幅，事实上，凭她自幼的童子功，那祖传的董体远比半瓶醋的徐枕流高明许多。

“上回就想给你来着，后来一忙给忘了，”赵冉从书桌底下拎出桶汇源果汁：“你自己倒着喝吧，”话虽这样说，她还是给男孩儿斟满一杯摆在案头。

“好，”天长日久，枕流连“谢谢”都省了，在外人看来，他们似乎更像是一对母子，而不是现如今愈发市场化的师生；徐枕流自己也说不清，和赵老师在一起时总能感觉到某种似曾相识的熟悉与和谐：“您也喝啊，”男孩儿拿起杯子抿了一口，没错儿，就是他最喜欢的菠萝口味，用原汁和香料调

---

① 宰相之女王宝钏因与破落书生薛平贵相爱而被父亲逐出家门，后因国事动荡、薛参军出征、一去十八年，新婚不久的王宝钏在寒窑中苦苦相守，直到丈夫功成名就归来……

② 儒生薛广，家中有妻张氏，妾刘氏、王氏；刘氏生一子，乳名倚哥儿。后薛广受骗客死他乡、家渐衰落，张、刘不能耐贫、先后改嫁，而三娘王氏则茹苦含辛、抚养并非己出之倚哥儿……

在一起的那种，不知为什么，赵冉对他的很多生活习惯格外熟悉。

“您，您好，”从半掩的门缝中探出个脑袋，是汉字研究室新分来的曹博士：“我能进来么?”她显得有些犹豫，难怪，屋里的情景的确令人感到不解，枕流正站在条案前挥毫泼墨，旁边铺纸涮笔的赵老师倒像个书童。

“来，来，请进，”两人异口同声。

“啊，是这样，”曹博士把手上捧着的一份材料交给赵冉，眼睛却总朝徐枕流这边瞄：“陈老师让我……”

说起来，这个汉字学研究室可是语用所中最为牛气熏天的部门，也难怪，人家是当年汉字简化工作的重要策划者之一，虽已是半个世纪之前的陈年旧账，但如此千载难遇的“壮举”依然令徒子徒孙们至今驴倒架不倒。时过境迁，对于这个极左年代中的“盛事”，如今的学术界却是褒贬不一：倘若早知道电脑键盘输入能普及到现在这个程度，究竟有无必要为了书写便利而割断历史的确值得探讨；更何况，这个人为制造的变化形成了海峡两岸用字的客观差异，且已经被“台独”分子拿来作为“两个中国”的文化口实；算笔总账，究竟划算与否，真是不好说。这种分歧在语用所内部尤其明显，上个月召开汉字学年会时，魏一诚公开支持“识繁写简”①，同陈教授爆发激烈争论。这不，年纪大脾气也不小的陈老到现在还记着仇，恨屋及乌，赵冉也被划为阶级敌人，连送个材料都让别人代劳，以避免分外眼红。

其实，知无不言、言者无罪，本该是知识分子基本的胸怀与气量，可某些玩儿惯了“无产阶级专政”的学术霸权主义分子却不这么看，倘若有谁胆敢质疑他们的观点，便要以“否定新中国语言文字工作成果”、“开历史倒车”等大帽子扣将上来，更有甚者，还拿出《语言文字法》②比比划划，大有要将“持不同政见者”“踢翻在地、再踏上一万脚”的架势。众所周知，理论研究本就是国家制定相关政策的依据，又怎么能以过去的决定来阻碍今后的言论自由呢？说到底，还是私心在作祟，简化字凝结了相当一部分人的学术理想，也代表着他们的历史地位，一旦重打鼓另开张，于情于利都有些过意不去。

---

① 指“在日常书写使用简化字的基础上，具备识别繁体字的能力”。

② 全称为《中华人民共和国国家通用语言文字法》，2000年10月31日由第九届全国人民代表大会常务委员会第十八次会议通过，2001年1月1日起实施。

说起来，作为学者的魏一诚既不是随大溜的墙头草、也不是为虎作伥的“文痞”，算得上个有主见、敢于坚持学术信念的有识之士。但他这种带着些浪漫色彩的“意气书生”往往容易情绪化，比如上次开会时，魏老师说到慷慨处，曾痛斥汉字简化运动为“刨祖坟”、“崽卖爷田心不疼”，并预言“文化败类”们“终将被钉死在历史的耻辱柱上供子孙后代永世唾骂”……若非如此，也不至于激怒一贯待人随和的陈教授。

客客气气地送走曹博士，赵冉就像什么也没有发生过一样。她走回到徐枕流身边，继续“欣赏”着男孩儿功力一般却自信满满的作品。她似乎很喜欢端详枕流，就那样静静地望着，像是能透过他窥见到什么温馨而诱人的图景似的：“这字一看就是奶奶手把手教出来的，有内涵，而不像你爸爸，潇洒、帅气、不拘一格。”

中国人相信字如其人，把书法当成“门面”，否则大街小巷也不会有那么专门多设计签名的地摊了。其实，真正能体现出本人学养气质的字体一定要通过人生阅历自然而然地磨砺出来，绝不像广告里说的那样、发个短信就可以一蹴而就。举个眼前的例子，枕流父亲从小家传的本是略带台阁气的柳体，可风霜洗礼后却逐渐演变成了如行云惊鸿般的游龙戏凤，也算是家国不幸文章幸吧。

那是经历了太多波折动荡的一代人，年龄稍小的枕流爸爸虽没轮到上山下乡，可“三名三高”[①]一类家庭出身所带来的压力甚至包袱也自然可想而知，身为独苗的他本该是被寄予厚望的种子选手，可命运却偏偏喜欢造化弄人。游手好闲的地痞、打手、黑老大要搁在战争年代或许就会成为师长、将军、革命家，而那些有点儿清高、有点儿柔弱的知识分子倘若经历了高低沉浮的锻打，却往往会变得如草原上的野马一般桀骜、逍遥，很不幸，枕流的父亲就属于后者。旁人大概很难想象，语研院常务副院长的儿子连大学都没上过，更准确地说，人家根本就没有考。可论起学问，家里那几面墙的藏书枕流爸爸倒都基本看过，或者说，都浏览过，在那个热闹而冷寂的“红色岁月”里，除了天南海北地转悠就是猫在屋里翻书，别的好事儿也与他无缘，没这两下子，后来也不可能跑到院里混份差事；当然，在把学术当成“标准

① 名作家、名演员、名教授和高工资、高稿酬、高奖金的合称。

化生产”的中国，像枕流父亲这种没有“受过专业训练”的“圈儿外人士”只能搞搞行政充数。

现代社会有个重要特点，那就是社会需要与人性的背离，说得通俗点儿，“混得好”的不见得“人好”。虽然大半辈子干什么都没亨通，可枕流爸爸的人缘却很不错，在朋友们看来，这位自由随性、磊落豁达又多才多艺的大个子倒是很值得交往的人物。所以说，枕流童年那点儿有关父亲的残存记忆，大都与呼朋引伴、诗酒唱和有关……

对科技史稍有了解的人都知道，与“著书都为稻粱谋”的中国知识分子不同，欧洲早期科学家中的相当一部分都出身贵族，正是这种衣食不愁的“养尊处优”才造就了他们“敢为天下先”的探索精神；照此看来，现如今招生领域花样翻新且水涨船高的“择校费”、“赞助费”也并非毫无道理，没那个“仓廪实”，你就别来“附庸风雅”。道理都一样，二十多年来，枕流父亲之所以能“仰天大笑出门去”、“天子呼来不上船”，倘若没有枕流妈妈作为“金主”，恐怕也扑腾不了多久。可话又说回来了，“经济基础”并不能代替“上层建筑”，比如父亲那笔记本上深沉而激情的字字句句恐怕就不是枕流印象中严谨干练的妈妈所能理解得了的……

“你小时候，有一回懒得写寒假的书法作业，还是我帮你写的呢，”赵冉一边将男孩儿刚完成的“圆”字展平晾好，一边浅浅地笑着：“记得么?”

来　吧

人以类聚，物以群分。自然界中，哺乳动物分成两类，肉食性或草食性；社会中，人类族群也分作两种，游牧的和农耕的，很不走运，我们都属于后者。

近代以来，中国人总在不停地寻找自己之所以倍受欺凌的根源，最后的结论是吃草的打不过吃肉的，大米白面塞多了自然满脑袋糨子；于是乎，便开始鼓励人民群众向列强的饮食结构看齐：每天一杯奶，强壮中国人。

其实，从老祖宗那里继承来的品性没那么容易改变，有机会您可以到咱们的饲养场看看，把原本生龙活虎的牛啊、羊啊、当然还有猪都关到圈里照死了喂，按种地的办法畜牧，吃这种货色的人能变成食肉动物才怪呢！

不知从什么时候起，中国人开始掰着手指头算国民生产总值，把这当成政府业绩、官员升迁的证明材料，好像经济总量上去了，什么问题都会不在话下。可翻翻历史，你就会发现，鸦片战争时，咱的 GDP 也是世界第一，怎么还让几个“小国”打得满地找牙呢？其实，什么事情都一样，质量远比数量重要，羊再多也是狼嘴里的一块儿肉，快醒醒吧，还记得当年那片面求“高产”的大炼钢铁么？

从懂事起，中国的孩子们就被告知要“乖”、要听大人话，不然打屁屁；

好不容易自立了，又得服从组织、尊敬领导，不然小心被“专政”；搞对象时更是如此，不像老外那样喜欢“肌肉猛男”而格外青睐“玉树临风”也就罢了，将“老实本分”作为择偶标准也无可厚非，可将“朴实”等同于“庸俗”就有些奇怪了。中国人不知道从哪儿得到的经验，说会咬人的狗不叫，真是莫名其妙，你到军犬大队看看，哪只也不假深沉。推而广之，还把这种逻辑贯彻到人身上，因为“言多必失”，所以要“敏于行而讷于言”，沉默是有内涵的表现，碎嘴子往往被斥为“轻浮”。

于是，很多成功人士便被塑造得“深不可测”，自己忙乎了半天，别人都不知道你在干什么；而其结果，却往往是错失良机，等您把一切都准备好，才发现黄花菜都凉了。易欣就是个很好的例子，她明知道从小没在父母身边长大的枕流最害怕孤独，可却经常把他一撂就是十天半个月，弄得男孩儿与自己的关系总是达不到彻底沸腾所需要的温度。事实上，她之所以敢于这么做，就是信奉了中国人一贯的“少说多做”信条，并想当然地认为徐枕流能够体谅。

最近几个月，易欣和枕流的联系更加屈指可数，她自然是没闲着，策划筹备的开发区生产基地已经初见眉目。其实，女孩儿之所以对这个项目如此上心，也完全是为了和枕流的未来着想。易欣原本打算奋斗个几年时间在公司内部晋升成部门经理一类，凭她的精明强干，这本不成问题，可偏偏节外生枝，女孩儿发现那个刚好分管人事的副总梁湃对自己图谋不轨、且狼子野心愈发按捺不住。按照易姑娘的性格，本打算甩给癞蛤蟆两计耳光、一走了之，但又实在舍不下自己近三年来的奋斗成果，虽然“树挪死人挪活”，可像她这种刚刚驾轻就熟的中层管理人员不到山穷水尽还是别轻举妄动的好。正在两难之时，总部恰好决定要投资一个新生产线，易欣作为融资和精算领域的专家也参与了最初的策划，便主动提出此事由自己牵头，以便远离是非之地，而外资企业又对这个新项目所须的官场学问一向头晕脑涨，公司高层很希望能借助易欣父亲在政界的人脉，只是发愁该如何开口，于是，两边一拍即合。按照女孩儿的设想，待几年之后，分公司建成投产，自己当然是一把手的最佳人选，这也是不重论资排辈的外企挖掘后起之秀的惯例。到那时，枕流的“书山”估计也差不多该爬够了。老大不小的二人正可以在广阔天地的开发区共建爱巢、双栖双宿，徐枕流将来也无经济上的后顾之忧、便可轻松上阵地选择自认为有价值的人生道路。

虽然易欣本人对皓首穷经缺乏兴趣，但毕竟是出身于知识分子家庭，女孩儿对读书人的学海无涯有种本能的尊敬，正因为她没指望枕流能挣下金山银山，所以才不声不响地为他、当然也是为自己勾画好了未来。女人都有种悲悯弱小的天然母性，不让须眉的花木兰便常常将这种倾向运用到感情生活中，比如易欣，她们不习惯成为依人的小鸟，更愿意用温厚的翅膀来独自扛起所有重担。其实，对于“下笔有千言、双臂难缚鸡”的穷酸书生来说，能有多半边天给自己遮风挡雨绝对可谓是前世积德，按照弗洛依德的说法，《聊斋志异》中那些法力无边而又善解人意的狐狸精、美女蛇不正是作者蒲松龄[①]内心渴望的曲折反射么？事实证明，枕流父亲之所以能逍遥自得、信马游缰，与作为强大后盾的妻子不无关系。可问题时，这份苦心未必能被体谅，对于“言简意赅”的中国人尤其如此，“非典”期间，信奉“修合无人见、存心有天知”的同仁堂赔本制药却被谣传为“发国难财”，就是吃了不懂得宣传的亏。

在社会金字塔中，越往上就越会感到高处不胜寒，成功人士似乎就活该要坚强得刀枪不入，而他们的内心苦衷却只能冷暖自知。这群倒霉蛋还不在少数，除了易欣自己，她那位老同学李彬也“有幸”位列其中。

“你怎么在这儿？”周五傍晚，下课后又到操场教女生打了半天篮球的枕流刚走出研院大门，便发现李彬那辆很扎眼的标致 407 就停在路边：“接谁呢？”他摇头晃脑地问道。

“等你半天了，”李彬侧过身，打开副驾驶一侧的车门，随即发动了引擎：“不是四点半下课么？”

“真的假的？”枕流将信将疑地坐进去，虽然相识多年，但二人几乎从未有过单独谋面：“有事儿啊？”男孩儿发现李彬的脸色似乎不大对劲。

“咱们去喝一杯怎么样？”他没有正面回答枕流的疑问，而是平稳地将车拐上快行道。

“好，好啊，”在枕流的印象中，李彬始终是个温文尔雅、潇洒干练的人物，从未像今天这样深沉，似乎胸中有万千块垒不得不发似的：“客随主便。”临近期末，没有更多考试之虞的研究生反而越发轻松，枕流今天原本

---

① 蒲松龄，(1640～1715)，出身于一个渐趋败落的地主家庭，18 岁以县、府、道三考皆第一而闻名籍里，补博士弟子员，但后来却屡试屡北，去世前不久才成为岁贡生，四十余年间以做幕宾、塾师惨淡度日，蹉跎一生。

是准备陪吴雨去买菜做饭的，但好奇心促使他改变了晚间的行程。

新买的原装车驾轻就熟地从平安大街钻进条小胡同，七拐八拐，停在一处相对宽敞的空地上，凭借老马识途的本能，枕流判断此处大概离后海[①]不远，他隐约都可以嗅到初夏傍晚湖畔喧嚣的人群了。果然，跟随李彬穿过一段仅容小胖子侧身行走的窄巷，两人来到那家酒吧的正门，男孩儿抬头望去，古香古色的匾额上书写着劲拔的“迷夜”二字，大约出自某位时常流连于此的失意文人之手吧。

“呦？今天来得挺早啊！”一位身着职业套装的领班满面春风地朝李彬打着招呼，他显然是这里的常客，否则也不可能在人声鼎沸的步行街畔拥有分享酒吧背后专用车位的权利：“这是你朋友啊，”阿庆嫂般八面玲珑的女领班发现了枕流，用柔软的手臂搭了搭小胖子：“位子给你们留着呐。”她身上洋溢出法国香水那种富于层次感的含羞草味道，不过太浓了。

“还是芝华士？”

“不，把我存的皇家礼炮拿来吧，”李彬抽出根“柔和七星”，自顾自地点上。

“你也太奢侈了。”枕流朝散发着琥珀色光芒的酒柜望望，这种极品苏格兰威士忌在夜店里的零售价至少是市面上的三倍。

李彬手中的卷烟已经燃掉了一大半，却只轻轻吸了两口：“我真挺怀念上学的日子，”他翻了翻枕流带来的那几个笔记本：“要能念一辈子书就好了。”

“没错，易欣总说我待在校园里是种逃避。”

李彬摇摇头，不知是在否定谁的观点。

“怎么，为情所困了？”枕流一边抚摩着酒瓶表面的骑士浮雕，一边半开玩笑地将话题引向深入，这是他惯用的伎俩。

“为情所困是种幸福啊……”

按照寺庙里那些泥菩萨高高在上的标准，在中国人看来，成功者似乎该斩尽喜怒哀乐才对，正所谓无欲则刚。枕流常常觉得，李彬就像一具躺在他那位脑外科专家爸爸手术台上的行尸走肉，看似阳光爽朗，却总觉得如同让

---

① 地处北京市中心的人工水面，是什刹海的一部分，与北海、中南海所构成的前三海相区别，旧时被皇家独享，近年来逐渐酒吧林立，成为市民夜生活胜地。

人用乾坤被蒙住了心窍般遥远、默然。感情世界里的他，当然是女孩子们梦中的万千宠爱，但从小便被告诫要“学业、事业”为重的李彬似乎根本就不懂得在常人看来稀松平常的男欢女爱，天性被当作无用的盲肠割断之后，他和每位异性的关系就像被皮尺严格度量过那样严谨而精确，如同担心绯闻曝光而损害形象的明星一般。不同于那些挑花眼的浪荡公子，李彬更像被羊群紧紧挤住后无从下口的独狼，只能捧着金饭碗挨饿。

也许是偶然中的必然，也许是必然中的偶然，看惯了俊男美女的他反而不知不觉地被简单而自然的苏韵文所吸引，否则也不会主动撂下身段、数次以各种理由约请女孩儿见面并“越位”参加枕流他们班里的春游活动了，对于早就不知“自我”为何物的李彬来说，能够如此已属难得。事实上，小县城里长大的韵文的确带着些洗尽铅华的味道，虽然有时也像大多数怀揣梦想而又苦无门路的年轻人一样讨好老师、巴结领导、积极于各种“要求进步”的活动，但却从不会故作清高地自我掩饰，在这个浮躁的时代中，她反倒显出种真实。

可遗憾的是，在韵文看来，处处千里、万里挑一的李彬似乎离自己很遥远，男孩儿空前热情的举动也被想当然地视为其对所有异性通用的绅士风度，虽心中窃喜，但却从来未作它想。相反，倒是正直而不乏“个性”的冯业更吸引她的眼球，尤其是在渐渐知晓了男孩儿的身世背景之后，这让韵文对冯同学看似不可理喻的言行凭添了几分理解和包容，他越是与陌生城市中的价值观格格不入，就越能使同样在闯世界中饱尝苦辣酸甜的苏韵文产生种惺惺相惜般的温暖感受。

“别灰心，”杯中的液体在神秘而皎洁的冰块间滑动着，枕流喃喃自语道：“机会需要耐心等待。”其实，徐枕流一直就不很看好韵文的选择，相爱时必须的冲动、激情、甚至不畏世俗压力的叛逆快感，到了长相斯守时，都会变成平静水面下的片片暗礁；所以，往往倒是那些看似淡乎寡味的伴侣反而能白头到老。

“你怎么不喝啊？”李彬同枕流面前桌上的玻璃杯碰了碰，又是一饮而尽。

“先找个 back - up① 的怎么样？”小胖子力图扭转这沉闷的气氛：“我看

---

① 备份、替代。

艾枚就不错。”

李彬失声为笑：“昨夜说你们的眼泪单葬我，这就错了，我竟不能全得了，从此后只是各人得各人的眼泪罢了……”① 打趣的话倒像是自嘲。

其实，当得知韵文在众目睽睽之下“美女救狗熊”的事迹之后，有些烦闷的李彬的确“就近”加强了与艾枚的往来，更准确些说，是默认了后者向自己的步步进逼。可前不久发生的一件事情，却让这次逢场作戏演变成了滑铁卢第二。

据说，微软公司的面试之所以号称全球最难，很大程度上是因为背景截然不同的七位面试官全都拥有一票否决权，也就是说，你得罪了谁都得走人。事实上，欧美国家的大型企业远比我们想象中富于人情味得多，口碑好的职员，其晋升、加薪机会也会大大超过那些逃不过群众雪亮双眼的势利小人。在这种“汉贼不两立”的制度里，老实肯干的杜晓钟很快便被发现，经过一段时间的考察，公司决定将熟悉西南地区的他派往成都办事处担任后勤部副主管，当然，其待遇也进行了相当幅度的调整。按理说，这本该是件好事，可“悔教夫婿觅封侯”的艾枚问讯之后却大惊失色。

角度决定视野，在她看来，重返四川的杜晓钟无异于衣锦还乡，原本就在老家那边很有人缘的他自然更会成为不少痴情少女眼中的肥肉，而远在北京的自己却难免鞭长莫及。人们常说“失去时才知道珍惜”，其实，当危险来到眼前时，便足以使很多人原形毕露。同那些张口闭口闹离婚、可你要真同意她能玩儿命的中年妇女一样，艾枚长期以来对杜晓钟的“打压”也源自潜意识中的自卑心理，似乎只有自己高上一头时才能感到安全，当然，同李彬、还有当初那位要请喝咖啡的洋教授这类“高端人士”的交往也含有自我炒作的成分。然而，女孩儿折腾得越欢，就越说明晓钟在她心里的位置，西南地区的很多少数民族姑娘都有这个特点，看似在男女关系上不拘格套：联歌、对舞、泼水节，内心却对爱情忠贞不二；这一点，倒真该令那些满口仁义道德、实则男盗女娼们汗颜。

直到此时，李彬才明白，艾枚对他的亲近，同苏韵文的“发乎情，止乎礼义”并没有本质区别，都仅仅是种美学意义上的欣赏而已，一旦事到临

---

① 《红楼梦》第三十六回，贾宝玉语。

头，人家还要回到“现实”的生活中，留下自己孤零零地在镁光灯下继续唱啊、跳啊。毫不夸张地说，他就是个被现代社会精心塑造、并摆进橱窗的model[①]，既是宠儿，又是弃儿。

“我已经跟老总谈过了，晓钟还是留在北京，到客户服务中心当经理助理，待遇照提，”李彬又斟满了一杯：“你去告诉艾枚吧，我申请到总部进修半年，走之前就不见她了。”

枕流朝舞台那边望望，两条明晃晃的大腿正在有节奏地扭动着，歌手似乎忘了词，嘴里絮絮叨叨地分辨不出究竟，好像是关于世事无常的内容。记得帕斯卡[②]曾说过，人类的未来如果真的美好，就根本用不着将庸俗的快乐摆在悬崖之前来欺骗自己。其实，这句话反过来说也一样成立，既然我们谁也不清楚人类的未来在哪里，又何不先在及时行乐中了却残生呢?

徐枕流回过头，发现刚才那位眉眼俊俏的领班正半坐半倚在李彬的沙发扶手上低语着：“小玲儿快唱完了，一会儿就过来。”她摄人心魄的目光在男孩儿身上游移。

“咱们走吧，”喝了多半瓶陈年威士忌的李彬没有丝毫醉意，这位枕流朋友圈中少数几个比小胖子酒量还大的“独孤求败”之一捻掉刚刚点燃的香烟、站起身来，既没付钱，也没签单。

回到车上时，李彬已经恢复了往日那种自信而潇洒的仪态。

在大型购物中心里，最为门可罗雀的店铺就要算那些奢侈品柜台了，偶尔几个畏首畏尾的光临者，也大都只是过过眼瘾、唏嘘一番走人了事。好在，这些珠宝首饰、金银珍玩往往没有保质期，反而越老越值钱，所以，三年不开张、开张养三年的老板们倒也不很着急。推而广之，像李彬这类钻石王老五也不用计较一城一池的得失，相信，随着时间的推移，他们的身价定当与时俱进。

然而，对于女孩子这种鲜货来说，情况便要凶险许多，二十六岁之后，她们的半衰期最多不会超过五年。如今的征婚广告上，经常能见到那类清仓甩卖的大龄“剩”女，条件往往还相当可观，硕士博士、收入不菲、雍容典雅、豪宅名车；显然，当年都是些眼光甚高的抢手货，挑来挑去，才猛然发

---

① 模特。

② 布莱士·帕斯卡（Blaise Pascal），（1623～1662），法国著名的数学家、物理学家、哲学家和散文家。

现好男人都已经成了有妇之夫，于是只好屈尊贱卖，要不然就只能咬紧牙关搞姐弟恋了。所以说，该出手时就得抓紧出手，对于研究生院里这帮心高气傲的半老丫头们尤其如此。

进京一年之后，女生宿舍门前终于贴上了大红喜字，这次，有所斩获的是程晓枫，也就是枕流他们班的副班长。这位首开记录的女孩儿来自安徽凤阳，语言发生学专业，据说，她毕业论文中的主要观点是，人类之所以要发明可以作为标记符号的文字，是哺乳动物用尿液划分领地行为的一种自然进化。

新郎官好像叫胡高，北京土著，爷爷是八级老木匠，曾给冈村宁次打过马扎，在某家具公司供职的父母就更了不得了，刚果布拉柴维尔共和国大使馆的鞋柜号称就出自他们的手笔；双双内退之前，把独子胡高塞进厂里接了班。现在看来，二老果然目光深远，如今，那家苦苦维持的国有企业为了降低成本，全部启用外地民工，已经好几年不公开招聘了。就凭这铁饭碗，胡高自然看不上一般的女孩儿，可二般的姑娘也懒得搭理他，于是，直到几个月前经邻居他张婶介绍了模样还不错的程晓枫，男孩儿才勉强觉得没白白糟蹋了自己的童子身。家中的父母自然也对这段姻缘频频点头，别说是硕士，胡氏“一门忠烈”连高中生都没出过。当然，下嫁的程班长也不算委屈，人家毕竟是北京户口，还有套两室一厅呢，为了给新人腾出“翻江倒海”的空间，本来和孙子住在一起的胡爷爷已经搬到阳台下榻，走之前把那架祖传的、可以抗十二级地震的双人床留给了三代单传，这就够可以的了，咱不就图个人好么？

其实，徐枕流根本就没和程晓枫说过几句话，丝毫谈不上相熟，可却意外地被邀请参加人家的“童话婚礼”。他本想借故推辞，但“办事儿”那天早上，研究生会几位大员特地跑到枕流楼下“逼宫”，万般无奈的他只好匆匆用信封装了三百块钱随礼、跟着扬长而去了。

坐在车里的徐枕流一度感觉自己可能被绑了票，“大典”所租用的饭店也太远了，在高速路上狂奔了五十多分钟才到；还好没晚，“接亲”的队伍尚未抵达、大概正在四环路上招摇过市呢。这次婚礼是由家具厂工会全权主办的，所用车队都是公司领导“御用”的奥迪 A8，胡家也算得上三朝元老，又破天荒地“嫁接”了个女知识分子，厂里可谓是给足了面子。

大门口是个签到处，奋笔疾书完的枕流刚要进去，旁边那位研会主席满脸堆笑地跑上来关照他把奶奶的名字也代签上，这终于解开了男孩儿心中的疑惑，他苦笑一下，故意歪七扭八地写上了“王澜”二字，撇撇嘴：“职务用不用注明?”

“不用，不用，”主席没有丝毫的不快，而是春光灿烂地告诉徐枕流：“我们最后一块儿写。”

接下来该交钱了，枕流拿出信封递给司仪，这道手续由厂里的会计直接负责，把所有红包逐个装进统一的口袋内并写上“XXX 敬贺”，搞得你连作假的机会都没有。事实上，尽管省去了不少支出，但此次婚礼的费用连同装修、各种采办几乎耗去了胡家的全部积蓄，难怪在财务环节如此上心；北京市民阶层对“面子”的看重可见一斑，的确，对于没有任何实际内容值得炫耀的他们，也只能靠这种海市蜃楼来保住那自欺欺人的“尊严‘了。

在欧美文化中，白色象征纯洁，所以新嫁娘的婚纱被做得像蚊帐一样；可这种颜色却和中国的孝袍子、哭丧棒雷同，让人觉得很不吉利，哪有咱的红裙红袄显得那么喜兴。于是乎，各种土洋结合的彩色婚纱便随之产生，赤橙黄绿青蓝紫，只有想不到，没有做不到，比如今天的程晓枫身着一套大红色的“蚊帐”惊艳登场。其实，国外也不是没有这种颜色的婚纱，可按照人家的习俗，那都是给二婚准备的。

“来来，大家满上，”胡爸爸志得意满地给主桌的“贵宾”们斟酒：“这是我儿子出生时买的，就为留到他结婚时喝。”看来，国人的“古为今用、洋为中用”做得还真挺配套，不光给婚纱上了色，连“女儿红”[①] 都被变了性。

胡高差两岁满三十，也就是说，这酒已经有 28 年的历史了。前几天跟李彬去开完洋荤，枕流专门查过，所谓“皇家礼炮”，就是指窖藏 21 年以上的苏格兰威士忌[②]；照此类推，这瓶“处男红”该称作“中华礼炮”[③] 才对。

枕流品咂起这杯醇香的琼浆玉液，却总感觉口中洋溢着一股腥腥的味道，28 年，需要用多少鲜血才能凝结成今天的歌舞升平呢？男孩儿看了看满座那些其乐融融的干部、学者、以及所谓的工人阶级，趁陶陶然的宾客们没

---

① 绍兴风俗，逢家中有女儿出生，便买酒埋藏在地下，姑娘成年出嫁之时，再取出待客。

② 象征欧洲国家接待外国元首时鸣礼炮 21 响。

③ 中国（指中华人民共和国）逢重大庆典活动时，鸣礼炮 28 响，象征从 1921 年建党至 1949 年建国的 28 年革命历程。

有注意到自己的空档，他偷偷将有些浑浊的陈酒洒在了地上，不知今夜的鸳鸯会不会梦到那些九泉下的孤魂。

“砰!”众人的欢呼声中，新郎新娘手握一大瓶香槟浇灌着五层高的酒杯塔……

大陆媒体形容祖国面貌时最长用的一个词汇就是“日新月异”，的确，如今的中国，什么都来得快、去得更快，让人目不暇接。刚才还热气腾腾的婚宴，没过多久便尘埃落定、人去楼空，等枕流回到研院时，几天前的舆论焦点，似乎已经被大家遗忘，人来人往中，一切又恢复了它“本来”的样子。

当然，宿舍楼前那两幅大大的双喜字还在徐徐暖风中招展着，但已经不能引起过客们丝毫的注意。“文革”时，为配合风起云涌的群众运动，经常需要创作一些领袖题材的大型室外绘画，在那个热火朝天的时代中，激情燃烧的“红”理所当然地成为画作中最常用的色调；可问题是，这种颜料往往很不稳定，几天的风吹日晒就成了象征机会主义的粉色，别的倒也罢了，咱领袖脸上的“红光满面”要真褪了色可不是闹着玩儿的。为解决这个棘手问题，厂家只好想了个不是办法的办法，用价格昂贵的朱砂作为红色的原料，还在包装表面注明“领袖面部专用”。说起来，这朱砂可是个好东西，您要是受了什么惊吓，把它装进猪心里炖着吃就管用。不过，研院楼前的这幅大红喜字肯定没舍得用这么高贵的颜料，所以，估计很快就得变得淡乎寡味。其实，纵然是驱邪扶正的朱砂，也不是铁板一块，若用它来研磨，便可以产生各种色彩斑斓的效果，就像人心一样，在什么山头唱什么歌。

徐枕流怏怏不快地在院里转悠了整整一下午，却感觉什么都不大对劲，图书馆还像往常那样死气沉沉，连平日里挥汗如雨的篮球场都变得门庭冷落。不经意间抬头，才发现似火的骄阳已经懒懒地垂向远处隐约的群山，该“鸟倦飞而知还”了。

推门进屋，却发现家里的一切并不比外面温馨。吴雨显然是回来过，早上出门时她好像说晚饭要包饺子吃，此刻，和好的面正在盆中“醒”着，做馅用的各种原料已经切碎、但尚未“会师”，男孩儿摸了摸还存有余温的炉灶，大概刚被熄灭不久。

老式空调依然在嗡嗡作响，电视机也开着，只是被关掉了声音，新闻主播的面部表情有些滑稽。吴雨出门时怕是很仓促，向来心细的她即便只下楼买趟报纸也会把家中的一切安顿妥当；更何况，直到没有掌灯的屋里渐渐变得阴晦，女主人都还没有回来……

当被门铃的吵闹声惊醒时，枕流看了看挂钟，已经八点了，她居然连钥匙都忘了带。

"您，您……"面对进屋后一言不发地坐在写字台旁的吴雨，刚刚从恍惚中归来的男孩儿都有些说不清自己究竟是梦是醒，他设想了无数种可能，又一一否定掉。

小吴老师抬头看着枕流，脸上若明若暗："咱们今天去地下室住吧。"

"啊？"自从所谓的骨干教师培训结束后，两人大约有半个多月没去过那边了。

没等徐枕流回答，面无表情的吴雨便一言不发地走进那间原本让给枕流住的小屋，待出来时，已经换上了一件白底红花的连衣裙。很长时间之后，男孩儿才想起来，这条始终让他感觉眼熟的裙子，原来就是多年以前小吴老师最爱穿的那件，如今虽已有些旧了，但却显出某种特别的温存与平和。

"那，那饺子怎么办？"枕流依然很犹豫。

"走吧，"她没有回答，只是默默地关掉了空调和电视。

直到两人并排坐到出租车上时，男孩儿还恍如在十里雾中，他侧过头想问个究竟，却发现袁莱笔记本上那条水蓝色丝带不知何时被端端正正地扎在吴雨发间，还是同样的"万"字结。

事实上，两个月之前主动邀请枕流一晤时，袁师兄正面临着人生中最重大的抉择。今年初，通天观医院新调来一位刚刚"海归"的洋博士，此君主要研究对顽固性精神障碍所采用的手术疗法；不过，这种观点的市场相当有限，毕竟，土生土长的国产医师们始终坚信"思想政治工作才是其它一切工作的生命线"，对舞刀弄剑的做法很不感冒。为了能展示留学成果、造福祖国人民，洋博士决定在全院范围内"海选"，愿意"以身试法"的病人可以"先尝后买"，如若无效，分文不取。

"他怎么那么傻？"吴雨失神地望着窗外："这种事情能随便试么？"

其实，枕流倒是很理解袁莱的决定：他是那样的心存广远，曾经被赋予过多少期待，把自许如此之高的人弄到那样的阴暗角落，一关就是十几年，恐怕谁的忍耐都会被逼到了极限。在中国，精神障碍不属于通常意义下的残疾，但他们却在承担着比肢残者更加无处不在的痛苦，甚至连起码的尊严都被剥夺怠尽，普通人尚且难于忍受，更不用说那些虎落平阳的天之骄子了。这次，袁莱之所以不顾家人的反对，执意要舍身一赌，就是因为已经受够了那无边无际的折磨，按照他计算时间的尺度标准，与其蹉跎一生，倒不如玉碎瓦全来得痛快。

枕流后来得知，袁师兄接受的是所谓“内囊前肢毁损束”，据说对重度洁癖有特效，只可惜那位手潮的主刀大夫“失之毫厘”，破坏针剑锋披靡时差了零点几毫米。不过，治疗效果还算明显，原来的症状基本都消失了，只是有点儿副作用，术后一个月来，袁博士半句话也没说过，只是呆呆地凝神望向远处，好像在思索着什么。

“他姐姐说，袁莱手术前一直在写《中国语言哲学史》大纲，想等病好后和你共同完成……”一颗透亮的泪珠挂在吴雨干涸的脸颊，久久，才恋恋不舍般地落下。倘若换作那些画着面具般浓妆的妖冶女郎，此刻“梨花春雨”中的大花脸一定会显得无比滑稽、虚假。

“他姐姐?”

“就是袁扉，你们班主任…”

难怪呢，枕流一直觉得这位神秘的大师兄有未卜先知的本领，不仅对自己的底细了如指掌，连院里新近发生的逸闻掌故都难逃法眼。

坐到昏暗的地下室中时，吴雨的情绪已经有所恢复，炎炎夏日，这里反倒显得愈发阴冷：“你还没吃饭呢吧?”像往常一样，她想起了男孩儿的温饱。

“我吃过了，”这句善意的谎言倒也并非没有现实依据，不知为什么，中午那顿婚宴似乎很不容易消化，直到现在还不停地翻滚着。

良久，吴雨抬手擦拭掉脸上的泪痕，让不饰铅华的她平添了几分楚楚动人:“对了，你爸爸下午打过电话……”

“哦，”枕流不明白，此时的吴雨为什么忽然想起这“无关紧要”的事情。

“他要接魏丹去澳洲念书了。”

欧美学术界经常将中国知识分子斥为“缺乏想象力”，的确，在智力角斗场中，往往是“思想有多远，我们就能走多远”。当然，这种评价只是就整体而言，中国的读书人中也不乏那些具有洞察力的“慧眼”，比如袁莱，再比如徐枕流。遗憾的是，后者在享受天马行空之乐的同时，难免会陷入另一个极端，爱把林林总总纠缠在一起的他们，常常分不清真实与虚假。

经过和赵冉近一年以来的接触，枕流始终怀疑，这位无微不至地关怀着自己的导师似乎和父亲有着某种非比寻常的关系。事实上，聪明过头的男孩儿经常会产生些希奇古怪的想法，真相大白后，连自己都哑然失笑；但这一次，他猜对了。

马克思认为，偶然是必然的存在形式；不错，看似违背常理的机缘凑巧身后往往都有它在劫难逃的宿命。十几年前，当大家惊异地发现枕流爸爸和赵冉“走到一起”时，错愕之余，似乎谁也没有认真想过，噩梦醒来的怨妇爱上平生素不愿被任何枷锁羁绊的落魄才子，有什么值得大惊小怪的？当然，这段“孽缘”不可能被两个“诗书名世”的知识家庭所接受，最后的棒打鸳鸯也在情理之中。

其实，像枕流父亲这种文人气质，往往难逃瞻前顾后的“痼疾”，“坠入爱河”时倒挺痛快，可等真该“抛妻弃子”的关口，他却没有了“粪土当年万户侯”的“豪迈”。不过，这话还得两说着，比起那些“拿得起、撂得下”的“纯爷们儿”，能嫁给个“认死理儿”的知识分子，恐怕还算种“矮子里拔将军”般的“幸运”。

“没错，像你曾经说过的那样，”吴雨深长地叹了口气：“爱情本就是个‘上帝之赌’①，该相信自己最初的选择才对。”的确，既然我们面对的是一个不可能有答案的千古之谜，那么，你选择的次数越多，局面就会越混乱，当然，距离幸福恐怕也越遥远。

可是，这种看似简单的推理过程，在现实生活中却并不那么自然而然。

---

① 法国思想家帕斯卡认为，人类理性无法判断上帝是否存在，但可以推知信仰的必须。他是通过这样一个纯数学手段得出上述结论的：以上帝是/否存在和我们是/否相信上帝存在为两个坐标维度，会出现四种可能，即（1）上帝存在而我们相信，（2）上帝不存在而我们相信（它存在），（3）上帝存在而我们不相信，（4）上帝不存在我们也不相信；如上可能性分别导致的结果是：（1）人类获得真理，（2）人类获得美德，（3）人类遭到天谴，（4）人类一无所有；可见，信仰上帝没什么坏处，而不信仰上帝却没什么好处。

多年以前，吴雨之所以决定离开曾经令自己倾慕万分的袁莱，表面看起来并不像远航认为的那样不堪，以当时的情形，若换成是陆远航本人，怕也会做出同样的选择。面对一个对生活中的种种一切都怀有极度洁癖的男友，看似浪漫，实则绝非一般人所能想象：或许，每天几十遍地擦拭那些早已锃光瓦亮的日常用品尚且还可以忍受，可当他不由自主地对你的言行举止大加指责时，恐怕就很难被旁人理解了。事实上，最痛苦的正是袁莱自己，他并非对相知多年的初恋情人缺乏信任，完全是被病魔所累、难以自拔。所以说，能成为一个大众眼中的“好人”，与其说是修来的成就，倒不如说是天生的幸运。

“真的，怜惜眼前人吧，”吴雨望着不知该说些什么的枕流：“别为了一时的好奇抱憾终生。”男孩儿明白，她指的是易欣。

的确，对于枕流这种貌似强悍、却永远长不大的秀才性格来说，能有个“罩得住”自己的另一半绝对算件好事。其实，这也是中国书生的通病，面对是非曲直，他们不会像市井小民那样明哲保身、委曲求全，甚至可能比赳赳武夫更加大义凛然，但当回到温柔的港湾时，却往往像个初生赤子一样，需要女人来疼、来爱。

那是十年前一个电闪雷鸣的夜晚，在袁莱在院报实习时借住的单身宿舍里，当然，也就是对面那间常常让吴雨出神的地下室，青春茂盛的情侣迈出了痛苦而甜蜜的一步。造化弄人，令多少男子汉神魂颠倒、欲罢不能的“血腥”场面，却使得过分怜香惜玉的袁博士六神无主、脊背发凉，甚而难以成事……　就是从那次以后，他便渐渐开始对生活中的一切过度敏感，乃至充满恐惧……

不知什么时候，吴雨捻灭了床头那盏本已十分晦暗的旧台灯、缓缓拉下在月色中闪着微光的水蓝色发带，她看着不知所措的枕流，或许，是男孩儿身后的什么：“来吧。”